Neige sur le lac des Saules

SUSAN WIGGS

Neige
sur le lac des Saules

Jade

Titre original :
SNOWFALL AT WILLOW LAKE
publié par MIRA®

Traduction française de SABINE BOULONGNE

Photos de couverture
Paysage avec lac : © HANS GEIJER / JUPITER IMAGES
Paysage sous la neige : © HARALD LANGE / CORBIS
Couple : © TIM KIUSALAAS / MASTERFILE

83-85, boulevard Vincent-Auriol, 75646 PARIS CEDEX 13.
www.harlequin.fr
ISBN 978-2-2808-1216-0 — ISSN 1773-7192

A Rose Marie Harris, propriétaire et directrice de Paperback Plus, la meilleure petite librairie de l'Etat de Washington depuis vingt-sept ans. Rose Marie est le genre de libraire dont rêvent tous les écrivains — cultivée, enthousiaste, attentive et empressée, avec un talent à nul autre pareil pour trouver le livre qui vous passionnera. Une séance de dédicace chez Paperback Plus s'accompagne immanquablement d'un buffet bien garni en présence d'amis, et c'est l'occasion d'événements inoubliables, année après année.

A Rose Marie, Kate, Lois et le reste de l'équipe : quel bonheur de vous connaître, mesdames !

Merci pour tout.

PREMIÈRE PARTIE

Février

L'EFFET DU LAC

L'hiver, quand l'air froid de l'Arctique balaie l'Amérique du Nord, des tempêtes de neige se produisent parfois sur les rives des lacs exposées aux vents. Ces tempêtes que l'on dit provoquées par l'« effet du lac » donnent lieu à d'importantes chutes de neige sur des zones relativement restreintes. Tandis que ces tempêtes font rage, le ciel est souvent d'un bleu éclatant quelques kilomètres plus loin.

1

Avalon, comté d'Ulster, Etat de New York

Dans sa camionnette, Noah Shepherd passait d'une station de radio à une autre. Toutes diffusaient inlassablement le même avertissement. Le service de météorologie nationale avait lancé une alerte : neige, verglas et vents violents avec une visibilité nulle, tout cela à cause d'une tempête de neige provoquée par un « effet du lac ». Les autorités exhortaient les gens à rester chez eux pour laisser la voie libre aux véhicules d'urgence. L'aéroport du comté avait fermé deux heures plus tôt. Même les chasse-neige avaient de la peine à rouler. Seuls les fous et les imbéciles s'aventureraient dehors par un temps pareil.

Les fous, les imbéciles… et les vétérinaires. Noah regrettait que ses essuie-glaces soient aussi lents. La neige charriée par le vent tombait si dru qu'on aurait dit un solide mur blanc. Il en arrivait parfois à se demander s'il était toujours sur la route.

Selon la légende, il se produisait des choses magiques lors de ces tourmentes. « Eh bien, se dit Noah, si c'est ça la magie, je préfère m'en tenir à la réalité. »

Après avoir aidé la jument des Osmond à mettre bas, il aurait dû accepter de passer la nuit chez eux, comme ils le lui avaient proposé, en attendant que le temps se lève et que les routes soient dégagées, mais il avait insisté pour regagner son logis voisin de la clinique, à des kilomètres de là. Car, à en croire les bulletins météo, la tempête pouvait durer des jours et risquait fort d'empirer plutôt que de se calmer. Le vieux basset des Palmquist l'attendait à la clinique, ainsi qu'un chat qui se remettait d'une opération de la colonne vertébrale, sans parler de ses propres bêtes parmi lesquelles un chiot abandonné. Il pouvait toujours téléphoner à sa voisine, Gayle, pour lui demander de s'occuper d'eux, mais il répugnait à déranger cette maman, seule avec ses trois bambins depuis que son mari militaire était parti à l'étranger.

Ses vêtements étaient trempés et maculés de sang. Il avait besoin d'une bonne douche. Il portait son chapeau préféré : un bonnet de laine avec des rabats sur les oreilles. Il datait de l'époque où il était « un peu dingo », comme disait l'une de ses ex. Des ex, il en avait un certain nombre. Les femmes de son âge rêvaient d'autre chose que de partager la vie d'un vétérinaire de campagne.

Il se pencha par-dessus le volant en plissant les yeux pour tâcher d'apercevoir la route devant lui. Dans la lueur de ses phares, les flocons donnaient l'impression de voler droit vers lui comme dans un film à effets spéciaux. Il pensa à la scène de *La Guerre des étoiles,* quand le Millenium Falcon s'élance à la vitesse de la lumière. Du coup, il se mit à siffler la musique du film. Las de faire pratiquement du sur-place, il se prit à imaginer que son pare-brise était une fenêtre s'ouvrant sur une lointaine galaxie. Il s'appelait Han Solo, et les flocons de neige qui fonçaient vers lui étaient des étoiles. Il donnait des ordres à son copilote qui dressa l'oreille au son de la voix de son maître. « Prépare-toi à mettre les gaz, Chewie. Tu m'entends ? Mets les gaz ! »

Sur le siège du passager à côté de lui, son chien Rudy s'ébroua, ce qui ne fit qu'embuer davantage la vitre.

Daphné, sa dernière petite amie en date, l'accusait d'être un gamin qui ne grandirait jamais. Noah, avec la subtilité d'un marteau-piqueur, avait fini par lui suggérer en ne plaisantant qu'à demi qu'ils devraient faire des gosses pour qu'il puisse avoir des compagnons de jeu.

C'était la dernière fois qu'il l'avait vue.

Il ne savait pas s'y prendre avec les femmes, c'était évident. Pas étonnant qu'il s'occupe exclusivement d'animaux !

— Général Kenobi, cible repérée, détonateur thermique ! lança-t-il.

Il imagina une esclave de la galaxie vêtue d'un Bikini en cotte de mailles. Si seulement l'univers pouvait lui mettre une belle créature sur son chemin !

Il prit une voix de baryton agrémentée d'un mauvais accent anglais.

— Je suis sûr que vous trouverez ce que vous cherchez. Et… merde !

Une forme claire, scintillante, surgit à cet instant sur la route juste devant lui. Il braqua brusquement et leva le pied de l'accélérateur. Les roues chassèrent. Rudy se tapit sur son siège pour essayer de ne pas valser. Une biche aux grands yeux était plantée au milieu de la chaussée ; on voyait ses côtes à travers son épaisse fourrure hivernale.

Noah appuya à fond sur le Klaxon. La bête s'anima, traversa la route d'un bond, sauta par-dessus le fossé et disparut dans la nuit. Le cœur de l'hiver était la pire époque de l'année pour la faune locale. La saison de la famine.

La radio répétait son sempiternel test de signal d'urgence. Il l'éteignit.

Il était presque arrivé. Il n'y avait pas le moindre repère visible alentour pour le lui signaler, mais il sentait instinctivement qu'il approchait. Il n'avait jamais vécu ailleurs qu'ici, hormis lorsqu'il était allé faire ses études vétérinaires à Cornell. En temps normal, les boîtes aux lettres étaient indiquées par un fanion en rase campagne, mais les congères étaient si hautes que boîtes aux lettres et fanions disparaissaient sous une épaisse couche de neige.

Noah sentait la proximité du lac des Saules, à gauche de la route, même s'il n'y voyait goutte. C'était le plus beau lac du comté, véritable joyau serti dans la forêt des Catskills. Pour l'heure, le rideau de neige le rendait invisible.

La maison se trouvait de l'autre côté de la route, légèrement en surplomb. Plusieurs anciennes résidences estivales, inoccupées en cette saison, jalonnaient la rive elle-même.

— Général Azkanabi, nous avons besoin de renforts, lança-t-il, tandis que des accents de musique imaginaires montaient à ses oreilles. Envoyez-moi quelqu'un sans délai !

A cet instant, il remarqua… quelque chose. Une lueur rouge parmi les ombres enneigées. Son sifflement mélodieux mourut sur ses lèvres. Il freina en gardant les yeux rivés sur la clarté vermillon qui se scinda bientôt en deux. Des phares arrière, qui semblaient appartenir à une voiture coincée dans un talus de neige.

Il s'arrêta au milieu de la route. Le moteur de la voiture tournait ; un nuage de fumée montait du pot d'échappement bizarrement de guingois. Les feux arrière projetaient une étrange lumière rouge dans la nuit. L'un des phares avant était enfoui dans le talus. L'autre éclairait le cerf que la voiture avait percuté.

— Ne bouge pas, Rudy !

Noah s'empara de sa trousse qui contenait suffisamment de tranquillisants pour abattre l'animal. Puis il mit sa lampe frontale et l'alluma.

Après avoir allumé ses feux de détresse, il sortit dans la bourrasque. La neige fouettée par un vent hurlant lui cinglait le visage comme l'auraient fait des lames de glace. Il se rua sur la voiture dans laquelle il avait aperçu quelqu'un. Une femme. Elle avait l'air de se débattre avec un téléphone portable.

— Dieu merci, vous êtes venu ! dit-elle en baissant sa vitre.

Puis elle sortit de la voiture.

Sa tenue était pour le moins étonnante : elle portait un manteau haute couture, des bottes en cuir fin à talons hauts. Ni chapeau ni gants. Ses cheveux blonds voltigeant dans le vent masquaient partiellement son visage.

— Vous êtes venu drôlement vite ! hurla-t-elle.

Il comprit qu'elle le prenait pour un dépanneur. Pas le temps de lui expliquer.

En proie à un sentiment d'urgence qu'il partageait, elle le saisit par la manche et l'entraîna vers l'avant de la voiture en vacillant un peu sur ses talons.

— S'il vous plaît, dit-elle d'une voix crispée. Je n'arrive pas à y croire. Pensez-vous qu'on peut le sauver ?

Noah dirigea le faisceau de sa lampe sur le cerf. Ce n'était pas la biche qu'il avait aperçue plus tôt, mais un jeune mâle avec une ramure cassée d'un côté et trois pointes de l'autre. Il avait les yeux vitreux, et Noah reconnut les halètements paniqués d'une bête en état de choc. Il ne voyait pas de sang, mais les lésions mortelles étaient souvent internes.

Bon sang ! Abattre une bête lui faisait horreur. C'était insupportable.

— S'il vous plaît ! répéta la jeune femme. Il faut le sauver.

— Tenez-moi ça, dit-il en lui tendant une lampe de poche qu'il avait sortie de sa trousse pour compléter l'éclairage de sa torche frontale.

Puis il s'accroupit près de l'animal en émettant un son apaisant venant du fond de sa gorge.

— Du calme, mon vieux.

Il retira ses gants, les fourra dans la poche de sa parka. La fourrure rêche du cerf lui réchauffa les doigts quand il lui palpa le ventre sans trouver trace de liquide ni de gonflement anormal ni chaleur excessive. Peut-être que...

Tout à coup, la bête s'agita maladroitement, ses pattes battant l'air pour tenter de trouver prise dans la neige profonde et molle. Noah reçut un coup violent au bras et recula. Le cerf se redressa en titubant et sauta par-dessus un talus de neige. Noah se planta instinctivement devant la femme pour la protéger des sabots de l'animal alors qu'il s'élançait prudemment dans les bois.

— Je ne l'ai pas tué ! s'exclama-t-elle. Vous l'avez sauvé !

« Pas sûr », pensa Noah, il y avait toujours un sérieux risque que la bête s'effondre quelque part dans les bois et meure, mais il se garda bien de le dire.

Il éteignit sa torche et se remit debout. La femme braqua la sienne sur son visage et l'aveugla. Le voyant tressaillir, elle baissa le faisceau de sa lampe.

— Désolée, dit-elle.

— Où allez-vous ? demanda-t-il en enfilant ses gants.

— 1 247 Lakeshore Road. Chez les Wilson. Vous connaissez ?

Il scruta l'obscurité pour se repérer. Elle avait atterri dans le fossé, tout près de l'entrée de son allée.

— Encore quelques centaines de mètres en direction du lac et vous y serez, répondit-il. Je peux vous y conduire.

— Merci.

Des flocons de neige s'accrochèrent à ses cils, et elle battit des paupières. Il entrevit alors son visage — magnifique, mais pâle et tendu.

— Je vais chercher mes affaires.

Elle lui rendit la lampe, puis alla prendre son sac et un gros fourre-tout dans la voiture. Elle avait aussi une valise à roulettes couverte d'étiquettes. Sous la lueur du plafonnier, Noah entrevit des mots en langue étrangère — 's-Gravenhage ? Il n'avait pas la moindre idée de ce que c'était. Il y avait aussi un sceau apparemment officiel, du ministère des Affaires étrangères, quelque chose comme ça... Il était donc tombé sur une mystérieuse globe-trotter.

Elle coupa le contact.

— Je suppose qu'on ne peut rien faire pour la voiture, dit-elle.

— Pas ce soir en tout cas.

— Il reste des bagages dans le coffre, ajouta-t-elle. Vous pensez que je peux les laisser ?

— Je doute que les voleurs soient très actifs par une nuit pareille.

Il la guida vers la camionnette et lui ouvrit la portière côté passager.

— Va derrière ! lança-t-il à Rudy.

Le chien obtempéra aussitôt.

La belle inconnue hésita, serrant son sac à main contre sa poitrine, le regard rivé sur Noah. Même dans la lumière faiblarde de la cabine, il vit qu'elle avait les yeux bleus. Et qu'elle avait cessé de le prendre pour l'homme qui chuchotait à l'oreille des cerfs !

— Vous me regardez comme si j'étais un assassin muni d'une hache.

— Ce n'est pas le cas ?

— Je suis Noah Shepherd. J'habite ici, ajouta-t-il en désignant d'un geste son allée bordée de pins et désormais bloquée par une épaisseur de neige à hauteur de genou. Une lueur scintillait à une fenêtre. La lumière du porche formait une aura jaune nébuleuse autour de la porte. L'entrée de la clinique, des niches et des étables se situait à gauche. On distinguait à peine l'éclairage de sécurité.

La femme marqua un temps d'arrêt en se mordillant la lèvre inférieure.

— Même les assassins habitent quelque part.

— D'accord. Et comment est-ce que je sais que ce n'est pas vous l'assassin ?

Cette question ne parut pas la déconcerter le moins du monde.

— Vous n'en savez rien, répondit-elle simplement avant de se décider à monter dans la camionnette.

En faisant le tour du véhicule pour aller se mettre au volant, Noah se demanda si des forces surnaturelles n'étaient pas à l'œuvre. Cela ne lui ressemblait pas de penser ce genre de choses, mais ne venait-il pas de faire le vœu de rencontrer quelqu'un ?

Bien sûr, il ignorait tout de sa passagère.

Mais qu'est-ce que ça pouvait bien faire ? Elle était sublime, et elle était assise dans sa camionnette. A cheval donné on ne regarde pas la denture. Cheval donné ! Ha ha !

Il espérait que les odeurs de chien mouillé et de sang séché ne la gêneraient pas trop.

« Tâche de ne pas foirer, se dit-il en s'asseyant derrière le volant. Et ne mets pas la charrue avant les bœufs. »

Peut-être était-elle mariée, fiancée, homo, psychotique ? La seule chose dont il était sûr, c'était que…

— Nom de Dieu ! s'exclama-t-il sans pouvoir se retenir. Pourquoi ne pas m'avoir dit que vous étiez blessée ?

Il chercha la lampe torche à tâtons et la braqua sur elle, suivant une tache écarlate visqueuse le long de sa jambe jusqu'au genou, là où son pantalon était déchiré.

Un son sortit de sa gorge : un petit cri d'effroi si intense que Noah tressaillit. Elle se mit à trembler en laissant échapper des petits halètements paniqués, puis elle marmonna quelque chose dans une langue étrangère, en allemand peut-être. On aurait dit une prière. Elle leva vers lui un regard épouvanté, comme s'il avait été son pire cauchemar.

Lui qui était déterminé à ne pas foirer ! Raté.

— Hé ! Pas la peine de flipper, dit-il.

Mais elle était perdue Dieu sait où, noyée dans la panique, et puis… plus rien. Elle s'affala tout bonnement contre le dossier du siège, la tête inclinée d'un côté.

— Hé ! s'exclama-t-il de nouveau.

Elle avait tourné de l'œil ou quoi ? Merde !

Il ôta son gant à la hâte et tâta sa carotide en quête de son pouls. Qu'il sentit, Dieu merci.

— Allons, mademoiselle ! l'exhorta-t-il en posant doucement la main sur sa joue. Réveillez-vous !

Derrière lui, Rudy s'était mis à gémir en piétinant la banquette comme un beau diable. Il sentait probablement sa terreur, et l'odeur du sang. Soudain il s'immobilisa, leva la tête et hurla.

« Ça m'apprendra ! » pensa Noah.

Quand il avait demandé aux étoiles de lui envoyer quelqu'un, il aurait dû être un peu plus précis. Il aurait dû dire : « Envoyez-moi une serveuse Hooters », et non pas une folle qui tombe dans les pommes à la vue de son propre sang.

D'après lui, cette pâmoison était surtout due à son extrême anxiété. Chez les animaux, c'était souvent un mécanisme de défense. Chez les humains… il ne savait pas trop ce que cela signifiait. En tout état de cause, il fallait qu'il contrôle sa tension et soigne sa blessure.

Après s'être assuré que la camionnette était toujours sur quatre roues motrices, il s'engagea prudemment dans l'allée pentue. Il dépassa la maison pour gagner la clinique. Les locaux étaient jadis occupés par la laiterie familiale ; le bâtiment abritait maintenant les bureaux. Quand il avait ouvert son cabinet, trois ans plus tôt, il l'avait réaménagé en conséquence.

Il sortit de la camionnette et fit signe à Rudy. Le chien jappa puis bondit avec souplesse par-dessus le siège avant et s'élança aussitôt dans le champ enneigé voisin.

Noah sauta à bas du véhicule et courut vers la portière côté passager.

— Mademoiselle ? Est-ce que vous m'entendez, mademoiselle ?

Elle ne réagissait toujours pas. Il vérifia son pouls de nouveau, puis la tira maladroitement hors de la cabine en marchant avec peine à reculons dans la neige qui lui arrivait presque aux genoux. La jeune femme n'était pas très épaisse, mais c'était un poids mort dans ses bras. Il la porta jusqu'à la clinique. Il ouvrit la porte d'un coup d'épaule et entra, s'interrompant un bref instant pour éteindre l'alarme, ce qu'il réussit à faire sans laisser tomber son fardeau. Puis il traversa la réception dans la pénombre pour gagner la salle de consultations. Il déposa la femme sur la table en acier inoxydable qu'il rallongea pour pouvoir l'étendre de tout son long. Cette table n'était pas conçue pour les humains, mais il n'y avait pas d'autre solution.

— Mademoiselle, répéta-t-il encore.

Bon sang ! Il se demanda s'il devait tenter de la ranimer.

— Allons, allons, allons ! dit-il en la secouant légèrement d'une main tout en s'emparant d'un masque à oxygène de l'autre.

Le masque en forme de cône était fait pour s'ajuster sur un museau, mais en exerçant une légère pression dessus, il parvint à le faire adhérer.

Elle ouvrit brusquement les yeux. Parfaitement réveillée, elle entreprit de se débattre en criant. Noah recula en levant les deux mains.

— Holà ! Du calme ! lança-t-il d'un ton presque suppliant.

Comment réagirait-elle s'il lui disait : *Ne m'obligez pas à me servir d'un tranquillisant pour cheval…* Il ne l'aurait pas fait, de toute façon. Ce n'était pas une bonne idée. Il ne savait pas trop comment procéder, à vrai dire. Fallait-il la toucher ? Essayer de l'apaiser ? Lui jeter un seau d'eau à la figure ?

La toucher, sûrement.

— Mademoiselle…

Il posa délicatement la main sur son poignet pour lui prendre le pouls.

Grave erreur. Elle se dégagea brusquement, se redressa et le dévisagea comme s'il était Jack l'Eventreur.

— Mademoiselle, répéta-t-il en se plantant devant elle pour l'empêcher de tomber de la table si elle tournait encore de l'œil. Ça va aller, je vous jure. S'il vous plaît, regardez-moi ! Je peux vous aider, mais vous devriez vous concentrer.

Ses mots parurent faire impression sur elle. La peur qui voilait son regard commençait à se dissiper. Elle inspira à fond pour tenter de se calmer, visiblement.

— Hé ! dit-il en s'interdisant de lui prendre la main. Calmez-vous. Ça va aller.

Il avait pris son ton le plus apaisant, celui qu'il réservait aux chats sauvages et aux mouffettes atteints de la maladie de Carré.

— Nous sommes dans ma clinique. Je suis un euh... professionnel.

Mieux valait ne pas préciser qu'il était vétérinaire.

— Il faut que je vous examine, d'accord ? C'est tout ce que je veux faire, je vous le jure. S'il vous plaît !

Blanche comme un linge, elle se mit à trembler de tous ses membres.

— Oui, dit-elle. Oui, merci... Je ne sais pas ce qui m'a pris.

— Vous vous êtes évanouie à la vue de votre propre sang. Vous êtes blessée. Il faut que je vous pose quelques questions, que je prenne votre pouls et votre tension.

Cette fois-ci, enfin, elle eut l'air de comprendre. Il prit le risque de lui saisir le menton pour scruter ses pupilles. Elle avait la peau toute douce, mais froide et moite. Il sentit qu'elle se faisait violence pour arrêter de frissonner, et lut la détermination sur son visage.

— Je suis désolée, murmura-t-elle d'une voix un peu chevrotante. C'est impardonnable.

Elle redressa les épaules et le menton. Elle parut prendre de l'assurance, se changeant imperceptiblement en quelqu'un d'autre. La victime effarouchée avait laissé la place à une jeune femme maîtresse d'elle-même, bien qu'encore un peu secouée, manifestement.

— Vous n'avez pas à vous excuser, répondit-il. Beaucoup de gens perdent les pédales quand ils sont blessés et qu'ils saignent. Ça prouve simplement que vous êtes humaine.

— Où sommes-nous ?

— Dans ma clinique.

— J'ai eu un accident de voiture devant votre clinique ? C'est drôlement bien planifié, dit-elle en souriant faiblement.

— Ça vous est déjà arrivé ? demanda-t-il. D'avoir une syncope.

— Non. Grand Dieu, non, jamais !

— Avant de vous évanouir, vous souvenez-vous d'avoir eu mal à la tête, des douleurs dans le dos, à la poitrine, de vous être sentie essoufflée ?

— Non, j'étais à côté de vous. Tout allait bien jusqu'à ce que… je ne me rappelle pas.

En enlevant sa parka, il se rappela que ses vêtements étaient tachés après la mise bas de la jument. Il s'empressa de se retourner pour qu'elle ne s'en aperçoive pas, ôta sa chemise, la fourra dans un panier d'osier et s'empara d'une blouse propre.

Sa patiente était très calme, tout à coup. En se tournant vers elle, il se rendit compte qu'elle fixait son torse nu. Sa bouche — une très belle bouche, en vérité — formait un O hébété parfaitement rond. Elle était toujours très pâle et risquait probablement de s'évanouir de nouveau. Il aurait donné cher pour qu'il en soit autrement, mais ce n'était pas sa santé physique qui était la cause de cette réaction. Quelque chose la terrifiait, et il espérait bien que ce n'était pas lui.

— Il fallait que je mette une blouse propre, marmonna-t-il.

Elle détourna le regard et passa la pièce en revue.

Il sentait que la confiance qu'il lui avait inspirée s'émoussait. A l'école vétérinaire, on pouvait sans problème ôter sa chemise devant un patient pour la bonne raison qu'en règle générale ledit patient n'en avait que faire.

— Désolé, marmonna-t-il en s'empressant de passer un stéthoscope autour de son cou dans l'espoir de la rassurer. Je veux juste vous aider, je vous assure.

— Je vous en suis reconnaissante, dit-elle en se cramponnant des deux mains à la table en acier et en lorgnant les fournitures et les instruments qui se trouvaient sur le comptoir. Je vous promets de ne pas paniquer. C'était… Ça ne me ressemble pas. Et tout cela, ça fait très… *Rocky Horror Picture Show.*

Noah eut instantanément une vision de Susan Sarandon en soutien-gorge et petite culotte. *Si seulement !*

Il baissa la table à l'aide d'une pompe actionnée au pied.

— Vous saignez toujours… Non, ne regardez pas !

Il ne tenait pas à ce qu'elle fasse une nouvelle syncope.

— Il faut absolument que je jette un coup d'œil à votre jambe.

Il alla se frictionner les mains avec du désinfectant, puis il prit une paire de gants en latex et les enfila tout en regardant la plaie.

— Je vais peut-être être obligé de couper votre pantalon, dit-il.

Puis il ne put s'empêcher de sourire.

— Qu'est-ce qu'il y a de si drôle ? lui demanda-t-elle.

— C'est la première fois de ma vie que je dis ça à un patient… Asseyez-vous sur la table, d'accord ? Et remontez un peu pour que votre jambe soit bien allongée.

A son grand étonnement, elle s'exécuta, tout en jetant des coups d'œil dans la salle pleine de produits vétérinaires.

— Vous n'êtes pas vraiment médecin, si ?

— C'est ma question favorite, à peu de chose près, répondit-il. Vous voyez, si j'étais *vraiment* médecin, je ne connaîtrais l'anatomie que d'une seule espèce et non pas de six. Je n'aurais qu'une seule spécialité à mon actif au lieu de neuf.

— On vous le dit souvent, je suppose.

— Assez souvent pour que ça m'agace.

Il recula d'un pas en levant ses mains gantées.

— Ecoutez, je peux laisser tomber : ça m'est égal.

— J'aimerais que vous vous occupiez de cette plaie, si ça ne vous ennuie pas.

A quoi bon se faire prier ?

— Il va falloir que je vous ausculte pour voir si vous n'avez pas d'autres lésions.

— C'est juste mon genou.

— Il se pourrait que vous ayez une lésion interne.

— Comment pouvez-vous le savoir ?

— Vous manifestez des signes de choc. Je dois examiner votre poitrine, votre ventre, et vous palper l'abdomen.

— Vous ne plaisantez pas du tout, hein ?

Elle se raidit en croisant étroitement les bras sur sa poitrine.

— Je préfère m'en passer. Je n'ai mal nulle part. C'est juste mon genou.

Il n'allait pas la forcer. La situation était déjà assez bizarre.

— Je pourrais appeler les services médicaux d'urgence, mais par une nuit pareille, je préférerais m'en abstenir, à moins qu'il s'agisse d'une question de vie ou de mort.

— Ce n'est pas le cas, répondit-elle. Croyez-moi, je sais faire la différence.

— Bon. Juste le genou pour le moment. Mais si vous avez l'impression de voir double, il faut me le dire.

Il vérifia sa tension. A peu près normale. C'était bon signe. En cas d'hémorragie interne, elle chutait.

— Bon, dit-il. Voyons ce genou.

Elle s'allongea et posa son avant-bras sur son visage.

— Vous comprendrez que je préfère ne pas regarder.

— J'ai remarqué que vous ne raffoliez pas du sang.

Il choisit une paire de ciseaux à pansements et entreprit de découper son pantalon en laine foncée en commençant par le bas. Le cuir mince, à l'évidence luxueux, de sa botte était imprégné de sang. Il continua à couper en espérant qu'il n'aurait pas à aller trop haut, de peur de passer pour un pervers. La plaie était en forme d'arc : elle avait dû se heurter contre quelque chose sous le tableau de bord.

— Vous avez une bonne entaille ici, juste au-dessus du genou.

Ça devait lui faire sacrément mal. La blessure n'était pas très profonde mais ça saignait beaucoup.

— Vous avez besoin de points de suture, dit-il.

— Vous pouvez vous en occuper ?

— Je ne suis pas chirurgien esthétique. Si je le fais, vous risquez d'avoir une cicatrice.

— Dans ce cas, pouvez-vous arrêter le saignement ? Je trouverai bien un médecin demain matin.

— Ça ne peut pas attendre. Le risque d'infection est trop élevé. Un médecin n'admettrait jamais d'attendre plus de sept heures. En outre, les routes seront toujours fermées demain matin.

— Bon, alors, allez-y. Une cicatrice, ce n'est pas bien grave.

C'était pour le moins inattendu venant d'une femme aussi jolie.

— Entendu. Je vais endormir la zone… Il faudra sans doute une douzaine de points de suture. Si je les fais tout petits, la cicatrice sera minime.

Il songea à lui proposer un calmant, mais il n'était pas certain du dosage. Elle pesait probablement le même poids qu'un Rottweiler. quatre-vingts grammes devraient faire l'affaire, mais rien n'était moins sûr. Il préférait s'en tenir à une anesthésie locale.

— Je resterai tranquille pour la novocaïne, dit-elle.

— C'est de la lidocaïne, 1 %.

Ça lui faisait bizarre de soigner un patient sans avoir besoin de l'attacher.

Elle ne broncha même pas quand il fit la piqûre.

— Dans quelques minutes, vous ne sentirez plus rien, dit-il.

— Je l'espère bien !

Elle écarta le bras avec lequel elle se couvrait les yeux, et désigna le comptoir.

— Si je suis très sage, aurai-je droit à l'un de ces biscuits qui sont dans le bocal ?

— Autant que vous voudrez, répondit Noah en fendant l'enveloppe stérile d'un plateau à suturer. Ça donne une haleine parfumée à la menthe, et ça rend les dents blanches.

— Dans ce cas, ça ne peut pas faire de mal, murmura-t-elle.

Il changea de gants, puis entreprit de nettoyer la plaie et de la recoudre.

Certains animaux ont une peau plus délicate que celle des humains. Il opta pour un fil de Nylon de 0,3 mm et une aiguille pour suture externe standard qu'il utilisait d'habitude pour les chevaux.

Il chaussa des lunettes grossissantes et orienta la lampe sur la plaie en œuvrant avec autant de précision que possible pour éviter une cicatrice pareille à une fermeture Eclair sur cette peau claire et délicate.

Il sentit que sa patiente recommençait à trembler, et songea qu'il devrait peut-être bavarder avec elle pour la calmer et l'inciter à se tenir tranquille. D'ordinaire, avec ses patients, quelques gloussements compatissants faisaient l'affaire.

— Je ne sais même pas comment vous vous appelez, dit-il.

— Sophie. Sophie Bellamy.

— Etes-vous apparentée aux Bellamy qui possèdent une résidence de vacances au nord du lac ?

— D'une certaine manière, oui. J'étais l'épouse de Greg Bellamy. Nous avons divorcé.

« Mais elle a gardé le nom de Greg ! » songea Noah.

— J'ai deux enfants ici, à Avalon, ajouta-t-elle.

Cela expliquait sans doute qu'elle ait conservé le patronyme de son mari. Mais pourquoi ses enfants ne vivaient-ils pas avec elle ?

Noah se rappela que tout cela ne le regardait pas. Les gens étaient compliqués, en proie à toutes sortes d'émotions et de problèmes ahurissants. Rien n'était jamais simple avec l'espèce humaine. Il préférait de loin avoir affaire aux animaux.

« Papote », se dit-il. « Distrais-la. »

— Alors, vous êtes ici en vacances ? Ou vous revenez de voyage ?

Elle marqua un temps d'arrêt, comme si elle réfléchissait à la réponse à donner, ce qu'il trouva bizarre car sa question n'avait rien de complexe.

— J'ai atterri à JFK cet après-midi. Les vols pour l'aéroport de Kingston-Ulster avaient été annulés à cause du temps, alors j'ai loué une voiture. J'aurais dû prendre le train, je suppose, mais j'avais hâte d'arriver.

Elle avait atterri à l'aéroport de New York, mais d'où venait-elle ? Il s'abstint de le lui demander, s'attendant à ce qu'elle remplisse elle-même les pointillés. Voyant qu'il n'en était rien, il se concentra sur sa tâche.

— Et vous habitez chez les Wilson, de l'autre côté de la rue ? reprit-il au bout d'un moment.

— Pas vraiment. Ils m'ont prêté leur maison. C'est une résidence d'été. Alberta — Bertie — Wilson et moi avons fait nos études de droit ensemble.

— Oh ! Vous êtes avocate ?

— Oui.

— Vous auriez pu me le dire avant que je vous recouse avec une aiguille destinée aux chevaux !

— M'auriez-vous soignée différemment ?

— Je n'en sais rien. Je ne vous aurais peut-être pas soignée du tout. Ou je vous aurais demandé de signer une décharge.

— Ça n'arrêterait pas un bon juriste. Mais vous n'avez pas à vous inquiéter, s'empressa-t-elle d'ajouter. Vous m'avez porté secours, et je n'ai pas la moindre envie de vous faire un procès.

— C'est bon à savoir.

Noah enleva le drap chirurgical qui lui couvrait la jambe et acheva de nettoyer la plaie en la badigeonnant d'une solution à base de povidone iodée.

— Vous devriez quand même jeter un coup d'œil. Ce n'est pas très beau à voir.

Elle s'assit en prenant appui sur ses mains. Les points de suture formaient une fine courbe noire sur sa peau claire, teintée d'ambre par le désinfectant.

— Vous avez arrêté le saignement, dit-elle.

— Ça, c'est certain.

Il posa un carré de gaze sur la plaie.

— Attention : vous ne devez pas toucher les fils ni tirer dessus. Si vous étiez l'un de mes patients habituels, je vous mettrais un collier en forme d'abat-jour pour vous empêcher de mordiller le pansement.

— Ça ne sera pas nécessaire.

— Il faut garder la plaie à l'abri de l'humidité, dans la mesure du possible.

— Je devrais pouvoir y arriver.

Elle se tint immobile pendant qu'il finissait le pansement. Il vérifia sa tension une deuxième fois.

— Pas de changement, constata-t-il. C'est bien.

— Je vous suis très reconnaissante. Je ne sais pas comment vous remercier.

Il lui tendit les deux mains tandis qu'elle descendait de la table avec précaution. Elle vacilla un peu, et il glissa un bras autour de sa taille.

— Allez-y doucement, dit-il. Ce soir, il faudrait garder la jambe surélevée, autant que possible.

— Entendu.

Le choc qu'il éprouva en la tenant contre lui le sidéra. Son menton effleura ses cheveux soyeux. Elle sentait le frais comme un vent d'hiver ; elle était toute douce et légère.

Elle parut tout aussi ébranlée par son contact, et frissonna imperceptiblement. De peur ? De soulagement ? Il n'aurait su le dire.

Puis, très doucement, elle se dégagea de son étreinte. Il la guida vers la salle de réception. Le bureau de son assistante Mildred était méticuleusement rangé. Le sien, en revanche, croulait sous les journaux, les manuels de référence ; il y avait aussi des jouets, des figurines, des cartes provenant des maîtres de ses patients. Tout un tableau d'affichage était consacré à des petits mots écrits par des enfants, accompagnés de photos d'eux avec leurs animaux. Il adorait les gosses.

— Merci encore, monsieur Shepherd. Dites-moi combien je vous dois.

— Vous plaisantez ?

— Je ne plaisante jamais. Vous avez accompli un acte médical. Il est normal que vous soyez rémunéré.

— Bien sûr.

Elle parlait comme une juriste. S'il avait effectué la même opération sur un doberman, il aurait demandé quelques centaines de dollars.

— Il n'est pas question d'argent entre nous. Cela dit, vous devriez voir un médecin le plus rapidement possible.

— Eh bien, vous avez fait plus que votre devoir, dit-elle. Vous êtes mon héros.

Il n'en détecta pas moins quelques vestiges de crainte dans le vibrato subtil de sa voix, et en conclut qu'elle cherchait à se montrer courageuse. A moins que ce ne soit de l'ironie.

— Personne ne m'a jamais appelé comme ça.

— Je parie que certains de vos patients le feraient s'ils pouvaient parler.

Elle détourna les yeux. Il fut content de voir qu'elle avait repris un peu de couleurs. Bon sang, elle était vraiment canon !

— Bon. Je ferais bien de descendre à la maison, maintenant...

— Sûrement pas ! Pas ce soir...

— Mais...

— Les routes sont pires que jamais. Il y a bien une allée chez les Wilson, mais elle est enfouie sous près de un mètre de neige, à l'heure qu'il est. Il doit faire un froid de canard là-bas. Vous allez passer la nuit ici.

Elle regarda autour d'elle.

— Vous avez l'intention de me mettre dans une caisse au fond ?

— Pourquoi pas à côté du chat de Mme Levinson ?

Il désigna le banc dans la salle d'attente.

— Asseyez-vous et mettez votre jambe en hauteur. Je dois jeter un coup d'œil à mes patients. Ensuite, nous irons chez moi. Ce n'est pas le Ritz, mais je vous donnerai quelque chose à manger et un lit.

— Je vous ai déjà suffisamment importuné...

— Un peu plus, un peu moins, quelle importance ?

— Mais...

— Sérieusement, ce n'est pas un problème.

Il se rendit au fond du bâtiment, à peine éclairé par des lampes de nuit bleutées. Toby le chat était réveillé, mais, de toute évidence, il ne souffrait pas. Et il avait assez d'eau. Brutus, le basset, dormait profondément en ronflant sans retenue. L'autre chat, Clémentine, était en train de faire méthodiquement sa toilette.

Noah détacha son réservoir d'eau presque vide.

— Tu l'as vue, Clem ? chuchota-t-il. Vise un peu la chance que j'ai ! J'ai décroché le gros lot dans un fossé.

L'animal lui fit un clin d'œil, puis leva sa patte avant et entreprit de la lécher avec application.

— Je ne te le fais pas dire, ma belle ! marmonna Noah.

Certes, un accident lui avait permis de rencontrer Sophie. Mais peut-être le destin avait-il quelque chose à voir là-dedans. La plus belle femme de la galaxie, qui l'avait appelé « mon héros », était sur le point de s'installer de l'autre côté de la rue.

D'accord, il attachait sans doute trop d'importance à une rencontre due au hasard. Et alors ? Han Solo n'hésiterait certainement pas à tirer le meilleur parti de la situation. Elle était très jolie et elle avait pris la peine de lui préciser qu'elle n'était pas mariée. Et puis elle avait des gamins. Il adorait les enfants. Il avait toujours rêvé d'en avoir une ribambelle. Sa dernière conquête l'avait quitté à cause de ça. Et voilà qu'il tombait sur une femme qui en avait déjà !

Il alla se laver les mains en s'intimant l'ordre de ne pas prendre ses désirs pour des réalités. Le sort lui avait fourni une occasion en or. A lui de voir ce qu'il pouvait en advenir.

Il était à peu près certain qu'il n'avait jamais rencontré quelqu'un comme Sophie Bellamy. Il se demandait qui elle était, à part l'ex-femme de Greg Bellamy. D'où venait-elle et qu'est-ce qui l'avait poussée à rouler la nuit en pleine tempête de neige ? Il se demandait aussi s'il devait s'inquiéter du désespoir qu'il avait perçu dans son regard ?

DEUXIÈME PARTIE

Un mois plus tôt

EPIPHANIE

Une épiphanie est une prise de conscience soudaine, un phénomène qui dévoile tout à coup une vérité cachée, comme une renaissance provoquée par un événement qui change la vie.

Dérivée d'un mot grec qui signifie « apparition » ou « manifestation », l'Epiphanie est aussi une fête chrétienne, également connue sous le nom de Douzième Jour, puisqu'elle tombe douze jours après Noël. Cette date coïncide traditionnellement avec la visite des Mages. Ce jour-là, on mange la galette des Rois... à moins que ce ne soit des gougères.

GOUGÈRES

Les gougères, d'origine française, sont des petits choux au fromage. On les sert traditionnellement vers cette époque de l'année avec du champagne sec, mais non brut.

- 250 ml d'eau
- 125 g de beurre doux, coupé en petits morceaux
- ½ c. c. de sel
- 125 g de farine
- 4 gros œufs
- 240 g de gruyère râpé.

Préchauffez le four à 180°. Tapissez une plaque allant au four de papier sulfurisé. Mettez l'eau, le beurre et le sel dans une casserole ; portez à ébullition puis baissez à température modérée. Ajoutez la farine en une fois et mélangez bien avec une cuillère de bois jusqu'à ce que la préparation se détache des bords de la casserole.

Transférez cette pâte à choux dans un plat creux et incorporez les œufs, un par un, à l'aide d'un mixeur. Si la pâte est trop sèche, ajoutez un œuf.

Ajoutez le gruyère râpé. Avec une cuillère à soupe, déposez des petits tas de pâte à choux à deux centimètres d'écart sur la plaque. Faites cuire 25 minutes environ, jusqu'à ce que les choux soient bien dorés. Servez chaud.

2

Le Palais de la Paix
La Haye, Pays-Bas
6 janvier, Epiphanie

La limousine noire rutilante s'arrêta en douceur devant l'entrée de l'édifice gothique en pierre de taille, sa silhouette massive se détachant dans la lueur artificielle des lampes antibrouillard jaunes. Une pluie drue crépitait sur le toit de la Citroën, produisant un bruit de mitraille.

Derrière les vitres pare-balles à l'arrière, Sophie Bellamy vérifia une dernière fois sa coiffure et son maquillage avant de fermer son poudrier d'un coup sec. Elle rangea sa pochette dans le compartiment logé dans l'accoudoir. Vu l'ampleur des dispositifs de sécurité qui régnaient désormais au palais, il lui avait semblé plus simple de pénétrer dans le bâtiment sans rien hormis sa carte d'accréditation préenregistrée et les vêtements qu'elle avait sur le dos.

Au début, quand elle assistait aux manifestations organisées au Palais de la Paix, elle se sentait nue sans sa pochette. Depuis lors, elle s'était habituée à passer toute une soirée officielle sans rouge à lèvres ni peigne ni clés ni portable. Autant d'objets strictement interdits par mesure de sécurité.

Ce soir-là, ces précautions extrêmes étaient justifiées. La décision rendue récemment par la Cour de justice internationale eu égard aux crimes de guerre, une affaire qui avait consumé deux années de sa vie, était sujette à controverse et susceptible de provoquer des violences.

La limousine prit sa place dans une file d'attente derrière quelques autres, et attendit son tour. Jadis, Sophie était tout excitée par ces cérémonies prestigieuses. Désormais, c'était la routine. Elle n'arrivait pas à croire qu'elle ait pu s'y habituer si vite. Chauffeurs et agents de sécurité, une garde-robe haute couture, des dignitaires tout sourires, des traductions chuchotées dans l'oreille par l'intermédiaire d'un casque — tout cela était devenu monnaie courante dans sa vie.

On dirigeait les invités vers le portail de sécurité extérieur sous de grands parapluies noirs dont les ombres ondulées jetaient des reflets noir argenté sur la façade en pierre taillée du Paleisplein.

On l'avait prévenue qu'il fallait s'attendre à ce que l'événement soit couvert par les médias, mais elle ne vit qu'une seule camionnette de presse sans fenêtre.

L'équipe de tournage débraillée était en train de s'installer à une trentaine de mètres de l'édifice. En dépit de la portée historique de la soirée, que la reine Beatrix en personne devait honorer de sa présence, l'événement passerait inaperçu aux yeux du monde. Les Américains étaient trop occupés à regarder les dernières vidéos sur internet pour s'intéresser au fait que la géographie de l'Afrique venait de changer, en grande partie grâce à elle.

Son portable vibra. Elle découvrit une photo de son fils, Max, sur une plage de sable blanc, accompagnée d'un texto : « Sainte-Croix, génial. Papa et Nina se marient tout à l'heure. Gros bisous. »

Sophie regarda fixement le message que lui avait adressé son fils de douze ans. Elle savait que c'était le grand jour. Son ex allait se marier sur une île tropicale.

Elle referma doucement le clapet de son téléphone et le pressa contre sa poitrine en essayant d'apaiser les sentiments qui faisaient rage en elle et lui transperçaient le cœur. Mais cela lui était impossible.

André, son chauffeur, alluma les feux de détresse pour signaler qu'il était sur le point de sortir de son véhicule. Il ajusta sa casquette plate sur son crâne. Ses épaules se soulevèrent alors qu'il prenait une inspiration profonde. D'origine sénégalaise, André n'avait jamais été fan du climat d'Europe du Nord, en particulier au mois de janvier.

Un brusque crissement de pneus se fit entendre, suivi d'une sorte de détonation. Sans un instant d'hésitation, Sophie se tapit sur le plancher de la voiture en saisissant au passage le téléphone de la voiture. André fit de même à l'avant. Puis un coup de Klaxon retentit et une voix transmise par haut-parleur annonça qu'il s'agissait d'une fausse alerte — en néerlandais, en français et en anglais.

André abaissa la cloison-bouclier séparant sa cabine de l'arrière du véhicule.

— Ce n'est rien, dit-il. Juste une voiture qui a pétaradé.

Merde ! Il faut toujours qu'il y ait quelque chose pour nous mettre à cran.

Depuis le début de la semaine, la ville était en état d'alerte maximale à cause des violences entre gangs rivaux. En outre, les chauffeurs des services étrangers faisaient parfois l'objet de vols dans la mesure où il leur arrivait de s'assoupir pendant qu'ils restaient garés des heures dans des lieux publics.

Sophie chercha son poudrier pour vérifier de nouveau son apparence. Elle avait dû se soumettre à une longue formation pour gérer les situations de crise, et son métier la confrontait à des gens qui faisaient partie des plus dangereux de la planète. Mais elle ne craignait jamais vraiment pour sa sécurité. Les mesures en place étaient d'une telle ampleur que le risque devenait minime.

André leva une main gantée pour lui demander tacitement si elle était prête. Faisant fi de la vanité, elle hocha la tête en serrant sa carte d'identité plastifiée dans sa main. Sa portière s'ouvrit et un parapluie foncé tenu par un portier en livrée se déploya au-dessus d'elle.

— Bon, j'y vais ! dit-elle à André.

— Entendu, Madame, répondit-il avec son accent franco-africain aux intonations mélodieuses. Je vous attends.

Bien sûr qu'il attendrait ! Il attendait toujours, Dieu merci. Quand elle le rejoindrait, elle serait remontée à bloc, entre le champagne et la satisfaction du devoir accompli. Et elle n'aurait personne d'autre que lui pour se confier.

André savait écouter. Pendant le court trajet entre son lieu de résidence et le palais, elle lui avait avoué à quel point ses enfants lui manquaient.

Elle aurait adoré que Max et sa fille Daisy soient à ses côtés, ce soir, pour être témoins des honneurs qui allaient lui être conférés. Mais ils se trouvaient de l'autre côté de l'Atlantique, avec leur père qui, ce jour-là précisément, allait convoler en justes noces.

Peut-être les époux étaient-ils en train d'échanger leurs vœux à l'instant même ?

Cette idée lui faisait l'effet d'un caillou dans sa chaussure. Cette triste réalité ternissait incontestablement l'éclat de cette soirée prestigieuse.

« Arrête ! se dit-elle. C'est *ta* soirée. »

Quand elle sortit de la voiture, son pied glissa sur les pavés mouillés et, l'espace d'une seconde cauchemardesque, elle crut qu'elle allait s'étaler de tout son long. Un bras puissant la rattrapa par la taille et l'aida à retrouver son équilibre.

— André, souffla-t-elle, vous venez de m'éviter une catastrophe.

— Ce n'est rien, Madame, répondit-il en restant à proximité.

La lumière éclairait son visage grave, si doux.

Sophie songea qu'il y avait longtemps qu'un homme ne l'avait pas tenue dans ses bras… beaucoup trop longtemps. Elle chassa de son esprit cette pensée totalement déplacée, s'assura qu'elle se tenait fermement sur ses jambes et s'écarta d'André.

Le froid la saisit. Son long manteau en cachemire ne suffisait pas, ce soir. On annonçait de la neige. C'était rare à La Haye, mais déjà la pluie était en train de se changer en neige fondue. Sous l'ample parapluie, elle dépassa rapidement la cahute des gardes pour gagner le premier poste de contrôle.

Une allée contournait le monument au flambeau de la paix éternelle, protégé des intempéries par un capuchon en métal martelé. Il lui restait vingt mètres à parcourir jusqu'au portique, que l'on avait équipé d'un dais et d'un tapis rouge pour l'occasion.

Quand elle fut à l'abri sous le dais voûté, le portier lui murmura : « Bonsoir, madame. Et bienvenue. » La plupart des membres du personnel parlaient français, langue communément utilisée dans les tribunaux internationaux, avec l'anglais.

— Merci.

Le préposé au parapluie fila chercher le prochain invité.

A l'entrée principale, la file d'attente avançait lentement. Il s'agissait de franchir un vestiaire, et un autre point de contrôle. Sophie ne connaissait personne, mais le visage de plusieurs invités lui était familier — des dignitaires tout de noir vêtus accompagnés de leur famille, des Africains en tenue de cérémonie, des diplomates venus des quatre coins du globe rendre hommage à une aube nouvelle pour Umoja, la nation que la Cour venait de libérer d'un seigneur de la guerre financé par un syndicat de diamantaires corrompus et hors-la-loi.

Juste devant Sophie, il y avait une famille américaine. L'homme en uniforme prenait naturellement la pose d'un militaire de carrière. Sa femme et ses filles adolescentes l'entouraient, pareilles à des nations satellites. Sophie reconnut vaguement le mari, un attaché du quartier général suprême des forces alliées européennes en Belgique. Elle se retint de les saluer de peur d'interrompre ce qui lui faisait l'effet d'une charmante sortie en famille.

La femme de l'attaché militaire se pressait contre son mari comme pour se protéger du froid. Elle était un peu ronde et affichait une assurance désinvolte. Comme Sophie, elle portait des boucles d'oreilles en or toutes simples. Porter des pierres précieuses, des diamants en particulier, lors d'un événement comme celui-ci aurait été le summum de l'insensibilité.

La famille américaine paraissait en sécurité dans son petit monde à quatre. A cet instant, Sophie ressentit si fortement l'absence de ses enfants que cela lui fit l'effet d'un coup de poignard.

Le vent glacial qui balayait la place lui piquait les yeux. Elle cligna rapidement des paupières, de peur que son mascara ne coule. Elle releva le col de son manteau en tournant le dos à la bourrasque. Une camionnette de livraison était garée près de l'entrée latérale du palais. Haagsche Voedsel Dienst S.A. Le meilleur traiteur de la ville. « Tant mieux », pensa Sophie. Cependant, ils avaient dû prendre du retard. Les serveurs en veste blanche couraient frénétiquement en tous sens, poussant de lourds chariots vers l'entrée de service tout en parlant en faisant de grands gestes.

Sophie grelottait quand elle atteignit enfin le vestiaire. Il faisait un froid sans nom à La Haye, pendant les tempêtes hivernales. La ville avait été bâtie sur des terres autrefois immergées sous la glaciale mer du Nord, et cernées de digues. Lorsque les éléments se déchaînaient, on avait vraiment la sensation que la nature s'évertuait à récupérer son bien. Le vent vous transperçait de part en part, telle une lame de couteau, vous glaçant jusqu'à la moelle. A La Haye, les gens disent : « Si j'arrive à tenir debout, rien ne m'empêchera de sortir. »

Sophie retira à contrecœur ses gants en daim tout doux, et tendit son long manteau en cachemire à la préposée, en prenant soin de mémoriser son numéro : 47. Elle glissa le carton dans sa poche. Tandis qu'elle lissait le devant de sa robe en se tournant vers l'entrée, elle remarqua le regard de la femme de l'attaché-militaire posé sur elle, empreint d'un mélange d'admiration et d'envie.

Sophie avait passé la moitié de la journée à se préparer. Elle portait une robe haute couture et des chaussures qui coûtaient plus cher qu'un meuble. La robe lui allait à merveille. Elle avait fait de la natation d'endurance au lycée, et elle continuait la compétition, ce qui lui permettait de garder la forme. Ses cheveux blonds étaient relevés en un chignon impeccable. Bijou, sa coiffeuse, affirmait qu'elle ressemblait à Grace Kelly. Une actrice : cela lui semblait approprié. Son travail ne consistait-il pas pour une grande part à gérer images et mises en scène ? Tout pour la parade !

Elle sourit à la femme de l'attaché-militaire, consciente de l'ironie de la situation. *Ne sois pas jalouse,* avait-elle envie de dire. *Tu as ta famille auprès de toi. Que veux-tu de plus ?*

Après avoir franchi le portique de sécurité, elle s'achemina seule le long d'un couloir à colonnades en direction de la salle de bal. Puis elle attendit au milieu d'une foule grouillante que vienne son tour d'être annoncée.

Elle se dressa sur la pointe des pieds et tendit le cou pour essayer d'apercevoir quelque chose. Une part si importante de son travail avait lieu dans la tour de verre et d'acier du Tribunal pénal international qu'elle en oubliait souvent les idéaux romantiques qui l'avaient poussée jusque-là. Mais ici, dans ce palais richement décoré construit par Andrew Carnegie, elle se souvenait que c'était une mission à laquelle la plupart des gens devaient se contenter de rêver. Elle était Cendrillon, sans le prince.

Resplendissant dans sa livrée, le majordome se pencha vers elle pour examiner sa carte d'identité. Un minuscule tortillon dans son oreille le reliait au micro d'un interprète.

— Etes-vous accompagnée, madame ?

— Non, répondit Sophie. Je suis seule.

Dans cette sphère d'activité, qui avait le temps de chercher un prince ?

— Mme Sophie Lindstrom Bellamy ! proclama-t-il d'une voix de stentor, du Canada et des Etats-Unis.

Elle avait la double nationalité, sa mère étant canadienne et son père américain. Bien que les USA ne soient pas membres du Tribunal de La Haye, le reste du monde s'accordait à dire qu'il fallait un intermédiaire pour juger les criminels de guerre. Aussi était-ce en sa qualité de citoyenne canadienne que Sophie servait cette Cour. En s'armant d'un sourire photogénique, elle pénétra dans la salle étincelante sous le flot de lumière dorée des chandeliers et des appliques, l'air vibrant de paroles de bienvenue. En dépit de l'accueil chaleureux, elle était consciente qu'elle affronterait cette soirée comme presque tous les grands moments de sa vie : dans la solitude.

Elle dissipa cette pensée à l'aide d'une flûte de champagne offerte par un grand serveur maladroit. Pas question de gâcher tout ça en se laissant aller aux regrets et aux doutes. Après tout, ce n'était pas si souvent que l'on rencontrait une reine et que l'on se voyait décerner une médaille de la liberté par une nation reconnaissante.

La Haye était une cité royale, siège du gouvernement néerlandais, et la reine Beatrix ne ménageait pas ses efforts dès lors qu'il s'agissait d'honorer ses fonctions officielles. Si la famille royale britannique avait ses scandales, les Orange-Nassau de Hollande, eux, pouvaient se prévaloir d'un monarque aussi zélé que n'importe quel fonctionnaire d'Etat. Des agents la sécurité en civil patrouillaient discrètement à la périphérie de la salle, scrutant la foule en permanence. C'était une assemblée internationale et festive. Une femme arborait une coiffe ; sa robe à volants formait un panache de couleurs. Il y en avait une autre en kimono. Plusieurs hommes portaient de pittoresques tuniques africaines. Quant aux Occidentaux, ils étaient tous en smoking et robe longue. L'espace de quelques instants, Sophie se sentit vibrante de vie et oublia ce qui se passait au sein de sa famille. Un chœur d'enfants en uniformes scolaires amidonnés se produisit avec une joie contagieuse ; leurs voix emplirent l'immense salle gothique. La musique avait des origines culturelles diverses — des airs traditionnels tels que « Il est né le divin enfant », « Les Bergers » succédaient à des danses indigènes en passant par le fredonnement guttural d'un chant rituel.

Le chœur entonna *Impuka Nekati*, un chant d'action évoquant un chat lancé à la poursuite d'une souris. Ils arrivaient encore à chanter, ces orphelins de la guerre. Sophie aurait voulu les emmener tous chez elle. Elle en reconnut quelques-uns qu'elle avait rencontrés plus tôt dans la semaine lorsqu'un petit groupe d'entre eux était venu apporter des fleurs aux avocats chargés de la partie plaignante.

Le combat qu'elle menait pour mettre fin aux crimes transnationaux perpétrés contre des enfants lui prenait tout son temps et toute son énergie, et c'étaient ses propres enfants qui en payaient le prix. Combien de spectacles et de récitals auxquels Max et Daisy participaient avait-elle ratés à cause de son travail ? Elle aurait donné cher pour qu'ils soient là à ses côtés et qu'ils puissent mesurer le résultat de leurs sacrifices. Peut-être comprendraient-ils, alors. Peut-être lui pardonneraient-ils.

Une fillette aux genoux noueux et aux dents très blanches s'époumonait comme si sa vie en dépendait. Comme si le chant lui était aussi nécessaire que la respiration. A la fin du concert,

Sophie se mit en quête de cette petite qui avait volé la vedette à tous ses camarades.

— Tu chantes merveilleusement bien, lui dit-elle.

Oh, ce sourire !

— Merci, madame, répondit l'enfant.

Puis, sans se laisser intimider, elle ajouta :

— Je m'appelle Fatou. Je viens du village de Kuumba.

Elle n'avait pas à s'étendre davantage. L'attaque de la milice contre ce village avait rivalisé avec les pires atrocités perpétrées en temps de guerre. En se rappelant les rapports qu'elle avait lus sur Kuumba, Sophie sentit monter en elle un regain de rage envers ces hommes qui commettaient des actes inhumains à l'encontre d'enfants comme Fatou.

A la pensée de ce que ces yeux bruns veloutés avaient vu, de ce que Fatou avait enduré, Sophie se demanda comment elle pouvait encore tenir debout, affronter le monde. Chanter !

— Je suis contente que tu sois en sécurité, maintenant, lui dit-elle.

— Oui, madame. Merci, madame, répondit la petite en souriant de nouveau.

Et ce sourire reflétait toutes les raisons pour lesquelles Sophie faisait ce qu'elle faisait, même si cela l'obligeait à vivre loin de sa famille et à travailler plus d'heures que la journée n'en comptait — c'était en tout cas l'impression qu'elle avait parfois.

A cet instant, un brouhaha parcourut la foule. La fillette eut l'air inquiet, mais Sophie surprit une allusion à propos d'une rumeur de neige.

— Viens, dit-elle en prenant Fatou par la main. Allons voir dehors.

Elle l'entraîna vers la haute fenêtre gothique et écarta les tentures en velours.

— Regarde ! dit-elle.

Fatou mit sa main en visière et se pencha un peu en avant. La neige tombait à gros flocons, changeant les jardins du palais en un merveilleux paysage hivernal baigné d'une douce lueur sous les lampadaires à sodium.

— Je n'ai jamais vu ça. C'est magique, madame.

Des ombres vacillaient sur une petite allée pavée qui blanchissait à vue d'œil. En se penchant à son tour pour mieux voir, Sophie se rendit compte que la cour était déserte et tranquille. Elle aurait tant aimé que Max et Daisy assistent à cette splendeur... Elle était heureuse qu'au moins Fatou partage ce moment avec elle. Elle se tourna vers la fillette en souriant.

Manifestement fascinée par la neige, les yeux rivés sur ce monde enchanteur, Fatou ne remarqua même pas son sourire.

3

Une fois que tout le monde eut contemplé la neige, le spectacle reprit. Sophie s'approcha du buffet pour voir ce que l'on proposait aux convives. A l'instar de la musique, les mets représentaient la communauté de nations rassemblée ce soir-là. Le plateau de gougères, des petits choux au fromage tout dorés, lui mit l'eau à la bouche, mais elle résista à la tentation d'y goûter. Elle ne pouvait pas se permettre de manger quoi que ce soit. Il fallait qu'elle soit au top pour la cérémonie. Des miettes sur sa robe, du rouge à lèvres passé ne feraient pas l'affaire.

A son grand étonnement, la présentation culinaire, d'ordinaire méticuleuse, laissait à désirer, ce soir, les plats et les fleurs étant disposés sans élégance. Le chef serveur, un blond charpenté, claqua des doigts en lançant un ordre dans le micro de son casque. En tendant le bras pour réapprovisionner le plat de crevettes, il se débrouilla pour casser une sculpture en glace, et Sophie était à peu près certaine de l'avoir entendu jurer dans sa barbe. *Profitez-en ce soir*, pensa-t-elle en prenant une flûte de champagne sur une console. *On ne vous reverra pas de sitôt*. Ici, dans la Cour la plus puissante du monde, le service devait être impeccable. Une incartade, et le traiteur était grillé.

Elle s'approcha d'un groupe rassemblé autour de Momoh Sanni Momoh, premier ministre d'Umoja, resplendissant dans sa tunique de soie couleur safran. Comme elle attendait pour le saluer, elle tomba sur une de ses collègues, Bibi Lateef. Originaire elle-même de Umoja, Mme Lateef arborait ce soir une tenue indigène qui contrastait de manière saisissante avec la toge stricte qu'elle portait d'ordinaire au tribunal.

— Vous êtes splendide, madame, dit-elle à Sophie en la gratifiant d'un sourire étincelant.

La victoire et la joie dansaient dans ses yeux.

Elles s'étreignirent, puis Sophie recula pour contempler son amie.

— Je suis éblouie. Ça vous va à ravir.

— Je suis contente de l'entendre, répondit Mme Lateef, pour la bonne raison que je n'aurai plus besoin de ma toge, désormais.

Sophie sourit fièrement. Aussi chevronnée et diplômée que les autres juristes du Tribunal, Bibi se verrait attribuer à coup sûr un rôle important au sein du nouveau gouvernement d'Umoja.

— Vous avez un nouveau titre, alors ? Quel est-il ?

— Que diriez-vous de « ministre des Affaires sociales » ? répondit Bibi.

Sophie lui prit la main. Bibi Lateef avait perdu plusieurs membres de sa famille lors des affrontements, et elle s'impliquait personnellement dans ce combat. Le retour dans sa terre natale risquait fort d'être d'une amère douceur.

— Cela me semble parfait pour vous, dit Sophie. Félicitations ! Mais vous allez me manquer. Je souhaitais vivement voir cette affaire toucher à son terme, mais je regretterai de ne plus travailler avec vous.

— Nous avons du pain sur la planche. J'ai l'intention de m'occuper en premier lieu des familles déplacées et des orphelins de guerre. Promettez-moi de venir me rendre visite.

— Entendu.

Sophie s'était rendue à plusieurs reprises au Umoja. C'était un pays d'une beauté saisissante, même dans le sillage de la guerre. Les combats et les ravages provoqués par les mines avaient décimé les villes, mais de vastes régions s'en étaient sorties indemnes — les hauts plateaux de terre rouge, les forêts tropicales en pleine montagne et les zones arrosées par les fleuves où les villes commençaient déjà à renaître.

— Je vous obligerai à tenir votre promesse, dit Bibi. Je suis si heureuse de vous avoir connue !

La gratitude que Sophie perçut dans son regard la toucha profondément.

— Ce fut un honneur de servir la cause de la justice, sincèrement, répondit-elle en regardant son amie se composer un visage alors qu'elle s'apprêtait à s'entretenir avec les petits chanteurs dans leur langue.

Voilà ce qui motivait Sophie : ces instants où elle avait la certitude que ce qu'elle faisait était important. Que tout cela valait le mal qu'elle s'était donné, tous les sacrifices qu'elle avait faits. Elle n'en continuait pas moins à se poser perpétuellement la même question : ses enfants partageraient-ils son point de vue ?

Tandis qu'elle attendait toujours son tour pour saluer le premier ministre, un homme portant un badge de la presse se matérialisa sous ses yeux.

— Brooks Fordham, *New York Times*. S'il vous plaît, dites-moi ce que cette soirée représente pour vous.

Sophie lui sourit avec réserve.

— Monsieur Fordham, si vous tenez à ce que je vous raconte toute l'histoire, ça prendra des heures.

— J'y tiens. Si vous me donniez la version abrégée ? Et s'il vous plaît, appelez-moi Brooks !

Sophie connaissait l'espèce d'homme à laquelle il appartenait — gâté par la vie, ambitieux, surdiplômé, bel homme, et il le savait. Mais elle se prêta au jeu, résumant en peu de mots la situation qui avait abouti à cette soirée. Umoja avait été une nation asservie, opprimée par un syndicat de diamantaires européen semi-légal et leurs collaborateurs africains conduits sous la houlette d'un criminel de guerre notoire, un certain général Timi Abacha. Pendant vingt ans, le pays avait été gouverné par une milice impitoyable financée par le commerce du diamant sanguinaire. Au bout du compte, les atrocités avaient pris une ampleur telle que le monde avait fini par découvrir le pot aux roses.

Et puis il y avait eu la photo grâce à laquelle le reste du monde en était arrivé à situer Umoja sur la carte. Elle montrait un jeune indigène auquel il manquait une main et une oreille : il fixait l'objectif d'un regard qui avait perdu toute innocence. Il avait été arraché à sa famille, forcé à travailler et châtié par le biais de la mutilation, tout cela parce qu'il était menu au point de pouvoir se glisser dans un puits de mine. Le cliché avait fait la une des journaux et des magazines du monde entier, et il avait galvanisé la communauté internationale, la poussant à intervenir. Une équipe d'investigateurs internationaux avait mené une enquête approfondie sur les pratiques d'esclavage, d'enrôlement intempestif d'enfants, de sévices, de viol. Le dossier monté avec un soin méticuleux compromettait un grand nombre de protagonistes clés. Il arrivait « malheur » aux gens qui interrogeaient les « mauvaises » personnes ou se trouvaient au « mauvais » endroit à un moment inopportun.

Sophie connaissait toute l'histoire par cœur, peut-être mieux que quiconque dans cette salle. En préparant le plaidoyer, elle s'était enferrée dans l'argile rouge de cette nation enclavée. Sur la carte, elle avait la forme d'un broc dont le bec plongeait vers la pointe de l'Afrique du Sud.

Et c'était bien évidemment ce qui faisait de ce pays un butin prisé. Ses régions limitrophes incluaient des mines de diamants parmi les plus prolifiques du monde, produisant des pierres brutes d'une qualité exceptionnelle. Depuis des générations, les tribus indigènes s'étaient défendues contre les colonialistes européens et leurs rivaux locaux. Pour finir, dix ans plus tôt, une tribu solitaire, armée et financée par des intérêts diamantaires, avait pris le contrôle de la nation à la faveur d'un coup d'Etat sanglant.

Son peuple avait enduré des tortures dépassant l'imagination — viol, purification ethnique, génocide. Les petits garçons étaient enrôlés de force sous les drapeaux ; des petites filles étaient violentées puis rejetées, ou contraintes de porter les enfants de leurs violeurs. En montant le dossier contre le dictateur et seigneur de la guerre, Sophie et son équipe avaient interviewé des victimes de tous les crimes possibles et imaginables. Il y avait tant d'histoires d'une brutalité indicible que certains de ses collègues, traumatisés, avaient démissionné. D'autres, désensibilisés par une surcharge d'horreur, n'arrivaient plus à défendre la cause des malheureux.

Chaque fois que Sophie entendait parler d'un garçon de l'âge de son fils qui avait subi un lavage de cerveau, que l'on avait rendu toxicomane pour faire de lui une machine de guerre, elle pleurait intérieurement. Chaque drame la bouleversait, et, très tôt dans cette affaire, elle avait pris les choses très à cœur.

Les protestations et les demandes de sanctions internationales ne pouvaient suffire. En calculant aussi froidement que les seigneurs diamantaires qui avaient les rênes en main, elle s'était ingéniée à échafauder un plaidoyer contre le régime en place, déterminée à évincer le gouvernement et à rendre le pouvoir aux indigènes.

Il avait fallu deux ans. Elle avait travaillé jusqu'à l'épuisement. Son mariage en avait fait les frais et elle vivait désormais sur un autre continent, loin de ses enfants. Ce soir, pourtant, elle se rappela que la bataille était gagnée. Ce soir, il s'agissait d'honorer ceux qui avaient rendu la nation à ses tenants légitimes. Les villageois avaient cessé de fuir devant les armées de brutes. Les gens n'étaient plus contraints de trimer dans les mines, de subir la famine et les sévices jusqu'à mourir entre les mains des chacals qui leur avaient volé leurs terres.

Elle sentit le regard de Brooks posé sur elle. Elle s'efforça de l'éviter, de peur d'être distraite. Il avait ce charme, cet humour et cette insouciance qui la faisaient sourire malgré elle. A peine sortie des affres d'un divorce, elle s'était rendu compte qu'elle appréciait beaucoup la compagnie des hommes. Dès que cette pensée lui eut traversé l'esprit, elle se sentit rougir.

Elle avait été l'assistante de l'adjoint de l'avocat-conseil pour la partie plaignante. Lorsque la maladie avait frappé ses deux supérieurs, elle s'était retrouvée en première ligne face aux quinze juges du Tribunal pénal international. On disait que ses arguments passionnés et implacables avaient joué un rôle clé dans l'obtention d'une condamnation. Après cela, les troupes de l'ONU étaient entrées dans le pays, elles avaient évincé le gouvernement corrompu et ramené au pouvoir le premier ministre légitime en exil.

— Bref, conclut-elle à l'adresse de Brooks, c'est la version abrégée et je lis déjà la lassitude dans vos yeux.

— C'est le décalage horaire, répondit-il en sortant un petit bloc-notes et un crayon à papier de sa poche. Un numéro de téléphone ? ajouta-t-il en lui décochant un grand sourire.

Elle lui donna le numéro de portable de sa deuxième assistante. C'était bien suffisant.

Il l'écrivit et ajouta quelques notes, puis il lui donna à son tour son propre numéro.

— Vous ne voulez pas le noter ? demanda-t-il.

— Je le connais déjà par cœur, lui assura-t-elle.

C'était un don qu'elle avait. Une mémoire quasi photographique des numéros de téléphone. Elle se souvenait de celui du médiateur qui s'était occupé de son divorce plus de un an auparavant. De celui de l'entraîneur de hockey de son fils, qu'elle n'avait jamais rencontré. De celui de la nouvelle femme de Greg, Nina, même si elle était certaine qu'elle ne l'appellerait jamais.

Elle leva les yeux vers Brooks et lui répéta son numéro.

— Vous êtes une femme pleine de talents, dit-il. C'est une incroyable histoire, vraiment...

— Qui sera réduite à un entrefilet de quelques lignes sous la rubrique « Autour du globe », en page 19.

— Je tâcherai de faire mieux que ça, dit-il. Encore une question.

— Allez-y, répondit-elle en croisant les bras sur sa poitrine.

— Est-ce vrai que vous avez accédé aux relevés bancaires du syndicat en recourant aux mêmes méthodes que lors du scandale bancaire au Nigéria ?

Elle esquissa involontairement un sourire.

— Nous avons finalement trouvé un bon usage pour les spam. L'équipe chargée de l'enquête s'est occupée de l'aspect technique des choses, mais cela revenait effectivement à duper le trésorier en chef du syndicat. Ce n'est pas la plus vieille ruse du monde, mais presque. Du coup, ils sont passés pour de fieffés nigauds.

Conformément aux *spameurs* de la banque du Nigéria dont l'escroquerie était si notoire qu'elle avait désormais un nom de code — le 419 —, ils avaient jeté leur dévolu sur le principal responsable de la trésorerie du dictateur en place, un certain Femi Gidado. Il était connu pour son ambition, sa cupidité, et ses investissements à haut risque valaient au régime des bénéfices considérables.

Consciente de ces données, l'équipe de Sophie lui avait envoyé un courriel « hameçon » en se faisant passer pour un innocent officiel du gouvernement à la tête d'une énorme fortune. Ils avaient « imploré sa digne indulgence » pour une « affaire financière d'une extrême urgence », lui promettant une somme de trois millions et demi de dollars s'il acceptait de fournir ses coordonnées bancaires afin qu'on puisse y recourir pour une transaction simple et clandestine.

Après un échange d'e-mails relativement bref, Sophie et son équipe s'étaient retrouvées en possession de tout le capital du régime. Dans la mesure où ils l'avaient obtenu de manière illégale, ils ne pouvaient en faire usage, mais cette ruse d'une simplicité enfantine leur avait donné une prise sur le régime. Ils avaient alors proposé un choix au trésorier corrompu : il pouvait être leur principal témoin dans l'affaire contre le dictateur, ou sa participation à une arnaque bancaire serait révélée à ses supérieurs. Le châtiment en cas de trahison étant d'insoutenables tortures précédant une décapitation, il avait choisi de rallier la cause du peuple d'Umoja. Sa coopération avait permis de démanteler le régime.

— Qu'est-il advenu du général Timi Abacha ? Et du chef du syndicat des diamantaires, Serge Henger ?

Il avait fallu qu'il lui pose la question, bien sûr !

— Ils courent toujours. Mais comme tout a été saisi, ils n'ont plus de capitaux ni d'effectifs. On finira par mettre la main sur eux.

Elle marqua un temps d'arrêt avant d'ajouter :

— Et j'espère que vous le préciserez dans votre article.

— Vous plaisantez ? On devrait faire passer une vidéo sur le site internet du journal. Vous êtes fabuleuse, au fait.

— Merci, c'est gentil.

— Redoutez-vous des représailles ? des attaques ? Avant que la milice soit dispersée, c'était l'une des plus puissamment armées de la région. On dit que certains militaires se cachent ici même, aux Pays-Bas.

— Il y aura toujours des lâches motivés par la cupidité. Je ne vais pas vivre dans la terreur à cause d'eux.

Il en prit note. C'était une bonne accroche.

— Vous êtes très jeune pour occuper un tel poste, remarqua-t-il.

— L'âge n'a rien à voir là-dedans, lui répondit-elle. C'est une question de dévouement et d'expérience, et je n'en manque pas.

Elle savait qu'il lui suffirait de cliquer une ou deux fois sur son BlackBerry pour connaître son âge exact. Cette information était à la portée de tous, de même que son groupe sanguin, son numéro de passeport, son rang dans sa promotion à la faculté de droit et le fait qu'elle avait battu des records en natation d'endurance à l'université. Elle résolut de mettre fin au suspens.

— J'ai trente-neuf ans, dit-elle. Je suis divorcée. J'ai deux enfants qui vivent à Avalon, dans l'Etat de New York.

Sa situation ainsi résumée en peu de mots, elle donnait vraiment l'impression d'une avocate internationale professionnelle et carriériste. La désinvolture avec laquelle elle avait dit : « Ils vivent à Avalon, dans l'Etat de New York » était loin de rendre compte des souffrances que lui avait valu le déchirement de sa famille au lendemain du divorce. Il n'était pas question qu'elle aborde ce sujet avec lui, même si la douleur la taraudait jour après jour. Elle était une mère sans enfants à élever. Ses soins maternels, elle les prodiguait par téléphone, par e-mails, par textos. Il se passait pourtant une foule de choses en son absence. Elle apprendrait peut-être un jour que Daisy était devenue brune ou que Max avait décidé de prendre des cours de batterie… Elle était perpétuellement tiraillée entre le désir d'être impliquée dans leurs vies et la terreur de les perturber encore plus qu'elle ne l'avait déjà fait.

Brooks venait de lui poser une question. Elle se rendit compte qu'elle n'avait pas écouté.

— Cette salle est remplie de dignitaires, lui dit-elle en désignant la foule qui grouillait autour d'eux. Pourquoi moi ?

— Parce que vous êtes un bon sujet, lui répondit-il sans détour. Si j'écris un article sur vous, j'ai une petite chance qu'on le place ailleurs que dans les brèves.

— Et je devrais vous aider parce que…

— Ecoutez, l'interrompit-il, ce qui se passe ici est important. Une nation souveraine a manqué d'être effacée de la carte et elle a été sauvée. Cependant, nous savons l'un comme l'autre que Monsieur Tout-le-monde n'en a rien à secouer. Il est trop occupé à envoyer un texto à la Star Academy dans l'espoir de sauver son candidat pour se préoccuper du sort d'un pays du tiers-monde dont il n'a jamais entendu parler.

— Ne vous imaginez pas que vous y changerez quoi que ce soit en écrivant un article sur moi.

— Ce serait peut-être le cas si vous faisiez quelque chose de scandaleux qui passerait sur YouTube.

— Comme sillonner l'Europe en porte-jarretelles ? Vous êtes drôlement sensible à la solennité de cet événement, à ce que je vois.

— Sérieusement, reprit-il, comment une gentille fille comme vous se retrouve-t-elle en train de renverser des dictateurs et des seigneurs de la guerre ?

— Une question de chance, je suppose.

— Lorsque les gens pensent aux membres d'un tribunal international, ils imaginent des septuagénaires en toge, et non pas…

Il lui décocha un sourire plein de sous-entendus.

Elle s'interdit de réagir. L'un des impératifs les plus contraignants de son travail consistait à faire prendre conscience de la mission du tribunal à un large public.

— Pour commencer, vous pourriez spécifier que le procès a eu lieu au Tribunal pénal international, fondé il y a six ans à peine, de sorte qu'il n'a rien d'une vieille et vénérable institution. En toute honnêteté, la seule raison pour laquelle je me suis retrouvée procureur dans cette affaire, c'est que le principal avocat-conseil et son assistant sont tombés malades juste avant la première audience.

Willem De Groot était un homme âgé qui partageait sa passion pour les causes justes. Il devait se soumettre à des séances de dialyse, mais ça ne l'avait pas empêché de les guider, elle et son équipe, durant toute l'affaire, semaine après semaine.

— C'est donc un mélange de chance et d'opportunité, souligna Brooks.

— De malchance et de nécessité, corrigea-t-elle. Je donnerais cher pour que M[e] De Groot soit là ce soir.

— Vous n'avez aucune envie d'être la vedette dans cette histoire, n'est-ce pas ? C'est dommage, vu votre look et vos talents.

— Vous semblez beaucoup vous préoccuper de mon apparence.

— C'est la robe. Vous deviez vous douter qu'elle attirerait l'attention des hommes, même sans le moindre bijou. Ce qui est délibéré, je suppose.

— Je suis contre les diamants pour des raisons évidentes. Et tant d'autres pierres précieuses sont suspectes qu'il est plus simple de s'en passer. En revanche, les perles ! Elles sont produites par des huîtres et recueillies par des pêcheurs heureux, non ? Je devrais peut-être en porter.

— Oui, ce serait bien pour la vidéo, répliqua-t-il.

Sophie était à deux gorgées de champagne de l'envoyer promener.

— Vous êtes odieux, monsieur Fordham, et je m'en vais. Ça va bientôt commencer, de toute façon.

— Une dernière question et je vous laisse tranquille.

— Allez-y.

— Accepteriez-vous de dîner avec moi demain soir ?

— Vous appelez ça me laisser tranquille.

— J'appelle ça… une invitation.

Elle hésita. Il était probablement diplômé d'une excellente université, sa lignée remontait sûrement aux premiers émigrés du *Mayflower,* et il se croyait tout permis. Cela dit, elle aurait plaisir à dîner avec quelqu'un, pour une fois.

— Mon assistante vous appellera pour prendre un rendez-vous.

— C'est une invitation à dîner, pas un sommet international !

— Mes assistantes savent très bien organiser les choses, ne vous inquiétez pas.

Une soirée en compagnie de ce séducteur serait sans doute une plaisante diversion. Ses antécédents sur le plan sentimental étaient… sans intérêt. C'était l'expression qui convenait. Des flirts adolescents peu mémorables au lycée avaient cédé la place à des idylles un peu plus sérieuses à la fac — à la faveur de soirées d'étudiants et de rave parties. Et puis, il y avait eu Greg. Ils s'étaient mariés avant même de se connaître. Comme deux arbres incompatibles qu'on aurait greffés — tolérable au début, mais à la longue, il n'avait plus été possible de fermer les yeux sur leurs différences. L'avait-elle aimé ? Tout le monde aimait Greg. C'était le benjamin de la famille Bellamy, adorable, charmant, gâté. Comment pouvait-on ne pas l'aimer ? Cette idée qu'elle se devait de l'aimer avait permis à leur couple de tenir bon pendant seize années, assez longtemps pour qu'elle se persuade qu'il n'y avait plus rien entre eux. Après cela, elle avait erré, anéantie, pendant des mois.

A l'automne dernier seulement, elle s'était hasardée à remettre le bout du nez dans l'arène des rendez-vous galants. La première fois qu'un homme l'avait invitée à dîner, elle l'avait dévisagé comme s'il parlait une langue étrangère. Sortir ? Avec un homme ? En voilà une idée !

La phase des rendez-vous avait commencé ainsi, nettement préférable à celle de l'ahurissement post-divorce. Le premier candidat en lice était le garde du corps d'un diplomate, qui se préoccupait davantage d'exhiber ses gadgets à la James Bond — un dispositif d'alerte dissimulé sous le revers de sa veste, un paquet de cigarettes apte à diffuser du gaz cyanure — que de découvrir qui elle était. Malgré son désenchantement, elle avait tenté d'entrer en douceur dans cette phase de liaisons où les femmes récemment divorcées cèdent à leurs fantasmes. Celles qui avaient des amants ne donnaient-elles pas l'impression de follement s'amuser ? Sophie, pour sa part, avait trouvé ça décevant, stressant, si bien qu'elle s'était rapidement repliée dans la sphère anodine et rassurante des rendez-vous en tout bien tout honneur. Elle s'était promis de rester ouverte à la possibilité qu'un des attachés d'ambassade avec lesquels elle sortait de temps en temps se décide un beau jour à lui déclarer sa flamme. Ça ne s'était pas produit, jusqu'à présent.

En levant les yeux vers Brooks, elle se rappela comme c'était bon d'être dans les bras d'un homme.

Pas ce soir, se dit-elle.

— Je vous prie de m'excuser, conclut-elle avant de se diriger vers l'estrade.

En cherchant un endroit où poser sa flûte, elle s'approcha d'un serveur qui passait par là. Il ne l'avait pas vue apparemment.

— Excusez-moi, dit-elle.

L'homme sursauta. Un verre tomba de son plateau et se brisa sur le sol en marbre. Les convives qui se trouvaient à proximité interrompirent leur conversation et se tournèrent vers lui. Les agents de sécurité postés à la périphérie de la salle semblaient tous prêts à intervenir.

— Je suis navrée, murmura Sophie. Je ne voulais pas vous faire peur.

— Ce n'est rien, madame, chuchota-t-il avec un fort accent étranger.

Elle fut sur le point de lui demander d'où il venait quand elle surprit son regard. Il y brillait une fureur intense sans commune mesure avec l'incident qui venait de se produire.

Elle haussa les sourcils, lui lançant tacitement une mise en garde, comme elle l'aurait fait dans le cas d'un témoin clé. Il s'écarta légèrement, et la lumière illumina son visage noir d'ébène marqué par deux scarifications rituelles qui lui rappelèrent vaguement quelque chose. Il était d'Umoja, présuma-t-elle. C'était un beau geste de la part du traiteur de l'avoir embauché pour l'occasion, et cela expliquait son manque d'expérience.

L'homme s'éloignait déjà.

— Excusez-moi, répéta-t-elle.

Il se retourna, plus nerveux que jamais.

Elle lui tendit sa flûte.

— Pourriez-vous prendre ça, s'il vous plaît ? La cérémonie est sur le point de commencer.

Il lui arracha pour ainsi dire le verre des mains, et repartit aussitôt.

« Drôlement susceptible, se dit-elle. On vient de libérer son pays : il devrait être plus content que ça. »

Puis elle chassa l'incident de son esprit.

« Concentre-toi, Sophie, se dit-elle. Tu es sur le point de rencontrer une reine. »

4

Le groupe qui avait pris place sur l'estrade au fond de la salle de bal se composait de trois juges du Tribunal pénal international, d'un juge de la Cour de justice, d'un membre du comité de liaison de l'ONU, outre la reine des Pays-Bas en personne dont la lignée royale remontait à dix-sept générations. Sophie rejoignit l'équipe du procureur sur un gradin inférieur où ils étaient censés attendre, conformément aux instructions de l'organisateur de l'événement. La petite troupe incluait Tariq Abdul-Hakeem, le collègue et meilleur ami de Sophie. Comme elle, il était l'assistant des avocats du Tribunal international ; ils avaient travaillé ensemble sur cette affaire. Ils s'étaient connus à l'époque où elle était stagiaire à Londres, des années plus tôt, et c'était l'un des êtres auxquels elle tenait le plus au monde. C'était aussi l'un des hommes les plus séduisants qu'elle ait jamais connus, avec un physique digne des revues de mode — une peau crémeuse, un regard intense, des traits délicats que l'on aurait dit taillés par un sculpteur idéaliste. Il avait un don prodigieux pour les langues, et un accent british des plus délicieux. Au cours de leur collaboration, ils avaient noué des liens étroits. Tariq était l'une des rares personnes auxquelles Sophie avait fait des confidences à propos de la situation avec Greg et les enfants.

— Ça va, mon chou ? lui chuchota-t-il à l'oreille.

— Bien sûr ! Pourquoi ça n'irait pas ?

— Il se pourrait que tu sois quelque peu bouleversée par le fait que ton ex se remarie aujourd'hui.

Elle agita la main d'un air désinvolte, sachant pertinemment que Tariq ne se laisserait pas berner.

— Et alors ? Je savais que ça arriverait. C'est un homme. Ils se remarient tous.

Elle émit un petit rire léger. Mais en dépit de son sarcasme, elle repensa avec un pincement au cœur au texto que Max lui avait envoyé, tout en se posant l'éternelle question sans réponse : sa carrière valait-elle le prix qu'elle devait payer ?

— Une opinion fort perspicace de la gent masculine, ma foi, répliqua Tariq. Après la cérémonie de ce soir, je t'emmène faire la fête : tu pourras boire jusqu'à en oublier son nom.

— C'est très tentant.

— N'est-ce pas ce que vous faites, vous autres Yankees ? Vous vous… comment dit-on déjà ? *Bourrez la gueule* ?

Elle renifla d'un air dédaigneux.

— Tu ne sais même pas de quoi tu parles. Tu ne bois pas.

— Mais j'offre à boire. Tout à l'heure, je t'emmène au Club Sillies.

Sophie savait qu'elle l'accompagnerait et qu'elle ferait pâlir de jalousie toutes les femmes présentes dans le night-club le plus branché de La Haye, fréquenté par l'élite européenne. Partout où Tariq allait, il attirait l'attention : il était élégant et la subtile nuance de tristesse que l'on décelait dans son regard ajoutait encore à son charme. Cette tristesse était bien réelle, mais peu de gens en connaissaient la cause. Eduqué à Oxford, parmi les juristes au plus haut niveau dans le monde libre, Tariq consacrait tout son temps à la justice. Pourtant, en tant que Saoudien homosexuel, il devait lutter chaque jour. Dans son pays, l'homosexualité était punie de mort.

— Je te remercie de cette charmante invitation, reprit Sophie, mais je ferais mieux de rentrer après la cérémonie. J'ai du travail…

— Oui, et Allah interdit que tu aies ne serait-ce qu'un semblant de vie.

— J'ai une vie.

— Tu as du travail : au tribunal, au bureau, sur le terrain. Et puis il faut dormir. Ah oui, j'oubliais : tu dois aussi consacrer du temps à ce redoutable sport que tu pratiques.

— Ça n'a rien de redoutable. La natation d'endurance me fait du bien.

Elle s'entraînait régulièrement pour des compétitions qu'elle ne remportait jamais mais qu'elle finissait toujours.

Aux yeux de Tariq, dont les performances athlétiques s'arrêtaient à une ruée vers l'ascenseur, cette activité sportive était follement périlleuse.

— Barboter en combinaison de plongée dans des eaux glaciales, c'est de la folie ! Il faut que tu t'amuses un peu, mon chou ! Et ne crois pas que j'ignore pourquoi tu refuses de te laisser aller. C'est parce que tu es en pénitence.

— Tu ne sais même pas ce que ce mot veut dire.

— La culpabilité n'est pas l'apanage des Chrétiens, souligna-t-il. Tu te sens coupable à cause de tes enfants, alors tu t'interdis tout plaisir. C'est aussi simple que ça. Et ça ne marche pas, à l'évidence, que tu sois au tribunal en train d'engager des poursuites contre des terroristes ou à bicyclette sur Hogeweg pendant la saison touristique.

— D'accord, mais il n'empêche que je suis séparée de mes enfants.

— Je vais te dire ce que tu leur apportes : tu es une mère qui se soucie suffisamment du sort du monde pour en faire un lieu moins cruel pour eux. Tu penses vraiment qu'ils préféreraient que tu les conduises à l'entraînement de foot ou au centre commercial ?

— Il y a des moments où je le pense, oui.

Elle était consciente que cela ne la menait nulle part, mais elle ne pouvait s'empêcher de penser que les choses se seraient peut-être passées différemment pour Daisy si elle avait été un peu plus présente.

— Ma chère maman était là tous les jours, et regarde-moi !

— Je te trouve parfaitement équilibré.

— Je ne suis qu'un paria. Un hérétique.

Il plaisantait, mais Sophie n'en percevait pas moins sa souffrance en filigrane, distincte de la sienne, mais assez familière malgré tout.

— Arrête! protesta-t-elle à mi-voix.

Comme elle, Tariq était un carriériste. Pour tenter d'échapper à la personne qu'il était fondamentalement, il avait fait du tribunal sa vie.

— C'est tout ce que j'ai, lui avait-il confié à maintes reprises. Fort heureusement, je ne désire rien d'autre.

Sophie n'aurait pas pu en dire autant, alors elle se taisait.

Elle vit le premier ministre et la reine approcher, et toussota pour avertir Tariq. La reine des Pays-Bas avait le profil de la tante préférée de tout un chacun. Débordante de charme, le regard pétillant, elle accomplissait sa mission avec grâce, laissant croire à chaque personne qu'elle était la plus importante au monde.

— Merci du fond du cœur, murmurait-elle à mesure que la rangée de dignitaires défilait devant elle.

« Je suis un dignitaire », pensa Sophie avec un mélange de fierté et d'amusement.

Quand son tour arriva, elle réagit avec une assurance à laquelle elle s'était exercée pendant des jours, esquissant une révérence en appelant la reine *Uwe Majesteit*. Tout était très solennel, ritualisé. Sans surprise. Personne ne saurait jamais à quel point la petite fille qui était en elle exultait à l'idée d'être en présence d'une reine.

La reine Beatrix était juriste, comme elle. Elles auraient pu bavarder toutes les deux, comparer leurs expériences de shopping, échanger des ragots sur des amies communes.

Sophie s'imaginait la conversation.

— Avez-vous vu le dernier film de George Clooney? J'aime beaucoup vos boucles d'oreilles. Dans quel musée les avez-vous achetées? Quel effet cela fait-il d'avoir donné son nom à un aéroport? Parlez-moi de votre famille. Comment arrivez-vous à tout mener de front?

Oui, c'était la question qui lui brûlait les lèvres. Celle qu'elle avait envie de poser à toutes les femmes actives.

Les autres étaient là pour assister à la renaissance d'une nation, et elle avait juste envie de savoir comment la reine des Pays-Bas s'était débrouillée pour gérer un pays tout en préservant son couple et l'unité de sa famille.

« Il faut sacrifier certaines choses », disait une petite voix au fond d'elle-même.

La reine était veuve, à présent, et ses enfants étaient grands. Sophie se demanda si elle éprouvait des regrets, si elle aurait voulu faire les choses différemment, passer davantage de temps avec eux, voir plus souvent leurs enseignants, limiter le temps qu'ils avaient passé devant la télévision, leur lire davantage d'histoires à l'heure du coucher.

Des gardes de couleur hissèrent les drapeaux de l'ONU et du tribunal néerlandais, puis, avec beaucoup de cérémonial, celui d'Umoja qu'ils plantèrent tel un arbre derrière l'estrade. L'ambassadeur récemment nommé, M. Bensouda, s'approcha du micro. Derrière lui se dressaient six officiels tenant chacun une médaille d'honneur à la main. D'ici la fin de la soirée, l'une d'elles lui appartiendrait.

— Mesdames, messieurs, dit l'ambassadeur, bienvenue à nos distingués visiteurs…

Après quoi il se lança dans un récit relatant l'histoire de son pays.

On décerna les médailles, on chanta les louanges des intéressés. La robe noire de Sophie mettait parfaitement en valeur ce gage de reconnaissance de tout un peuple. Une idée intéressante pour une ligne de vêtements, pensa-t-elle en laissant vagabonder son esprit. Des tenues pour dignitaires avec des poches secrètes pour les pièces d'identité et de beaux décolletés conçus pour mettre les médailles en valeur. Et puis elle comprit ce qu'elle était en train de faire : elle cherchait à se détacher de ce moment capital. Elle ne pouvait pas s'en empêcher. Il manquait quelque chose dans sa vie ; impossible de prétendre le contraire. Comment pouvait-elle connaître un pareil triomphe sans que sa famille en soit témoin ? Cette pensée fit jaillir en elle un élan de rancœur envers Greg. Pour lui aussi, c'était une date importante, même si elle aurait voulu cesser de s'appesantir sur cette sombre réalité. Tout de même, ce n'était pas tous les jours que l'homme qui avait été votre mari épousait quelqu'un d'autre.

Un podium et un micro ont l'art de transformer les gens normaux en orateurs grandiloquents et intarissables, et Sophie était coincée sur l'estrade avec le groupe de dignitaires. Elle avait eu la sottise et l'imprudence de boire deux coupes et demie de champagne, si bien qu'elle écouta les discours relatifs à cet événement historique dans un état d'inconfort extrême, en proie à un effroyable besoin de se rendre aux toilettes.

Personne ne semblait pressé de quitter l'estrade, mais elle ne pouvait plus attendre. Elle recula donc d'un pas pour se glisser discrètement derrière les autres, et suivit les serpents noirs des câbles électriques destinés à l'éclairage et au son. Elle s'engouffra ensuite dans un couloir vide par une porte latérale.

A un angle, elle se retrouva nez à nez avec deux hommes en tenue sombre, les épaules humides de neige fondue. En la voyant, ils se raidirent et se retournèrent sur son passage. Elle se figea, les mains tendues, paumes levées. « Des agents de sécurité », pensa-t-elle. Ils se méfiaient de tout.

— Désolée, murmura-t-elle. Je cherche les toilettes.

Elle suivit les pancartes lui indiquant la direction. En traversant l'antichambre, elle adressa un rapide sourire à la préposée, une femme âgée en train de lire un tabloïde hollandais en somnolant.

En sortant des toilettes, elle se lava les mains. Des haut-le-cœur caractéristiques lui parvinrent d'un des boxes. Charmant. Il fallait être bien bête pour s'enivrer un soir pareil, pensa-t-elle. Faute de sac du soir, elle se borna à se tapoter les cheveux d'une main humide et à tamponner son maquillage avec un mouchoir en papier.

Une fillette émergea du box. C'était Fatou, qui avait si bien chanté, un peu plus tôt. Malgré sa peau foncée, elle avait mauvaise mine, mais son regard était clair, et non pas brouillé par l'alcool ou la drogue. Elle se posta devant un des lavabos en s'y cramponnant des deux mains, la tête penchée en avant. Elle ouvrit le robinet, se rinça le visage et la bouche, mais quand elle eut fini, elle avait l'air encore plus mal en point.

— Ça ne va pas? lui demanda Sophie. Veux-tu que j'appelle quelqu'un?

— Non merci, madame, répondit Fatou. Je ne suis pas malade.

Elle posa la main sur son ventre.

Que répondre à cela? La fillette était bien trop jeune pour avoir un enfant, et pourtant, elle était enceinte, ça ne faisait aucun doute. Sophie le devinait à l'infime lueur d'excitation qu'elle voyait dans son regard, mâtinée de désespoir. Sophie savait à quoi s'en tenir pour la bonne raison qu'elle était passée par là, elle aussi, de même que sa propre fille, du reste.

— Tu attends un enfant, dit-elle à voix basse.

Fatou se borna à regarder fixement par terre.

— As-tu quelqu'un pour s'occuper de toi?

Elle hocha la tête.

— Je suis au pair. J'habite à Lille dans une famille. Je suppose que j'ai de la chance, vu les circonstances. Mais ils ne vont pas être contents d'apprendre la nouvelle.

— Mais si! Peut-être pas tout de suite, mais... plus tard, peut-être.

Sophie parlait d'expérience. A cet instant, la tristesse et les regrets l'assaillirent. Elle n'avait pas été là pour Daisy, comme sa propre mère l'avait été pour elle.

Fatou recula un peu et réajusta sa robe, une tenue traditionnelle rendue plus belle encore par sa jeunesse.

— Ça va mieux?

— Pour le moment, oui.

Sophie déposa deux euros sur le plateau de la préposée et ressortit dans le couloir à colonnades. Par une fenêtre en hauteur, elle aperçut de gros flocons blancs illuminés par les projecteurs extérieurs. Bientôt, la cour et les jardins seraient recouverts d'un tapis blanc.

— Quelle impression est-ce que ça fait au toucher? demanda Fatou d'une voix douce.

— La neige?

Sophie se décida en un clin d'œil. Une spontanéité qui ne lui ressemblait guère. Elle prit la petite par la main et l'entraîna vers la sortie.

— Viens. Tu vas le savoir tout de suite.

Elle était consciente que c'était risqué de s'éclipser ne serait-ce que quelques minutes. Mais elle se sentait intrépide, ce soir. L'affaire qui l'avait consumée était officiellement close. Ses enfants étaient à l'autre bout de la planète, sous le soleil des Caraïbes, pour assister au remariage de leur père. Jamais elle ne s'était sentie aussi détachée et consciente à la fois de la fugacité et de la précarité de certaines choses, telle une tempête de neige sur la côte hollandaise. Une rencontre avec une reine. Un hymne chanté par des orphelins de la guerre. Ou la situation d'une gamine enceinte avant d'être elle-même sortie de l'enfance.

La porte d'entrée en arc de cercle flanquée de sinistres caméras de sécurité encadrait un monde métamorphosé. Fatou, bouche bée, marmonna quelque chose dans sa langue natale. Puis elle se replia sous la marquise. Sophie sortit sous la neige en levant la tête pour sentir les flocons doux sur ses joues.

— Regarde, tu ne risques rien ! dit-elle. C'est beaucoup plus agréable que la pluie.

Fatou la rejoignit dans la cour pavée. Son visage s'illumina d'émerveillement pur, reflétant l'éclat des projecteurs. Elle rit d'étonnement en sentant la neige sur sa peau. Tout était recouvert d'une couche d'un blanc immaculé.

— C'est vrai, madame, dit-elle. C'est merveilleux.

Sophie grava dans sa mémoire la vision de la jeune fille, le visage levé vers le ciel, riant des flocons qui se prenaient dans ses cils. Cet instant en compagnie de Fatou lui rappelait qu'il y avait de la beauté et de la joie dans ce monde, même dans les endroits les plus inattendus. Elle attira l'attention de la jeune fille sur les flocons qui atterrissaient un à un sur un muret, comme autant de minuscules miracles de perfection.

— On dirait des toutes petites fleurs, dit Fatou.

— C'est vrai, répondit Sophie en lui reprenant la main.

Elles grelottaient toutes les deux.

— Nous devrions rentrer, à présent.

A cet instant, Sophie entendit quelque chose : des bruits de pas, une voix essoufflée. En se retournant, elle vit une silhouette imposante s'approcher d'elle.

— Rentre vite ! dit-elle à Fatou d'un ton pressant. Je te rejoins dans une minute.

Sophie avait reconnu André. Elle le regarda en fronçant les sourcils. Il contourna l'angle du bâtiment en titubant, laissant derrière lui un sillon d'empreintes sinueux. Que lui était-il arrivé ? André était un musulman pratiquant. Il ne buvait pas. Elle se précipita vers lui.

— André ! s'exclama-t-elle. Que se passe-t-il ?

— Madame…, bredouilla-t-il.

Puis il tomba à genoux dans la neige avant de basculer sur le côté, tel un ours abattu par un chasseur.

A un moment donné, entre l'instant où il parla et celui où sa tête heurta le sol, Sophie se sentit habitée par une terrible lucidité qui l'emportait sur sa confusion. Non, pensa-t-elle, même si elle savait pertinemment qu'il ne servait à rien de nier. *Oh, non !*

Elle s'agenouilla à côté d'André, sentant à peine la morsure du froid à travers sa robe.

— S'il vous plaît, s'il vous plaît, réveillez-vous !

Alors même que ces mots se formaient dans sa bouche, elle savait qu'il était déjà trop tard. Elle n'avait jamais vu quelqu'un mourir, mais quand cela se produisit, elle saisit instinctivement toute l'horreur de l'instant.

André laissa échapper un râle sinistre. Puis il eut comme un relâchement. Une libération.

Sophie éprouvait un sentiment d'incrédulité. On venait de tuer son chauffeur, un homme entièrement dévoué à sa sécurité.

L'odeur du sang était chaude et épaisse.

Il était blessé à la poitrine, à l'abdomen. Ailleurs aussi, probablement. Elle n'aurait pas su dire si c'étaient des coups de couteau ou des blessures par balles. Elle n'avait jamais vu de telles plaies d'aussi près. Pendant qu'elle restait là, agenouillée près de lui, consciente de la vitesse effroyable à laquelle la chaleur quittait son corps, elle avait l'impression que son propre sang avait cessé de circuler dans ses veines.

En regardant autour d'elle, elle trouva les lieux étrangement déserts. Elle appela à l'aide en criant à pleins poumons. Sa voix faisait écho dans la cour.

Au bord de la panique, elle s'efforça vainement de rajuster autour d'André son manteau déchiré et couvert de sang.

— S'il vous plaît, répétait-elle inlassablement, sans trop savoir qui elle suppliait. S'il vous plaît !

Elle plaqua son corps sur le sien, pressa son visage contre sa joue comme si elle pouvait lui transmettre un peu de vie. C'était André, son ami, un gentil géant qui n'avait fait que du bien dans le monde, qui lui était tout dévoué, qui se consacrait à sa sécurité, où qu'elle aille.

Sa sécurité.

Au-delà du sentiment de perte intolérable qu'elle éprouvait, elle comprit qu'André était venu la chercher. Pas pour demander de l'aide ni lui faire ses adieux. Ce n'était pas son genre. Non, il s'était forcé à survivre à ses blessures assez longtemps pour venir la trouver dans un seul et unique but : l'avertir.

5

Sophie s'était parfois demandé comment elle réagirait en situation de crise. Elle eut brusquement la réponse. Elle ne cédait pas à l'hystérie mais cacha ses émotions derrière une façade froide comme la pierre. Elle avait la sensation qu'une épaisse couche de glace la séparait de tout type d'émotion. Il fallait qu'il en soit ainsi. Si elle se laissait aller, elle s'effondrerait. Elle serait perdue.

En entendant un bruit derrière elle, elle sursauta. La terreur s'insinuait dans tout son être.

— Fatou ! Tu m'as fait peur. Je t'ai dit de rentrer.

La présence de la fillette lui fit du bien, malgré tout.

Fatou affichait une mine résignée. A l'évidence, ces violences n'avaient rien de nouveau ni de choquant pour elle.

— Je suis vraiment désolée, madame, dit-elle. Vous le connaissiez ?

— C'était mon chauffeur.

Il était bien plus que ça : un homme loyal, totalement dévoué, même si elle n'était jamais sûre de mériter tant d'égards. Elle savait qu'il avait émigré en Hollande sans rien et qu'il vivait seul dans un appartement du quartier de Statenkwartier, bien qu'elle ne soit jamais allée chez lui. Elle le regrettait, à présent. Il y aurait des choses qu'elle pleurerait dans l'intimité, quand elle s'autoriserait à éprouver quelque émotion.

Elle prit Fatou par la main et l'entraîna dans les ombres du palais. Il neigeait toujours, et d'épais flocons tombaient sur le corps inerte d'André.

— Allons chercher un agent de sécurité, dit-elle en guidant la jeune fille à l'intérieur du bâtiment.

Depuis le couloir, des voix leur parvenaient de la grande salle. La première impulsion de Sophie fut d'y faire irruption et de sonner l'alarme, d'expliquer à quelqu'un qu'on avait assassiné son chauffeur. Et puis une étrange sensation, tel un souffle d'air froid sur sa nuque, la fit hésiter.

Elle était convaincue que le meurtre d'André n'était pas un incident isolé. Elle regarda autour d'elle, mais ne vit personne.

— Il ne faut pas retourner dans la salle, chuchota-t-elle. On ferait mieux d'aller au bureau de la sécurité.

Il y avait des caméras partout, même si elles n'avaient guère été utiles à André.

Sophie frappa à la porte. Faute de réaction, elle la poussa, s'attendant à la trouver verrouillée. Mais elle était ouverte.

Elle hésita encore. Il se produisit cette chose qui lui arrivait quelquefois : une froide sensation de conscience qui lui retournait l'estomac. Elle savait ainsi quand quelqu'un mentait, lorsqu'il y avait quelque chose de louche… comme maintenant.

Les lumières étaient éteintes, la pièce vaguement éclairée par le halo bleuté des moniteurs et de l'équipement électronique. Il y avait trois hommes à l'intérieur. Au départ, elle crut qu'ils somnolaient ou qu'ils étaient ivres. Puis elle remarqua une vague odeur d'amande amère.

— Du gaz ! dit-elle à Fatou. N'entre pas !

Elle retint son souffle. Elle était probablement capable de bloquer sa respiration plus longtemps que quiconque, grâce à ses années d'entraînement à la natation d'endurance. Les hommes portaient l'uniforme de l'équipe de protection diplomatique. Elle s'approcha de la victime la plus proche d'elle, couchée à terre, et lui effleura l'épaule, pour s'apercevoir que son corps était d'une raideur et d'une résistance déconcertantes. En s'efforçant de ne pas regarder son visage — un filet de sang encore humide s'écoulait de son nez —, elle chercha le dispositif d'alerte miniature sous le revers de son veston. Elle appuya sur le bouton en priant pour qu'il fonctionne comme il était censé le faire, afin d'avertir l'équipe postée en bas dans la salle de bal et de provoquer simultanément le déploiement de l'escouade antiterroriste depuis leur lointain quartier général à Rotterdam. Cela dit, elle n'avait pas la moindre idée du temps qu'il faudrait aux secours pour arriver sur place.

Les moniteurs qui luisaient encore faiblement ne montraient rien d'anormal dans le bâtiment. La réception suivait son cours.

Sophie entrevit un agent de sécurité en costume sombre dans la salle de bal. Il posa sa main sur le bouton du haut de sa veste et murmura quelque chose dans son micro.

Quand la jeune femme sortit précipitamment de la pièce, elle était à bout de souffle.

— Je crois que ça a marché, dit-elle à Fatou après avoir refermé la porte derrière elle. Ils vont évacuer le bâtiment et…

Fatou regardait fixement un point quelque part derrière son épaule.

— Ne bougez pas ou je tire ! fit une voix grave avec un fort accent.

Avant que Sophie ait le temps de réagir, on lui fourra quelque chose sous le menton.

Un deuxième homme en tenue d'agent de sécurité surgit derrière Fatou, et Sophie se rendit compte qu'il était là depuis le début, caché dans l'ombre. Il pressa le canon de son arme contre la mâchoire de la jeune fille.

— S'il vous plaît, non, ce n'est qu'une enfant ! Ne lui faites pas de mal ! s'écria Sophie.

Un troisième homme, africain, lui aussi déguisé en agent de sécurité, s'avança et poussa la porte du bureau d'un coup de pied, après quoi il traversa la pièce pour aller ouvrir les fenêtres.

Sophie n'avait pas vraiment peur. Elle trouvait juste ahurissant qu'une simple pression d'un doigt sur la détente suffirait pour qu'elle cesse d'exister. Elle garda le silence. Elle ne pensait plus qu'à ses enfants. Elle ne les reverrait peut-être jamais. Elle songea à sa conversation téléphonique, la veille, avec Max. Lui avait-elle parlé tendrement, avec respect et amour ? Ou était-elle trop pressée ? trop exigeante ? Daisy l'accusait toujours d'être trop exigeante.

Pointilleuse était peut-être le mot qui convenait le mieux. Elle en demandait toujours trop.

— Et merde ! lança l'un des hommes — l'Africain — en se penchant sur le comptoir pour étudier une image du grand hall sur l'un des écrans.

Les agents de sécurité présents à la cérémonie avaient lancé leur plan d'action et dégainé leur arme en ordonnant aux invités d'évacuer les lieux.

— L'alerte est passée.

En disant ces mots, il se redressa et se retourna pour gifler Sophie à toute volée.

Elle n'avait jamais subi un tel acte de violence de sa vie. Elle eut l'impression d'avoir reçu une balle de hockey en pleine figure. Elle vit un flash de lumière blanche suivi d'images multiples, les écrans des moniteurs flottant devant elle. Le choc la propulsa contre l'homme armé d'un revolver. Elle ferma les yeux, terrifiée à l'idée qu'il appuie sur la détente sous le coup de la panique.

— Arrête ! ordonna l'un de ses acolytes. On risque d'avoir besoin d'elle.

« Pour quoi faire ? » se demanda Sophie.

Elle sentit l'odeur de l'homme qui la menaçait de son arme. Une odeur de transpiration sans doute due à la peur. Allait-il obéir aux ordres de l'autre ? Rien n'était moins sûr. Elle risquait à tout moment d'y passer.

Une fraction de seconde suffirait.

Elle s'obligea à concentrer son attention sur les écrans. Dans la salle, les agents contrôlaient déjà la situation. Les serveurs en veste blanche étaient couchés par terre, et l'on évacuait rapidement les lieux. « Dieu merci, pensa Sophie. Dieu… »

— Vite ! lança le Français. Amenez aussi la gamine.

On la jeta pour ainsi dire dans l'escalier avant de la traîner dans le couloir vers la salle de service. Un groupe d'agents approchait. Sophie tressaillit en apercevant la lueur mate d'un revolver. Les deux hommes la firent passer devant eux avec Fatou : elles leur servaient de boucliers.

— Lâchez vos armes ou ces femmes mourront ! hurla le Français alors qu'ils entraient de force dans la salle de bal.

Quatre des agents obtempérèrent sans se faire prier. Le cinquième hésita, fit mine de s'avancer vers le Français. Le sifflement d'un coup de feu étouffé par un silencieux vibra dans la pièce, et Fatou s'effondra à terre.

« Non ! pensa Sophie. Mon Dieu, non ! Ce n'est qu'une enfant. »

Une femme hurla, et le cinquième agent laissa tomber son arme et leva les deux mains.

La plupart des invités avaient été emmenés dans un endroit sûr, grâce à l'alerte qu'elle avait lancée, probablement. La reine et le premier ministre avaient disparu de la circulation. Ceux qui restaient étaient rassemblés au centre de la pièce, à plat ventre par terre.

Sophie faillit laisser échapper un cri en apercevant Tariq. Elle remarqua aussi la présence de Brooks Fordham, le journaliste, qui la fixait d'un air angoissé, et pria pour qu'il garde le silence. L'attaché militaire était encore là, enlaçant sa famille, son visage anguleux animé par une rage amère. Et par la vigilance.

Il restait aussi quelques enfants dans la salle. Ils auraient dû être évacués en premier, pourtant quatre d'entre eux étaient allongés par terre. Tout le monde était silencieux, même les petits. Ils venaient d'un pays ravagé par la guerre et avaient probablement assisté à des scènes encore plus impressionnantes.

Le Français prit rapidement le contrôle de la situation, aboyant des ordres aux hommes déguisés en serveurs. Ils réagirent au quart de tour, s'emparant des armes des agents de sécurité. Les faux traiteurs, eux, dégainèrent les armes qu'ils avaient dissimulées dans les chariots, sous les nappes en lin blanc. Et le massacre eut lieu sans bruit.

Sophie savait qu'aussi longtemps qu'elle vivrait elle n'oublierait jamais le silence glaçant qui régnait au moment où les cinq agents furent exécutés avec une promptitude déconcertante. L'aspect clinique de la scène la rendait plus horrifiante encore.

Pour la première fois, Sophie entrevit le visage de son ravisseur.

C'était un jeune Africain aux joues rebondies comme celles d'un gosse, au regard fiévreux. Sans doute était-il sous l'emprise de la drogue. Elle ne pouvait que prier pour qu'une escouade antiterroriste soit en train de foncer en direction du palais.

Son regard se posa sur Fatou, immobile, en sang. La petite émit un son, un appel à l'aide indistinct. Sophie avança d'un pas, mais un ordre aboyé la figea sur place.

Un instant seulement.

— C'est absurde ! lança-t-elle. Nous sommes dans le Palais de la Paix. On ne laisse pas les enfants mourir, ici.

Elle s'agenouilla près de la fillette. Elle saignait, mais elle était consciente et clignait des yeux en gémissant de douleur.

— Arrêtez ! cria le Français. Ne la touchez pas ! Ecartez-vous !

Sophie l'ignora. Elle s'aperçut qu'elle pouvait tout ignorer, y compris le fait qu'un assassin braquait son arme sur elle. Elle resta concentrée, pressant un paquet de serviettes en lin sur la plaie. Inexplicablement, le coup tiré à bout portant n'avait pas été fatal. Peut-être était-ce délibéré ?

— Ecartez-vous tout de suite ! ordonna l'homme.

Sophie ne releva même pas les yeux. Quelque chose la stimulait. Ce n'était pas du courage ni un sentiment profond de compassion. C'était la conviction absolue qu'elle ne tolérerait pas un autre meurtre. Même si c'était elle qu'on abattait.

Finalement, l'Africain l'éloigna de Fatou. Les hommes ordonnèrent à tout le monde de rester à terre. D'autres fermaient les portes en les verrouillant de l'intérieur.

« Ils nous prennent en otages, pensa-t-elle. Nous sommes leurs otages. »

Le Français et le blond qui avait servi le champagne un peu plus tôt se disputèrent pour savoir s'il valait mieux rester et négocier ou fuir avec un bouclier humain.

Sophie avait suivi une formation obligatoire pour la prévention de la violence, dont un cours sur les prises d'otages. Comme pour tout le reste dans le domaine professionnel qui était le sien, il y avait un acronyme à mémoriser. Le problème, c'est qu'elle n'arrivait pas à s'en souvenir. E-I-S... E comme évaluer la situation. Ça, c'était facile. La situation était mauvaise. Très mauvaise. I comme isoler. Isoler l'auteur du crime. Après ça, elle avait un trou.

Elle se rappelait tout de même que s'il était de mise politiquement de déclarer qu'on ne négociait pas avec les terroristes ou les extrémistes, c'était très, très risqué. Dans le cas d'une prise d'otages, l'une des stratégies clés consistait à gagner du temps en créant des dissensions entre les preneurs d'otages. En l'occurrence, ils s'en chargeaient déjà eux-mêmes, ce qui était bon signe.

Sophie était la seule à être encore debout. Brooks Fordham semblait sur le point de dire quelque chose. Dès qu'il croisa son regard, elle secoua imperceptiblement la tête. « Non ! »

Remarquant que le journaliste fouillait la pièce des yeux, l'un des traiteurs lui assena un coup de pied dans la tête avec une froide efficacité. Brooks se figea sans proférer un son. Tariq s'en prit aux brutes en arabe, ce qui lui valut le même traitement, son beau visage écrasé sous une grosse botte. Prise de nausée, Sophie crut qu'elle allait s'évanouir.

Dans le même temps, elle fut saisie par un terrible sentiment de futilité. Ils avaient été une douzaine à tout donner pour restaurer la paix et la justice, mais, en définitive, on continuait à brutaliser les gens, à les assassiner.

En fixant Fatou d'un œil hébété, Sophie se rendit compte qu'elle s'était fait des illusions en pensant changer quelque chose dans le monde. La cupidité et le mal étaient d'inlassables ennemis. En vérité, rien — ni les plus grands sacrifices, ni la diplomatie — ne mettrait fin aux assassinats. Il semblait impossible de débarrasser le monde de gens comme ceux-là.

Elle supposait que l'Africain qui s'exprimait en français était un acolyte du général Timi Abacha, lequel avait échappé au procès, de même que Serge Henger, le marchand de diamants. Même si les médias considéreraient probablement ces hommes comme des terroristes fanatiquement dévoués à une cause, Sophie, elle, savait qu'il en était tout autrement. Il n'était pas question d'idéaux ni de justice. Ni même de revanche ni de croyances ni de famille ni de patriotisme. C'était une affaire d'argent. Leur prétendue cause était tout bonnement pécuniaire. Le jugement et la coercition des troupes de l'ONU les avaient privés de leur fortune et ils voulaient la récupérer.

Cela simplifiait la situation, en un sens. Il était possible de transiger.

— Prendre des enfants en otages ne vous vaudra rien d'autre que la haine du monde. Vous serez inlassablement pourchassés. Vous ne voulez pas que le monde vous haïsse, n'est-ce pas ?

Elle avait du mal à parler à cause du coup qu'elle avait reçu dans la mâchoire.

— Vous voulez juste qu'on vous rende ce qu'on vous a pris.

— On a une idée très nette de ce qu'on veut, répondit le Hollandais en jetant un coup d'œil dans la chambre du revolver qu'il venait de prendre à un agent de sécurité.

— Expliquez-nous comment vous comptez l'obtenir, ça nous fera gagner du temps ! riposta-t-elle.

Avait-elle vraiment dit ça ? Se pouvait-il qu'elle soit en train de négocier avec des terroristes ?

— Vous n'êtes pas idiots. Vous vous en êtes sortis, jusque-là. Vous pouvez partir maintenant sans qu'il y ait d'autres incidents.

L'homme la dévisagea. Puis ses yeux étincelèrent, et il lui adressa un sourire glacial.

— Madame Bellamy, nous vous connaissons bien.

Seigneur ! Ils savaient qui elle était. Et sans doute aussi qu'elle faisait partie des avocats de l'accusation. Elle se sentit blêmir, mais se fit violence pour ne pas réagir.

— Aussi bien que vous connaissez l'affaire de la mine de Kuumba, ajouta-t-il, et le système de comptabilité en vigueur dans un pays sans loi d'extradition.

Les deux notes d'une sirène se firent vaguement entendre au loin. La gravité de leur situation traversa l'esprit de Sophie, tel un éclair. S'ils restaient là, ils se retrouveraient dans l'impasse jusqu'au moment où il y aurait une fusillade.

— Rien de tout cela n'aura plus d'importance, lui dit-elle, si vous vous laissez coincer ici.

Une sonnerie de téléphone retentit. Le ravisseur de Sophie se crispa et elle se rappela qu'une pression sur une détente ferait toute la différence entre la vie et la mort pour elle. L'un des hommes, qu'elle avait remarqué plus tôt — le prénom de Karl était brodé sur sa livrée —, fouilla dans la poche d'un garde de sécurité couché à terre et en sortit un portable. Après avoir jeté un coup d'œil au Hollandais, il décrocha. Sophie tendit l'oreille, mais il parlait rapidement dans sa langue, à voix basse.

— Vous n'avez que faire d'un groupe d'otages, dit-elle aux hommes qui se trouvaient près d'elle. Vous devriez partir pendant que vous le pouvez encore. Si vous restez ici pour négocier dans le but de récupérer votre argent, vous échouerez à coup sûr.

Son regard passa de l'un à l'autre.

— Ces choses-là finissent toujours mal.

Le prochain échange eut lieu dans le dialecte d'Umoja. Sophie connaissait un peu cette langue, mais elle n'arrivait pas à comprendre. Sur un ordre lancé par l'Africain, les faux traiteurs se ruèrent vers la porte. Le Hollandais s'approcha de l'attaché, lui tendit un portable. Le jeune au regard brillant qui maintenait Sophie la força alors à avancer en lui meurtrissant le bras.

Elle lui résista, tenta de se dégager, mais l'homme avait une poigne de fer.

— Il faut venir avec nous, madame, déclara l'Africain.

Elle leva les yeux et ne vit pas une once d'humanité sur son visage. Rien qu'une froide détermination. Elle prit alors conscience qu'elle ferait un otage idéal. Elle était désarmée, sans défense. En outre, elle parlait plusieurs langues, elle était connue dans les milieux diplomatiques, d'où le rôle majeur qu'elle pourrait jouer dans la négociation.

Elle envisagea un bref instant d'opposer une résistance ici même. Elle sentait que l'attaché l'exhortait à le faire et elle savait qu'il interviendrait. Elle savait aussi que cela lui coûterait la vie.

Quelques secondes plus tard, elle se retrouva tout engourdie, dans une sorte de brouillard, à bord d'une des camionnettes de livraison où on l'avait fait entrer de force.

Elle était désespérée de ne même pas pouvoir envoyer un message à ses enfants. Elle ne reverrait probablement jamais Max et Daisy.

Mais ils s'en sortiraient. Malgré ses lacunes sur le plan maternel, ils étaient solides, intelligents — des survivants.

Il neigeait toujours. Elle était coincée sur le siège avant de la camionnette entre le Hollandais et le jeune Africain. Ses jambes étaient calées contre le levier de vitesse. Ses ravisseurs ne s'étaient même pas donné la peine de la ligoter, jugeant probablement, et à juste titre, qu'elle ne représentait aucune menace pour eux.

Quatre autres conspirateurs entassés à l'arrière vociféraient en français et en hollandais. L'opération avait mal tourné parce qu'elle avait alerté la sécurité : voilà ce qu'ils disaient. Elle comprit également qu'ils avaient prévu de se barricader dans le bâtiment en exigeant qu'on leur restitue la fortune confisquée et qu'on leur garantisse de pouvoir revenir sains et saufs en Afrique.

— On repart avec rien, que dalle ! lança une voix haut perchée.

— Il te reste la vie ! lui fit remarquer le chauffeur. C'est quelque chose.

— Et une assurance sur cette foutue vie ! ajouta quelqu'un.

Horrifiée, Sophie sentit une main sur sa nuque. Elle eut la chair de poule. Elle remonta les épaules et se pencha en avant pour se dérober, provoquant des ricanements nerveux. Elle s'efforça de ne pas penser à ce dont ils étaient capables, mais son esprit s'emplit d'images de torture, de viol, de meurtre. Elle avait passé deux ans à monter un dossier pour de tels crimes, mais jusqu'à ce moment précis, ce n'étaient que de simples concepts juridiques. A présent, ils étaient réels, bien réels.

Le Hollandais conduisait en prenant les virages trop vite dans la neige. Il se dirigeait vers le port avec l'assurance de quelqu'un qui connaissait bien la ville. Le véhicule s'engagea à toute allure dans la rue parallèle au Verversingskanaal qui se jetait dans le Voorhaven, un bras d'eau de la mer du Nord.

Un pont élevé en arc de cercle enjambait les écluses. La neige fouettait le pare-brise. Les pneus dérapaient sur la chaussée luisante. Il n'y avait pas une voiture sur le pont éclairé par les lampes ambrées des réverbères qui changeaient la couverture de neige en or pur.

— Il y a un hélicoptère ! lança une voix à l'arrière de la camionnette. On nous suit.

— Pas d'inquiétude, répondit le Hollandais en accélérant pour dépasser les 130 km/h. J'ai laissé des instructions.

Sophie comprit alors en quoi avait consisté l'échange entre l'attaché d'ambassade et lui. Ils avaient promis de liquider leur otage si l'on ne satisfaisait pas à leurs exigences. Mais, à un moment ou à un autre, ils la tueraient, de toute façon…

Toute sa vie, elle s'était efforcée d'agir pour le mieux, et pourtant tant de choses étaient allées de travers.

Comme si ses mains appartenaient à quelqu'un d'autre, elle agit avec une rapidité et une force dont elle ne se serait jamais crue capable. Elle s'empara du volant et braqua brutalement pour provoquer une embardée.

Le Hollandais jura. Il tenta de reprendre le contrôle du véhicule, mais il était trop tard. La chaussée était glissante, le parapet trop peu solide pour empêcher la camionnette de le briser et de plonger dans les eaux noir d'encre.

TROISIÈME PARTIE

Sainte-Croix, îles Vierges
Jour des Rois mages

Le jour des Rois mages, ou Epiphanie, est l'apogée d'un mois de célébration sur l'île de Sainte-Croix, dans les Caraïbes, un endroit connu pour son sucre, sa mélasse et son rhum. Le gâteau de mariage au rhum est si riche et si parfumé qu'il est servi en petits morceaux.

GÂTEAU DE MARIAGE AUX FRUITS

Mettez 2,5 kg de mélange de fruits secs (raisins, dates, figues, pruneaux) dans un très grand plat creux. Recouvrez de trois tasses de rhum de Cruz. Laissez macérer pendant deux jours au minimum et jusqu'à une semaine.

Pour confectionner le gâteau, vous aurez besoin des fruits macérés et de :

- 250 g de farine
- 1/2 c. c. de levure
- 500 g de cassonade
- 1 c. c. de cannelle
- 1 c. c. de vanille
- 125 g de mélasse
- 250 g de beurre à température ambiante
- 6 œufs

Battez le beurre dans un grand bol. Ajoutez le sucre, la cannelle, la vanille et la mélasse, puis les œufs un par un. Incorporez la farine et la levure, puis le mélange de fruits.

Versez la préparation dans deux ou trois plats à gâteau de 30 cm x 12 cm, bien graissés. Faites cuire au four à 180° pendant une heure environ.

6

Sainte-Croix, îles Vierges
6 janvier — Epiphanie

Max Bellamy avait horreur des mariages. Dans sa famille, ils semblaient revenir à intervalles réguliers, comme la grippe, et depuis sa plus tendre enfance, il lui était strictement interdit de cocher « ne pourra pas venir » sur la carte d'invitation. Mais bon sang, qu'est-ce qu'il aurait donné pour s'en dispenser !

Parfois, on l'obligeait même à *participer.* A deux reprises, quand il était tout petit, il avait dû porter les alliances sur un coussinet en velours. Pour ça, il fallait se mettre sur son trente et un, ne pas se salir et rester sans bouger pendant une cérémonie interminable.

A douze ans, il était bien trop vieux pour une telle indignité, mais sa famille lui avait trouvé une autre mission. L'été dernier, il avait été promu au rang de placeur pour le mariage de sa cousine Olivia avec Connor Davis, qui avait eu lieu au camp Kioga, au bord du lac des Saules. Il avait alors compris une fois pour toutes que les mariages étaient tous pareils. Même inconfort, entre les chemises amidonnées et les chaussures qui vous faisaient mal aux pieds, même cérémonie interminable, mêmes cantiques mièvres. La seule chose qui changeait, c'était le couple devant l'autel.

Voilà ce qu'il pensait des mariages : longs et barbants. Tout le monde parlait d'amour et de promesses. Des conneries, à son avis.

Ce jour-là, l'inconfort venait d'une autre source. Comme la cérémonie avait lieu sur la plage, les invités étaient en tenue légère.

On aurait dit une bande d'abrutis hawaïens ! Max était nettement plus à l'aise qu'en smoking et chaussures vernies, mais ça ne voulait pas dire qu'il s'amusait.

D'accord, il aimait bien Nina Romano. Beaucoup, même. Elle allait faire une belle-mère sympa. Il était tout à fait d'accord pour qu'elle épouse son père mais il n'avait pas envie de rester là à écouter ces sempiternels échanges de vœux et ces récitations à n'en plus finir. Il ne tenait pas à écouter son père dire des choses du genre « Je t'offre mon cœur » à *qui que ce soit*. Ces trucs-là lui donnaient la nausée.

En plus, il y avait des Romano dans tous les coins. Nina avait huit frères et sœurs, et la plupart avaient des gosses, si bien qu'entre les Romano et les Bellamy, c'était carrément un déménagement.

Toute la semaine, des inconnus enjoués étaient venus lui taper dans le dos, comme s'ils avaient été ses meilleurs potes. Il en connaissait certains. Deux d'entre eux — qui seraient ses cousins par alliance d'ici la fin de la journée — étaient dans sa classe au collège d'Avalon. Angelica Romano suivait le même cours d'algèbre que lui, et Ricky Pastorini jouait dans son équipe de hockey. La mère de Ricky, Marina, était la sœur de Nina. Ricky avait le même âge que lui, mais il se rasait déjà et il avait mué. Et alors ?

Max essaya de ne pas grincer des dents quand l'assemblée entonna une nouvelle chanson à propos de deux cœurs battant à l'unisson. La plupart des femmes sanglotaient. C'était ridicule. Il allait sombrer dans le coma s'ils ne mettaient pas rapidement un terme à tout ce cirque.

Il jeta un regard agacé au groupe réuni sur la plage. Ils étaient tous assis sur des chaises blanches pliantes, leurs pieds chaussés de tongs s'enfonçant dans le sable blanc comme du sucre. Max enfouit la main dans la poche de son short. Il en sortit son portable, vérifia l'écran. Sa mère n'avait pas répondu au texto qu'il lui avait envoyé plus tôt avec une photo. Il avait essayé d'envisager les choses sous un angle positif, étant donné que sa mère faisait toujours comme si tout allait bien, quoi qu'il arrive, même quand on devait se farcir le mariage de son propre père. Il lui avait dit que Sainte-Croix était génial.

Il ne pouvait pas en dire autant de la cérémonie, même si tous les autres avaient l'air de trouver ça merveilleux. On approchait de la fin, semblait-il. Il rangea son téléphone, endura une ultime lecture. Il y eut un moment — une seconde, en fait — où son père parut tellement heureux que Max se surprit à sourire malgré lui.

Pendant le baiser, il regarda fixement par terre — *ça suffisait comme ça !* —, mais c'était fini. Pas trop tôt ! L'orchestre joua une version reggae de *What a wonderful world* pendant que Nina et son père remontaient l'allée entre les rangées de chaises.

Les convives leur emboîtèrent le pas pour gagner le pavillon où les attendait le banquet à proximité de la piste de danse. Tandis qu'il s'acheminait vers le festin, Max se retrouva entouré de Romano. Nina avait une mégafamille...

Le soleil avait commencé à se coucher, enveloppant tout d'un rose plombé digne d'un coucher de soleil.

Son téléphone sonna. En jetant un coup d'œil à l'écran, il vit un numéro international qui ne lui disait rien.

— C'est peut-être ma mère, dit-il.

Marina, la sœur de Nina — la commandante — renifla d'un air dédaigneux.

— Un jour pareil ? Elle ne manque pas d'air !

Il feignit de ne pas avoir entendu et ouvrit le clapet de son téléphone.

— Allô !

— Salut, Max.

C'était bien sa mère. Mais elle avait une drôle de voix. Une toute petite voix.

— Max, je suppose que le moment est mal choisi...

— C'est pas grave.

Il s'écarta un peu et se réfugia à l'ombre d'un grand arbre.

— Je suis content de t'entendre, maman.

— Vraiment, Max ?

Elle paraissait fatiguée comme jamais. Il se demanda quelle heure il était en Hollande. Le milieu de la nuit ?

— Moi aussi, dit-elle.

*
* *

Daisy adorait les mariages depuis que, toute petite, elle avait été la porteuse de bouquet aux noces de sa tante Helen. Elle se souvenait encore de la robe en dentelle qu'elle portait, des fleurs entrelacées dans ses cheveux, de ses souliers vernis, du sentiment qu'elle avait eu de jouer un rôle important.

Ayant pris un instant de répit à l'écart des festivités, elle s'était assise sur le balcon de sa chambre d'hôtel et contemplait le pavillon qu'on avait dressé sur la plage pour la réception. Le coucher de soleil avait peint le ciel de toutes les couleurs de l'arc-en-ciel. Dans quelques minutes, elle irait chercher son appareil pour prendre quelques clichés sur le vif du mariage de son père.

Toute sa vie, elle avait rêvé du jour où ce serait son tour. Elle avait tout planifié, jusqu'aux perles sur sa robe. Elle imaginait chaque instant du plus beau jour de sa vie, depuis la livraison des fleurs — des marguerites — à l'adieu tonitruant adressé aux jeunes mariés partant pour Paris en voyage de noces.

Le seul détail qu'elle n'arrivait pas bien à discerner, c'était le visage du marié.

A dix-neuf ans, elle ne pouvait toujours pas s'empêcher de rêver à ses propres noces, mais il y avait une différence depuis août dernier.

En posant son regard sur l'enfant qu'elle était en train d'allaiter, elle devait se rendre à l'évidence : le mariage de ses rêves n'aurait jamais lieu. A moins que le prince charmant veuille se charger de Charlie.

Logan O'Donnell, le père de l'enfant, essayait de la convaincre qu'il était l'élu. Seulement, il y avait un hic : Logan n'était pas le prince charmant. Oh, physiquement, il collait au stéréotype. C'était d'ailleurs la principale raison pour laquelle elle s'était mise dans ce pétrin. Mais maintenant que la réalité l'avait frappée avec la violence d'une brique qu'elle aurait reçue sur la tête, elle savait qu'il fallait bien autre chose qu'un physique de jeune dieu pour faire un prince.

Elle serra Charlie contre elle. A cause de lui, elle avait raté la fin de la cérémonie. Il s'était admirablement comporté jusqu'à la lecture finale. Elle avait promis à Nina et à son père qu'elle ne le laisserait pas interrompre le service et, fidèle à sa parole, elle s'était éloignée avec lui juste avant qu'il se mette à brailler.

Elle lui frictionnait à présent le dos en se balançant d'une jambe sur l'autre.

— On n'a pas besoin d'un prince, hein ? lui chuchota-t-elle à l'oreille. On a juste besoin de rêver de quelque chose de différent. Je voulais t'en parler, justement. Enfin, je sais que tu es encore petit, mais je me demandais si ça t'ennuierait de rester avec une baby-sitter quelques heures par semaine pour que je puisse prendre des cours de photo à la fac.

En guise de réponse, il fit docilement son rot.

Daisy sourit.

— Les cours commencent dans quelques semaines. Seulement, je vais me sentir affreusement coupable de te laisser. Maman nous faisait souvent garder, Max et moi, quand on était petits. C'était à cause de son travail. *Je me demande si elle éprouvait le même sentiment que moi*. Cette culpabilité…

— Hé, Daisy !

Deux étages plus bas, Sonnet Romano agitait la main à son adresse.

— Descends ! Ils sont sur le point de découper le gâteau.

— Ne les laisse pas commencer sans moi ! cria-t-elle.

— Tu as besoin d'aide ?

— Non, ça va. On arrive tout de suite.

Sonnet, la fille de Nina, avait été sa première amie à Avalon, où ils étaient venus s'installer après le divorce de ses parents. Elle avait aussi été la première informée de sa grossesse, après son père. Elles étaient demi-sœurs, à présent, et Daisy espérait que cela ne sonnerait pas le glas de leur belle amitié.

— Tu as entendu ? lança-t-elle à Charlie en glissant son appareil photo dans le sac à couches qu'elle trimbalait partout. Du gâteau ! J'adore le gâteau.

L'un des avantages de l'allaitement, c'était qu'elle pouvait manger tout ce qu'elle voulait — gâteau, beurre de cacahuètes, biscuits —

sans prendre un gramme. Il fallait beaucoup de calories pour être une usine à lait.

Elle attacha le bébé dans sa poussette et sortit de la chambre. Les couloirs et les escaliers de l'hôtel étaient en plein air, et une brise tiède s'y engouffrait, charriant des parfums de fleurs exotiques. Ici, sous les tropiques, l'hiver semblait à des millions de kilomètres.

En bas de l'escalier, elle prit la direction de la salle de réception, mais s'arrêta en voyant Max courir dans sa direction.

Un seul regard au visage de son frère et elle sut que quelque chose n'allait pas. Eh bien, quoi qu'il se soit passé, ils n'allaient certainement pas embêter leur père avec ça. Pas aujourd'hui.

QUATRIÈME PARTIE

Trois semaines plus tard

DÉCISION

Tous les actes que vous avez accomplis depuis le jour de votre naissance, vous les avez accomplis parce que vous vouliez quelque chose.

— Andrew Carnegie, cofondateur du Palais de la Paix

7

La Haye, Pays-Bas
Trois semaines plus tard

En attendant Tariq dans la cour du Palais de la Paix, Sophie tournait en rond, s'attendant à tout moment à ce que les flashbacks s'abattent sur elle comme la foudre tombée du ciel. L'équipe de soins post-traumatiques l'avait avertie qu'elle serait la proie de rappels perturbants de l'épreuve qu'elle avait vécue. Rien ne se produisit, pourtant, pas même lorsqu'elle repensa à André titubant vers elle et se vidant de son sang dans la neige. Elle éprouvait du chagrin, mais ni panique ni sentiment de folie. Le ciel était toujours d'un gris morne. Les murs néogothiques du palais, tachés par le temps et la pollution, étaient tels qu'ils avaient toujours été : d'une beauté froide, impénétrable.

Ce n'était pas la première fois qu'elle revenait au palais au cours des dernières semaines. On l'y avait conduite à plusieurs reprises, les médecins voulant s'assurer que ce site ne déclenchait pas chez elle de réaction traumatique excessive. Elle ne sentait rien, en fait, hormis l'humidité habituelle d'un jour d'hiver qui vous transperçait jusqu'à la moelle.

L'écran de son portable affichait un texto que Max lui avait envoyé la veille. *Papa nous emmène skié 2 jour à Saddle Mountain. Dommage que tu sois pa la. Bisous.*

Elle jeta un coup d'œil à sa montre perpétuellement réglée sur le fuseau horaire des enfants, et estima qu'il était trop tôt pour téléphoner aux USA. Elle les appellerait après sa réunion pour leur faire part de ses projets.

Quelques instants plus tard, Tariq la rejoignit, son imperméable Burberry tourbillonnant avec élégance dans le vent. Comme elle, il était suivi d'agents de sécurité dont la présence constante était incontournable dans la situation actuelle.

— Tu me parais remarquablement calme, dit-il.

Ils se rendirent ensemble à la réunion qui se tenait dans la Haute Chambre.

— Pourquoi dis-tu « remarquablement calme » ? demanda Sophie en fronçant les sourcils. Pourquoi pas juste « calme » ?

— On comprendrait que tu ne veuilles plus jamais mettre les pieds ici. Après ce qui t'est arrivé…

— Je jure que si j'entends cette phrase une fois de plus… Et toi ? Il t'est arrivé la même chose, non…

Il dissipa son commentaire d'un geste.

— J'ai connu pire qu'un saignement de nez. En outre, la perte de connaissance est, à mon avis, le meilleur moyen d'endurer une attaque.

Il s'arrêta dans le couloir à colonnade et effleura le bras de la jeune femme.

— J'aurais tellement aimé que tu sois épargnée comme je l'ai été moi-même.

Trois semaines s'étaient écoulées depuis l'Incident. C'était ainsi qu'on avait qualifié les événements qui s'étaient déroulés le soir de l'Epiphanie. L'incident. Ou l'Incident de l'Epiphanie auquel les correspondants étrangers faisaient référence d'un ton sinistre. Le *London Times* avait parlé du Massacre de la Douzième nuit. Mais aucun terme ne pouvait rendre la terreur et l'impuissance de cette nuit, si bien que l'on s'était résigné à faire usage d'un mot code — l'Incident.

Sophie avait frôlé la mort, ce soir-là, sans s'en rendre compte pour ainsi dire. Les médecins lui avaient expliqué que l'hypothermie provoquait ce type de symptômes. L'organisme s'engourdissait pour se protéger de dommages potentiels. Il en avait été de même de son esprit, en un sens. Ses souvenirs étaient fragmentés. Parfois, dans ses cauchemars, elle revivait cette tragédie par épisodes terrifiants. La sensation d'apesanteur de sa chute libre quand la camionnette avait sombré dans la nuit. L'impact quand elle avait percuté l'eau avec un bruit d'enfer. Ses dents s'étaient heurtées, elle s'était mordu la langue et sa tête avait été violemment rejetée en arrière. L'air vibrait de cris, de mugissements presque animaux. L'eau avait empli le véhicule, et elle s'était sentie projetée vers l'arrière. Ses ravisseurs ne s'étaient pas donné la peine de lui attacher sa ceinture.

L'équipe chargée de l'enquête avait supposé qu'elle était sortie par une vitre brisée comme en témoignaient les éraflures qu'elle avait sur les bras et les jambes. Elle avait survécu grâce à la chance et à ses talents de nageuse. Elle se rappelait vaguement avoir nagé dans une eau glaciale, se dirigeant vers une vague lueur qui scintillait sur la surface au-dessus d'elle, se débattant pour se libérer du tourbillon créé par la camionnette en train de couler. Elle avait avalé de l'eau de mer teintée d'essence par le nez, par la bouche, suffoquant tandis qu'elle se cramponnait à un anneau de fer ancré dans le mur en pierre du canal.

Un autre trou de mémoire. Finalement, elle avait réussi Dieu sait comment à se hisser hors de l'eau parmi les hurlements de sirènes et le grondement rythmique des pales d'un hélicoptère qui fouettaient la surface de l'eau. Des véhicules d'urgence avaient envahi le pont, mais personne ne semblait avoir remarqué sa présence. On aurait dit qu'elle était invisible. C'était peut-être le cas. Elle s'était crue morte, ce qui aurait expliqué que personne ne puisse la voir tandis qu'elle errait parmi les voitures de police et les ambulances.

L'un des avantages de travailler pour un organisme aussi puissant que le TPI, c'était le strict contrôle qui s'exerçait sur l'information. Peu de gens savaient qu'elle avait été prise en otage. Ils étaient encore moins nombreux à connaître son mode d'évasion. Et tout le monde ignorait que c'était elle qui avait précipité le véhicule au-delà du parapet. Tout le monde, sauf les terroristes que l'on avait repêchés vivants dans les eaux du Voorhaven. Ils ne parleraient pas.

Pour éviter les représailles, il n'avait pas été fait mention de son nom dans les communiqués de presse.

— J'ai été épargnée, répondit-elle à Tariq d'une voix qui révélait une colère irrationnelle. Je suis là, non ?

— Désolé, dit-il sur un ton d'excuse. En toute honnêteté, mon chou, je veux juste m'assurer que tu vas bien.

L'initiative décisive qu'elle avait prise dans la camionnette avait effectivement mis un terme à l'Incident. Trois de ses ravisseurs s'étaient noyés. Les trois autres s'en étaient tirés de justesse, comme elle. Ils récupéraient sous bonne garde à l'hôpital.

Quand les gens la voyaient, ils s'émerveillaient qu'elle s'en soit sortie « indemne ». Rien dans son apparence ne témoignait de l'épreuve qu'elle avait endurée.

Elle n'avait subi que quelques éraflures, des contusions, outre une légère hypothermie. L'équipe médicale du Bronovo Hospital l'avait prévenue qu'elle risquait des troubles dus au stress post-traumatique, bien que les tests effectués aient révélé qu'elle n'avait pas trop souffert sur le plan psychique. Loin d'elle l'idée de se considérer comme une victime. Les victimes, c'étaient André, son chauffeur, les agents de sécurité sauvagement assassinés ainsi que les hommes de la camionnette. Fatou avait perdu son bébé et s'apprêtait à subir une troisième intervention chirurgicale. Quant à Brooks Fordham, il se remettait encore d'un coma. Elle s'en était tirée, trempée jusqu'aux os, certes, mais vivante. Et étrangère à elle-même, comme elle n'avait pas tardé à le découvrir. Elle était disposée à laisser croire à tout le monde que rien en elle n'avait changé. Elle n'avait aucune envie que les autres voient clair dans son cœur et dans son esprit. Au final, elle se sentait à la dérive. Incomprise.

Aussitôt après l'Incident, elle avait appelé ses enfants à Sainte-Croix et ses parents à Seattle, au cas où la nouvelle serait parvenue aux médias américains ou canadiens. Il n'y avait aucun risque, en définitive. Elle s'était bornée à dire à sa famille qu'un « problème de sécurité » avait eu lieu au Palais de la Paix, qu'elle allait bien et qu'elle n'était pas en danger. Elle n'avait pas pleuré au téléphone.

Elle avait eu la sensation d'être sortie d'elle-même, comme si elle avait été témoin de ses propres actions.

Comme elle l'avait dit plus tard aux deux psychiatres qui la soignaient, elle ne devait pas laisser cette histoire prendre trop d'envergure, sinon il ne resterait plus de place pour les choses vraiment importantes. Au fil des heures de thérapie intensive, elle en était venue à comprendre précisément de quelles choses il s'agissait.

Elle n'avait pas parlé de ce qui s'était passé réellement ce soir-là, pas même aux équipes médicales ou psychologiques. Le Dr Maarten avait tenté de la convaincre que le seul moyen de vaincre ses démons était d'explorer chaque moment dans ses moindres détails.

— Vous ne comprenez pas, avait-elle répliqué. Je n'ai pas de démons. Ils sont partis au moment où j'ai compris que je survivrais.

— En êtes-vous sûre ?

Il pensait manifestement qu'elle mentait ou qu'elle se faisait des illusions.

— Absolument. J'ai étudié chaque élément figurant sur vos listes d'évaluation du stress post-traumatique. Je n'ai aucun symptôme de ce genre.

Elle jeta un coup d'œil dans la direction de Tariq. Il savait aussi bien qu'elle ce qui allait se produire aujourd'hui dans cet édifice. On lui avait proposé un poste auquel la plupart des juristes de ce monde se contentaient de rêver, et, tout à l'heure, elle était censée donner sa réponse.

Elle s'était habituée à la présence des gardes du corps et aux précautions de sécurité, mais tout cela lui paraissait irréel. Avait-elle vraiment envie de continuer à vivre de cette façon, entourée d'étrangers armés entièrement dévoués à sa sécurité ?

— Allons-y ! marmonna Tariq.

— Oui. Allons voir le grand manitou, répondit-elle.

Les deux battants du bureau du grand juge s'ouvrirent, et Tariq et elle pénétrèrent dans la pièce. Sophie eut un moment de panique. Sir Willem De Groot était assis derrière son bureau gothique sculpté sous une rangée de fenêtres à vitraux. Eclairé par une lumière aux tonalités de joyaux, il était terriblement imposant et très intimidant. Comme détaché du monde. C'était Le grand manitou.

En fait, il ressemblait à son père. Mais contrairement au redoutable Ragnar Lindstrom, avocat associé dans un important cabinet juridique à Seattle, le juge De Groot avait décoré son bureau d'un grand nombre de photos de famille. Des clichés de lui avec ses enfants et ses petits-enfants côtoyaient les gros manuels de textes de loi.

A cet instant, cependant, il était tout à ses affaires. Il voulait que Sophie grimpe les échelons et accomplisse de grandes choses. Il souhaitait son succès.

Sa version à lui du succès.

Tariq et elle lui faisaient face, côte à côte. Les assistants de De Groot installés discrètement à l'écart éteignaient leurs portables en silence.

— Merci de me recevoir, dit Sophie. Et de cette proposition qui est un honneur pour moi.

— Nous ne vous l'avons pas faite à la légère, répondit Willem De Groot. Ce siège à la Cour permanente d'arbitrage n'est pas une récompense. C'est la reconnaissance de votre potentiel en tant que juriste.

Il plaqua ses mains l'une contre l'autre.

— Le poste s'est libéré au moment opportun. Je suis heureux de pouvoir vous l'offrir.

Sophie hocha la tête, bien qu'un soupçon de scepticisme se soit insinué en elle. Cette promotion était la consécration suprême. En sa qualité d'avocate au sein du Tribunal pénal international, elle était prédisposée à devenir un jour juge au sein de cette Haute Cour. C'était le point d'orgue de toute carrière dans le domaine du droit international, une sorte de médaille d'or. Son influence se ferait sentir sur les grandes questions de son époque.

Les trompettes du triomphe résonnaient à ses oreilles. Elle avait atteint le sommet de sa carrière. Jamais elle n'aurait pensé se hisser aussi haut. Dans ce siège qui l'attendait, elle pourrait changer le monde. Elle aurait les moyens d'aider des populations entières. Ses décisions, les mesures qu'elle prendrait s'inscriraient dans l'histoire.

Elle sentait la fierté de Tariq, à côté d'elle. Elle n'était pas seule en cause, ils le savaient l'un et l'autre. Grâce à cette promotion à la Cour permanente d'arbitrage, son équipe et tous ses associés s'élèveraient eux aussi dans la hiérarchie, tels des wagons entraînés par la même locomotive. Cette nomination changerait non seulement sa vie et sa carrière, mais aussi celles de tous ses collaborateurs. De Groot s'adressait à Tariq, à présent : il lui expliquait son rôle d'adjoint.

Sophie sentit son esprit s'enflammer comme un feu arrosé d'essence. Puis, tout aussi brutalement, ce sentiment fut étouffé par la douche froide du souvenir. Elle avait été prise en otage. Elle avait vu des gens se faire tuer à quelques centimètres d'elle. Elle avait tenu une enfant ensanglantée dans ses bras. Par sa faute, des gens avaient péri.

Telle était sa réalité. Elle avait longuement travaillé avec l'équipe soignante dont la mission consistait à guérir son âme, alors qu'elle jurait sur tous les tons qu'elle n'en avait pas besoin. Les thérapeutes avaient persisté malgré tout. Ils s'ingéniaient jour après jour à lui prouver que même si elle n'arrivait jamais à dépasser ce qu'elle avait enduré, elle pouvait mener sa vie avec détermination et mesure.

— Je vous remercie, dit-elle au juge De Groot. Je suis honorée.

Elle prit une profonde inspiration, redressa les épaules et plongea son regard dans celui du magistrat.

— Mais c'est impossible.

Ses mots tombèrent comme des pierres dans le bureau, faisant écho sur les murs néogothiques. *C'est impossible.*

Cette phrase avait été bannie de son vocabulaire des années plus tôt par son père. Toute son enfance, on lui avait inculqué l'idée qu'au contraire tout était possible.

Je peux renverser un dictateur corrompu, mais pour cela je

devrai vivre à des milliers de kilomètres de mes enfants et travailler dix-huit heures par jour.

Je peux échapper à des terroristes, mais en m'obligeant à faire quelque chose qui me hantera jusqu'à la fin de mes jours.

Je peux être le plus jeune juriste jamais nommé au TPI, à condition de me transformer en robot à partir de maintenant.

C'était ce que ses parents n'arrivaient pas à comprendre : pour chaque « je peux », il y avait un terrible sacrifice caché.

Elle se sentait parfaitement calme et concentrée.

— J'ai beaucoup réfléchi, reprit-elle. Je ne peux accepter ce poste.

Tariq émit un petit hoquet. Elle s'interdit de le regarder, sachant pertinemment qu'il la dévisageait d'un air consterné.

La Sophie d'autrefois aurait sauté sur l'occasion. La nouvelle, celle qui avait été transformée par la prise d'otages, savait que cette opportunité prestigieuse et exaltante ne faisait plus partie de sa trajectoire.

Après le traitement psychologique intensif qu'elle avait reçu, elle avait l'impression d'être quelqu'un d'autre. L'objectif de toutes les interventions dont elle avait fait l'objet était sans doute de la ramener à une existence normale, ordinaire. Si tel était le cas, l'entreprise avait échoué. En définitive, l'Incident et ses répercussions lui avaient prouvé qu'une vie sans sa famille ne valait pas la peine d'être vécue.

Le juge De Groot était un homme âgé et flegmatique. Contrairement à Tariq, il se limita aux faits quand Sophie lui expliqua sa situation familiale.

— Si vous ne saisissez pas cette occasion, je ne serai plus là quand vous reviendrez. Je ne peux pas vous garder la place au chaud.

— Je comprends, Votre Honneur.

— Vos enfants sont vos enfants. Ils seront toujours là. Ce qui n'est pas le cas de cette nomination. Je suis convaincu que votre famille vous encouragerait à rester et à œuvrer au nom de la justice mondiale.

Vraiment ? se demanda-t-elle. Leur avait-elle jamais laissé le choix ?

— C'est probable, répondit-elle, mais j'ai l'intention de retourner vivre aux Etats-Unis.

Voilà. Exprimé à haute voix, c'était simple et direct. Il fallait qu'elle retourne auprès de ses enfants.

Elle s'autorisa un rapide coup d'œil dans la direction de Tariq. On aurait dit que sa tête était sur le point d'exploser. Elle ne reviendrait pas sur la décision qu'elle avait prise au cours des instants où la camionnette avait atterri dans l'eau. Si elle survivait, elle s'était promis de rentrer auprès de Daisy et de Max. Elle avait eu un éclair de lucidité. L'équipe de soutien psychiatrique l'exhortait toujours à se concentrer sur l'instant, une stratégie destinée à empêcher les symptômes post-traumatiques. Leur mission était de la préparer à reprendre le travail, et elle avait eu l'effet inverse.

Puis elle fit face à l'homme qui avait été son mentor durant toute une année.

— Ce qui s'est passé au Palais de la Paix a modifié mes objectifs, lui expliqua-t-elle. Je pensais savoir ce que je devais faire de ma vie, mais ces événements m'ont contrainte à remettre mes priorités en cause.

Son regard se porta sur les photographies du juge.

— J'ai honte d'avouer qu'il m'a fallu frôler la mort pour prendre conscience de ce qui comptait dans la vie. Malgré le respect que je vous dois, ce n'est pas ce poste qui est important pour moi. Ce n'est pas non plus le prestige. Ni même épargner aux gens les cruautés de ce monde. Ça, c'est un travail, et dans mon travail, je suis remplaçable. Ce n'est pas le cas dans ma vie, au sein de ma famille. J'ai des enfants que je ne vois pas assez. J'ai des responsabilités. Je dois m'y atteler, dès à présent.

Les récriminations, quand elles se manifestèrent, vinrent de Tariq.

— Tu es folle ! lança-t-il d'un ton accusateur, tandis qu'elle courait en tous sens dans son appartement pour finir ses cartons et boucler ses valises. Tu as perdu la tête, ma parole ! Je t'en conjure, Sophie : ne fiche pas tout en l'air !

— Je ne fiche rien en l'air. Je te confie tout. Ils t'ont proposé le poste et tu seras parfait.

— Mais c'est à toi que cette nomination revient ! Tes enfants n'ont plus besoin de leur maman toute la journée.

Il agita la main, coupant court à sa riposte avant qu'elle ait le temps de la formuler.

— Ce que je dis est évident, mon chou. Max est un grand garçon et Daisy a elle-même un enfant à élever.

— Ils ont besoin de moi plus que jamais. Et puis il y a Charlie. Un bébé, Tariq. Je me demande bien à quoi je pensais en abandonnant Daisy et Charlie ainsi.

— Tu étais là pour la naissance, et Daisy s'en sortira très bien. Telle mère, telle fille. Toi aussi, tu as été maman très jeune. Et tu t'es merveilleusement bien débrouillée.

Sophie estimait que ce n'était pas du tout le cas, même si elle était apparemment la seule à le penser. Elle avait mené une existence superficielle, en faisant machinalement ce qu'il fallait pour réussir ses études et sa vie professionnelle. Il y avait tout un monde de possibilités sous la surface, sans qu'elle s'en soit rendu compte jusqu'au moment où elle avait failli tout perdre.

Elle colla une étiquette sur l'un des cartons d'expédition. Ses affaires personnelles prenaient étonnamment peu de place. Elle occupait un appartement meublé, si bien que ses possessions se réduisaient à sa garde-robe, quelques livres et des photographies encadrées de ses enfants.

En regardant autour d'elle, elle se sentit moins assurée tout à coup, en proie à une peur qui n'avait rien à voir avec celle qui l'avait assaillie lors de la prise d'otages. Et si elle échouait ? S'il était trop tard ?

Elle prit un portrait de ses enfants sur une étagère et étudia longuement leurs visages.

— Quand Greg et moi avons divorcé, je les ai suppliés de venir vivre avec moi, dit-elle. J'aurais tellement voulu que ça puisse se faire !

Elle se rappelait ces deux tristes semaines, le regard de ses enfants contemplant les plaines hollandaises du haut d'un gratte-ciel où la pluie ne s'arrêtait jamais vraiment. Le soleil n'avait pas fait une seule apparition.

— Je ne voulais pas sacrifier leur bonheur au bénéfice de ma carrière, dit-elle. Ils souhaitaient vivre avec leur père. Ce n'était pas compliqué. D'un côté, il y avait moi, prête à m'envoler pour aller plaider dans un pays étranger. De l'autre, il y avait Greg, qui avait décidé de se changer en Andy of Mayberry.

— Andy qui ?

— C'est l'une des figures emblématiques de la télévision américaine. Un père célibataire qui est le héros d'un feuilleton à succès. Il vit dans une petite ville et emmène son gamin pêcher. Il mène une existence idyllique dans une nature où les feuilles d'automne semblent tomber continuellement et où il ne pleut absolument jamais. Pas étonnant que Max et Daisy aient voulu vivre avec leur père !

Elle plia méthodiquement un pull-over en alignant avec soin les coutures des manches.

— Et tes désirs à toi ? lança Tariq d'un ton plein de défi.

— Juste après le divorce, j'étais dans une telle confusion que je ne savais même pas ce que je voulais. Tu te rappelles dans quel état j'étais ? La séparation m'avait incitée à tout remettre en cause, mon rôle de mère en particulier... Maintenant, j'ai une idée assez claire de ce que je désire, et c'est pour ça que je fais ce que je fais. Je me donne une deuxième chance de mieux m'acquitter de mes devoirs.

Elle plia trois autres chandails. Elle allait en avoir besoin, là où elle allait.

— Mais pourquoi vivre dans cette ville au milieu de nulle part ?

— Pour être avec mes enfants. J'ai aussi besoin d'affronter le fait que mon ex nage dans le bonheur avec une femme qui est aux antipodes de moi.

Tariq haussa les épaules en un geste fataliste.

— Ce sont des choses qui arrivent.

— Tu m'aides drôlement, là !

— Tu ne veux pas de mon aide. Tu veux aller te prosterner devant l'autel de la honte et te flageller jusqu'à ce que tu sois en sang. A propos, je connais un certain nombre de gaillards qui seraient prêts à payer pour voir ça.

— Ne sois pas désagréable.

Elle acheva de remplir un compartiment de sa housse à habits.

— Tu vas avoir le job de tes rêves, grâce à mon départ.

— Je préférerais t'avoir, toi, répondit-il simplement en lui tendant les bras.

— Tu n'es pas désagréable, finalement, dit-elle tandis qu'il l'étreignait. Tu es même le meilleur. Tu vas vraiment me manquer. Désespérément.

— Je sais.

Elle pressa sa joue contre le cachemire écossais tout doux de son pull-over.

— J'ai peur, chuchota-t-elle en pensant à ce qui l'attendait à Avalon, à son mariage raté avec Greg et à ses déficiences sur le plan maternel.

— Je te comprends, mon chou, dit Tariq en lui caressant les cheveux dans un geste qui se voulait apaisant. J'aurais peur, moi aussi, de me retrouver dans une petite ville américaine. Je n'arrête pas de penser à des vestes de chasse à carreaux, à des camionnettes à plate-forme montées sur des pneus gigantesques.

Elle se déroba en lui administrant une petite tape amicale sur l'épaule.

— Allons ! Ce n'est pas si terrible que ça.

Pouvait-elle en être sûre ? Elle était loin d'être experte en la matière, ayant vécu toute sa vie dans des grandes villes pleines d'animation — Seattle, Boston, Tokyo, New York, La Haye. Elle ne savait pas du tout comment elle s'en sortirait dans une bourgade comme Avalon. Mais il fallait qu'elle rejoigne sa famille. Elle se sentait investie d'une mission, comme lorsqu'elle devait plaider une affaire importante. Elle avait besoin de reconquérir ce que sa carrière lui avait fait perdre. Il fallait qu'elle donne une nouvelle orientation à sa vie.

— Je ne leur ai encore rien dit. Juste que j'allais bien et que je rentrais. Ils ignorent que j'ai l'intention de rester.

— Tu es folle, folle à lier !

Tariq lui donna un coup de main pour plier ses pantalons et les ranger avec soin dans son grand sac Vuitton.

— Si je leur annonce que je m'installe à Avalon, ils vont penser que quelque chose cloche.

— C'est le cas. Tu as perdu la tête.

— Non. Ecoute, j'ai un projet. Des amis de New York — les Wilson — ont une maison au bord du lac où ils ne séjournent que l'été. Ils m'ont proposé d'y prendre mes quartiers d'hiver. J'ai un toit.

— Et tu vas faire quoi exactement ? Tu as besoin de renouer des liens avec tes gosses. Ça, j'ai compris. Est-ce une occupation à plein temps ?

Elle rangea ses bijoux dans une poche à fermeture Eclair.

— Je n'en sais rien, répondit-elle à Tariq. C'est la première fois que je fais ça.

— Et pourquoi en aurais-tu envie ? lui demanda-t-il sans une pointe d'ironie.

— Parce que je n'ai jamais connu ça, répondit-elle. Parce qu'il ne m'est jamais arrivé de faire partie d'une communauté et qu'il est grand temps. Parce que, sous ce robot juridique que tu as sous les yeux, il y a un cœur.

Ils gagnèrent le coin du séjour qui lui servait de bureau. Là encore, pas d'objets personnels à part son ordinateur portable et un tableau d'affichage en liège où elle avait épinglé quelques documents photographiques.

— Mes photos d'identité judiciaire, dit-elle à Tariq. Tout est à toi, désormais.

Ces portraits des seigneurs de la guerre avaient été sa source de motivation au cours des deux dernières années, son objectif étant qu'ils soient jugés les uns après les autres par le Tribunal pénal international. Ces individus épinglés sur son tableau d'affichage représentaient les pires spécimens de l'humanité — des hommes qui pratiquaient la conscription d'enfants, des tortures sexuelles, l'esclavage. Elle considéra chaque photo, puis les tendit à Tariq avec cérémonie.

— Voilà, dit-elle en glissant son portable dans sa pochette. Tu vas faire de grandes choses.

— Et toi, tu vas cesser d'en faire.

Elle secoua la tête.

— J'ai fui mon mariage et ma famille. Je ne pourrai jamais récupérer mon couple, mais mes enfants ont encore besoin de moi.

Elle le pensait, en tout cas. Elle l'espérait. Ils avaient certainement appris à se débrouiller sans elle. Peut-être qu'en vérité c'était *elle* qui avait besoin d'eux.

— Je ne t'ai jamais vue fuir une situation, quelle qu'elle soit, reprit Tariq. Ça ne te ressemble pas.

— Quand il est question de ma vie professionnelle, tu as parfaitement raison, mais dans ma vie privée, j'ai fait exactement le contraire. Le problème, c'est que le naturel revient au galop. Il m'a fallu vingt ans et quelques heures en compagnie d'une bande de terroristes pour le comprendre.

Elle prit une profonde inspiration, survola du regard l'appartement vide en dehors de ses affaires emballées. La pièce était aussi impersonnelle et anonyme qu'une chambre d'hôtel.

Etait-ce une folie d'aller dans un endroit où la famille Bellamy était retranchée depuis des générations, où son ex-mari filait le parfait amour avec sa nouvelle femme ? Peut-être, mais c'était là que vivaient ses enfants et elle avait la ferme intention d'être leur mère à temps complet. Elle espérait de tout son cœur que ce n'était pas trop tard.

CINQUIÈME PARTIE

Février

Acclamons la neige — la neige duvetée
Plus douce et plus pure que le front de la Beauté
La créature de peu de pensée se plaît à errer
Sur un tapis délicat si richement étalé.

ELZA COOK, poétesse anglaise

MUFFINS DE LA BOULANGERIE SKY RIVER

- 180 g de farine
- 100 g de graines de lin moulues
- 100 g de flocons d'avoine
- 2 c. c. de sucre brun
- 2 c. c. de levure
- 1 c. c. de bicarbonate de soude
- 1 c. c. de sel
- 1 c. s. de cannelle en poudre
- 125 ml de lait
- 2 œufs battus
- 1 c. c. d'essence de vanille
- 80 ml d'huile végétale
- 130 g de carottes râpées
- 2 pommes râpées
- 75 g de raisins secs
- 75 g de noix

Préchauffez votre four à 180°. Mélangez la farine, les graines de lin, l'avoine, le sucre brun, la levure, le bicarbonate, le sel et la cannelle. Dans un autre plat creux, amalgamez le lait, les œufs, la vanille et l'huile. Incorporez les ingrédients secs. Ajoutez les carottes, les pommes, les raisins secs et les noix. Remplissez des moules à muffins apprêtés aux deux tiers avec la préparation.

Faites cuire de quinze à vingt minutes.

8

Sophie se réveilla dans un lit inconnu, un ours en peluche tout chaud dans les bras. Dans un demi-sommeil, elle resta immobile, attendant que ses habituels cauchemars se dissipent. Elle savait désormais que ça finissait toujours par arriver, mais elle se demandait si elle cesserait un jour de voir les visages des morts et de revivre le désespoir et la panique dont elle avait été la proie dans les moments qui avaient précédé l'accident.

Ce matin, pourtant, les souvenirs lui semblaient étrangement lointains. Le simple fait d'être là allongée à rêvasser était tellement agréable qu'elle s'attarda encore un instant sans bouger, les yeux fermés, en serrant la peluche dans ses bras, prolongeant ainsi une sensation de bien-être impossible à expliquer.

Elle gérait remarquablement les problèmes de décalage horaire. En outre, compte tenu de ses allers et retours fréquents entre l'Europe et les Etats-Unis, elle avait suffisamment de points pour bénéficier d'une place en classe affaires à chaque voyage. Elle s'astreignait à dormir avec une autodiscipline digne d'un maître yogi. Mais ce n'était jamais un sommeil reposant, si bien que cette sensation de chaleur, de confort, de détente ne collait pas.

Pour finir, pareilles à des gouttelettes d'eau, une série d'infimes prises de conscience la tirèrent de sa torpeur.

L'atterrissage à l'aéroport Kennedy, la route vers le Nord dans une tempête de neige qui s'intensifiait de minute en minute, le cerf surgissant de nulle part, la lueur vacillante des phares lorsqu'elle avait fait une embardée pour l'éviter, puis le bruit terrible du choc, la secousse effroyablement brutale quand elle avait atterri dans le fossé. Ensuite… quelqu'un était arrivé. Elle se rappelait avoir levé les yeux et l'avoir vu derrière la vitre…

Cette rencontre avec un homme étrange, alors qu'elle était seule, coincée dans un talus de neige, aurait dû l'alarmer. Or, elle n'avait rien éprouvé de tel. Après sa taille imposante et ses larges épaules, les premières choses qu'elle avait remarquées chez lui, c'était la douceur de son regard et son sourire puéril. Finalement, lorsqu'elle avait vu l'étranger debout là dans la neige, c'était un sentiment de confiance instinctif qui l'avait emporté.

Il l'avait secourue. Il avait guéri le cerf blessé, Dieu sait comment. Il avait recousu sa plaie. Il était fabuleusement séduisant mais très différent des hommes qu'elle avait l'habitude de côtoyer.

Et maintenant, ayant succombé à la fatigue cumulée du décalage horaire, du manque de sommeil et de sa blessure, elle gisait dans le lit confortable de sa chambre d'amis.

L'ours en peluche bâilla et s'étira.

Elle poussa un cri et se leva précipitamment en serrant les couvertures contre sa poitrine. Elle ignora l'élancement de douleur qui lui transperça le genou et fixa la petite chose duveteuse sur son lit.

— Oh, mon Dieu ! chuchota-t-elle, paniquée. Oh, mon Dieu !

Elle alla ouvrir les rideaux, livrant passage à la clarté blanche et froide d'un matin d'hiver, après quoi elle se rendit à l'évidence.

— J'ai dormi avec un chiot !

L'animal en question lui rendit son regard, apparemment indifférent à son comportement bizarre. Le minuscule plumeau de sa queue frétillait et il émit une série de jappements, tel un jouet à ressort.

Sophie n'était pas fan de chiens. Elle n'en avait jamais eu, et ses enfants non plus dans la mesure où cela aurait été pour le moins compliqué à Manhattan.

L'animal s'approcha du bord du lit et contempla le sol d'un air craintif avant de lever sur elle des yeux inquiets.

— Saute ! lui dit-elle. Ce n'est pas si haut.

Il se mit à piétiner sur place en gémissant nerveusement.

— Tu as réussi à grimper : tu dois pouvoir descendre.

Il répondit par une plainte pitoyable.

— Oh ! s'exclama Sophie, bizarrement émue.

Elle tendit la main. Le chiot la renifla délicatement, puis la lécha avec approbation de sa minuscule langue rose, avant de glapir de plus belle. Elle le souleva maladroitement en le tenant à bout de bras. Il se tortilla tant et si bien qu'elle faillit le lâcher, alors elle le prit contre sa poitrine. Il avait un pelage jaune tout duveteux — mi-chien, mi-poussin. Il sentait le lait et gigotait frénétiquement pour essayer de lui lécher la figure. Puis, tel un nouveau-né, il se blottit contre son épaule.

— Alors, c'est ça un chiot, murmura-t-elle en effleurant son oreille en veloutine du bout des lèvres. Comment ai-je fait pour vivre si longtemps sans en avoir un ?

Comme tous les enfants, Max et Daisy l'avaient suppliée de leur acheter un chien. Tous leurs amis en avaient un, soulignaient-ils avec la logique imparable de la jeunesse. Elle avait riposté que leurs copains avaient des mamans qui restaient à la maison ou des gens pour promener leur animal domestique. Elle leur avait expliqué que ce serait cruel pour le pauvre chien. Abandonné toute la journée, ses sorties se limiteraient à des visites en laisse dans le parc voisin grand comme un mouchoir de poche, où il fallait ramasser leurs déjections. Avaient-ils envie de marcher derrière un chien sous la pluie en ramassant ses crottes ? Cela avait mis fin à la discussion.

— Max et Daisy, dit-elle à voix haute en reposant le chiot pour s'emparer de son portable.

Son pouce planait au-dessus du clavier quand elle remarqua l'heure — 6 h 47. Trop tôt pour appeler. En reposant le téléphone, elle aperçut son reflet dans la glace derrière la porte.

— Charmant, marmonna-t-elle.

On aurait dit qu'elle sortait tout droit du *Tramway nommé Désir*. Elle marchait sur les traces de Blanche Dubois. C'était le résultat d'une combinaison de la chemise de nuit qu'elle portait et du fait qu'elle venait de se lever. Après une nuit de sommeil profond, même sa nuisette Dior avait l'air bon marché. Et trop fine. Ses cheveux d'ordinaire impeccablement coiffés étaient en pétard, son regard était encore tout brouillé par le sommeil. Elle raffolait des déshabillés élégants : un petit plaisir décadent qu'elle s'octroyait en secret.

Ce n'était pas comme si elle se les achetait pour impressionner un homme. Greg et elle étaient encore à l'université quand ils s'étaient rencontrés, et elle n'avait nul besoin de lingerie fine pour le séduire — un T-shirt suffisait. Elle adorait pourtant la sensation luxueuse de la dentelle et de la soie contre sa peau. La lingerie était le dernier bastion de la féminité et de la jeunesse. Céder au look flanelle mémé serait s'avouer vaincue.

Seulement, il faisait un froid de canard, ce matin. Elle regarda autour d'elle en frissonnant. C'était une vieille maison avec des plafonds hauts et des parquets recouverts de tapis tissés. Elle se trouvait dans une chambre meublée à l'ancienne : une table de toilette en marbre, des rideaux en chintz, un dessus-de-lit passé. La vague odeur de cèdre qui émanait des draps laissait supposer que cette pièce servait rarement.

Elle possédait une très belle robe de chambre en cachemire, mais elle était dans son autre sac resté dans le coffre de la voiture. De même que ses chaussons. En examinant ses bottes, elle s'aperçut que l'une d'elles était tachée de sang. Elle l'essuya le mieux possible avec des mouchoirs humides. Puis elle enfila ses bottes à hauts talons qui lui donnaient une allure audacieuse, associées à son déshabillé. « Donnez-moi un fouet et une chaîne, pensa-t-elle, et je serai la dominatrice dont vous avez toujours rêvé. »

Elle s'empara d'un châle en crochet tout doux posé sur le dossier d'un rocking-chair et s'en enveloppa.

A cet instant, le chiot émit un jappement.

— Pour l'amour du ciel ! s'exclama-t-elle.

En considérant la petite mare foncée qui souillait le tapis près de la porte, Sophie se rappela pourquoi elle n'avait jamais voulu de chien. Elle roula le tapis à la hâte. En le tenant avec précaution, elle descendit l'escalier, découvrant au passage un papier peint rose fané et un vitrail sur le palier.

Le chiot lui emboîta fidèlement le pas, sautant de marche en marche. Elle ne put s'empêcher de sourire. Ce n'était qu'un bébé. Il avait une vessie minuscule. Elle aurait dû le sortir tout de suite.

Elle gagna ce qu'elle imaginait être la cuisine en suivant un couloir, orné de photos encadrées. Au-delà d'une porte voûtée, elle se retrouva effectivement dans une grande cuisine campagnarde où flottait l'arôme intense d'un café fraîchement passé.

En continuant son chemin, elle pénétra dans un hall entouré de fenêtres qui donnaient sur un paysage blanc à perte de vue.

— B'jour ! fit une voix profonde et joyeuse.

Noah Shepherd entra à cet instant, couvert d'une neige fraîche et poudreuse.

Elle faillit lâcher le tapis.

— Oh, je… euh…

Ses mots s'évanouirent sur ses lèvres tandis qu'elle le dévisageait. Avec sa grosse veste de laine à carreaux, son jean délavé et ses bottes, il avait tout d'un personnage de roman — le noble homme des bois. Un prince déguisé. « Je suis dans un film de Disney », pensa-t-elle.

A en juger par son expression, ses pensées étaient toutes différentes des siennes. On lisait à livre ouvert sur son visage. Son regard effleura le corsage presque transparent de son déshabillé. Elle resserra le châle sur sa poitrine. Puis son attention se porta sur ses jambes nues. Malgré son genou bandé, ses bottes à la mode lui donnaient probablement l'allure d'une strip-teaseuse.

Il y avait dans l'intensité de son regard quelque chose de presque adolescent qui mettait en lumière une vérité fondamentale : pas un homme au monde n'était indifférent à ce genre de femme.

Elle finit par retrouver sa voix et rompit la tension.

— Le chien a fait pipi sur le tapis.

— Donnez-le-moi.

Il le prit d'une main gantée et se rendit dans une pièce voisine. Quelques instants plus tard, le bourdonnement d'une machine à laver se fit entendre.

Sophie était en train de se laver les mains dans l'évier quand il revint.

— Vous avez fait la connaissance d'Opal, si je comprends bien, dit-il. Je l'ai appelée Opal.

— Pour quelle raison ?

— Pas la moindre idée. Faut-il qu'il y ait une raison ?

— Je suppose que non. C'est une nouvelle venue dans la maison ?

— Temporairement, répondit-il. Elle faisait partie d'une grande portée et sa mère l'a rejetée.

— C'est terrible ! s'écria Sophie, interloquée.

— Ça arrive. Je l'ai nourrie au biberon.

— Vous plaisantez ?

— A propos du biberon ?

Il haussa les épaules et alla se laver les mains à son tour.

— Ce n'est pas la première fois. Vous trouvez ça choquant ?

— Je n'ai jamais rencontré qui que ce soit qui donne le biberon à des bébés animaux.

— Je viens juste de la sevrer.

Le chiot avait déniché par terre une écuelle qu'il avait entrepris de mâchonner

Sophie n'avait jamais entendu un homme prononcer le mot « sevrer ».

— Elle a l'air en forme.

Il hocha la tête.

— Il ne me reste plus qu'à lui trouver un foyer.

— Elle a dormi avec moi, cette nuit.

Ces mots parurent enflammer son imagination parce qu'il la regarda de nouveau avec la même intensité juvénile, implacable. Elle se sentit mal à l'aise et en même temps bizarrement audacieuse. Depuis son divorce, elle cachait sa féminité derrière une armure, mais celle-ci semblait soudain fondre sous la chaleur de son regard. Il y avait peu d'avantages dans le fait d'approcher la quarantaine. Le fait qu'un homme comme Noah Shepherd la dévisage ainsi la rassurait énormément…

Allait-elle lui expliquer le pourquoi de sa tenue ou le laisser supposer ce qu'il voulait ?

— Merci pour hier soir, dit-elle, se rendant compte trop tard du sous-entendu.

— Ce fut un plaisir.

Sa voix était rauque et chaude, à croire qu'il avait parfaitement saisi l'ambiguïté de sa remarque.

Affreusement gênée, à présent, elle sentit le rouge lui monter aux joues.

— Bon, je vais m'habiller et je vous laisse tranquille.

Son sourire d'une douceur sensuelle lui donna la sensation d'être jeune et insouciante.

— Vous ne me dérangez pas, déclara-t-il.

— Oui, bon, mais j'ai des choses à faire…

Il jeta un coup d'œil par la fenêtre où le monde se réduisait à une clarté intense se reflétant sur des hectares de neige épaisse.

— Quoi, par exemple ?

Il ne pouvait pas savoir à quel point cette question était lourde de sens.

« Réinventer ma vie, pensa-t-elle. Renouer avec mes enfants. Redéfinir ma manière de voir le monde. Racheter mes erreurs passées. »

Et ce n'était qu'un début.

Il scrutait son visage avec une vive intensité qui l'incita presque à se confier à lui. Mais elle ne savait pas encore très bien où elle en était, et à cet instant, son plan lui semblait fragile, au point qu'elle devait le protéger du scepticisme d'autrui. Ses collègues du TPI trouvaient déjà qu'elle était folle. Elle n'avait pas envie de s'exposer aux doutes d'un étranger.

— Il faut déjà que j'appelle mes enfants pour leur dire que je suis arrivée.

Il pointa le menton vers le téléphone mural près de l'alcôve réservé au petit déjeuner.

— Faites comme chez vous. Mais je dois vous préciser que les routes n'ont pas encore été déblayées. C'est une tempête de neige avec effet du lac, et elle est loin d'être terminée. L'académie a décrété un jour de congé pour les enfants, et la plupart des routes, y compris celle-ci, sont fermées, hormis pour les véhicules d'urgence. Alors, si j'étais vous, je ne compterais pas aller où que ce soit.

— Je ne peux rien faire pour améliorer le temps, je suppose.

Elle sentit monter en elle une vague d'angoisse. Max et Daisy savaient qu'elle était sur le point d'arriver, mais ils pensaient qu'elle venait juste leur rendre visite. Comment allaient-ils réagir quand elle leur expliquerait qu'elle comptait s'installer. Elle n'avait pas vraiment déterminé ce qu'elle allait leur dire ni comment elle expliquerait sa venue à Avalon. C'était le territoire des Bellamy, la famille de son ex-mari. Ils étaient profondément enracinés dans la région, contrairement à elle qui allait passer pour une étrangère, une intruse. Elle se sentit terriblement seule, tout à coup.

— Je veux d'abord me ressaisir et m'organiser, dit-elle, en proie à une lâcheté soudaine.

— Entendu, répondit-il complaisamment. Comment va votre genou ? Je ferais peut-être bien de jeter un coup d'œil.

— Pas la peine. Ça va. Je n'ai pas mal, ça ne me chatouille pas, rien de tout ça.

— Vous devriez prendre un autre antibiotique.

— Une nouvelle pilule pour rottweiler ? D'accord. Cela peut-il attendre que je me sois habillée ?

— Je suis tenté de vous répondre non, mais c'est juste à cause de cette chemise de nuit.

Il la gratifia d'un sourire charmant, et plutôt que de se sentir offensée, elle le lui rendit.

— Sérieusement, reprit-il, vous devriez manger quelque chose pour éviter que l'antibiotique ne vous brouille l'estomac.

Elle hocha la tête.

— Ecoutez, reprit-elle. Je suis désolée d'avoir paniqué, hier soir, en voyant tout ce sang.

— Ne vous inquiétez pas. Il y a des tas de gens qui ne supportent pas la vue du sang.

Elle hésita à en dire davantage, à lui préciser que la vue et l'odeur du sang avaient provoqué en elle une vague d'horreur si intense qu'elle en avait oublié où elle était. Elle s'en abstint, finalement. Dans ce cadre paisible, où la neige émoussait tout, il était difficile d'imaginer la violence qu'elle avait endurée. Si elle lui en parlait, il penserait probablement qu'elle avait tout inventé.

— Je vais peut-être avoir besoin de quelques affaires. Le reste de mes bagages est-il toujours dans le coffre de la voiture de location ?

— Je vais aller les chercher et les porter dans votre chambre.

— Je peux me débrouiller seule.

— Pas avec votre genou. Ce n'est pas un problème.

— Bon, alors… merci.

Sur ce, elle sortit précipitamment de la cuisine et monta l'escalier à la hâte. Elle téléphona à Daisy, puis à Max, et tomba chaque fois sur la boîte vocale. Elle raccrocha sans laisser de message. Ils pensaient probablement qu'elle était restée en ville à cause du temps.

La salle de bains à l'étage avait un charme désuet avec ses lampes et sa plomberie d'une autre époque. Elle se fit couler un bain dans la baignoire profonde, aux pieds en forme de griffes, et s'y plongea en poussant un soupir de satisfaction. Elle s'y attarda un moment en maintenant son genou bandé en dehors de l'eau et en se couvrant les yeux avec un gant humide.

Ça lui semblait bizarre de n'avoir aucun programme pour la journée. C'était une perspective qu'elle n'avait jamais explorée : ne rien faire. Dès l'instant où son premier enfant était né, elle avait établi une routine rigoureuse, convaincue qu'elle pouvait réussir sur tous les plans : mariage, famille, carrière. Elle ne s'était jamais autorisée à ralentir le mouvement.

Il avait fallu un groupe de terroristes pour l'inciter à prendre un peu de répit. L'ironie de la situation ne lui avait pas échappé.

En recourant à des techniques qu'elle avait apprises après l'Incident, elle détourna ses pensées de toute planification, de toute analyse, de tout regret, de tout ce qui pouvait l'éloigner de l'instant. Elle devait encore maîtriser le concept d'inspiration yogi qui consistait à vider totalement son esprit. Ça ne lui disait rien, à vrai dire. Trop passif. Elle préféra orienter ses pensées vagabondes sur le moment présent.

Et pour le moment, elle était intriguée par l'inconnu qui l'avait secourue. Noah Shepherd, un vétérinaire. Cette grande ferme construite de manière anarchique lui allait bien. Il avait des mains douces, apaisantes, et, en pleine catastrophe, elle lui avait accordé sa confiance sans trop savoir pourquoi. Peut-être à cause de sa force digne d'un ours, ou parce qu'il avait choisi de ne pas l'exercer sur elle. A moins que ce ne soit l'expression inquiète qu'elle avait lue sur son visage — un visage étonnamment viril, avec une mâchoire carrée, obscurcie par un début de barbe, des pommettes magnifiquement sculptées et un sourire irrésistible.

« Tu gamberges trop, là, se dit-elle en sortant de la baignoire. Tu veux qu'il soit ton héros parce que tu as envie qu'on vienne à ton secours. Qu'on prenne soin de toi. »

On lui avait dit qu'elle risquait encore de succomber au syndrome de Stockholm — la curieuse tendance de certains otages à sympathiser avec leurs ravisseurs. Peut-être Noah Shepherd l'avait-il capturée ? Peut-être était-elle son otage sans même le savoir ?

Tout en méditant cette idée saugrenue, elle s'essuya, enveloppa ses cheveux dans une serviette et s'habilla.

Elle allait devoir acheter des vêtements plus adaptés au climat. Le pantalon qu'elle portait la veille était fichu. Elle n'en avait que deux : l'autre était en poil de chameau, doublé de satin, et aurait mieux convenu à une entrevue avec un chef d'Etat qu'à un petit déjeuner avec un vétérinaire de campagne.

Elle l'enfila quand même et remit le pull-over noir qu'elle portait la veille. Après quoi elle chaussa ses bottes, anticipant déjà la désapprobation tacite de Noah Shepherd. Elles n'étaient pas chaudes et les hauts talons pouvaient être dangereux. Tant pis, pensa-t-elle. Elle ne s'attendait pas à être enfermée à cause de la neige.

Elle se brossa les cheveux et, après avoir mis un peu de gloss sur ses lèvres, elle se sentit enfin vaguement humaine. Elle tenta de nouveau de joindre ses enfants, mais n'obtint aucune réponse.

Elle sortit dans le couloir pour explorer rapidement les lieux. D'accord, pour fureter. Elle se trouvait apparemment dans une de ces grandes fermes typiques de l'Etat de New York, avec de vastes pièces claires ornées de bois sculpté. Plusieurs chambres donnaient l'impression d'être restées inoccupées depuis des années, comme en témoignait un calendrier ouvert sur le mois d'avril 2005. Beaucoup de place pour un seul homme !

Elle descendit en prenant son temps, étudiant au passage les photographies encadrées qui jalonnaient l'escalier. Certaines, couleur sépia, légèrement floues, dataient des années 1920 ; d'autres plus modernes représentaient des écoliers inconnus, tout sourires. Une étrange ressemblance liait les générations, même si elle n'arrivait pas bien à situer Noah dans la bande.

En bas des marches, elle s'arrêta pour jeter un coup d'œil dans le salon. Un énorme canapé, une chaîne high-tech, un téléviseur grand écran et toute une pile de jeux électroniques. La pièce aurait pu être meublée par un ado. Dans un coin, elle découvrit une batterie complète, un clavier, deux micros et un assortiment ahurissant de baffles. Etrange amalgame entre une ferme et un foyer d'étudiants.

De l'autre côté du vestibule, elle tomba sur un élégant petit salon qui n'avait pas l'air de servir à grand-chose. La baie vitrée offrait une vue magnifique sur une grande pelouse escarpée et une allée bordée d'arbres. Enfin, ça ressemblait à une allée. Pour l'heure, tout était recouvert d'un tapis blanc uniforme.

Au-delà du jardin en pente, il y avait une route, même si elle n'avait plus rien d'une route. La voiture de location était quelque part par là, dans un fossé.

De l'endroit où elle se trouvait, elle distinguait deux maisons au loin, enfouies l'une et l'autre sous la neige. Celle des Wilson était entourée de murs en pierre ; elle avait un toit à pignon. Le lac des Saules s'étendait au-delà, aussi vaste et magnifique en hiver qu'en été. Il était totalement gelé.

Un ventilateur au niveau du sol soufflait doucement de l'air chaud provenant de la chaudière. Sophie avait envie de rester là toute la journée, à contempler ce monde immaculé tout en imaginant son avenir. Puis, soudain, elle surprit un mouvement du coin de l'œil : un groupe de gens venait de pénétrer dans la cour. Au milieu d'eux se trouvait Noah Shepherd. Il marchait à côté d'une femme vêtue d'un anorak bleu ciel ; ils tiraient trois enfants en bas âge sur une luge.

Evidemment, il était marié et père de famille ! De toute façon, un homme aussi séduisant ne pouvait pas être libre. Elle avait sans doute l'esprit trop embrouillé par les événements, la veille au soir, pour y avoir pensé.

Sous ses yeux, il prit dans ses bras l'aîné des enfants, un gamin de six ans environ. Il l'envoya dans les airs, ce qui fit rire le petit. Les deux autres s'esclaffèrent à leur tour et applaudirent de leurs mains gantées. Pour compléter le tableau, Opal jouait à leurs pieds avec un gros chien qui semblait adorable. Ils avaient tout de la famille idyllique, et Noah semblait totalement dans son élément. Le genre d'homme qui donnait l'impression d'être né pour être papa. Il avait cette énergie.

Quelque chose clochait, pourtant, se dit-elle en enfilant son manteau. La manière dont il l'avait regardée un peu plus tôt quand elle était descendue dans la cuisine en nuisette. Outre le fait qu'aucune femme au monde n'accepterait d'avoir un salon comme celui qu'elle venait de découvrir, avec tout son équipement pour groupe de musiciens amateurs, son néon de brasserie en guise de pendule et sa collection d'enjoliveurs et d'anciennes plaques minéralogiques.

A peine sortie sous le porche, elle se figea, le souffle coupé par l'air froid. Puis elle agita la main pour attirer leur attention.

Noah la vit et agita la main à son tour.

— Sophie, je vous présente Gayle, dit-il. Et voilà Henry, Mandy et le petit George que tout le monde appelle Ourson.

Sophie les salua en déployant des trésors de diplomatie.

— Ravie de faire votre connaissance. Noah a été si gentil de m'aider, hier soir !

— Noah est gentil avec tout le monde, affirma Gayle.

En d'autres termes : « Il n'a pas fait ça uniquement pour vos beaux yeux. »

— Bon, il faut rentrer, ajouta alors Gayle. J'ai quelque chose dans le four. A un de ces quatre, Noah ! Contente de vous connaître, Sophie.

Les trois enfants insistèrent pour échanger un gros câlin avec Noah. Puis Gayle s'éloigna en tirant la luge derrière elle.

Noah tapa des pieds pour se débarrasser de la neige, puis il ouvrit la porte à Sophie. Elle entra, le chiot trottant dans son sillage. L'autre chien avait filé vers les bois.

Elle éprouvait… elle ne savait pas trop ce qu'elle éprouvait. Avant toute chose, un sentiment de soulagement.

— Gayle est ma voisine, expliqua Noah, à croire qu'elle lui avait posé la question à haute voix.

Sa voisine, pensa Sophie. Pas sa femme ! Elle se sentait libérée. Elle avait envie que Noah soit un type bien, et ça semblait être le cas. Jusqu'à maintenant.

Elle le suivit dans la grande cuisine claire.

— Un café ? proposa-t-il.

— Volontiers. Je vais me servir.

Elle ne voulait pas avoir l'impression d'être une invitée, mais il semblait s'accommoder parfaitement de la situation.

— Cette maison est drôlement grande pour une seule personne.

Elle se rendit compte aussitôt du sous-entendu.

— Si tant est que vous viviez seul, ajouta-t-elle.

— Je vis seul. C'est une maison de famille. Une ancienne laiterie. Mes parents ont fermé boutique et se sont retirés en Floride. A la fin de mes études vétérinaires, j'ai décidé de m'installer ici.

Elle promena son regard dans la pièce meublée à l'ancienne. A côté de la table en pin brut, des placards vitrés et de l'évier en pierre, trônait un iPod relié à deux baffles, qui diffusaient une musique hip-hop ou ska qu'elle ne reconnaissait pas mais qui aurait sûrement plu à Daisy.

— C'est sympa de vivre dans la maison où on a grandi ? demanda-t-elle.

— Si on veut. Et vous, d'où venez-vous ?

— De Seattle, mais nous avons beaucoup déménagé.

Tous les deux ou trois ans, semblait-il, ses parents décidaient d'améliorer leur standing de vie. Leurs maisons successives étaient toujours plus luxueuses, le quartier plus select à mesure que leur cabinet d'avocats prospérait. Les signes extérieurs de succès et de prospérité avaient beaucoup d'importance dans la famille Lindstrom, nettement plus que l'attachement que Sophie pouvait avoir pour un quartier ou une école.

— J'enviais les enfants comme vous quand j'étais petite, lui avoua-t-elle. Ceux qui avaient une maison bien à eux.

— Heureusement que j'aimais cet endroit. Imaginez ma déveine autrement ! nota-t-il en souriant d'un air espiègle.

Sophie fit tourner sa grosse tasse en porcelaine entre ses mains. Elle portait l'image d'une vache au bout d'un arc-en-ciel et le logo « Laiterie Shepherd, Avalon, New York. »

— C'est un objet authentique, remarqua-t-elle, et non pas un de ces articles pseudo-anciens qu'on trouve dans les boutiques de cadeaux.

— Parfaitement authentique, confirma-t-il en la resservant. Alors, vous vivez à l'étranger ?

Il était curieux, évidemment. Elle ne pouvait l'en blâmer. Le problème était de savoir jusqu'à quel point elle devait se confier à lui.

— J'ai vécu à La Haye, en Hollande.

Savait-il où cela se trouvait ?

— J'étais l'assistante adjointe d'un avocat du Tribunal pénal international. Dans la dernière affaire que j'ai plaidée, nous avions engagé des poursuites contre un seigneur de la guerre qui était de mèche avec un syndicat de diamantaires corrompus.

— Je ne pensais pas qu'un citoyen américain pouvait travailler au sein de ce tribunal, puisque les Etats-Unis n'en sont pas membres.

Elle ouvrit de grands yeux étonnés.

— Comment le savez-vous ?

— J'ai dû lire ça dans le journal. Il m'arrive de feuilleter autre chose que la *Revue des vétérinaires*.

— Pardonnez-moi. Et vous avez raison : les USA n'en font pas partie. Pas plus que la Chine, l'Irak ou la Corée du Nord, mais nous espérons…

Elle s'interrompit, résolue à garder pour elle ses opinions politiques.

— Enfin bref, reprit-elle, il y a effectivement des Américains au TPI. Cela dit, ma mère est canadienne, et j'ai la double nationalité.

Il se leva et posa un pichet de lait et une grande boîte en carton sur la table.

— Je me suis arrêté à la boulangerie, hier, avant la tempête, dit-il. Servez-vous.

En soulevant le couvercle, elle découvrit quatre petits pains étincelants à la cannelle. Ils venaient de la boulangerie Sky River, une véritable institution à Avalon.

— La moitié d'un, peut-être, dit-elle.

— Allez, vivez dangereusement : prenez-en un entier.

— Si je m'en tiens à mon régime anti-décalage horaire, je suis censée manger des protéines, ce matin : des œufs et du jambon, ce genre de choses.

— Je peux vous faire des œufs, mais je n'ai pas de jambon, répondit-il. Je suis végétarien. J'ai passé quatre ans à apprendre à soigner les animaux : ce n'est pas pour les faire cuire et les manger.

— Je comprends, dit Sophie. C'est… louable.

— Mais bizarre. Allez-y, dites-le : vous trouvez ça bizarre, non ?

— Pas du tout.

Elle avait tout essayé, du steak tartare au cabri à la broche. Elle avait mangé des yeux de mouton en Asie et consommé la mixture massaï traditionnelle composée de sang de vache et de lait.

— Il m'est arrivé de manger des choses pour le moins insolite, dit-elle.

— Etes-vous en vacances ou… ?

Elle fut tentée Dieu sait pour quoi de lui parler de l'Incident, de cette nuit au cours de laquelle elle était devenue quelqu'un d'autre. Mais elle s'en garda bien, évidemment. Elle ne connaissait pas cet homme. Il était aimable, remarquablement séduisant, mais elle n'allait tout de même pas lui ouvrir son cœur.

— J'ai décidé de changer un peu de vie. J'adore mon travail, mais...

— Mais maintenant, vous êtes ici.

— Ce poste à La Haye m'a éloignée de tout ce qui compte le plus à mes yeux.

Elle osait prétendre qu'elle ne voulait pas s'épancher ! C'était si facile de lui parler...

— De ma famille, notamment, précisa-t-elle. Je me suis rendu compte que je ne pouvais pas tout concilier. Il fallait que je renonce à une partie de ma vie. C'est prestigieux de travailler pour le TPI, mais n'importe quel avocat ayant la formation et les antécédents nécessaires peut le faire.

Ses collègues lui avaient dit qu'elle était folle, que cette mission valait tous les sacrifices, mais elle ne le croyait plus. Et sans trop savoir pourquoi, elle soupçonnait que Noah Shepherd comprendrait.

— Je veux vivre auprès de mes enfants. Et de mon petit-fils.

Il arrêta de mâcher et la dévisagea. Puis il engloutit une gorgée de lait.

— Pardonnez-moi. Vous avez bien dit « petit-fils » ?

Elle sourit.

— Il s'appelle Emile Charles Bellamy. Charlie. Il a presque six mois.

Il ne prit pas la peine de dissimuler sa stupéfaction, contrairement à d'autres.

— Vous n'avez certainement pas le look d'une grand-mère !

— On me le dit souvent.

En baissant les yeux sur son assiette, elle s'aperçut qu'elle avait dévoré tout son petit pain.

— Eh bien, dit-il, il va être content de vous avoir près de lui. Ma grand-mère m'a élevé, pour ainsi dire, parce que mes parents étaient très occupés à la laiterie. Nous sommes encore très proches. On déjeune ensemble tous les dimanches. Elle habite à Indian Wells avec son mari.

— J'ai à peine connu mes grands-parents, avoua Sophie. Mes grands-parents maternels vivaient sur la Sunshine Coast, en Colombie-Britannique, et les parents de mon père à Palm Springs. Quand je vois des photos d'eux, j'ai parfois l'impression de regarder des étrangers. Je regrette de ne pas avoir été plus proche d'eux. Ma grand-mère canadienne avait un léger accent anglais. Je n'ai jamais eu l'occasion de lui demander de me parler d'elle — de son enfance, de la raison pour laquelle elle s'était retrouvée au Canada.

— C'est cool que vous soyez là pour le petit…

— Charlie.

Pour être honnête, Sophie n'en était pas si sûre, compte tenu de ses rapports avec Daisy.

— J'ai dit quelque chose qu'il ne fallait pas ? demanda Noah.

— Pourquoi me demandez-vous ça ?

— Vous me regardez d'un drôle d'air. J'ai des sœurs. Je sais à quoi ressemble le visage d'une fille quand un garçon dit ce qu'il ne faut pas dire.

— Ne vous inquiétez pas : vous n'avez pas fait de gaffe. C'est juste que personne encore ne m'a dit que c'était une bonne idée de venir ici. Vous vous êtes abstenu de souligner que je laissais un travail important derrière moi. La plupart de mes collègues au tribunal n'ont pas cessé de me le répéter.

— Dans ce cas, vous n'avez pas besoin de l'entendre venant de moi. En outre, choisir entre un job et sa famille n'a rien d'un casse-tête.

Une étrange sensation de chaleur l'envahit. Elle s'étonna d'avoir la gorge serrée par l'émotion. Elle eut envie de lui prendre la main, de lui demander de la toucher. La folle attirance que cet homme lui inspirait l'avait prise totalement au dépourvu. Elle se rendit compte qu'elle étudiait sa bouche, son regard, ses moindres expressions. Et au-delà de ce désir physique, il l'émouvait d'une manière inattendue — par la façon dont il la regardait, par les mots qu'il prononçait.

— Bon, qu'est-ce qu'il y a encore ?

Elle sourit malgré la profonde tristesse qui l'avait envahie.

— Je pensais juste que si quelqu'un m'avait dit ça il y a des années, ma vie aurait été toute différente.

— Et ça vous démoralise ?

— Je crois bien que oui.

— Dans ce cas, ne revenez pas sur le passé. Ça ne sert à rien.

Cette remarque était plus pertinente et efficace que des heures passées avec un psy, mais Sophie ne savait pas comment tenir ses doutes en échec. Elle s'était donné tellement de mal pour s'empêcher de se noyer dans les regrets. Loin d'elle l'idée de se repentir d'avoir consacré sa carrière à lutter contre l'injustice. Seulement, elle ne pouvait pas être dans deux endroits à la fois. Elle avait fait un choix, et son passe-temps favori, ces derniers temps, semblait consister à évaluer le prix que sa famille avait payé pour sa décision.

— Ce n'est pas si simple.

Il haussa les épaules et se leva pour porter les assiettes dans l'évier.

— A mon avis, c'est à peu près aussi compliqué que vous avez envie que ce le soit.

— Facile à dire quand on n'a pas d'enfant, riposta-t-elle, agacée par la sensation d'être totalement vulnérable.

Il lui tournait le dos, mais elle sentit que cette pique l'avait blessé. Quelque chose dans sa posture, une crispation des épaules, peut-être. Un mécanisme de défense ? Doux Jésus, peut-être avait-il des enfants quelque part ? A moins qu'elle ait juste imaginé sa réaction.

— Je vous demande pardon, dit-elle. Vous avez touché un nerf, j'ai riposté.

— Pas de problème, répondit-il en lui faisant face de nouveau. Quelle est votre pointure ?

— Pardon ?

— Votre pointure ? J'avais l'intention de vous trouver une meilleure paire de bottes.

— Je chausse du 38.

Il se rendit dans le hall d'entrée et en revint avec une paire de boots à semelles épaisses.

— Ma petite sœur les portait autrefois, quand elle faisait de la motoneige. Vous n'avez qu'à les garder jusqu'à ce que vous ayez eu le temps de vous équiper.

Les boots étaient passablement démodées, mais elles conviendraient parfaitement pour la neige.

— Merci, dit-elle. Merci pour le petit déjeuner aussi. C'était délicieux.

— Pas de problème.

— Je vais descendre à pied chez les Wilson, dit-elle. Je pourrai m'y m'installer.

— Pas question de vous aventurer seule au milieu de cette tempête !

— J'ai connu pire, murmura-t-elle.

— Ah oui ? Quoi, par exemple ?

— Etre prise en otage, sous la menace d'un revolver, et plonger d'un pont dans une camionnette lancée à toute vitesse.

Il éclata de rire.

— Je vais vous appeler Xena si ça continue.

Il s'imaginait qu'elle lui racontait des histoires. Dans le contexte de cette ferme confortable au milieu de nulle part, il est vrai que ça sonnait bizarrement.

— Ecoutez, reprit-il, j'ai quelques trucs à faire. Nous pourrions descendre ensemble, après.

— J'ai le sentiment que je devrais vous rémunérer, dit-elle. Je vous ai causé des tas de tracas.

— Vous savez pertinemment que je n'accepterai pas votre argent.

Sa remarque ne la surprit pas le moins du monde.

— Je trouverai un autre moyen de vous dédommager, dans ce cas.

— Entendu. Je serai de retour dans une demi-heure.

Il sortit faire son travail. Sophie n'avait jamais vécu dans une maison où les gens avaient des tâches à accomplir, où les voisins venaient vous rendre visite avant 8 heures du matin, où l'on nourrissait les chiots au biberon et où l'on hébergeait de parfaits inconnus.

Et elle était une parfaite inconnue. Une inconnue en terrain inconnu. Etrangère à elle-même. Elle ne reconnaissait plus sa vie. La Sophie citadine, carriériste s'était changée du jour au lendemain en une femme sans travail, coincée par la neige, affublée de bottes d'emprunt et soignée par le Dr Doolittle. Ses collègues à La Haye n'en croiraient pas leurs yeux s'ils la voyaient maintenant.

9

Daisy Bellamy organisait ses journées comme un commandant de l'armée planifie un siège. Compte tenu du temps effroyable qu'il faisait et de Charlie qui exigeait une surveillance de tous les instants, elle ne pouvait rien laisser au hasard. Elle s'approcha de la fenêtre et jeta un coup d'œil dehors. La neige continuait à tomber, un peu moins dru tout de même, changeant la large rue bordée d'arbres et de maisons de bois en une image de carte postale. Sans la moindre circulation, on aurait pu se croire à une autre époque, quand les gens vivaient leur vie à un rythme paisible et que l'on trouvait tout à fait normal d'avoir un enfant à dix-huit ans.

Bien sûr, « au bon vieux temps », elle aurait été contrainte d'épouser le père du bébé. Elle n'aurait pas eu le choix.

Elle était sacrément heureuse de l'avoir, ce choix.

Elle resta là quelques minutes à contempler le paysage. A l'évidence, elle n'était pas la seule dans le quartier à vouloir échapper à son enfermement. Les gens avaient fini par sortir. Certains déblayaient leur allée, des enfants en combinaison de ski construisaient des forts ou jouaient à la luge ; des amateurs de ski de fond, minces comme des roseaux, passaient en glissant gracieusement. Des couples se dirigeaient vers le lac avec leurs patins en bandoulière sur l'épaule ; d'autres se contentaient de se promener parce que, en dépit du froid, la neige était d'une beauté saisissante.

Daisy avait la ferme intention de sortir elle aussi, pour une raison bien précise. Charlie et elle avaient rendez-vous avec une baby-sitter potentielle. La maison d'Irma n'était qu'à quelques centaines de mètres ; un peu de marche lui ferait du bien. Elle commençait à en avoir assez d'être cloîtrée dans sa petite maison encombrée et surchauffée. Il aurait été tout à fait compréhensible qu'elle appelle Irma pour annuler à cause du temps, mais elle tenait à ce que Charlie passe un peu de temps là-bas avant d'aller régulièrement chez sa baby-sitter. Dès que les cours du trimestre d'hiver commenceraient à l'université, il passerait quatre heures par jour, trois jours par semaine avec Irma.

Vu comme ça, ça ne semblait pas si terrible. Mais maintenant qu'elle s'était décidée à le faire, ces heures passées sans Charlie lui paraissaient cruellement longues.

« Tiens bon », se dit-elle. Personne n'avait jamais dit que ce serait facile. Elle avait fait des choses bien plus difficiles que ça.

En préparation de leur balade, elle emmitoufla Charlie dans sa combinaison, puis elle glissa avec un peu de peine ses jambes dans le kangourou, suivant méticuleusement chaque étape pour être sûre qu'il soit bien arrimé contre elle. A six mois, Charlie s'accommodait assez bien de tout, et le kangourou ne faisait pas exception. Ils étaient face à face maintenant, et Daisy avait les mains libres. Elle ajusta les lanières avant d'enfiler sa grosse parka en duvet puis de remonter la fermeture Eclair par-dessus le kangourou.

— Je refuse de me regarder dans un miroir, dit-elle en mettant ses gants et son chapeau. Je dois avoir l'air d'un mammouth.

Enfin prête, elle sortit sous le porche. L'air frais et doux avait un goût de liberté. Avant de se mettre en route, elle passa mentalement en revue la liste qui faisait partie de sa routine. « Porte-monnaie, c'est bon. Clés, c'est bon. Sac de couches, parfait. Téléphone portable… Zut ! » Il était encore branché sur son chargeur dans la cuisine. Cette petite omission provoqua un grave dilemme. Elle avait mis ses clés dans une poche qui n'était accessible que si elle descendait sa fermeture Eclair, exposant ainsi Charlie au froid. Ce n'était pas bon pour lui. Il allait probablement se mettre à pleurer, en plus, et elle n'avait aucune envie de débarquer chez Irma avec un bébé en pleurs.

Bon, tant pis pour le téléphone. On s'en passait très bien, autrefois. Et elle n'avait nul besoin de l'entendre sonner, de toute façon. La moitié du temps, elle n'arrivait pas à le trouver dans ses poches, et puis Irma habitait juste à côté. Comme elle s'engageait sur le trottoir fraîchement déblayé, toutefois, la culpabilité lui nouait l'estomac. Elle espérait que la bosse qu'elle sentait dans la poche inatteignable était bien un trousseau de clés. Le mois dernier déjà, elle s'était enfermée dehors. Elle avait vraiment l'impression de commettre toutes les erreurs possibles et imaginables, mais, au moins, chacune ne se produisait qu'une fois.

— Je sais, dit-elle au fardeau attaché sur sa poitrine, j'étais spontanée avant. Maintenant, je planifie chacun de mes gestes comme si je traversais un champ de mines.

Des profondeurs de son anorak, Charlie émit un petit bruit. Elle ne voyait pas bien son expression, mais, à en juger d'après les gazouillements joyeux qu'il émettait, il était disposé à tenir le coup le temps d'une petite balade.

— Mais il faut que je te dise que tu vaux le coup à cent pour cent.

Elle s'autorisa un gros soupir, se détendit un peu, heureuse de prendre l'air dans la clarté de cette journée d'hiver. Il était difficile de croire qu'un être aussi petit puisse avoir un impact aussi colossal sur sa vie. Elle n'était qu'une adolescente, pour l'amour du ciel ! Elle n'imaginait pas son avenir ainsi. Et pourtant, les faits étaient là.

Et elle ne s'en plaignait pas. La plupart du temps, en tout cas. Elle adorait Charlie, c'était déjà une bonne chose. Mais il fallait reconnaître qu'il avait tendance à compliquer certaines choses. Tout, en fait.

Seulement il se passait ce truc incroyable avec lui. Bien sûr, elle avait toujours su qu'elle aimerait son bébé, même s'il n'était pas du tout prévu au programme. Pendant les mois de sa grossesse, pourtant, elle ne s'attendait pas du tout à l'effet que cet amour aurait sur elle. Rien ne l'avait préparée à la profondeur des sentiments qu'elle éprouvait pour son enfant, au point que c'en était douloureux, agréablement douloureux. En un sens, cela lui rappelait que c'était l'être au monde qui possédait son cœur.

Pas étonnant qu'il exige autant d'elle.

— C'est vrai, lui dit-elle en continuant son chemin d'un pas lourd. Avant, je faisais toujours les choses au dernier moment, sans jamais rien planifier, tu comprends ? Je sautais dans le métro et je filais sans rien à part une liasse de billets et ma fausse carte d'identité.

Elle tapota gentiment le petit ballot dans sa veste.

— Je te jure que si tu t'avises un jour de me jouer ce genre de tour, tu auras de gros ennuis.

Elle se demandait s'il en était ainsi pour tout le monde, si chaque être se jurait d'être un meilleur parent que ceux qu'il avait eus. Elle était prête à parier que sa propre mère avait éprouvé la même chose quand elle était petite, elle qui cherchait toujours à exceller en tout.

Et, bien évidemment, Daisy s'était ingéniée à lui prouver le contraire.

Sa mère était censée avoir atterri à l'aéroport Kennedy la veille au soir. Elle avait dû rester en ville à cause de la tempête. Elles ne se verraient pas avant plusieurs jours. Daisy avait l'habitude des longues absences de sa mère. Ce n'était pas une affaire, même si la situation était un peu différente, aujourd'hui.

Depuis la dernière fois qu'elles s'étaient vues, son père avait épousé Nina, ce qui avait dû être bizarre pour sa mère. Et puis cette dernière avait été impliquée dans cette horrible histoire à La Haye. Elle avait assuré à Daisy qu'elle allait bien, mais cela pouvait vouloir dire tout et n'importe quoi. Sa mère allait toujours bien, qu'elle se soit cassé un ongle ou une jambe. Elle avait probablement raconté à tout le monde que son couple « allait bien », jusqu'au moment où le divorce avait été prononcé.

— Je ne te cacherai jamais rien, dit Daisy à son fils. Parce que je sais que si quelque chose cloche, tu t'en apercevras tout seul.

Elle regarda autour d'elle pour se situer malgré les tourbillons de neige.

— On y est ! annonça-t-elle en s'engageant dans l'allée de la baby-sitter.

Une souffleuse à neige venait de passer, et quelques véhicules intrépides progressaient lentement.

— Les gens sont fous de conduire par un temps pareil, murmura-t-elle, se sentant vertueuse d'être venue à pied. Quels cons ! Oh, dites-moi qu'il n'est pas là !

Mais il n'y avait aucun doute, évidemment. Elle avait reconnu la BMW X3 de Logan O'Donnell avec le logo de l'université SUNY sur la vitre arrière. Bien qu'il soit le père de Charlie, il n'avait jamais été son petit ami, enfin pas vraiment. Deux lycéens stupides faisant la fête en toute insouciance, voilà la situation. Neuf mois plus tard, ils étaient devenus parents. Daisy avait insisté sur le fait qu'elle n'attendait rien de lui, mais il tenait à être le père de Charlie. Elle avait pensé qu'il se désintéresserait de la chose une fois qu'il se rendrait compte de ce que cela signifiait d'être père. Mais pas moyen de se débarrasser de lui.

Par sens du devoir, Daisy l'avait informé de son rendez-vous avec la baby-sitter. Elle n'imaginait pas une seconde qu'il débarquerait, vu les intempéries. Le trajet de New Paltz à Avalon était relativement court mais périlleux dans des conditions pareilles. Il fallait être fou de tenter sa chance sur la route.

Cela dit, elle savait depuis longtemps que rien n'arrêtait Logan, pas même une tempête.

— Bon, se dit-elle, debout sous le porche d'Irma. Inspire à fond !

Elle frappa.

Irma l'accueillit avec effusion.

— Te voilà ! dit-elle. Je suis contente que tu aies pu venir.

— Ça fait du bien de sortir, répondit Daisy en descendant la fermeture Eclair de sa parka. Salut, toi ! ajouta-t-elle à l'adresse de Charlie.

Il gloussa et battit des bras et des jambes comme s'il ne l'avait pas vue depuis des semaines.

— Oui, oui, je suis d'accord avec toi, dit la jeune femme en s'asseyant pour extraire le petit fardeau bleu emmitouflé dans son kangourou.

Son odeur suave, laiteuse imprégnait les fibres de son chandail.

Le bébé s'exclama joyeusement quand Irma le prit dans ses bras avec une assurance réconfortante.

— Viens là, mon ange.

Ronde et douce comme de la guimauve, Irma le tint contre elle pendant que Daisy enlevait sa veste et ses boots.

— Venez, mettez-vous à l'aise. Les autres petits font la sieste.

Irma avait la charge de son frère et de sa sœur, âgés d'un et deux ans.

— Merci, dit Daisy en la suivant dans le salon.

C'était une petite maison toute simple, parfaitement aux normes de sécurité pour les enfants. L'une des pièces avait été convertie en salle de jeux ; il y avait un panier rempli de jouets dans un coin. Tout à fait le genre d'endroit où l'on pouvait laisser son bébé sans souci.

Si tant est que vous acceptiez de laisser votre bébé. « Oh, mon Dieu ! pensa Daisy. Suis-je en train de devenir comme ma mère ? Est-ce possible que j'abandonne mon bébé pour pouvoir me consacrer à ce que j'ai envie de faire ? »

Cette pensée la hantait tandis qu'elle s'attardait sur le seuil.

— Bonjour, Logan, dit-elle.

— Salut.

Il traversa la pièce et prit l'enfant des bras d'Irma.

— Salut, mon petit gars, dit-il.

Et Logan O'Donnell, le mauvais garçon de la prestigieuse école Dalton dont les cheveux roux flamboyants et l'arrogance tendaient à faire peur à la plupart des gens, se changea alors en un garçon adorable, rayonnant de joie. Le sourire d'un bébé avait des pouvoirs magiques.

Charlie babillait à qui mieux mieux, couché sur les genoux de Logan, tandis que celui-ci l'extrayait de sa combinaison. Il reconnaissait manifestement son père qui lui rendait visite au moins une fois par semaine, témoignant d'un dévouement vis-à-vis de l'enfant auquel Daisy ne s'attendait pas. Ce n'était certainement pas le Logan qu'elle avait connu au lycée. Bien sûr, il était passé par toutes sortes de changements, depuis.

En le regardant chatouiller son fils, elle éprouva une émotion dont elle se serait bien passée. Il était à tomber à la renverse avec son sourire charmeur. Il aurait su convaincre n'importe quelle femme de coucher avec lui. Charlie avait hérité des cheveux roux de son père et commençait à lui ressembler d'une façon alarmante. Daisy ne s'en réjouissait pas. Ce n'était pas bon pour un homme d'être trop séduisant — pas à long terme, en tout cas.

Irma s'assit sur le canapé à côté de Daisy et lissa son tablier sur ses genoux.

— Bon, dit-elle, j'ai une bonne nouvelle à vous annoncer, et une mauvaise.

— Oh ?

Daisy s'arma de courage. Depuis la naissance de Charlie, sa vie s'était considérablement compliquée. Elle avait appris à attendre de voir ce qui allait se passer.

— Alors, la bonne nouvelle, c'est que j'ai eu ma licence pour m'occuper d'enfants en bas âge. Je savais que je l'aurais. J'attendais juste la confirmation.

— C'est bien. Et l'autre nouvelle, c'est quoi ?

— Je vais être obligée de rester allongée tout l'hiver.

Elle leva ses pieds chaussés de grosses pantoufles.

— Des oignons, expliqua-t-elle. Extrêmement douloureux.

— Oh ! Je suis désolée pour vous.

Daisy ne savait pas quoi dire d'autre.

— Ça va aller. Le problème, c'est que je ne pourrai pas travailler pendant trois mois. On doit opérer chaque pied séparément et la récupération demande plusieurs semaines. Je ne vais pas pouvoir m'occuper des enfants.

Logan avait l'air de s'en soucier comme d'une guigne. Il sortit un jouet à mâchonner d'une poche du sac à couches et le tendit à Charlie.

— Bref, je suis vraiment navrée. Je sais que ça bouleverse vos projets, conclut Irma.

— Je me débrouillerai, répondit Daisy.

Elle aurait dû se douter en trouvant Irma que c'était trop beau pour être vrai.

Un petit cri se fit entendre au bout du couloir.

— Quelqu'un vient de se réveiller, dit Irma. Excusez-moi.

— Eh bien, fit Logan en levant les yeux vers Daisy par-dessus la tête de son fils. C'est pas de chance !

Elle hocha la tête.

— Il va falloir que je m'arrange autrement.

Elle était déjà en train d'analyser le problème.

— Nina et mon père seraient prêts à le garder, j'en suis sûre, si je le leur demande.

— Mais tu n'as pas envie de le leur demander.

— Ils sont super, mais ils viennent de se marier. Et puis j'aurais la sensation de revenir en arrière. Je viens de m'installer seule : je n'ai aucune envie de leur être de nouveau redevable.

— Ce ne serait que temporaire, souligna Logan.

— Le temporaire a tendance à s'éterniser, dit-elle. Je préférerais résoudre le problème moi-même.

Pour dire la vérité, ça n'avait pas été facile de quitter le cocon familial. Son père et Nina géraient une auberge historique au bord du lac, et ils ne manquaient certainement pas de place. Vivre avec eux avait été facile, peut-être même trop facile. Juste après la naissance de Charlie, Daisy s'était sentie de plus en plus à l'aise, même si elle devait se faire à un mode de vie qui n'était pas le sien. Elle redoutait d'en arriver à dépendre de son père au point d'être incapable de prendre son envol un jour.

— Solliciter l'aide de sa famille, ce n'est pas un crime, dit Logan.

— C'est compliqué.

— Les histoires de famille, c'est toujours compliqué. Pas vrai, mon vieux ? ajouta-t-il en souriant à Charlie.

Il était bien placé pour le savoir, reconnut Daisy. Logan venait d'une famille fortunée de Manhattan et cela ne lui avait pas facilité les choses. Son père, bourreau de travail, avait de grands projets pour lui. Sa mère, parvenue, rêvait que son fils devienne la coqueluche de la ville. Ils attendaient énormément de lui. Les O'Donnell tenaient à ce que Logan aille au Boston College, leur *alma mater*. Il était supposé faire des études de gestion et de finances et reprendre l'entreprise familiale d'import-export. Or, il avait choisi de s'inscrire à l'université SUNY, à New Paltz, afin d'être plus près de Charlie.

Daisy ne pouvait qu'imaginer la réaction des O'Donnell lorsqu'ils avaient appris la nouvelle. Ils n'étaient jamais venus voir l'enfant, et ils estimaient probablement que Logan devait rompre les liens avec Daisy en s'estimant heureux qu'elle n'ait pas demandé une fortune en pension alimentaire.

— Je pourrais évidemment attendre le semestre prochain pour commencer les cours, dit Daisy.

— Mais tu n'en as aucune envie, je le vois bien.

Ça l'agaçait qu'il la connaisse si bien.

— Je vais trouver une solution.

— J'aimerais t'aider, ajouta Logan.

Il n'avait pas cessé de le répéter depuis qu'il avait découvert qu'elle était enceinte. Au départ, elle avait pensé que ces velléités de responsabilité masculine lui passeraient rapidement. Il l'avait surprise, comme tous ceux qui le connaissaient, probablement, en s'en tenant à ses engagements.

— Je peux me débrouiller toute seule.

— Bon sang, Daisy, pourquoi t'obstines-tu à refuser mon aide ?

— Parce que je ne te fais pas confiance, d'accord ?

Elle n'allait pas s'efforcer d'épargner sa susceptibilité, pas quand il était question de son fils. Logan avait beau être l'incarnation du Prince charmant, il avait une face cachée. C'était un toxicomane et sans doute le serait-il toujours. Il avait pris de la cocaïne tout au long de ses années de lycée, se débrouillant Dieu sait comment pour éviter la catastrophe jusqu'à la terminale. Après un week-end de fête — celui au cours duquel Daisy s'était retrouvée enceinte —, il s'était fait arrêter pour détention de drogue et on l'avait contraint à subir une cure de désintoxication. Contre toute attente, il n'avait pas replongé : il se faisait suivre et menait une vie sobre, d'après ce que Daisy pouvait en juger.

Elle était fière qu'il s'en soit tenu à son programme. Et reconnaissante qu'il soit à ce point déterminé à faire partie de la vie de Charlie. Mais il lui arrivait de se demander s'il venait parce qu'il en avait envie ou si cela faisait partie du programme en douze étapes qu'on lui avait imposé.

— Je ne vois pas ce que je peux faire d'autre pour mériter ta confiance, protesta-t-il, agacé, en serrant les dents. De quoi as-tu peur, à la fin ?

Elle avait un peu honte de se méfier autant de lui. Mais Charlie était son enfant. Elle ne pouvait pas prendre de risques.

— J'ai peur qu'il s'attache à toi et qu'un jour tu cesses de venir le voir.

— Tu ne comprends donc pas, Daze ? Je n'ai pas l'intention de disparaître. J'ai l'intention de continuer à faire partie de la vie de Charlie, et je le mérite. Je te conseille de t'y habituer.

Encore une chose qui l'effrayait : le fait qu'il tienne sa promesse. Là, elle serait peut-être obligée d'admettre qu'à cause de tout ce qui s'était passé entre eux il faisait à jamais partie de sa vie à elle.

Or, comment pouvaient-ils être sûrs de quoi que ce soit à leur âge ? La présence de Logan dans sa vie laisserait-elle de la place pour quelqu'un d'autre ?

Non qu'il y ait qui que ce soit d'autre, mais cela se produirait peut-être un jour. Deux étés plus tôt, avant que ses parents se séparent et que tout soit chamboulé, elle avait rencontré quelqu'un. Ils n'étaient que des gamins, bien sûr, et il ne s'était rien passé, mais c'était l'une de ces rencontres où l'on sait instantanément que la personne en question risque de jouer un rôle important dans votre vie. Un instant figé dans le temps. En sa qualité de photographe, Daisy savait qu'un appareil photo pouvait figer un moment particulièrement beau ou important. C'était ce qu'elle avait ressenti quand elle avait fait la connaissance de Julian Gastineaux. Il était… fabuleux. Elle le connaissait à peine, mais elle savait qu'il compterait dans sa vie.

Et puis il y avait Logan. Leur première rencontre n'avait rien d'un arrêt sur image. Ils étaient en maternelle à Manhattan, et il avait badigeonné sa queue-de-cheval de peinture bleue. En guise de punition, il avait été privé d'activités. Adolescents, ils avaient fait des tas de bêtises. Elle s'imaginait qu'il était le Prince

Charmant et qu'elle était amoureuse de lui. C'était loin d'être le cas, en fait. Hallucinant de penser qu'ils avaient un enfant ensemble, maintenant.

Erreur : ils avaient tous les deux un enfant. Pas *ensemble*

10

Debout derrière la fenêtre de la maison qu'on lui avait prêtée, au bord du lac, Sophie regardait Noah Shepherd qui achevait de déblayer les marches du perron. Elle trouvait en son voisin une diversion remarquablement agréable. Un peu plus tôt, il avait fixé une lame de chasse-neige à l'avant de sa camionnette pour dégager son allée. Elle l'avait suivi dans sa voiture de location qu'il avait sortie du fossé avec son pick-up. Il avait insisté pour lui donner quelques provisions de base provenant de sa propre réserve, sous prétexte que les routes étaient toujours impraticables et ne seraient probablement pas déblayées avant un jour ou deux. Il avait fait le feu dans le poêle en promettant de lui apporter du petit bois supplémentaire le lendemain.

Un véritable homme-orchestre, pensa-t-elle en suivant des yeux les petits nuages de buée que formait son souffle tandis qu'il s'activait.

— Je ne saurai jamais comment vous remercier, dit-elle quand il rentra en secouant sa veste couverte de neige.

— Bien sûr que si ! lança-t-il par-dessus son épaule. Je ne suis pas difficile.

C'est vrai, pensa-t-elle. Et drôlement facile à vivre.

— Vous avez réussi à joindre vos enfants ? demanda-t-il en ajustant le conduit du poêle.

— Je leur ai laissé des messages. J'essayerai plus tard.

Pas question qu'elle laisse transparaître son inquiétude et son incertitude. Ses enfants s'étaient tellement habitués à ses absences.

Ses allées et venues faisaient partie de la routine. Seigneur, comment arriverait-elle à inverser le processus ?

— Ils vivent en ville, alors ?

Elle hocha la tête.

— Daisy vient d'emménager dans une petite maison sur Orchard Avenue, et Max vit avec son père à l'auberge du lac des Saules.

Il se redressa, la dévisagea longuement.

Elle entortilla ses doigts et noua étroitement ses mains — un indice qui prouvait que le témoin était nerveux et sur le point de craquer.

— Et je vous préviens : le fait que mes enfants vivent avec leur père représente un sujet épineux pour moi. J'aurais moins de difficulté à avouer que je souffre d'une MST ou que j'ai un casier judiciaire.

Pouvait-il mesurer — quelqu'un pouvait-il mesurer — à quel point c'était humiliant de faire un tel aveu ?

— Eh bien, vous n'êtes pas tendre avec vous-même !

— Mais si !

— Pourquoi culpabilisez-vous tant ?

— Parce que…

Elle s'interrompit. Ce n'était pas dans ses habitudes de raconter sa vie à un quasi-étranger.

— Personne n'a jamais osé me poser la question.

Elle scruta son visage, en proie à un mélange de rancœur et de méfiance.

— Avez-vous une réponse ?

— Je vais y réfléchir.

— Si vous gambergez trop, la vérité vous échappera.

— Merci, docteur Freud. En avons-nous terminé avec l'aspect personnel et sordide des choses ?

— Ça dépend de vous. Si vous voulez parler, je suis tout ouïe, répondit-il en souriant. Je ne cherche pas à être indiscret. Je pars du principe que vous m'expliquerez la situation quand vous serez prête.

— Allez savoir ! marmonna-t-elle en plissant les yeux.

— Vous avez tort de culpabiliser pour vos enfants.

— Merci encore.

— Je vais vous dire une chose. Il y a des femmes qui restent toute la journée à la maison avec leurs gamins, et ces derniers tournent mal. Il y a des enfants qui passent leur temps dans les garderies et qui s'en sortent très bien. Le fait que vous soyez à la maison ou au travail n'est pas un facteur déterminant. L'important, c'est de les aimer.

— Je ne savais pas qu'on enseignait la psychologie à l'école vétérinaire.

— Jolie réplique, Sophie.

— Je veux dire…

— Vous n'êtes pas si compliquée à comprendre, dit-il. Croyez-moi, la maladie de Carré, c'est nettement plus complexe. Bref, je ne voulais pas vous offenser.

— Vous ne m'avez pas offensée, affirma-t-elle.

Elle se rendit compte qu'elle était en train de l'étudier avec attention en se demandant pourquoi elle le trouvait tellement séduisant. Il n'était pas d'une beauté classique, mais il était imposant, chaleureux et d'une étonnante ouverture d'esprit qui le rendait attachant. Et puis il avait des yeux bruns incroyables, avec de longs cils épais. Et sa bouche… Oh, mon Dieu ! pensa-t-elle. Elle s'était déjà entichée de son voisin. Entichée ? Oui. C'était exactement ce qu'elle éprouvait : une fébrilité intérieure digne d'une collégienne. Elle avait presque oublié que ça pouvait exister, mais cette rencontre avec Noah lui rappelait qu'on ne pouvait jamais dire « plus jamais ».

— Je ferais mieux d'y aller.

— Je ne voudrais pas vous retarder…

Ils avaient parlé en même temps, et s'interrompirent simultanément.

— Merci pour tout, Noah, reprit-elle en rougissant comme s'il avait lu dans ses pensées. Je vous suis infiniment reconnaissante.

— On se voit demain.

Il prit le mobile de la jeune femme sur le comptoir et y entra son numéro.

— Appelez-moi si vous avez besoin de quoi que ce soit.

Il y eut un moment, une fraction de seconde, au cours duquel la chose la plus naturelle du monde aurait consisté pour elle à lever son visage vers lui pour l'embrasser. Un baiser ? D'où lui était donc venue une idée pareille ? Elle se l'imaginait si bien qu'elle se sentait ridicule. Dans le même temps, elle se demandait s'il l'avait éprouvé, lui aussi, ce lien momentané, ce désir surgi de nulle part.

— Prenez soin de vous, dit-il. Je viendrai déposer du petit bois dans la matinée.

C'était un homme excessivement gentil, pensa-t-elle en le regardant monter dans sa camionnette. La chance lui avait souri bizarrement quand elle avait atterri dans le fossé devant chez lui.

Un vent glacial balayait la surface du lac, projetant des rafales de neige contre la maison. En frissonnant, elle alla monter le chauffage, puis elle entreprit de se familiariser avec les lieux et de défaire ses bagages.

La maison de bois avait un agencement simple, chaque pièce étant orientée vers le lac. Il y avait deux chambres, deux salles de bains et une grande pièce qui incluait la cuisine, la salle à manger et le salon. Le mobilier aussi était sans prétention : des tables rustiques, des fauteuils rembourrés, des lampes ornées d'abat-jour peints à la main. Elle découvrit un placard contenant tout un assortiment de boots et de patins à glace. A un moment donné, les occupants des lieux avaient dû avoir un chien ou un chat : il y avait un coussin matelassé par terre près du poêle, et dans la remise, elle remarqua un lot d'écuelles.

Elle mit un certain temps à installer son ordinateur et à le synchroniser avec son téléphone portable afin d'avoir une connexion internet. Elle envoya un e-mail rapide à quelques amis, dont Bertie, pour leur faire savoir qu'elle était arrivée et que tout allait bien. Inutile de mentionner sa collision avec un cerf.

Puis elle défit ses bagages en secouant la tête, désemparée par sa garde-robe si peu appropriée. Les tailleurs faits sur mesure, les jupes et les pantalons à plis, les chaussures à talons hauts, les collants de soie n'allaient pas faire l'affaire dans cet environnement.

Bon. Ça lui donnerait l'occasion de faire du shopping avec Daisy. Si tant est que sa fille soit disposée à faire quoi que ce soit avec elle.

Ce n'était pas l'attitude à adopter, se dit-elle. Elle s'empara de son téléphone dans un geste de défi, chercha le numéro de Daisy et appuya sur *Appeler*.

La jeune femme répondit sur-le-champ, cette fois-ci.

— Maman ! s'exclama-t-elle. Salut ! J'ai vu que tu avais appelé, tout à l'heure, mais je n'avais pas mon téléphone sur moi.

Elle paraissait sur ses gardes, comme toujours. Aimable, mais sur ses gardes. Sophie se rendit compte qu'elle ne pouvait s'en prendre qu'à elle-même. Elle avait habitué Daisy à se montrer prudente : elle était toujours retardée ou elle ne venait pas du tout, elle ratait le match de hockey, la compétition de natation ou la réunion parents-élèves… Max et elle avaient appris à ne rien attendre de leur mère. Elle s'était dit qu'avec de bonnes nounous et une aide ménagère adéquate, elle ne leur manquerait pratiquement pas. Il avait fallu de nombreuses années, un divorce pénible et un incident international pour que Sophie se rende compte de ce qu'elle avait vraiment raté.

— Salut, chérie ! répondit-elle. Je viens d'arriver. Je suis à Avalon.

— Je ne pensais pas que tu viendrais si vite. J'imaginais que tu resterais en ville jusqu'à ce que la tempête se tasse.

— Je n'avais pas envie d'attendre. Je viendrais te voir tout de suite si les routes étaient meilleures.

— Ne sors pas. C'est dangereux. Tu as pris une chambre à l'auberge du Pommier ?

Sophie venait fréquemment à Avalon et, d'habitude, elle descendait dans cette auberge, un luxueux B&B voisin du cœur historique de la ville.

— J'ai une nouvelle à t'annoncer, en fait. Je suis chez les Wilson, sur Lakeshore Road.

Un temps d'arrêt.

— Je ne comprends pas, maman.

— J'ai tellement de choses à te raconter, Daisy ! Et je suis impatiente de voir le bébé.

Charlie était né durant l'été. Sophie était là pour la naissance, Dieu merci. Assister à l'accouchement de sa fille avait été une expérience inouïe, tenir son petit-fils dans ses bras encore plus. Depuis lors, elle était venue à quatre reprises leur rendre visite, mais ce n'était pas suffisant. Elle l'avait compris ce soir-là, à La Haye.

Sophie s'approcha de la fenêtre, son portable collé à l'oreille. Son regard survola le lac : une splendeur immaculée. On se serait cru dans un monde de conte de fées, peuplé de palais de glace, de jardins figés sous la neige. Un monde scintillant, aussi inhospitalier que magnifique.

— En fait, je suis arrivée hier soir. J'ai loué une voiture à JFK.

— C'est de la folie, maman ! Tu aurais pu te tuer.

Un sourire ironique flotta sur les lèvres de Sophie.

— Tout va bien. J'aurais attendu si j'avais pu prévoir que je me retrouverais coincée par la neige.

— Tu es sûre que ça va ? Tu as de quoi manger ? du chauffage ?

— J'ai tout ce qu'il me faut, sauf que je meurs d'envie de te voir. Seulement, les routes sont épouvantables, par ici.

— C'est l'effet du lac.

— Oui. Dès que les chaussées seront déblayées, je viendrai.

— Entendu.

Sophie perçut une certaine tension dans la voix de sa fille.

— Euh... je te dérange, là ?

— Non, non, mais... j'ai de la compagnie.

— Oh, dans ce cas, je te laisse. Appelle-moi plus tard. Je veux que tu me racontes tout à propos de Charlie, de ta nouvelle maison...

Elle entendit un rire d'homme, suivi de gazouillements d'enfant.

« D'accord, pensa Sophie. J'ai compris. "J'ai de la compagnie" était un code pour mon petit ami, quand j'avais son âge. »

— Est-ce... ?

— Logan est ici, maman.

Logan O'Donnell. Sophie ne savait pas si c'était le petit ami ou non, même si elle préférait sans l'ombre d'un doute que ce ne soit pas le cas. Enfant gâté, riche à millions, ancien patient d'une clinique de désintoxication huppée. Elle ne le portait pas dans son cœur, c'était le moins que l'on puisse dire.

— Appelle-moi plus tard, s'il te plaît.

— C'est promis, maman.

« Eh bien, pensa Sophie. Si je m'attendais à ça ! »

Elle essaya le numéro de Max après avoir vérifié l'heure. Il avait son propre portable, ce qui pouvait paraître un peu excessif pour un enfant de douze ans, mais Sophie avait insisté. Il ne répondait toujours pas, aussi laissa-t-elle un bref message en lui disant qu'elle rappellerait plus tard. Elle lui envoya un texto, pour faire bonne mesure. Les téléphones et les gadgets du monde moderne permettaient de rester en contact avec tout le monde. On pouvait aller jusqu'à télécharger l'emploi du temps de son gamin. On pouvait gérer toute sa famille. On pouvait être en contact permanent, ou inatteignable. Elle n'était pas certaine que ce soit une bonne chose.

Sophie savait qu'elle pouvait toujours appeler chez Greg et demander à parler à son fils, mais l'idée ne la séduisait pas du tout. Il y avait peu de choses qui lui répugnaient autant que téléphoner à Greg. Ce n'était pas qu'elle détestait son ex-mari. Pas le moins du monde. De fait, il y avait une petite partie pathétique d'elle qui l'aimait encore, qui l'aimerait toujours.

Quoi qu'il en soit, l'idée de l'appeler lui faisait horreur.

Tout comme parler à Nina, même si elle n'avait rien contre cette jeune femme.

Sophie passa sa première nuit seule dans la maison du lac en regrettant presque de ne plus avoir le chiot pour lui tenir chaud dans le lit.

A son réveil, elle était hantée par des souvenirs de La Haye, mais ils se dissipèrent instantanément dans un flot de lumière blanche. En se levant, elle découvrit qu'il avait encore neigé. Du côté du lac, la neige s'était amoncelée jusqu'à la hauteur des vitres.

A son grand étonnement, elle s'aperçut que la matinée était déjà bien avancée. Jamais le décalage horaire ne l'avait affectée à ce point. C'était probablement dû au fait qu'elle était coincée par la tempête. Elle avait cessé de mesurer le passage du temps — à quoi bon, quand on ne pouvait aller nulle part ? Elle vérifia ses messages. Max lui avait envoyé un texto pour lui dire qu'il avait école le matin et entraînement de hockey l'après-midi. Elle digéra l'information, en proie à une certaine appréhension. Son fils avait sa vie, son emploi du temps, et elle n'en faisait pas partie.

Pas encore, du moins. Elle n'en faisait pas *encore* partie.

Elle voulait compter pour ses enfants. Elle en avait besoin. Pas seulement pour elle-même, pour eux aussi. Max avait ses problèmes, bien sûr, comme tous les préados, et l'absence de sa mère ne devait pas arranger les choses. Cela lui ferait-il plaisir de savoir qu'elle était là, maintenant ? Serait-il contrarié ? indifférent ? Il serait sûrement content qu'elle soit de retour. Même si elle avait travaillé d'arrache-pied depuis qu'il était né, elle se rappelait le drôle de petit bonhomme qu'il était, la manière dont son visage s'illuminait quand elle rentrait du bureau, les moments privilégiés qu'ils passaient ensemble, le week-end. Elle espérait de tout son cœur qu'il s'en souviendrait lui aussi. Elle voulait mieux connaître ses enfants, voir ce qu'ils deviendraient en grandissant, et elle priait pour que ça ne soit pas trop tard.

Elle prit un bain en veillant à ne pas mouiller l'endroit de son corps où Noah avait appliqué des points de suture, et trouva un peignoir épais qu'elle enfila, le temps de se sécher les cheveux. Debout devant la fenêtre, elle contempla le lac, un champ de neige battu par les vents à perte de vue. Une tache de couleur au loin attira son regard. L'un des voisins, quelques maisons plus loin, était en train de dégager une zone sur la glace, pour patiner, probablement.

Elle vivait au bord d'un lac où l'on pouvait patiner. Si elle disait ça à Tariq, il ne la croirait pas. Ses amis proches la considéraient comme une citadine sophistiquée jusqu'au bout des ongles. Une cabane rustique au bord d'un lac gelé — ils penseraient qu'elle avait perdu la tête.

Ce qui n'était pas forcément faux. Tout dépendait sous quel angle on considérait les choses.

Une fébrilité presque insoutenable accompagnait toujours les souvenirs de l'Incident. Elle devait aller faire un tour. Le moment était peut-être bien choisi pour aller se présenter au gars qui déblayait la glace.

Elle enfila un pantalon en laine et un twin-set en cachemire. Elle mit les boots empruntés à Noah, et se coiffa d'un chapeau en laine de style Sherpa trouvé sur la patère près de la porte d'entrée.

A peine descendue dans le jardin, elle s'enfonça dans la neige à mi-cuisses.

Ce n'était peut-être pas une bonne idée. Elle peina pour ne pas perdre l'équilibre, trouvant difficilement prise dans la neige fraîche. Quand elle atteignit enfin la rive du lac, elle était couverte de neige et à bout de souffle. Elle n'avait plus mal au genou, mais une sensation de tiraillement l'incitait à ne pas forcer. Elle s'approcha du voisin d'un pas prudent.

Il portait une veste de chasse à carreaux noirs et rouges, des gants épais et des boots énormes, et il ne remarqua pas sa présence tant il était concentré sur sa tâche.

— Bonjour ! lança Sophie en agitant le bras.

Le voisin jeta un coup d'œil par-dessus son épaule, planta sa grande pelle à lame orange dans une congère, et vint vers elle pour la saluer.

— Bonjour à vous ! fit une voix mélodieuse et résolument féminine.

Déconcertée, Sophie mit quelques secondes à retrouver ses esprits.

— Je m'appelle Sophie Bellamy. J'habite chez les Wilson. Je tenais à me présenter.

La femme — c'était incontestablement une femme — sourit. L'air froid et l'effort avaient coloré ses joues, ajoutant encore à la jovialité de son sourire.

— Tina Calloway, dit-elle. Ravie de faire votre connaissance.

Sophie n'en était pas totalement convaincue. Elle désigna la glace.

— C'est pour patiner ? demanda-t-elle.

Tina hocha la tête.

— Il n'y a aucun risque. Je le sais parce que j'ai grandi ici.

— C'est magnifique. Une véritable image d'Epinal.

— Vous patinez ?

— Un peu. Disons que je me débrouille.

Bien qu'elle ait vécu dans le pays de Hans Brinker, Sophie n'avait guère pris de bon temps en Hollande, comme Tariq se plaisait à le souligner. Elle avait travaillé, travaillé, sans relâche. Tous les soirs à la maison, pour remettre ça le lendemain matin au bureau. C'était l'une des raisons pour lesquelles elle avait gravi les échelons si vite au TPI. Elle n'avait pas de vie. Une véritable machine.

— Vous êtes une amie des Wilson, alors ? demanda Tina.

— Absolument. Bertie Wilson et moi étions pour ainsi dire inséparables, à la fac de droit. Nous sommes toujours proches.

— Vous êtes donc avocate.

— Effectivement. Je… enfin, pour le moment, je fais une coupure. Je travaillais à l'étranger.

Elle s'interrompit, et, Dieu merci, Tina n'insista pas.

— Je suis l'entraîneuse de l'équipe féminine de hockey à l'université Suny, à New Paltz, expliqua Tina. Cette maison appartient à mes parents.

— Ma fille est sur le point de commencer ses études là-bas, dit Sophie.

— Difficile d'imaginer que vous êtes la maman d'une étudiante.

Elle descendit la fermeture Eclair de sa veste. En dessous, elle portait une tenue de snowboard avec « Ride or Die » en lettres de flammes sur la poche.

Le grondement d'un moteur digne d'une tronçonneuse emplit l'air, de plus en plus assourdissant. Une motoneige se matérialisa sous leurs yeux, et le cœur de Sophie s'emballa.

— Salut, Noah !

Repoussant son capuchon, Tina s'épanouit comme une fleur dans la neige. « Il est un peu vieux pour toi », pensa Sophie, même si elle ignorait l'âge de Noah Shepherd.

Il coupa le moteur.

— J'ai apporté un peu de bois, dit-il en désignant le traîneau arrimé derrière son engin. Je voulais m'assurer que tout allait bien pour vous.

— Tu plaisantes ? Je vis rien que pour ça ! répondit Tina en désignant l'interminable paysage blanc.

— Je vois que vous avez fait connaissance, ajouta Noah.

Sophie hocha la tête.

— Je voulais être sûre que les voisins ne me prendraient pas pour un squatter.

— Comment va votre genou ?

— Ça va.

Elle était terriblement consciente du galurin chaud mais franchement hideux qu'elle portait, dont les rabats écrabouillaient ce qu'il restait de sa coiffure. Elle remarqua que Noah Shepherd portait pour sa part un bonnet de laine vert bruyère probablement tricoté par des mains féminines. Il avait ce look-là : celui d'un homme pour lequel les femmes se plaisaient à confectionner des choses.

Tina et lui empilèrent ensemble une partie du bois sous le porche de Tina. Sophie tenta bien de leur prêter main-forte, mais Noah l'écarta.

— Vous avez un genou fragile, lui rappela-t-il. Elle s'est blessée, expliqua-t-il à Tina. Je lui ai fait des points de suture.

— Je le crois pas !

— Je te jure.

— C'est vrai, confirma Sophie.

— Bravo, docteur !

Tina lui tapa dans la main, puis ils se remirent au travail. Sophie ne quittait pas Noah des yeux : elle admirait sa force tranquille et son assurance manifeste. Pour l'amour du ciel ! Elle éprouvait un réel plaisir à le regarder.

— C'est vraiment sympa de ta part, dit Tina quand ils en eurent fini avec le bois. Tu veux venir boire une tasse de chocolat chaud ? Vous aussi, bien sûr ! ajouta-t-elle à l'adresse de Sophie.

— C'est gentil, mais non, répondit Noah.

— Tu veux patiner ?

— Peut-être plus tard, dit-il. Quand j'aurai fini ce que j'ai à faire.

— Comme tu veux, dit Tina en haussant les épaules.

— Je ferais bien de rentrer, déclara Sophie. Ravie d'avoir fait votre connaissance, Tina.

Noah se tourna vers elle.

— Je vous raccompagne.

Ce n'était pas une question.

« Bon », se dit-elle en lorgnant la motoneige.

Mais elle ne voulait pas qu'il s'imagine avoir affaire à une citadine enfant gâtée, incapable de se débrouiller dans une maison rustique au cœur de l'hiver.

— A bientôt, Tina ! lança-t-il.

— Ciao, Noah ! répondit la jeune femme en lui décochant un regard plein de vénération.

— Je dois monter sur cet engin ? demanda Sophie en le suivant vers la motoneige.

— Asseyez-vous simplement derrière et tenez-vous bien.

Elle enfourcha maladroitement la longue selle noire et posa les pieds sur les palettes étroites. Il monta devant elle et lança le moteur.

— Cramponnez-vous ! lui cria-t-il par-dessus son épaule.

Elle s'agrippa au bord du siège des deux mains, cherchant une prise.

— A moi ! hurla-t-il. Cramponnez-vous à moi !

Elle attrapa les pans de sa parka.

— Plus fort !

Elle hésita avant de serrer les poings.

— Comme ça ?

Il noua lui-même ses bras autour de sa taille. On aurait dit un tronc d'arbre. Elle était en train d'étreindre un arbre…

Puis il mit les gaz et l'engin fit un bond en avant.

Sophie se réjouissait qu'il l'ait incitée à se cramponner à lui. Elle tourna la tête et pressa sa joue contre son dos. Elle réalisa qu'il y avait un siècle qu'elle n'avait pas tenu un homme dans ses bras, comme ça en tout cas. Jamais un contact physique ne lui avait fait cet effet-là.

La motoneige était rapide et bruyante. Malgré le vent glacial qui s'abattait sur elle, elle adorait la sensation de vitesse, de liberté. Si Max avait pu la voir à cet instant, il aurait été impressionné. Quand il viendrait lui rendre visite, peut-être Noah accepterait-il…

Elle chassa cette pensée de son esprit. Il était trop tôt pour se lancer dans ce genre de supposition, à propos de son fils, et très certainement à propos de son voisin.

Au cours des quelques minutes que dura cette folle équipée, elle n'eut rien à faire à part se cramponner et profiter de l'excitation de la vitesse. Une émotion monta de sa poitrine en même temps qu'un son qu'elle n'avait pas entendu depuis longtemps : son propre rire ! Le vent s'en empara si bien qu'il se prolongea dans leur sillage tel un ruban sonore invisible. L'espace de ces brefs instants, la vie fut une joie pure, sans complication. Après l'enfer qu'elle avait vécu, c'était un soulagement immense de voler ainsi au milieu des tourbillons de neige.

Elle fut presque déçue quand ils s'immobilisèrent devant la maison, même si elle se sentait encore tout excitée.

— J'ai le visage gelé, dit-elle à Noah quand il eut coupé le moteur.

— Vous souriez, au moins.

— Ah bon ? Je ne m'en rends pas compte.

— Ça se voit, en tout cas. Et ça vous va bien.

— Voulez-vous entrer ?

Elle s'attendait à ce qu'il décline son invitation pour la même raison qu'il avait refusé celle de Tina, un peu plus tôt.

— Super ! Merci, répondit-il.

— Elle vous aime bien, dit-elle tandis qu'ils tapaient des pieds pour se débarrasser de la neige avant d'entrer.

— Qui ça ?

— Tina. Ne me dites pas que vous ne l'avez pas remarqué.

— De toute façon, elle n'est pas mon genre de fille.

Sophie se sentit bêtement soulagée.

— C'est la fille de Sockeye Calloway, reprit Noah. Il faisait partie de l'équipe américaine de hockey au Lac Placide, en 1980. L'équipe médaillée d'or. L'équipe miracle.

— Ça fait un bail, et pourtant je me rappelle très bien avoir suivi fébrilement les jeux Olympiques, cette année-là. Ça ne me rajeunit pas. Tina doit être une excellente patineuse.

— Effectivement. Le poêle ne chauffe pas fort, dit-il, apparemment soucieux de changer de sujet. Je vais remettre du bois.

Elle s'écarta et le regarda travailler, sidérée de constater que les sentiments qu'elle avait éprouvés plus tôt s'étaient intensifiés au lieu de s'estomper. Il l'excitait, ça ne faisait aucun doute.

« Bon, se dit-elle, respire un bon coup. »

Elle resta immobile et silencieuse en attendant que ça passe comme une vague de nausée ou un vertige. Mais tandis qu'il s'activait sous ses yeux, sa fascination ne fit que croître. Elle trouvait qu'il faisait chaud, avant même qu'il ajoute une bûche dans le feu et qu'il souffle doucement sur les braises, faisant naître de minuscules flammes qui léchèrent le bois bien sec.

Elle avait l'impression d'avoir la peau en feu. Son visage, glacé quelques instants plus tôt, était tout enflammé, et ses membres et ses paupières lui semblaient agréablement lourds. Le décalage horaire n'était pas seul en cause.

Elle essaya de se raisonner. Franchement, il fallait être bien bête pour se laisser séduire par ce comportement primaire ! Un mec était en train de ranimer le feu dans son poêle. Et alors ? Ça ne voulait pas dire qu'elle avait envie de lui arracher ses vêtements et de lui sauter dessus.

Sauf que c'était exactement ce qu'elle avait envie de faire.

Noah se redressa et se tourna vers elle alors que de longs rubans de flammes tourbillonnants entouraient les bûches.

— Ça devrait faire l'affaire un moment.

Sans prendre le temps de réfléchir ni d'analyser la situation, elle s'approcha de lui, saisit le devant de son sweat-shirt et l'attira vers elle pour planter sur sa bouche surprise un baiser empreint d'un désir agressif, éhonté.

Ses lèvres avaient exactement le goût qu'elle désirait, une douceur indicible. Il sentait l'air hivernal, le bois et une vague odeur de gaz d'échappement : un mélange qu'elle trouvait terriblement sexy. En quelques secondes, elle se perdit dans la texture de ses lèvres, de sa peau légèrement râpeuse, de ses cheveux bouclés qui lui effleuraient les joues.

Comme s'il s'était attendu à ce que cela se produise, il intensifia le baiser avec une faim qu'il ne se donna pas la peine de dissimuler. Se rendait-il compte à quel point ce désir brut qu'il manifestait était excitant ? C'était comme une allumette lancée dans une mare de kérosène. Ses mains exploraient déjà les formes de son corps, et elle se rendit compte fiévreusement qu'il cherchait le moyen le plus rapide de la dévêtir.

Ce qui explique qu'environ trente secondes après l'avoir assailli, elle se retrouva debout sur le tapis tressé devant une belle flambée avec en tout et pour tout sur le dos un slip de soie et un caraco.

Ils n'avaient pas dit un mot ni l'un ni l'autre, jusqu'à présent, et pourtant, quand elle leva les yeux vers lui, elle y lut une compréhension pure, une telle affinité qu'il aurait été inutile de prononcer le moindre mot. C'était une mauvaise idée pour tout un tas de raisons, mais cela lui paraissait… inévitable. Peut-être ce désir fou qu'elle avait d'être avec lui faisait-il partie des vestiges de toute cette folie post-traumatique.

Il n'empêche qu'elle se sentait obligée de dire quelque chose pendant qu'il était encore temps de mettre un terme à tout ça.

— Je suis désolée, murmura-t-elle.

— Ne le soyez pas, dit-il. Surtout pas !

Il ôta son sweat-shirt rouge de l'université de Cornell d'une main, révélant un torse bardé de muscles, orné au milieu d'une petite toison de poils bruns. Une autre flèche de poils pointait vers le bas. Son jean bas délavé avait l'air d'être perché avec désinvolture sur ses hanches. Le premier bouton était déjà défait. Elle se retint d'agiter la main devant son visage.

— Vous devriez partir, bredouilla-t-elle. S'il vous plaît.

— Vous avez envie que je reste.

Il semblait drôlement bien la connaître pour quelqu'un qu'elle venait à peine de rencontrer.

— Ça passera, j'en suis sûre.

— Pourquoi vouloir que ça passe ?

Il sortit quelque chose de sa poche.

— J'ai de quoi nous protéger, juste pour que vous le sachiez.

Sophie ne risquait pas de tomber enceinte. Elle s'était fait ligaturer les trompes après la naissance de Max, mais elle se garda de le lui préciser. Il n'avait pas à le savoir.

— Ça ne veut pas dire qu'on ne risque absolument rien, dit-elle, consciente de la faiblesse de son argument. Ecoutez, on ferait mieux d'en parler d'abord.

— Pourquoi ? Pour que vous puissiez vous convaincre de reculer ? Hors de question !

Elle se figea, se forçant à protester, à s'arrêter, à les arrêter tous les deux. Le moment passa, et elle n'avait rien dit. Elle ne pouvait élever aucune objection qu'il ne contrecarrerait pas. Ni résister à ses baisers. Elle avait l'impression d'être redevenue une adolescente en proie au déchaînement de ses désirs, comme si elle découvrait le sexe pour la première fois.

Il était merveilleusement spontané, sans inhibition, et en sa présence elle n'avait aucune difficulté à vivre l'instant sans que rien d'autre compte. Son face-à-face avec la mort à La Haye l'avait changée. Autrefois, elle remettait toujours le plaisir à plus tard. Quand elle avait été prise en otage, elle avait regretté les innombrables fois où elle n'avait pas agi spontanément, où elle avait repoussé les choses en se disant qu'elle avait tout le temps devant elle.

C'était loin d'être le cas. Elle n'avait que l'instant présent. Cela ne lui était jamais arrivé. C'était déroutant et libérateur à la fois de se laisser simplement aller à vivre le présent avec lui. De ne pas avoir de plan et de ne pas prévoir les conséquences logiques — c'était une grande première pour elle. Elle avait oublié le bonheur profond qu'il y avait à dormir dans les bras d'un homme. Ou peut-être ne l'avait-elle jamais connu ? Pas comme ça, en tout cas.

11

Noah gisait dans un enchevêtrement de duvets et de couvertures, les yeux fermés. Il tenait Sophie Bellamy dans ses bras et il avait l'impression de sourire de tout son être. Il y avait bien longtemps qu'il n'avait pas éprouvé cette béatitude chaude, relaxante que l'on ressent après l'amour et qui donne envie d'arrêter le monde et de se laisser flotter.

La dernière chose à laquelle il s'attendait avec quelqu'un comme Sophie Bellamy, c'était qu'ils se retrouvent si vite en train de faire l'amour. Dès la minute où il l'avait rencontrée, pourtant, elle s'était débrouillée pour le surprendre. Il savait très peu de choses sur elle, mais ce qu'il percevait était bien puissant — la solitude dans son regard, tel un reflet de la sienne, la force indéniable de l'attirance mutuelle qu'ils ne s'étaient donné la peine de cacher ni l'un ni l'autre. Ce n'était peut-être pas si surprenant, au fond, qu'ils aient fait l'impasse sur la période de flirt qui précède généralement une relation charnelle.

En ouvrant les yeux, il s'aperçut qu'il faisait encore jour, même si les ombres allongées sur les monticules de neige indiquaient que l'après-midi était déjà bien avancé. Il découvrit aussi qu'il éprouvait une délicieuse sensation de bien-être, plus étonnante encore que la satisfaction habituelle qui vous habitait après l'amour. Pourquoi ? Que se passait-il ? Il regarda la femme qui dormait à poings fermés, allongée à côté de lui.

Il avait tenu d'autres femmes dans ses bras. Mais avec Sophie, c'était… différent. Sa tête reposait parfaitement dans le léger creux de son épaule. Ses cheveux blonds soyeux se déversaient sur sa poitrine et son bras mince enlaçait son torse en un geste agréablement possessif.

Jamais il n'avait été récompensé ainsi pour avoir livré du bois de chauffe. En prenant garde à ne pas la réveiller, il se leva pour aller ranimer le feu. Les flammes vacillantes se profilaient sur les murs de la pièce chaleureuse, et la douce lumière de la fin d'après-midi s'insinuait par les fenêtres. Il espérait qu'elle se plairait ici et qu'elle resterait un bout de temps. Sophie Bellamy. Qui était-elle, au fond? Il ignorait pour ainsi dire tout d'elle, si ce n'est qu'un après-midi passé en sa compagnie lui avait fait oublier toutes les autres rencontres de sa vie.

Son regard fut attiré par son sac, ouvert sur la table. Deux passeports étaient posés à côté : un américain, l'autre canadien. En feuilletant les pages à filigrane, il vit des tas de timbres et sceaux exotiques. Il se demandait comment c'était, cette existence faite de voyages… Elle était si belle que même une banale photo de passeport reflétait son charme. Née à Vancouver, en Colombie-Britannique, le 9 juin 1969.

Ça voulait dire qu'elle était passablement plus vieille que lui. Nettement, même. Momentanément secoué, il décida rapidement que cette différence d'âge ne lui posait aucun problème. Qu'est-ce que ça pouvait faire? Elle était fabuleuse. Elle n'avait vraiment pas l'air d'avoir trente-neuf ans. Il fallait qu'il le lui dise. Quoique… ça risquait de la vexer. Bon, il ne dirait rien. Ce n'était pas mentir. C'était juste… ne rien dire. Elle n'avait pas besoin de savoir que Bertie Wilson, avec qui elle avait fait ses études de droit, avait été sa baby-sitter. Si cette petite aventure n'allait pas plus loin, personne n'en pâtirait. Si cela s'avérait plus important — « Mon Dieu, s'il vous plaît, faites que ce soit le cas » —, alors il le lui dirait en ajoutant que c'était sans importance.

Il se sentait tellement bien qu'il faillit la réveiller pour lui en parler. Il s'en abstint, toutefois. Il savait d'instinct qu'elle serait moins heureuse quand elle se réveillerait que lorsqu'elle s'était assoupie dans ses bras. Il avait le sentiment qu'elle faisait partie des gens qui analysaient tout en passant chaque élément au peigne fin, et si elle se mettait à penser qu'ils étaient tombés dans les bras l'un de l'autre quelques secondes après s'être dit bonjour, elle trouverait à coup sûr de sérieuses objections. Il préférait se concentrer sur l'aspect positif des choses. Jouer son va-tout présentait des avantages, et c'était ce qu'ils avaient fait, tout l'après-midi. Ils avaient trouvé toutes sortes d'endroits divers et variés pour faire l'amour, même dans cette petite maison. Au départ, ils avaient arraché leurs vêtements sur le tapis tressé ovale devant le poêle en empruntant quelques coussins au canapé et un châle afghan pour avoir un peu plus de confort. Après ça, ils s'étaient prélassés dans la grande baignoire profonde aux pieds en forme de griffes, en faisant un usage inventif de savons et d'huiles qui sentaient le pin et la menthe. Pour finir, ils s'étaient retrouvés là, dans le grand lit haut en bouleau sculpté où s'amoncelaient quantité d'édredons et d'oreillers duveteux.

Il se glissa sous les couvertures à côté d'elle. Elle sentait merveilleusement bon. Il était excité rien qu'à l'entendre respirer.

Quelques minutes plus tard, il sentit qu'elle se réveillait. Il était attentif à chaque nuance de son être. Elle n'avait pas vraiment bougé, le rythme de sa respiration n'avait pas changé — c'était plus subtil que ça. Il perçut juste un infime changement entre la Sophie endormie et la Sophie réveillée. Il resta parfaitement immobile, attendant qu'elle se rende compte qu'elle était couchée à côté de lui.

Cela commença par sa main, posée sur sa poitrine. Ses doigts glissèrent le long de son corps comme si elle lisait un message écrit en braille.

Cela suffit à éveiller les sens de Noah. C'était la formule la plus simple qui soit — le contact de sa peau provoquait chez lui une érection immédiate.

Les mains de Sophie allèrent errer plus bas, et il l'entendit soupirer doucement. Puis elle poussa un petit cri et s'écarta brusquement de lui en serrant le drap contre sa poitrine.

Il se dressa sur un coude et se tourna vers elle en retenant un gémissement.

— Quelle heure est-il ? demanda-t-elle.

— Je ne sais pas. Tu veux que je regarde ?

Elle se leva précipitamment en entraînant la couverture avec elle. Noah entendit un son mat suivi d'un sifflement de douleur et d'un juron à peine audible.

— Ça va ? demanda-t-il.

— Je me suis fracassé le doigt de pied.

— Fais attention à toi ! Si je dois te soigner de nouveau, il va falloir que je te fasse payer.

Une lumière s'alluma. Elle était à l'autre bout de la pièce, enroulée dans la couverture comme dans une toge, ses cheveux blonds soyeux déployés sur ses épaules. C'était la première fois qu'il les voyait détachés. Ils étaient plus longs qu'il ne le pensait et lui donnaient un air jeune et vulnérable. Elle parcourut la pièce du regard avant de s'arrêter sur un réveil posé sur l'étagère.

— Près de 5 heures, dit-il.

— Du matin ou du soir ?

Il sourit en voyant son expression d'une confusion touchante.

— Du soir. Et nous sommes toujours coincés par la neige, alors tu ferais aussi bien de revenir te coucher.

Elle s'exclama de nouveau, comme en écho au petit cri étonné qu'elle avait émis quand elle avait joui. Tout agitée, elle resserra la couverture autour d'elle.

— Je suis désolée, dit-elle. Je ne peux pas… Je ne veux dire, nous ne…

Elle était pleine de regrets, c'était manifeste. Plutôt que la laisser se flageller, il préféra intervenir.

— Hé, du calme ! lança-t-il en lui adressant un sourire rassurant.

— Je ne suis pas fâchée, dit-elle. Juste… déçue par moi-même.

— Moi, tu ne m'as pas déçu, en tout cas, répondit-il en lui tendant la main.

Elle se mit hors de portée.

— Pardon ! fit-il en levant les deux paumes.

— Tu n'as pas à t'excuser. J'assume pleinement la responsabilité de mes actes. C'est juste que j'ai l'habitude d'être seule.

— Ne t'inquiète pas. Je ne serai pas comme ça.

— Comment « comme ça » ?

— Le gars terrifiant qui ne te laisse jamais tranquille.

Elle esquissa un sourire.

— Ce n'est pas ce qui m'inquiète.

Il se leva sans prendre la peine de se couvrir.

— Tant mieux, parce que je n'ai rien d'effrayant.

Elle se fit violence pour regarder ailleurs. Il sourit et secoua la tête avant d'enfiler son boxer et son jean en prenant tout son temps.

— Bon, je suis à moitié décent, dit-il.

Elle s'éclaircit la voix en levant les yeux vers lui. Son regard effleura sa poitrine et cela suffit à raviver le désir de Noah.

— Tu devrais y aller, murmura-t-elle.

Quelque chose dans sa posture si raide, si empreinte d'anxiété, le toucha. Il s'approcha d'elle.

— Je préfère rester.

— Je ne pense pas que ça me convienne.

Elle lui arracha un sourire alors même qu'elle le repoussait avec douceur. Il ne comprenait pas pourquoi, d'ailleurs. Elle donnait pourtant l'impression bizarre d'avoir besoin de se confesser.

Il vérifia son genou pour changer de sujet.

— Ça m'a l'air de bien cicatriser. Pas de problème.

— Tu as fait du bon boulot, dit-elle.

Mais elle semblait toujours aussi mal à l'aise.

— Ecoute, reprit-il, tu n'as aucune raison de te sentir mal. Je tiens tout de même à te dire que je ne suis pas venu ici pour ça. Je le jure.

— Et moi, je n'avais aucunement l'intention de… me jeter sur toi.

— C'était… en prime ?

— En toute honnêteté, ça ne me ressemble pas du tout.

— Eh bien, dans ce cas, je devrais apprendre à te connaître, je suppose. Parle-moi de toi.

— Je ne suis pas très intéressante, crois-moi.

« C'est toi qui le dis », pensa-t-il en se rappelant tous les visas exotiques qu'il avait vus sur son passeport.

— Sophie, je te trouverais intéressante même si tu me lisais l'annuaire. Et si je tapais ton nom sur Google ?

— Ne fais pas ça, s'il te plaît ! Je déteste quand les gens font ça.

Elle lui adressa un regard d'avertissement. Il avait compris. Elle n'allait pas lui dire ce qu'elle avait laissé derrière elle. Pas tout de suite, en tout cas.

Elle se pencha, ramassa ses vêtements d'une main en maintenant la couverture en place, de l'autre. Comme s'il ne savait pas comment elle était faite, comme s'il n'avait pas exploré son corps en suscitant chez elle des gémissements de plaisir, comme s'il ne l'avait pas serrée contre lui pendant des heures.

— C'est la première fois que je fais ça.

— Que tu fais quoi ?

Il voulait qu'elle le dise clairement, à haute voix.

Elle se redressa et le regarda dans les yeux.

— L'amour avec un… inconnu. Voilà ce que je n'avais jamais fait.

— Moi non plus, répondit-il avec un grand sourire. Mais c'était super. Je suis heureux qu'on l'ait fait. Je t'apprécie beaucoup, Sophie. Enormément, même.

En la regardant, il devina sa réaction.

— Je pense vraiment que tu devrais t'en aller, répéta-t-elle.

Il prit son sweat-shirt, mais ne l'enfila pas tout de suite. A la place, il s'étira en faisant jouer ses muscles, comme par inadvertance.

— Pourquoi me joues-tu ce petit numéro ? lança-t-elle.

Il rit.

— Bon, je m'en vais.

L'espace d'une seconde, elle le contempla avec des yeux remplis de désir pur, et il eut envie d'elle.

C'était de la folie. En un après-midi, elle avait accompli ce que la compassion amusée de sa famille, les commisérations nourries à la bière de ses copains et une demi-douzaine de rendez-vous galants n'avaient pas réussi en six mois. Elle lui avait fait oublier qu'il était une épave sur le plan affectif. Elle n'en savait rien, toutefois, et il ne lui en parlerait pas. Du moins, pas maintenant. Elle était follement capricieuse quand elle n'était pas perdue dans la volupté.

Au prix d'un gros effort, il détourna le regard.

Elle sortit de la chambre pendant qu'il finissait de s'habiller. Quelques minutes plus tard, il la trouva dans la pièce voisine en train de vérifier ses messages sur son portable.

— Tout va bien ?

Elle hocha la tête.

— Mais j'ai raté un coup de fil de mon fils. Je n'arrive pas à croire que j'aie fait ça.

« Encore un accès de culpabilité », pensa Noah.

— Tu souffres du décalage horaire, tu es blessée et coincée par la neige. C'est déjà pas mal comme explication. Appelle-le maintenant.

Elle composa le numéro, écouta un moment.

— Pas de réponse.

— Il est probablement allé jouer dans la neige, dit Noah en s'asseyant sur un banc près la porte d'entrée pour enfiler ses bottes. J'ai joué au hockey pendant toute ma scolarité. Ça m'arrive encore de temps en temps. Il y a un club, en ville.

— Max l'adore. La moitié de l'année, il ne pense qu'au baseball ; l'autre moitié, c'est un fanatique du hockey.

— Et toi ? demanda-t-il. Tu fais du patin ?

— Autrefois, oui. Ça fait un bout de temps que je n'ai pas patiné. J'aimerais bien m'y remettre.

— Nous irons dès que ton genou sera opérationnel.

Il remonta la fermeture Eclair de sa veste, enfila son casque et ses gants. Elle jeta un coup d'œil par la petite fenêtre voisine de la porte.

— Il fait déjà nuit, dit-elle. Y a-t-il des phares sur cet engin ?

— Ouais.

— Bon, alors… merci pour le bois. C'était vraiment gentil.

— Pas de problème. C'est moi qui te remercie.

Il se rendit compte instantanément que ce n'était pas du tout la chose à dire.

— Je veux juste… je me suis…

Il s'interrompit. Bien amusé ? J'ai pris mon pied ? Je sens que ma vie a changé ?

Incapable de choisir, il se tut et fit ce pour quoi il se savait plus doué : il l'embrassa en la plaquant contre le mur de tout son corps.

— Viens dîner avec moi, lui murmura-t-il à l'oreille.

— Non, répondit-elle.

Mais au lieu de le repousser, elle noua les bras derrière sa nuque.

— Il n'y a rien à manger dans cette maison. Donne-moi une heure pour te préparer quelque chose.

— Je n'ai pas…

— Si je ne te vois pas d'ici là, je reviens.

Il se pencha pour l'embrasser encore une fois, puis se ravisa. Elle avait envie qu'il le fasse. Il le sentit à la vue de ses lèvres toutes douces, légèrement écartées, à ses paupières mi-closes.

Il s'écarta d'elle en se faisant violence. Ce n'était pas une mauvaise stratégie de la laisser sur sa faim.

— A tout à l'heure !

12

Pendant plusieurs minutes après le départ de Noah Shepherd, Sophie resta adossée au mur comme s'il l'y maintenait toujours prisonnière. La pièce lui parut instantanément plus sombre, les pétarades du poêle plus bruyantes. Qu'est-ce qui lui avait pris de faire l'amour avec ce type? Ils s'étaient comportés comme des adolescents. Etait-ce ce que l'on appelait vivre spontanément? Ou perdre la maîtrise de soi?

— Arrête! s'exclama-t-elle à haute voix dans la maison vide en se forçant à s'écarter du mur.

Elle était agitée, mais d'une manière qu'elle trouvait beaucoup trop plaisante. Elle déambula sans but dans la maison, feuilletant les livres de la bibliothèque, ce qui lui permit de repérer quelques gros romans alléchants comme elle avait toujours eu l'intention d'en lire sans jamais trouver le temps de le faire. Elle en choisit un qu'elle posa sur la table de nuit.

Puis elle resta plantée à côté du lit à contempler les couvertures froissées et les draps chiffonnés tout en revivant en esprit tout ce que Noah et elle avaient fait ensemble.

Finalement, elle se pencha pour faire le lit. Et à ce moment-là, elle fut de nouveau submergée de souvenirs — chaque baiser, chaque caresse, chaque mot qu'il avait chuchoté à son oreille, chaque halètement de plaisir... Elle ne se souvenait pas d'avoir connu un pareil bonheur en faisant l'amour. Si tant est que cela lui soit arrivé un jour.

Elle laissa tomber le duvet. A quoi bon faire le lit? Ce soir, elle dormirait dans ce fatras froissé et se remémorerait tout, une fois de plus. Elle croisa les bras sur sa poitrine et rit à gorge déployée. Un son incongru, insolite dans cette maison silencieuse.

Sans se départir de son sourire, elle vérifia ses e-mails et fut surprise d'y trouver un mot de Brooks Fordham, le journaliste.

— Salut ! dit-elle en l'ouvrant. Sympa d'avoir de vos nouvelles.

Le message était bref. Juste une ligne : **Et ce dîner que vous m'aviez promis ?** suivi d'un numéro de téléphone avec l'indicatif de New York. Elle alla chercher son téléphone, avide d'entendre le son de sa voix, espérant qu'il s'était bien remis.

Avant qu'elle ait eu le temps de composer son numéro, son mobile sonna. Reconnaissant la sonnerie de Max, elle s'empressa de répondre.

— Salut, toi ! lança-t-elle. J'étais impatiente d'avoir de tes nouvelles.

—'lut, m'man. J'ai eu tes messages.

Sa voix plus profonde, presque adulte la fit tressaillir.

— Je suis coincée par la neige, dit-elle. Je meurs d'envie de te voir, et je ne peux pas.

— Tout le monde est coincé par la neige. C'est génial.

— Une inactivité forcée. Ça fait du bien à tout le monde de temps en temps. Comment vas-tu, Max ? Comment ça se passe à l'école ?

— Ça va.

— Et le hockey ?

— O.K.

— Et la vie en général ?

— Ça va, ça va.

Une nuance d'humour transparaissait dans sa voix.

— Alors, qu'est-ce que tu fabriques, maman ? Daisy m'a dit que tu habitais une maison au bord du lac.

— C'est exact.

— Pour combien de temps ?

Evidemment, il s'imaginait que son séjour était temporaire !

— Pour de bon, répondit-elle.

Et le son de ces mots sortant de sa bouche la choqua. Elle ne faisait jamais rien de façon permanente. Son couple lui-même avait fini par arriver à expiration. Cette pensée la fit tressaillir, comme si elle avait touché un charbon ardent. A un moment donné, il allait falloir qu'elle s'interroge sur ce qui était advenu de son mariage, mais elle n'était pas encore prête. Une seule crise à la fois, n'est-ce pas ce que le Dr Maarten préconisait ?

— Sérieusement ? lança Max. Allons, maman…

— Je suis sérieuse, dit-elle. Et impatiente de te voir. Les routes seront peut-être dégagées demain.

— Qu'est-ce qui se passe ? C'est à cause de ce qui est arrivé à La Haye ? Papa a dit…

— Ton père t'en a parlé ?

Son dos se crispa, comme chaque fois que son ex revenait dans la conversation. L'idée qu'il ait parlé d'*elle* à son fils ne fit qu'ajouter à la tension. Elle en avait discuté elle-même avec ses enfants, alors pourquoi avaient-ils besoin de l'avis de leur père sur la question ?

Elle prit une profonde inspiration, s'obligeant à se détendre.

— Comme je te l'ai dit, Max, j'ai des tas de choses à te raconter. Quel est ton programme demain ? Et le reste de la semaine ?

Pendant qu'il se lançait dans un récapitulatif de sa routine quotidienne, elle prit conscience pour la première fois que c'était elle qui allait devoir s'adapter à son monde, et non pas l'inverse. Cette perspective l'excitait et l'inquiétait en même temps. Elle espérait de tout son cœur qu'elle serait à la hauteur. Il y avait près de vingt ans qu'elle était maman. A présent, plus que jamais, elle allait devoir le prouver.

Plus tard ce soir-là, la neige cessa de tomber. Les chasse-neige n'avaient toujours pas atteint la Lakeshore Road, mais ils s'y attaqueraient cette nuit. Sophie alla dîner chez Noah. Le chiot, tout excité de la voir, dansa de joie en se trémoussant en tous sens.

— Elle a besoin d'un foyer, tu sais ? dit Noah en prenant son manteau.

— Oh ! Serait-ce une suggestion ?

Elle s'était attendue à se sentir mal à l'aise, mais ce ne fut pas du tout le cas. Etant donné ce qu'ils avaient fait ensemble, elle pensait qu'elle aurait de la peine à l'affronter. Elle se sentait délicieusement émoustillée, au contraire. Et… heureuse. Ravie d'être avec lui.

— C'est juste une proposition.

— Je ne suis pas très « chiots », je te l'ai dit. Mais je sais que je manque de crédibilité à tes yeux, maintenant.

— Comment ça ?

— J'avais dit que je ne couchais jamais avec des inconnus et je suis tombée dans tes bras.

Elle rit nerveusement avant d'ajouter :

— Je profite du moment présent. *Carpe diem*, tu vois, dans cet esprit-là.

— Tu as couché avec moi uniquement pour profiter du moment ?

Il marqua un temps d'arrêt.

— Bon, ça y est. On s'est décidés à en parler. Je me demandais s'il fallait aborder le sujet ou non.

— Ce serait bête de l'éviter.

Il hocha la tête.

— J'espérais plutôt recommencer.

— C'est pour ça que nous devons en parler, dit-elle sans pouvoir se retenir, consciente à son grand dam qu'elle n'aurait pas été contre, elle-même.

— Bon, dit-il en l'entraînant vers la cuisine. Allons manger.

Il avait préparé des macaroni au fromage accompagnés d'une salade toute faite.

— La cuisine, ce n'est pas mon fort, dit-il en guise d'explication, sans s'embarrasser d'excuses.

— Je ne suis pas très douée, moi non plus, répondit-elle. C'est le genre de nourriture qui vous tient au corps.

Elle ne put s'empêcher de sourire en voyant Rudy et Opal les regarder manger en suivant leurs moindres gestes. Puis, se rendant compte qu'elle essayait de gagner du temps, elle prit une grande inspiration.

— Ecoute... comme je te l'ai dit tout à l'heure... coucher avec un homme juste un soir, ce n'est pas mon genre.

— Si nous recommençons, ce ne sera plus le cas.

— La question n'est pas là. Nous nous connaissons à peine. On ne sait même pas si on s'apprécie vraiment. A quoi bon commencer quelque chose ?

Il posa deux verres à pied sur le comptoir et entreprit de déboucher une bouteille de vin blanc.

— Ecoute, même si on se connaît depuis peu de temps, je peux t'affirmer sans prendre de risque que tu me plais beaucoup. Et que ce qui s'est passé aujourd'hui me semble logique.

Elle finit d'ouvrir la bouteille et remplit leurs verres pendant qu'il servait le repas.

— Je trouve ton attitude incroyablement prosaïque. Est-ce parce que tu es coutumier du fait ou simplement parce que ta nature te pousse à prendre les choses comme elles viennent ?

— J'opte pour la solution numéro 2.

Il leva son verre dans sa direction avant de boire une gorgée de vin.

— Sérieusement, je ne fais pas ça tout le temps, loin de là.

— De temps en temps ?

— Non. Mais... il y a quelque chose chez toi.

Il était juste fabuleux. Beaucoup trop fabuleux, en fait, pour vivre en célibataire, à l'écart du monde, avec des bêtes, comme le Dr Doolittle.

— Tu as été marié ?

— Non, répondit-il.

— Je trouve ça étonnant. Tu es un type vraiment bien, Noah. Tu dois le savoir.

« Peur de s'engager », pensa-t-elle. Il ne serait pas le premier.

— Je n'ai pas peur de m'engager, maître, dit-il.

Sophie se rendit compte alors qu'elle avait parlé à voix haute.

— Pardonne-moi, dit-elle. Tu dois me trouver indiscrète. Je t'interroge comme l'avocate que je suis, j'en ai peur.

Il croisa les bras sur la table.

— Moi aussi, j'ai envie d'apprendre à te connaître, mais ça me paraît un peu factice de jouer au jeu des vingt questions.

— Que suggères-tu, dans ce cas ?

— Qu'on traîne un peu ensemble. Histoire de voir ce qui se produit.

— C'est que…

Elle s'interrompit, ne sachant pas trop quel argument avancer.

— Je n'ai jamais fait ça. Traîner avec quelqu'un. Je ne suis même pas sûre de savoir comment faire.

Il remplit leurs verres et lui proposa un dessert.

— Des *menthes mystiques*, annonça-t-il en poussant vers elle une boîte d'aspect dangereux.

— Non, merci.

— J'ai une idée. Si on sortait ? On pourrait continuer à parler pendant que je m'occupe du repas ?

Elle contempla leurs assiettes vides.

— On vient de manger là, non ?

— Je veux parler du repas des chevaux ! Il faut que je leur donne à manger.

— Tu as des chevaux ?

— Depuis toujours. Je me suis retrouvé avec plusieurs bêtes que je n'avais pas vraiment l'intention de garder. La plupart ont besoin d'un foyer. Certains ne sont pas faciles à adopter. D'autres, presque tous en fait… enfin, disons que je me suis attaché à eux.

Il rougit, probablement gêné de faire preuve de sentimentalisme.

— Tu montes à cheval ? demanda-t-il.

— Autrefois, oui. Il y a longtemps.

Petite fille, elle adorait les chevaux. Jusqu'à l'âge de dix-sept ans, sa meilleure amie était Misty, une magnifique jument Warmblood qu'elle montait tous les jours, même quand il faisait mauvais. C'étaient sans doute les moments les plus heureux de sa vie, quand elle chassait tout le reste de son esprit. Lorsque Misty était morte, elle avait été inconsolable, au point qu'elle était tombée malade. Ses parents avaient compati, mais ils n'avaient pas compris son attachement à Misty qui n'était après tout « qu'une bête ». Ils lui avaient conseillé d'éviter de nouer de tels liens émotionnels, en soulignant que tout avait une fin dans la vie. Elle avait pris cette leçon à cœur et s'était rabattue sur la natation, un sport solitaire. On prenait des risques en aimant un être mortel dont la pérennité échappait totalement à notre contrôle. Depuis lors, plus jamais elle n'avait approché un cheval ni aucun autre animal.

A son grand soulagement, Noah s'abstint de lui poser de nouvelles questions. Il insista pour qu'elle enfile des gants chauds et la grosse veste de sa sœur, et ils s'aventurèrent dehors alors que le crépuscule cédait le pas à des ténèbres bleutées. C'était l'un de ces exceptionnels soirs d'hiver où le ciel limpide était criblé d'étoiles, la pleine lune inondant le paysage cristallin tel un énorme projecteur céleste. Les reflets de la lumière sur la neige créaient une scène magnifiquement mystérieuse enveloppée dans un épais coussin de silence. Les chiens les avaient suivis, Rudy soulevant des tourbillons de poudreuse tandis que le chiot folâtrait dans son sillage.

En pénétrant dans la grange, Sophie plongea dans une atmosphère chaleureuse qui lui était familière et éveillait en elle des souvenirs lointains, longtemps enfouis, de la petite fille qu'elle était jadis. Elle pensait l'avoir oubliée, cette gamine qui riait aux éclats et rêvassait tout son soûl, qui adorait contempler le monde du haut de sa monture. Elle ne s'attendait pas du tout à cet assaut de nostalgie qui faisait resurgir un passé auquel elle n'avait pas songé depuis des années : un rare bonheur, pur, inconditionnel, et des rêves qui n'appartenaient qu'à elle.

Même le rituel des soins prodigués aux chevaux lui était familier. Ils sortirent leur tête du box, les oreilles dressées, les narines palpitantes, à la perspective de leur repas du soir. Sophie adorait l'odeur du fourrage, le parfum sec du foin et même les relents terreux du crottin qui imprégnaient l'atmosphère de la grange. Elle ôta ses gants pour caresser le long museau d'une jument moustachue, savourant la texture veloutée, toute chaude, sous sa main.

— C'est Alice. Il y a aussi Jemma, Shamrock et Moe. Moe m'appartient depuis des années. Les trois autres, je les ai secourus.

— C'est ton truc à toi : secourir, dit Sophie en souriant.

— J'aurais beaucoup de mal à abandonner un animal. J'ai perdu un cheval, le mois dernier. Il était vieux, et j'ai dû le piquer.

Elle ferma les yeux un bref instant en essayant de s'imaginer l'effet que cela devait faire d'être celui qui se chargeait de l'injection. Elle se rappelait précisément ce qu'elle avait éprouvé en perdant son cheval — comme un marteau de forgeron s'acharnant sur elle jusqu'à ce qu'elle ne sente plus rien. Après cela, son cœur s'était changé peu à peu en pierre.

— Comment peut-on supporter de perdre un animal ?

— Ce serait pire de ne jamais en avoir. J'apprécie les moments que je passe avec eux.

Il souleva une généreuse brassée de foin et la mit dans le box.

— Shamrock est le dernier arrivé. Ses imbéciles de propriétaires étaient incapables de prendre soin d'un cheval.

Il passa au box suivant.

— Jemma a été abandonnée. Elle est trop rétive pour qu'on puisse la faire adopter, ajouta-t-il comme l'animal lui donnait gentiment un coup de tête.

— Elle a l'air heureux, maintenant.

— Il m'a fallu un moment pour lui apprendre à me faire confiance, mais tout ce travail a fini par payer.

— Je suppose que cela fait partie des risques du métier de se retrouver avec des bêtes abandonnées sur les bras, souligna-t-elle.

— C'est l'un des avantages. Même dans les pires cas d'abandon, les choses finissent toujours par s'arranger.

« Es-tu vraiment si fabuleux ? » demanda-t-elle en silence. Peut-être était-elle aveuglée par le fait que, quelques heures plus tôt, il lui avait fait l'amour comme personne. Elle s'activa à côté de lui en prenant son temps, adoptant naturellement le rythme plaisant d'une besogne à accomplir.

— Tu sais y faire, dit-il.

— J'ai eu un cheval, il y a longtemps.

A son grand dam, elle s'aperçut qu'elle était au bord des larmes et parvenait à peine à contenir son émotion.

Noah sifflota jusqu'à ce qu'il ait fini. Quand ils ressortirent, les ombres se dessinaient avec netteté sur les champs de neige. Sophie se sentait bizarrement vulnérable, mais reconnaissante aussi.

— Comment va ton genou ? demanda-t-il.

— Ça va bien. Ce n'était pas grand-chose, et tu as bien pris soin de moi.

— C'est la pleine lune et il n'y a pas un nuage. Si on allait faire une balade à cheval ?

Elle recula d'un pas. L'idée de monter à cheval avec lui une nuit de pleine lune lui semblait trop romantique. Or, elle ne donnait pas dans le romantisme.

— On est en plein hiver.

— Nous n'irons pas très loin.

Il avait déjà commencé à rassembler couvertures, selles et brides.

— Tu me donnes un coup de main ?

— Tu es complètement dingue, tu sais ça ?

Ce qui ne l'empêcha pas d'ouvrir la porte d'un box pour sortir l'une des juments et lui passer un harnais.

Noah lui adressa un sourire juvénile et alla sortir un autre cheval. Une fois de plus, Sophie trouva naturellement une cadence dictée par ses mains et son cœur — couverture, selle, sangle, laisser l'espace adéquat entre le cheval et le cuir. Le harnachement, en pressant légèrement vers le bas pour que l'animal baisse la tête. Glisser la têtière, insérer délicatement le mors. Elle n'en revenait pas que tout lui revienne du simple fait de se retrouver dans cette atmosphère. Chaque soir, après l'école, elle filait à bicyclette dans les rues en pente de son quartier jusqu'à la grange où l'on gardait Misty. Elle adorait prendre soin de son cheval, le nourrir, le brosser, le monter dans le manège, ou bien dans la forêt, sur les pistes cavalières.

— Tu sais vraiment y faire, répéta Noah. J'en conclus que tu minimisais les choses quand tu m'as dit que tu faisais du cheval, autrefois.

— Rien ne comptait plus au monde pour moi que mon cheval.

Elle avait moins de mal à lui parler quand elle se concentrait sur ce qu'elle faisait. La jument, Alice, semblait docile. Elle mordilla un peu le mors avant de l'accepter.

Presque à son insu, Sophie se mit à parler de son enfance à Seattle, des déménagements fréquents à mesure que ses parents s'élevaient dans la hiérarchie sociale. Misty était la seule constante dans son existence. Elle l'avait aimée de tout son cœur. Elle rêvait d'elle, elle inventait des histoires à son sujet, et souriait rien qu'à la pensée d'aller faire une promenade dans l'après-midi.

Noah prit les devants. Ils sortirent à cheval de la grange dans la plus belle nuit d'hiver que Sophie ait jamais vue. En découvrant les amoncellements de neige lisse, sculptés par le clair de lune et les ombres, elle eut le souffle coupé.

— Ça aussi, c'est la première fois pour moi, dit-elle en se tournant vers Noah. Chevaucher la nuit dans toute cette neige.

— Ça va toujours, ton genou ?

— Pas de problème.

Il se dirigea vers un pré immaculé, le cheval creusant un andain dans l'épaisse couche de neige. Sophie pressa ses talons contre les flancs de sa monture et le suivit. Elle éprouva un sursaut d'exaltation pure qui suscita en elle un flot de sensations si intenses que les larmes lui vinrent de nouveau aux yeux. L'air frais sur son visage, la chaleur, la puissance du cheval et ce paysage inouï concouraient à l'envoûter.

Ils montèrent en silence une vaste pente dépouillée. Le souffle des bêtes projetait des nuages de buée, émoussant sa vision du paysage en lui conférant des allures oniriques. Tout en haut du versant, ils s'arrêtèrent pour regarder la ferme en contrebas, la route intacte, les lumières qui scintillaient aux fenêtres des maisons du bord du lac. Sophie se pencha sur le cou de la jument pour se détendre, se laissant aller à éprouver les choses plutôt que de s'inquiéter et de penser à l'avenir.

— Merci, chuchota-t-elle, s'adressant à la fois à Noah et au cheval. C'est magnifique.

— J'ai pensé que ça te plairait.

Elle se demandait quelle distance les séparait de la ville, avec la folle idée d'aller voir Max et Daisy à cheval. Ils penseraient qu'elle avait vraiment perdu la tête.

Sur le chemin du retour, Noah lui montra la meilleure pente de la propriété pour faire de la luge, un bosquet d'érables que Gayle saignait pour faire du sirop, un petit pont enjambant un ruisseau gelé. C'était son monde, celui qu'il avait toujours connu. Un endroit où elle se sentait parfaitement en sécurité, même au lendemain d'une tempête de neige sans précédent. Elle se rendit compte qu'elle était contente d'être coincée par la neige. Contrainte par la nature de ralentir le mouvement, de rester à l'intérieur ou aux abords de la maison. Ce n'était pas si mal, au fond, surtout en compagnie de Noah.

Elle n'aurait jamais dû attendre si longtemps avant de remonter à cheval, mais les leçons du passé avaient laissé une forte empreinte sur elle. Enfant, elle avait donné une trop grande part d'elle-même à ce lien avec son cheval — tel était, en tout cas, le point de vue de ses parents. Ils l'avaient avertie que cela la détournait de choses plus importantes : l'école par exemple, le sport, la musique et les activités extrascolaires dont elle pourrait bénéficier plus tard, quand elle voudrait aller à la fac.

Au fil des années, elle avait appris qu'il y avait différentes sortes de pertes, et que les pires, c'étaient celles qu'on s'infligeait à soi-même. Ses peurs, ses anxiétés et son ambition avaient fini par creuser un fossé entre ses enfants et elle.

Pour l'heure, elle se sentait portée par un solide enthousiasme. Elle était là pour une raison précise : récupérer sa famille. Elle tenait sa chance de reconstruire sa vie. Sa rencontre avec Noah était… un point de départ inattendu. Elle ne savait pas du tout si ça les mènerait quelque part, mais elle se sentait le cœur étonnamment léger tandis qu'ils brossaient les chevaux avant de les raccompagner dans leur box.

En regagnant la maison, elle sentit la main de Noah au creux de son dos. Ils rentrèrent. Elle enleva ses boots et sa grosse veste. En un clin d'œil, il la plaqua contre la porte du placard, et elle savoura ses lèvres jusqu'à la soumission. Elle ne proféra pas un mot, pas même quand elle en eut l'occasion. Et à cet instant, après une infime hésitation, elle fut perdue, et sans qu'elle dise quoi que ce soit, il le comprit. Il l'attira contre lui et lui donna un autre baiser qui eut raison du peu de réticence qu'il lui restait. Quand ils reprirent leur souffle, elle ne put s'empêcher de murmurer : « Je ne suis pas venue pour ça », répétant mot pour mot ce qu'il lui avait dit plus tôt.

— Et je ne te laisserai pas repartir sans te l'avoir donné, répondit-il avant de s'emparer de nouveau de sa bouche.

Le lendemain matin, Sophie se réveilla seule — pas de Noah ni de petit chien. Elle se crispa, se préparant à la terreur qui l'envahissait immanquablement après une nuit de cauchemars. Puis elle ouvrit les yeux, incrédule. Aucun de ces sempiternels cauchemars pareils à des toiles d'araignées dont elle n'arrivait pas à se défaire. C'était exceptionnel, à moins qu'elle n'ait franchi une étape.

Elle se leva et, presque sans réfléchir, s'empara d'une chemise à carreaux et l'enfila. Elle se sentit mieux instantanément. Le tissu assoupli par l'usage avait conservé l'odeur de Noah. En serrant le vêtement contre elle, elle alla dans la salle de bains pour se préparer. Tout allait décidément un peu trop vite. Elle ne pouvait pas continuer à se retrouver dans le lit de Noah Shepherd pour l'unique raison qu'ils étaient coincés par la neige. Ni parce que c'était ce que réclamait chaque cellule de son corps. Elle faisait preuve d'un comportement impulsif, trop indulgent envers elle-même, et il fallait qu'elle se reprenne en main. Pourtant, elle avait pris une décision, non? Paradoxalement, c'était le seul élément qu'elle cédait volontiers à Noah : le contrôle. Avec lui, elle arrivait à vivre l'instant, à s'immerger totalement dans la sensation comme jamais auparavant. C'était de la folie, en un sens, ce qui n'empêchait pas Noah de se comporter comme si c'était la chose la plus naturelle du monde. Peut-être était-ce le cas pour lui.

Elle prit une bonne douche, puis descendit, mue par un regain de détermination. Il ne neigeait plus. La route était probablement rouverte. Il fallait que la vie reprenne son cours, qu'elle se concentre sur ses enfants et sur son rôle de mère. A partir de maintenant.

Elle jeta un coup d'œil au petit secrétaire près de la fenêtre. Il y avait une pile de feuilles vierges et toute une sélection de stylos. Du coup, elle se rappela le conseil que le Dr Maarten lui avait donné. Elle était censée consigner ses souvenirs et ses pensées afin de s'en libérer. De les évacuer.

« Je n'ai rien à évacuer », avait-elle dit au médecin. Elle avait réussi à le lui dire sans se démonter. Et il avait eu la bonté de ne pas éclater de rire. Finalement, elle avait trouvé l'apaisement — en faisant l'amour avec un inconnu. Un acte insensé qui avait restauré sa santé mentale.

« Bornez-vous à prendre quelques notes chaque jour, peu importe la longueur. Une conversation que vous auriez aimé avoir avec vos ravisseurs. Ce que vous auriez voulu dire à un proche, sans jamais l'avoir fait. »

Ce n'était pas rien ! Cent années d'écriture n'y suffiraient pas. Elle regrettait de ne pas avoir été plus franche avec ses parents quand elle était jeune — elle redoutait par-dessus tout de les décevoir. Elle aurait voulu avoir un millier de conversations honnêtes avec Greg. Cela aurait peut-être évité à leur mariage de dérailler. Elle aurait voulu arriver à faire comprendre à ses enfants pourquoi elle avait laissé sa vie professionnelle l'éloigner d'eux. Quant à ses ravisseurs… Seigneur ! Elle était incapable d'écrire tout ce qu'elle aurait voulu leur dire.

Elle décida de se lancer. Elle prit une feuille et écrivit : « Cher papa ». Et puis, rien. Elle fut confrontée au même dilemme après avoir gribouillé : « Cher Greg ». Et puis « Chers Daisy et Max… » Elle se demandait ce que penseraient ses enfants s'ils apprenaient la manière dont elle avait passé le temps en attendant la fin de la tempête. Elle espérait qu'ils ne le sauraient jamais. Au final, elle dressa une liste des choses qu'elle avait l'intention de faire pour ses enfants. Aller aux matchs de hockey de Max. Aider Daisy à faire un livre de bébé pour Charlie. Dresser un compte rendu de ses progrès. Apprendre à confectionner des biscuits.

C'était un début. Elle plia la feuille et la glissa dans sa poche. Attirée par des arômes de café, elle se rendit dans la cuisine où elle trouva les vestiges d'un petit déjeuner avalé de bonne heure : un bol de céréales dans l'évier. Des Cocoa Puffs. Berk ! A en juger d'après les traces dans la neige, Noah était sorti avec les chiens. Elle se servit une tasse de café avec l'espoir qu'il serait bientôt de retour afin qu'elle puisse lui expliquer que… ce qui se passait entre eux n'était peut-être pas une bonne idée. Quoique…

« Dommage », pensa-t-elle. Ce n'était peut-être pas une bonne idée, mais c'était absolument merveilleux. Elle soupira en croisant les bras sur sa poitrine, emporta sa tasse dans le séjour, après quoi elle ajouta quelques éléments supplémentaires à sa liste.

Par la fenêtre, elle aperçut un petit groupe de parents avec leurs enfants à l'arrêt de bus. La chaussée avait été déblayée et sablée. « Génial ! pensa-t-elle. Je vais enfin pouvoir voir Daisy et Max. »

La vie continuait son cours. Une maman était en train de tresser les cheveux de sa fille. Les autres bavardaient un peu à l'écart pendant que leurs enfants couraient autour de l'Abribus. Un instant plus tard, un car de ramassage scolaire noir et jaune surgit à un virage, un peu plus haut sur la route, et s'immobilisa dans un grincement de pneus. Les enfants montèrent dans une grande bousculade. En regardant la volée de baisers qui suivit, Sophie fut assaillie d'émotions profondes, brutes. C'était un moment tout simple, banal, mais pour Sophie, il s'agissait d'un événement rare, tellement spécial.

Noah entra dans la pièce et l'embrassa dans le cou à la faire fondre. Il sentait l'air frais, la neige, le bois.

— C'est le bus que je prenais quand j'étais gosse, dit-il.

Elle essaya d'imaginer ce que ça devait être de vivre toute sa vie au même endroit.

— Ta maman t'accompagnait à l'arrêt du bus ?

— Non. Elle avait trop de travail. Mais ma grand-mère, elle, était toujours là.

— Je vois. Eh bien…

Elle regarda le bus prendre un autre tournant, son large flanc jaune s'approchant dangereusement de la glissière de sécurité. Elle se crispa, revivant mentalement l'instant effroyable où la camionnette avait basculé. Puis elle chassa cette pensée de son esprit, et se détendit en se laissant aller contre Noah tandis que le bus s'éloignait en haletant dans un nuage de gaz d'échappement.

Elle se demanda alors si Noah aimait les enfants. Mais c'était une question beaucoup trop personnelle, en dépit de l'intimité qu'ils avaient connue la nuit précédente. Sans compter que c'étaient des propos suspects : *Aimes-tu les enfants ?* était à l'évidence une manière de demander : *Es-tu un bon parti si j'ai l'intention de fonder une famille ?*

Ce n'était pas le genre de question que l'on posait à un homme, même s'il vous avait secourue. Même s'il vous envoyait au septième ciel !

— Je te trouve bien silencieuse, dit-il. A quoi penses-tu ?

Comme si elle allait le lui dire ! N'empêche que l'envie de parler la démangeait.

— En voyant ça…, commença-t-elle, désignant la route où les parents regagnaient leurs maisons, je me sens coupable. Je n'ai jamais fait ça pour mes enfants : jamais je n'ai attendu le bus de l'école avec eux.

— La plupart des tueurs en série diraient la même chose.

— Je suis sérieuse, Noah. Je dois répondre de tout un tas de choses. Le divorce — j'ai très mal géré les choses. Les enfants ne sont-ils pas censés vivre avec leur mère après une séparation ?

— Ce n'est pas systématique. Chaque famille est différente. Je suis sûr que tu as fait pour le mieux, compte tenu des circonstances.

— C'est intéressant, parce que moi, je n'en suis pas du tout sûre.

— Comment va ton genou, aujourd'hui ? J'espère que tu n'en as pas trop fait, hier soir.

Il lui fallut un moment pour réaliser qu'il faisait allusion à la promenade à cheval et non à leurs ébats. D'accord, pensa-t-elle. Il n'avait pas envie de parler de ses enfants. Evidemment. Et elle le comprenait très bien.

— Pas de souci. J'ai rendez-vous chez le médecin, cet après-midi.

Elle avait trouvé un certain Dr Cheryl Petrowski dans l'annuaire, et elle l'avait appelé sur une impulsion.

Noah se remit à l'embrasser dans le cou.

— On a toute la matinée, alors…

Elle était à deux doigts de succomber. Avec lui, cela semblait parfaitement naturel

— Tu es en train de faire de moi une vraie dévergondée.

— C'est l'effet que ça fait d'être coincée par la neige.

En gémissant, elle s'arracha à lui.

— Il faut que je m'active. Je vais enfin voir mes enfants, aujourd'hui. En outre, je dois me débarrasser de la voiture et en louer une autre. Je pensais à un monospace.

Si elle avait l'intention de se comporter enfin comme une maman, autant conduire une voiture de maman.

— Assure-toi qu'on te donne des pneus neige et que ce soit un véhicule à quatre roues motrices.

— Entendu.

Tout à coup, ses projets devenaient réalité, et elle sentit la nervosité monter en elle. « Ça va marcher », se dit-elle. Il y avait juste quelques obstacles à franchir : le scepticisme de ses enfants, par exemple. Sans parler du fait qu'elle n'avait pas vraiment fait part de ses intentions à son ex-mari.

13

— Tu as l'intention de faire quoi ? s'exclama Greg Bellamy, les sourcils froncés, en prenant le manteau de Sophie. Allons, Soph ! Reviens un peu en arrière, tu veux ? Reprenons les choses par le menu.

Sophie se trouvait en compagnie de son ex-mari, dans le vestibule de sa maison, une maison où elle était étrangère. Il avait toutes les raisons de se méfier de ses motivations et de ses actes. Elle avait été une épouse et une mère exécrables. Il était normal qu'il doute d'elle, à présent.

— Pouvons-nous nous asseoir ? demanda-t-elle d'un ton égal. Je vais essayer de t'expliquer.

Elle n'était pas sûre d'être en mesure de lui fournir une explication raisonnable des mobiles qui l'avaient incitée à revenir à Avalon, mais elle allait essayer.

Il désigna le salon meublé à l'ancienne.

— Assieds-toi.

Il n'avait pas dit *Mets-toi à l'aise*, mais elle ne pouvait pas en demander autant, bien sûr. Elle ne le souhaitait pas vraiment non plus. Ils avaient eu d'excellentes raisons de se séparer. Une multitude de raisons. A l'époque où ils étaient mariés, ils étaient tellement occupés à gérer leurs carrières qu'ils en avaient oublié de prendre soin l'un de l'autre, si bien que leur couple avait succombé à une mort lente. Ils n'avaient rien de ces nostalgiques des séries télévisées qui s'entendent à merveille et échangent leur progéniture comme s'il s'agissait des clés d'une voiture pour laquelle ils partageraient le même amour.

Elle prit place dans une bergère et passa en revue le décor qui l'entourait avec une certaine fascination. Greg s'était réinventé et avait reconstruit sa vie à partir de rien. Sophie ne connaissait aucun des objets qui composaient ce décor, des gros fauteuils rembourrés à la coupelle remplie de Jelly Bellies posée sur la table basse.

Lorsque Greg avait déménagé à Avalon, elle s'était dit qu'il perdait la tête. Il avait vendu son cabinet d'architecture à Manhattan pour venir s'installer dans cette bourgade située au nord de l'Etat de New York où il avait passé les étés de son enfance. Il avait acheté un vieil hôtel au bord du lac, l'auberge du lac des Saules, et il venait d'épouser une femme qui semblait être aux antipodes de sa première épouse. Ils vivaient sur la propriété, dans une grande maison carrée de style néogothique, meublée d'un mélange éclectique de meubles anciens et d'autres contemporains.

La pièce où elle se trouvait était confortable et chaleureuse comme leur ancien appartement ne l'avait jamais été. Il y régnait une ambiance décontractée, douillette, et en dépit de ses différences avec Greg, Sophie était contente que Max vive là.

Sur une desserte étroite contre un mur, elle aperçut toute une galerie de portraits de Daisy et Max à différents âges. Il y avait aussi des photographies de Sonnet Romano, la fille de Nina, qui faisait maintenant ses études à l'American University.

Greg s'était ainsi retrouvé avec un autre enfant. Même si Sonnet habitait ailleurs, elle faisait partie intégrante de la vie de Daisy et de Max. Ils s'entendaient sans doute à merveille, tous les trois. Du moins, pour le moment…

Soudain, assise là, Sophie se rendit compte à quel point elle était déconnectée.

Elle reconnut quelques photos datant de l'été dernier prises lors des noces d'Olivia Bellamy, la nièce de Greg, au camp Kioga, une résidence rustique appartenant à la famille, qui se situait au nord du lac.

Il y avait aussi un collage de clichés tout récents. Sophie ne put s'empêcher de les examiner. Elle était fascinée. C'étaient des photos du mariage de Greg qui avait eu lieu le jour de l'Epiphanie. Sophie avait désormais deux raisons de vouloir oublier cette nuit.

Elle ressentit une violente douleur. Elle savait que Greg était tombé amoureux de Nina Romano, une jeune maman célibataire dont la fille était déjà grande. Elle savait aussi qu'il l'avait épousée lors d'une petite cérémonie toute simple sur une plage de l'île de Sainte-Croix.

Elle pensait avoir digéré tout ça. Mais en regardant les visages souriants de ses enfants, de son ex-mari, de ses ex-beaux-parents, dont elle portait toujours le nom, elle se rendit compte que ce n'était pas du tout le cas. Elle était bouleversée. Non pas parce qu'elle regrettait de ne plus être la femme de Greg. Doux Jésus, non ! Ni parce qu'elle était contrariée de le voir heureux. Ce qui lui déchirait le cœur, c'était de penser que les Bellamy avaient jadis été témoins de son propre mariage. Elle avait le sentiment qu'on se passait d'elle sans problème. Elle serra les dents pour ne pas perdre les pédales. Elle avait pris une décision des années plus tôt, et elle avait appris à en subir les conséquences.

Elle concentra son attention sur une photo de groupe représentant les Bellamy et les Romano qu'elle ne connaissait pas du tout. Tout le monde avait l'air heureux sur cette plage de sable blanc avec le bleu intense de la mer des Caraïbes en toile de fond.

Nina était née à Avalon où elle avait grandi et où elle avait même exercé les fonctions de maire, à une époque. Sophie, pour sa part, avait vécu toute sa jeunesse entre deux villes vibrantes d'énergie : Seattle et Vancouver. Nina avait une immense famille composée de plusieurs dizaines de personnes, alors que Sophie était fille unique, si bien que tout le fardeau des attentes de ses parents reposait sur ses épaules. Nina était brune, le teint olivâtre, intense, petite, toute en courbes et encline à exprimer librement ses émotions comme toute Américaine de souche italienne. Sophie était blonde, grande et mince, et si réservée qu'elle frustrait jusqu'à son thérapeute. Nina était décontractée et à l'aise en toutes circonstances. Elle s'était mariée en tongs — Sophie n'en avait jamais porté de sa vie. Ces photos étaient la preuve en Technicolor qu'elle n'avait jamais convenu le moins du monde à Greg.

En l'entendant revenir dans le salon, elle se détourna à la hâte.

— Félicitations pour ton mariage, dit-elle. J'aurais dû te le dire avant.

— Merci, répondit-il, manifestement mal à l'aise.

Comme elle, il ne savait pas trop comment se comporter en pareille situation.

En l'observant attentivement, elle remarqua qu'il avait gardé le bronzage de son voyage de noces aux Caraïbes. Cela lui allait à merveille. Son regard fut attiré par ses mains. C'était étrange de penser que lorsqu'on avait vraiment connu intimement un homme, on connaissait aussi ses mains dans les moindres détails — leur forme, leur texture, les ongles, les plis de la paume. Elle ne se souvenait plus guère de celles de Greg, ce qui était bon signe. Elle s'aperçut qu'elle fixait obstinément son alliance, un large anneau en or, d'une beauté brute. Rien à voir avec la bague Tiffany toute mince qu'il portait lorsqu'il était marié avec elle. Ces deux alliances étaient aussi distinctes l'une de l'autre que… Nina et elle-même. Ce qui était sans doute une bonne chose.

Concentre-toi, se dit-elle.

C'était facile de se laisser distraire par le fait que son ex s'était remarié et nageait dans le bonheur, un bonheur qu'il n'avait jamais connu lorsqu'ils étaient ensemble.

— Nous nous sommes fait un sang d'encre pour toi, disait Greg. Cela te ressemble si peu de fuir une situation. J'ai lu les rapports publiés sur les événements qui se sont produits à La Haye. Ça a dû être terrible, vraiment terrible.

— Effectivement, ça a été difficile. Je ne vais pas te mentir. Je suis sûre que ça me hantera jusqu'à la fin de mes jours. Mais je n'ai pas été blessée et je suis prête à reprendre le cours de ma vie.

— Tu es sûre que ça va ?

Comment aurait-elle pu aller bien après ce qu'elle avait fait ?

— A cent pour cent, répondit-elle en le regardant dans les yeux.

— Dans ce cas, que fais-tu ici, Sophie ?

Malgré la douceur de sa voix, cette question déstabilisa Sophie. Elle aurait dû s'y attendre, pourtant. Il pensait, bien sûr, qu'elle était venue parce qu'elle n'avait pas d'autre solution. Il n'avait pas la moindre idée de ce qu'elle avait sacrifié pour prendre le chemin d'Avalon.

— Je suis ici pour Max, Daisy et le bébé, répondit-elle calmement. C'est vrai, l'incident au Palais de la Paix a été une sorte d'avertissement, mais si je suis là, c'est à cause des enfants, et non pour moi.

C'était peu de le dire. Pour quelle autre raison serait-elle venue s'installer dans une ville où chacun prononçait avec déférence le nom de son ex-mari, où sa nouvelle femme, ancien maire, était connue et aimée de tous ? S'imaginait-il que c'était une partie de plaisir pour elle ?

— Cela me semble raisonnable, dit Greg, mais pour combien de temps ?

Là encore, elle se rappela qu'il se souciait avant tout de ses enfants.

— Je comprends que tu me poses la question, dit-elle. Depuis la plus tendre enfance de Max et Daisy, j'ai fait la navette entre eux et mon travail. C'est différent, cette fois, Greg. Je suis ici pour de bon.

Il la dévisagea un long moment. Il y avait des choses chez elle qu'il connaissait mieux que quiconque, et vice versa. Mariés ridiculement jeunes, il n'y avait rien d'étonnant à ce qu'ils aient fini par divorcer. Le plus surprenant, c'est qu'ils soient restés ensemble aussi longtemps. Sophie attribuait cela à leur opiniâtreté et à leur engagement vis-à-vis de leurs enfants.

Elle remua, mal à l'aise sous son regard appuyé.

— Qu'est-ce qu'il y a ? lui demanda-t-elle finalement.

— Je te trouve… différente, dit-il au bout d'un moment. Nettement moins tendue.

C'était le résultat d'une folle nuit d'amour, pensa-t-elle.

— Je ne voulais pas te faire rougir, dit Greg.

Elle agita nonchalamment la main en se rappelant qu'elle ne devait pas monter sur ses grands chevaux.

— Ça n'a rien à voir avec toi, répliqua-t-elle.

Et c'était la pure vérité.

— Ecoute, Greg, ça ne va sans doute pas être facile, mais j'ai l'intention de me consacrer aux enfants.

— Tu passes du statut d'avocate internationale à celui de maman gâteau, comme ça, en un clin d'œil.

— Tu n'y crois pas ?

Elle ne se faisait pas entièrement confiance, elle non plus, mais ça ne l'empêcherait pas d'essayer.

— J'avoue que j'ai un peu de mal à te voir dans ce rôle. Et je ne veux pas que les enfants souffrent.

« Alors, pourquoi ne t'es-tu pas donné davantage de mal pour que notre couple marche ? » faillit-elle lui demander. Mais cela aurait été injuste. Ils avaient fait de leur mieux, et, au final, ils avaient dû s'avouer vaincus.

— Je ne suis pas ici pour leur faire du mal.

— Je sais.

Même s'il abondait dans son sens, elle perçut ce qu'il s'abstint de dire à haute voix : « Tu ne peux pas t'empêcher de leur faire du mal. »

Elle lui expliqua aussi objectivement que possible qu'elle avait l'intention de lever le pied quelque temps. Les Wilson lui avaient proposé de rester aussi longtemps qu'elle le désirait car ils venaient rarement à la maison du lac avant début juillet. De toute façon, elle prévoyait de trouver un appartement bien avant. Elle pouvait toujours exercer son métier d'avocat à New York. Elle finirait peut-être par travailler pour un cabinet en qualité de conseillère, à raison de deux ou trois jours par semaine.

Peut-être faisait-elle preuve d'un excès d'optimisme. Ce ne serait sans doute pas une mince affaire de gagner la confiance des habitants d'Avalon dans la mesure où elle était l'ex-femme de Greg Bellamy. Néanmoins, elle était déterminée à tenter le coup. Elle participerait au covoiturage, elle assisterait aux manifestations sportives, elle irait aux rendez-vous chez le médecin, aux réunions de parents d'élèves. Elle organiserait des anniversaires, elle rirait des blagues scatos de Max, elle serait attentive aux espoirs et aux craintes de Daisy. Sa vie serait aux antipodes de celle qu'elle menait auparavant.

Greg l'écouta sans faire de commentaire et sans que son visage n'exprime quoi que ce soit. Quand elle se tut, il se leva et s'approcha du bureau. Puis il revint avec un calendrier couvert d'une écriture inconnue. Celle de Nina, très certainement.

— C'est l'emploi du temps de Max, dit Greg.

Un téléphone sonna quelque part dans la maison.

— Jette un coup d'œil. Il faut que j'aille répondre.

Jadis, Sophie avait toute une équipe pour s'occuper de choses comme les calendriers, les emplois du temps. Elle devait se débrouiller seule, à présent. C'était tout nouveau pour elle et cette responsabilité la rendait quelque peu nerveuse. Elle ne pouvait pas se permettre d'oublier quoi que ce soit.

Elle sortit son agenda électronique et étudia l'écran. En faisant défiler des briefings, des audiences, des réunions au tribunal auxquels elle n'assisterait pas, elle ne put s'empêcher d'avoir un pincement au cœur.

« Cesse de faire des comparaisons, se dit-elle. Il n'y a pas de commune mesure entre un match de hockey de ton fils et une entrevue avec le président de la Cour pénale internationale. Ce sont deux choses totalement différentes. »

Le calendrier lui donnait un aperçu d'un programme familial chargé. Il se passait des tas de choses dans la vie de Max — les entraînements de hockey, le snowboard le week-end, les rendez-vous chez l'orthodontiste.

— L'orthodontiste ? marmonna-t-elle.

— Il vient de commencer des séances avec le Dr Rencher, dit Greg en revenant dans la pièce.

Son fils allait chez l'orthodontiste et elle n'était même pas au courant.

— Va-t-il avoir un appareil ?

— Soph, il en a déjà un.

— Il ne m'a rien dit. Et toi non plus. Comment est-il possible que mon fils ait un appareil dentaire sans que je le sache ?

Greg avait dû percevoir la souffrance dans sa voix.

— C'est bon signe, répondit-il avec douceur. Ça prouve qu'il n'en fait pas toute une affaire, et c'est ce que nous voulons. Il ne l'a que depuis quelques semaines et ça n'a pas l'air de le gêner. Tu n'auras qu'à l'emmener au rendez-vous du mois prochain et tu verras ce que dit le Dr Rencher.

Elle hocha la tête, puis inscrivit le rendez-vous dans son agenda. A elle de se débrouiller, maintenant.

En plus de l'orthodontiste et de l'entraînement de hockey, Max avait plusieurs invitations à des anniversaires, un match hebdomadaire contre une autre équipe, un voyage d'école au panthéon du base-ball à Copperstown, une sortie à West Point avec les boy-scouts et…

— Des leçons de batterie ?

— A la place du piano.

— Et tu l'as laissé faire ?

Elle commençait déjà à entrevoir les prises de bec qu'elle risquait d'avoir avec Greg.

— C'est à lui de décider, Sophie.

— Il n'a que douze ans. Il ne se rend pas compte qu'il est important de savoir jouer du piano.

Des années plus tôt, elle avait lu quelque part qu'une formation musicale était essentielle au développement intellectuel d'un enfant. Elle avait fait prendre des cours de piano à Daisy et à Max. Le gamin était particulièrement doué ; il avait remporté plusieurs prix.

— Tu veux vraiment qu'on se dispute à ce sujet ? demanda Greg.

— Je… non.

Elle décida d'abandonner la partie et observa Greg. Quand elle interrogeait un témoin, elle arrivait généralement à deviner ce qu'il pensait. Avec Greg, elle était dans le flou total. Lui tenait-il tête parce qu'il lui en voulait d'être une mère absente ou parce qu'il se rendait compte qu'ils avaient des tas de sujets de discorde ? Elle n'aurait pas su le dire.

En tout cas, elle refusait de retomber dans le mode de fonctionnement qu'ils avaient jadis, lorsque les querelles s'enchaînaient systématiquement jusqu'à ce qu'ils se retrouvent empêtrés tous les deux dans un réseau de conflits inextricables.

— J'ai vraiment l'intention de m'en tenir à ce projet, dit-elle en posant le calendrier. Il est hors de question que je me défile dans quelques mois.

— Garde bien à l'esprit que mon principal souci, c'est Max. Et non cette révélation soudaine qui t'incite à vouloir être maman à plein temps.

— Je comprends, dit-elle en serrant les dents, s'interdisant de riposter.

Pourquoi refusait-il d'admettre qu'elle ait pu faire des choses bien dans le passé ou qu'elle puisse être motivée par des objectifs nobles ?

— Il y a une chose que je voudrais que tu gardes toi-même à l'esprit, Greg. Nos enfants ont suffisamment souffert à cause de moi, à cause de nous. Sache que j'ai la ferme intention de me consacrer à eux, maintenant, en espérant de tout mon cœur qu'il n'est pas trop tard.

Un son leur parvint de la cuisine et Sophie se sentit envahie par une onde de chaleur à la pensée que Max était rentré. Elle se tourna vers la porte, impatiente de le prendre dans ses bras.

A la place de Max, un petit tourbillon à la tignasse foncée fit irruption dans la pièce. Sophie se figea, clouée sur place.

— Nina.

Un sourire illumina spontanément son visage tandis qu'elle ôtait son bonnet de laine.

— Bonjour, Sophie.

Ce sourire radieux parut animer Greg qui alla prendre sa parka : une chose rouge et informe. En la débarrassant de son vêtement, il se débrouilla pour l'embrasser et lui presser l'épaule en même temps.

Sophie se demanda s'il l'avait jamais regardée comme il venait de regarder Nina. Elle en doutait.

— Je suis venue voir Max, dit-elle. Désolée d'être arrivée trop tôt.

— Il devrait rentrer d'un instant à l'autre, répondit Nina. Il va être très content de te voir. Puis-je te servir quelque chose à boire ? Un thé, un café ?

— Non, merci.

Ils bavardèrent un peu tous les trois, au sujet de Max principalement. Greg et Nina géraient une auberge. Des experts de l'hospitalité. Quant à Sophie, c'était une diplomate chevronnée. La conversation se passa donc sans heurts, même si elle ne fut guère profonde. Greg et elle s'étaient montrés aussi courtois que possible l'un envers l'autre tout au long du divorce. S'agissant des enfants, ils s'étaient mis d'accord pour ne pas rivaliser et ne pas chercher à surpasser l'autre.

Greg alla pendre la parka de Nina, les laissant seules en tête à tête. Surtout, ne pas oublier les bonnes manières, se rappela Sophie. Première ligne de défense d'un diplomate. En toute honnêteté, ce n'était pas si difficile d'être aimable avec Nina. Elle avait une qualité qui comptait plus que tout aux yeux de Sophie : elle aimait sincèrement Max.

« Mon fils a une belle-mère », se répéta-t-elle.

— Félicitations, Nina ! Je viens de jeter un coup d'œil à vos photos de mariage.

— Merci, Sophie. Tout s'est fait en un éclair. On a eu quelques semaines à peine pour s'organiser. Sainte-Croix était magnifique.

Nina avait l'air bien dans sa peau. Max et Daisy affirmaient tous les deux qu'ils l'aimaient beaucoup. Sophie ne pouvait les blâmer. Elle était très chaleureuse.

Sophie ne pouvait pas en dire autant, elle le savait.

— Maman !

Max venait de faire irruption dans la pièce.

Elle oublia tout en se précipitant pour aller serrer son fils dans ses bras. En le sentant contre elle, elle eut du mal à réprimer ses larmes. Elle était toujours heureuse de le voir, mais après ce qu'elle avait vécu, elle était encore plus consciente de l'amour infini qu'elle lui portait. Il sentait l'air frais, et ses bras qui l'étreignaient étaient puissants. Et il était…

— Laisse-moi te regarder, dit-elle en prenant un peu de recul. C'est fou ce que tu as grandi !

Ils étaient presque de la même taille. Qu'est-ce que Nina lui donnait donc à manger ?

Il la gratifia d'un immense sourire, et elle put admirer son appareil dentaire flambant neuf — deux bandes de couleur vive sur ses dents d'en haut. Elle s'abstint de tout commentaire, de peur qu'il soit gêné.

Il n'avait aucune raison de l'être, cela dit. Il était incroyablement beau. Il alliait les traits forts et réguliers de son père et la blondeur nordique propre aux Lindstrom.

— J'ai pensé qu'on pourrait aller voir Daisy et Charlie, dit-elle. Si ça ne pose pas de problème.

— D'accord, répondit Max en se tournant vers Nina. J'ai des devoirs de maths et d'anglais. Mais l'anglais, c'est pour mercredi.

Nina veillait à l'exécution des devoirs, pensa Sophie.

— J'aimerais les emmener dîner quelque part, ajouta-t-elle. On ne rentrera pas tard.

Voilà. Elle n'avait pas demandé la permission. Elle tenait juste Nina au courant.

— Je trouve que c'est une bonne idée, dit la jeune femme.

— Hé, papa ! hurla Max d'une voix si forte que Sophie tressaillit. On va chez Daisy, d'accord ?

— A tout à l'heure, fiston ! répondit Greg en les rejoignant dans la pièce. Sois prudente sur la route, Sophie.

— Je le suis toujours, répondit-elle en se faisant violence pour ne pas courir jusqu'à la voiture.

14

Daisy était contente d'avoir sa propre maison. Après la naissance du bébé, elle avait habité chez son père, étant entendu que la situation serait temporaire. Elle était impatiente de vivre sa vie, même si elle se rendait bien compte que ce ne serait pas facile. Elle n'était pas totalement démunie puisqu'elle bénéficiait d'un compte en fidéicommis grâce à ses grands-parents qui avaient ouvert le même genre de compte pour tous leurs petits-enfants. Elle avait eu accès au sien à la naissance de Charlie. Si cette réserve d'argent ne faisait pas d'elle une Paris Hilton, elle lui donnait la liberté de concentrer toute son attention sur son fils et sur son éducation.

Sa demeure à la lisière de la ville n'avait rien de luxueux, mais la rue était bordée d'arbres et il y avait un petit square au bout où Charlie pourrait jouer quand il serait un peu plus grand. Les pièces étaient petites, mais Daisy adorait la maison parce qu'elle était à elle. En attendant, sa mère allait débarquer d'une minute à l'autre, et Daisy était en pleine crise de confiance. Soudain, ces pièces confortables lui paraissaient étriquées et sinistres. Le décor éclectique — vestiges des travaux de rénovation de l'auberge du lac des Saules, dans une large mesure — lui faisait l'effet d'un vide-greniers. Elle ne voyait plus que les assiettes dans l'évier, les moutons par terre, la pile de vêtements d'hiver et d'équipement pour bébé dans l'entrée. Sans perdre de vue la pendule, elle se mit en devoir de ranger, tapotant les coussins et fourrant à la hâte le linge plié dans le placard.

Sa mère avait annoncé qu'elle viendrait avec Max après l'école ; sa visite n'avait donc rien d'une surprise. Daisy avait eu tout le temps de s'y préparer. Alors, pourquoi se retrouvait-elle à cet instant dans une maison jonchée de jouets, de magazines et d'échantillonnages de ses projets en cours ? Comment était-il possible qu'elle ait encore sur le dos son vieux sweat à capuche ?

Elle alla jeter un coup d'œil dans la chambre où le petit dormait dans son berceau, installé dans une alcôve à quelques pas du lit de sa mère. Apercevant un gros sac de couches qui traînait sur le lit, elle s'en empara et le fourra dans un tiroir de la commode. Charlie choisit ce moment-là pour se réveiller et se manifester par un gémissement vaguement grincheux.

— Salut, toi ! dit-elle en se penchant sur le berceau.

Cela lui valut un sourire qui avait plus de pouvoir que le lever du soleil.

Il agita les jambes et tendit les bras vers sa mère. Elle le souleva — il était trempé, bien sûr — et entreprit de le changer. Il fallait lui ôter sa grenouillère extensible et sa lourde couche, le nettoyer de la proue à la poupe avec des lingettes, lui remettre une couche propre et une salopette. Elle choisit celle, toute duveteuse, que sa mère lui avait offerte à Noël. Ça lui ferait plaisir. Suffisamment peut-être pour éviter qu'elle critique tout.

Sa mère lui avait toujours donné la sensation d'être une perdante. Elle ne le faisait pas exprès, non, mais elle était elle-même tellement parfaite que c'en était intolérable.

Elle avait l'air d'une actrice sortie tout droit d'un film en noir et blanc : la classe et l'élégance incarnées. Etudiante modèle, elle était devenue une avocate modèle. A l'université, elle avait participé à des championnats nationaux de natation d'endurance ; il lui arrivait encore de prendre part à des compétitions de haut niveau au cours desquelles elle battait systématiquement tous ceux de son âge. Sa carrière lui permettait d'accomplir de grandes choses aptes à changer le monde.

Daisy se sentait minable à côté d'elle. Sans même que sa mère ait besoin d'ouvrir la bouche.

En entendant des claquements de portières, elle se précipita à la porte. Il y avait un miroir au-dessus de la console de l'entrée. Elle s'arrêta pour jeter un coup d'œil à ses cheveux — et puis flûte ! — et leur ouvrit, un sourire hésitant sur les lèvres, avec un bébé à peine réveillé dans le creux de son bras.

— Bonjour, ma chérie ! lança sa mère en entrant, suivie de Max.

Dès l'instant où Sophie mit un pied à l'intérieur, la maison parut plus sombre et plus décrépite. Daisy espérait que c'était son imagination qui lui jouait un tour.

Elles s'embrassèrent. Sophie étreignit en même temps sa fille et son petit-fils. L'espace de quelques secondes, Daisy n'éprouva plus qu'un contentement qui faisait chaud au cœur.

— Tu m'as manqué, maman, dit-elle.

— Vous aussi vous m'avez manqué, tous les trois. C'en était insupportable.

— Tu pleures, maman ? s'exclama Daisy, sidérée.

Sophie hocha la tête en contemplant le visage de Charlie.

— Ça fait tellement de bien de vous retrouver tous !

Daisy et Max échangèrent un regard. Daisy se dit que son frère avait l'air de ne rien comprendre, comme d'habitude. Elle recula un peu pour examiner ce visage de star. C'était tellement inattendu. Sa mère ne pleurait jamais.

— Quelque chose ne va pas, maman…

— Pas maintenant, murmura-t-elle.

En d'autres termes : jamais. Daisy connaissait cette tactique par cœur. Elle décida de ne pas insister.

— Pour le moment, je voudrais prendre mon petit-fils dans mes bras, ajouta Sophie en tendant les bras vers le petit paquet tout doux et tout chaud.

— Bonjour, adorable enfant, dit-elle d'une voix chantante.

Charlie était à l'âge où l'on commençait à avoir des avis tranchés sur les étrangers. Quand il était tout petit, il ne repoussait personne, même s'il avait une préférence pour Daisy. Il reconnaissait quelques personnes, maintenant : Max, leur père, Nina. Et Logan dont les visites hebdomadaires commençaient à avoir un impact sur monsieur C.

Daisy retint son souffle quand le bébé fixa un regard grave sur sa grand-mère, s'efforçant à l'évidence de déterminer si c'était un visage ami ou ennemi. Etait-ce là ce que faisaient tous les parents : arrêter de respirer jusqu'à ce que leur enfant décide de bien se comporter ? Depuis quand était-elle à ce point dépendante de l'attitude de son fils ? Pourquoi aurait-elle l'impression d'être en échec si Charlie foirait ?

Il jeta un coup d'œil dans sa direction. Elle lui adressa un sourire d'encouragement. Il se remit à fixer sa grand-mère sans vergogne. Pas d'agitation, c'était bon signe. Pour finir, il lui décocha un sourire édenté assorti d'un mince filet de bave.

« Bravo, mon cœur ! » pensa Daisy en expirant lentement.

Sophie garda Charlie un long moment dans ses bras en roucoulant. Elle pleura encore un peu tandis que Daisy s'ingéniait à trouver le comportement adéquat en présence de cette maman au cœur brisé qu'elle ne connaissait pas.

— Assieds-toi, Max, dit-elle à son frère. Tu peux surveiller Charlie pendant que je montre la maison à maman ?

— Il t'aime bien, ça se voit, dit Sophie en tendant délicatement le bébé à Max. C'est un enfant intelligent.

— Super-intelligent, tu veux dire ! renchérit Max.

En s'écartant un peu pour les observer tous les trois, Daisy se rendit compte que la tension suscitée par la visite de sa mère s'était en partie dissipée. Absorbée par le bébé, celle-ci n'avait pas l'air de se soucier le moins du monde du désordre qui régnait dans la maison. Il ne fallut guère de temps pour la lui faire visiter, et elle ne fit pas la moindre remarque désobligeante.

C'était là encore une chose que les cours de préparation à la naissance et les manuels ne vous apprenaient pas : les bébés ont des pouvoirs magiques. Daisy l'avait découvert par elle-même. Une adolescente fêtarde qui se retrouvait enceinte faisait l'objet de ragots ; on la jugeait, on lui reprochait son imprudence, son incapacité à contrôler ses impulsions ; on la qualifiait même parfois de traînée.

Et puis, après la naissance du bébé, il se produisait un miracle. La naissance en elle-même était un miracle, bien sûr. Un miracle de la vie. Tout ce que l'on disait à ce sujet était vrai, mais ce n'était pas vraiment une surprise. La vraie surprise, c'était que le bébé transformait tout autour de lui, en commençant par sa mère. Elle n'était plus une traînée adolescente en cloque ni une loser affreusement grosse. Les gens avaient cessé de la mépriser pour lever vers elle un regard admiratif. Elle était Maman, avec un M majuscule, comme Madonna. Elle était digne de louanges pour avoir donné au monde ce cadeau précieux qu'était un enfant. Elle avait droit à un traitement de faveur dans les queues au supermarché et dans les transports en commun. Soudain, le monde la respectait.

Et la magie du bébé ne s'arrêtait pas là. Elle changeait un adolescent arrogant comme son frère en oncle Max. Et en observant sa mère, à cet instant, Daisy vit que le miracle opérait sur tout le monde.

— Il faut que je le nourrisse, dit-elle. Après, on pourra y aller.

— Je vais sur l'ordinateur en attendant ! lança Max en se dirigeant vers la chambre d'amis où Daisy avait installé son bureau.

Il était obnubilé par un jeu de hockey virtuel composé de scénarios à rallonges plus complexes que ceux des séries télévisées préférées du public.

Daisy s'assit sur le canapé et libéra un de ses seins d'une main. Charlie s'y agrippa en professionnel qu'il était. Très vite, Daisy avait cessé d'être gênée de lui donner la tétée. Il suffisait d'entendre son bébé hurler de faim quelques minutes au point qu'il en avait la voix rauque pour que toute pudeur passe au second plan.

— Désolée d'avoir gardé mon vieux sweat, dit-elle. J'ai préféré attendre que Charlie ait bu pour me changer. Il a des renvois systématiques. J'en ai parlé au médecin : il paraît que c'est normal chez certains bébés dès lors qu'ils prennent du poids.

— Tu faisais pareil, tu sais ?

— Tu m'as allaitée ?

Première nouvelle !

— Evidemment. Tu as l'air surpris.

Pour une surprise, c'en était une, en effet. C'était difficile — impossible — d'imaginer sa mère donnant la tétée à un nouveau-né. Avait-elle connu la même terreur, le même émerveillement qu'elle quand elle tenait son enfant dans ses bras ? Se réveillait-elle au milieu de la nuit en se précipitant près du berceau pour s'assurer que son bébé respirait toujours ?

— Tu n'as pas le profil.

— Que veux-tu dire ?

— Rien. Peu importe.

— Continue. Je tiens à entendre ce...

— D'accord. Je dis juste que c'est difficile de t'imaginer en train d'exhiber ton sein pour donner la tétée à un bébé.

— Sans vouloir t'offenser, il y a quelques mois encore, c'était tout aussi difficile de t'imaginer dans ce rôle.

— D'accord. Je ne vais pas me disputer avec un avocat.

— On ne se dispute pas et je ne me comporte pas en juriste.

— C'est pourtant l'impression que ça me fait.

— On est en train de se disputer pour savoir si on se dispute. Arrêtons ça tout de suite, Daisy !

— Tu as raison.

Elles se réfugièrent dans le silence. Les bips et autres effets sonores du jeu vidéo de Max leur parvenaient indistinctement du bout du couloir, sans couvrir pour autant les déglutitions régulières du bébé. Au bout de quelques minutes, Daisy le changea de côté.

— Si je comprends bien, soit on se dispute, soit on ne parle pas, dit-elle.

— Ne sois pas ridicule. On parle tout le temps. J'ai appris à envoyer des textos rien que pour toi. Parle-moi, ma chérie. Je veux savoir ce qui se passe dans ta vie, connaître tes projets.

Daisy se sentit aussitôt sur ses gardes. C'était un territoire qui pouvait être dangereux pour l'une comme pour l'autre. Sa mère avait un point de vue arrêté sur les projets en général. Sur tout, du reste, mais en particulier sur l'importance à donner à une bonne éducation. Elles avaient eu une prise de bec à ce sujet, le week-end où Daisy était tombée enceinte. Elle se demandait si sa mère s'en souvenait.

Le divorce de ses parents venait d'être prononcé et sa mère lui avait fait un sermon en lui disant que cela ne devait rien changer à ses projets et qu'il était plus important que jamais qu'elle réussisse ses études.

En d'autres termes, il fallait qu'elle fasse en sorte d'être admise à Harvard.

Sur ce, Daisy avait informé sa mère qu'elle n'avait pas la moindre intention de faire des études. Elle savait que cette nouvelle la consternerait. A ses yeux, c'était bien pire que d'entendre « je suis homo » ou « je fais partie d'une secte ». Le plus bizarre, c'est que Daisy n'était même pas sûre de le penser vraiment. Mais cette dispute lui avait donné une raison d'exploser, de ficher le camp et de faire des folies tout le week-end, y compris coucher avec Logan des tas de fois sans forcément se protéger.

Si bien qu'au final elle devrait lui être reconnaissante : sans cette fameuse querelle, Charlie n'aurait jamais vu le jour.

— Qu'est-ce qu'il y a de drôle ?

Daisy secoua la tête.

— Je me demandais juste si ce petit bonhomme me donnerait du fil à retordre un jour.

— Tu peux en être sûre.

La tension se dissipa un peu.

— Je me suis inscrite à un cours de photographie à l'université de Suny, reprit Daisy. Ça commence lundi.

— C'est fantastique, Daisy. Je suis contente pour toi.

L'était-elle vraiment ? Daisy n'en était pas sûre. Il n'y avait pas si longtemps, sa mère attendait d'elle qu'elle fréquente une université célèbre et compétitive. L'établissement public où elle s'était inscrite était loin d'être à la mesure de ses attentes.

— Tu penses que c'est trop tôt ? Je m'inquiète parfois de laisser mon enfant pour des motifs égoïstes comme…

Elle s'interrompit, mais il était trop tard.

— Comme je l'ai fait pour Max et toi ?

Daisy baissa les yeux sur les boucles rousses de Charlie. Avant, elle l'observait pendant des heures, sans quitter des yeux les infimes pulsations au niveau de sa fontanelle. On en voyait à peine l'emplacement, aujourd'hui, et cela lui donnait pour Dieu sait quelle raison l'impression qu'elle était passée à côté de quelque chose.

— Pardonne-moi, maman. C'est sorti tout seul.

— Ne t'excuse pas. Je suis ici maintenant, d'accord ?

— Oui. C'est juste que… parfois, j'ai peur de foirer avec lui, et tu sais, maman, je l'aime tellement.

— C'est justement pour ça que tu as peur.

— Il y a des moments où je me dis que je devrais laisser tomber la fac et rester auprès de Charlie.

— Rien ne t'en empêche, répondit sa mère. Mais tu pourrais aussi essayer de ne pas culpabiliser sous prétexte que tu as besoin de quelque chose qui n'a rien à voir avec lui.

Seigneur ! Pourquoi ce discours l'exaspérait-il ? Et pourquoi lui semblait-il aussi tellement logique ?

— Je ne peux pas m'empêcher de culpabiliser, répondit Daisy. J'ai envie d'être la meilleure mère possible pour Charlie. D'un autre côté, ces cours de photos nous permettraient d'avoir une plus belle vie ensuite.

— Je comprends. Et si je ne suis certainement pas une autorité en la matière, je peux t'affirmer que personne n'arrive à tout faire. Il faut se débrouiller au mieux. Etre la meilleure personne possible et te montrer à Charlie sous ton vrai jour. J'étais loin d'être parfaite, Daisy. Et je sais que tu n'aimais pas toujours ce que tu voyais en moi. Je t'ai abandonnée pour un travail qui m'absorbait soixante heures par semaine. Je regrette de ne pas avoir mieux équilibré les choses. Tu ne m'as pas demandé mon avis, mais je vais te le donner quand même.

Daisy ne put s'empêcher de sourire.

— Tu as le droit d'avoir ta vie, Daisy. Ne laisse personne te dire le contraire. Je ne prétends pas que ce que j'ai fait était parfait, loin de là, mais, quelque part au milieu, il y a un équilibre à trouver entre mener ta propre vie et être là pour Charlie.

Daisy observa sa mère quelques minutes sans dire un mot.

— Comment se fait-il que plus je vieillis, plus je te trouve futée ?

— Nous avons tellement de talents toutes les deux, répondit Sophie en souriant.

Daisy hésita avant d'ajouter :

— De toute façon, je ne suis même pas sûre de pouvoir suivre ce cours. La baby-sitter que j'avais trouvée ne va pas pouvoir assurer.

Puisque sa mère comptait rester, autant qu'elle soit au courant. Elle lui expliqua donc la situation avec Irma.

— Il faut que je trouve une solution avant la fin de la semaine. Nina et papa m'ont proposé de garder Charlie, mais ils vont avoir beaucoup de travail à l'auberge avec le Carnaval d'hiver qui approche et tout ça, alors je ne veux pas...

— Et moi, je compte pour du beurre ?

— Je ne peux pas te demander d'embaucher quelqu'un, maman...

— Qui te parle d'embaucher quelqu'un ? Ce que je te propose, du fond du cœur, c'est de prendre soin de Charlie moi-même pendant que tu suivras tes cours.

— Ça finit en mai, maman.

— J'ai l'intention de m'incruster un peu plus longtemps que ça.

C'était totalement inattendu.

— Je ne t'en ai pas parlé pour que tu m'aides.

— N'empêche que je te le propose sincèrement.

Malgré le ton assuré de sa mère, Daisy éprouva un soupçon de méfiance.

— Tu viens d'arriver, maman. D'ici peu, tu vas t'ennuyer à mourir et tu seras prête à repartir.

— Je mérite que tu me dises ça, répondit Sophie en baissant les yeux sur ses mains.

— Maman...

— Tu pourrais peut-être suivre deux cours d'affilée, reprit Sophie, bizarrement excitée tout à coup. Je suis venue ici pour passer du temps auprès de Max, de Charlie et de toi. Alors laisse-moi ma chance, s'il te plaît.

Daisy fronça les sourcils. Au-delà de ses doutes, elle sentait que sa mère tenait vraiment à faire ce qu'elle disait. Garder Charlie régulièrement, semaine après semaine, afin qu'elle-même puisse réaliser son rêve.

— Excusez-moi, dit-elle. Qui êtes-vous et qu'avez-vous fait de ma mère ?

Sophie ne savait pas si elle devait se sentir insultée ou amusée par la réaction de Daisy. Elle, en tout cas, elle était convaincue de faire ce qu'elle souhaitait au plus profond d'elle-même. Avec son petit-fils, au moins, elle avait encore toutes ses chances…

Elles se rendirent dans une boutique de prêt-à-porter appelée Zuzu's Petals. « Des tenues sympas et rigolotes pour les femmes fantaisistes », proclamait une enseigne dans la vitrine.

— Est-ce que je suis sympa ? demanda Sophie en lorgnant les lainages amples exposés dans la vitrine qu'elle aurait bien vus sur le dos d'une diseuse de bonne aventure.

Daisy ne répondit rien. Ce n'était pas nécessaire.

— Fantaisiste, alors ?

Daisy ne put s'empêcher de rire.

— Pas vraiment. Tu es classe et tu donnes l'impression de te peler de froid. Allons-y !

Max alla les attendre avec Charlie à la boulangerie Sky River juste à côté — une institution dans cette petite ville.

Sophie n'était pas snob en matière de shopping. Cependant, du fait de son emploi du temps toujours serré, elle s'était habituée aux magasins qui proposaient un service personnalisé : quelques boutiques sélectes de la Cinquième Avenue à New York ou le Grand'Place à Bruxelles par exemple. Face à un magasin rempli d'étagères et de portants pleins à craquer, elle se sentit quelque peu dépassée par tout ce choix.

La vendeuse lui proposa quelques vêtements de base, notamment des sous-vêtements en Thermolactyl ornés de petites grenouilles arborant une couronne et du rouge à lèvres. Ainsi que des pyjamas en flanelle parsemés de poussins moins anthropomorphiques, Dieu merci ! Qu'elle le veuille ou non, elle était bel et bien sur le point de devenir une mémé en flanelle.

— J'ai tendance à m'en tenir aux tissus unis, dit-elle à la jeune fille.

Daisy sourit.

— Entendez par là au marron et au noir. Peut-être occasionnellement du gris anthracite.

C'était amusant de passer les modèles en revue avec sa fille. Sophie se prit à regretter de ne pas avoir fait ça plus souvent quand Daisy grandissait. Un après-midi de shopping entre filles — cela ne faisait-il pas partie des rites de passage ?

« Arrête ! se dit-elle. Les regrets sont un poison lent pour lequel il n'existe pas d'antidote. »

Daisy choisit un cardigan en angora gris-bleu et le tendit à sa mère.

— Prends ça, dit-elle. Ça va parfaitement avec tes yeux.

— Ça fait trop jeune.

— Comment ça, jeune ? C'est juste un pull, maman.

— C'est à toi qu'il va à merveille. Je devrais te l'acheter.

— Maman…

— Laisse-moi faire, protesta Sophie. Allez, essaie-le.

Elle entraîna Daisy dans le salon d'essayage et la força à l'enfiler. Sa fille était adorable dans ce pull, comme elle s'en était doutée. Et comme toutes les jeunes mamans, elle était incroyablement féminine. Sophie se demanda si des garçons l'invitaient à sortir, si elle en avait envie. Elle lui poserait peut-être la question, mais pas tout de suite. Maintenant qu'elle était revenue pour de bon, elles auraient tout le temps de parler de ce genre de choses. Elle insista pour offrir le pull à Daisy.

— Il est magnifique, maman, merci. Bon, maintenant, quelle taille de jean te faut-il ?

— Je n'en sais rien. Ça fait des siècles que je n'en ai pas acheté.

— Comment peux-tu t'en passer ? Ce n'est pas possible. C'est comme ne pas prendre de petit déjeuner le matin.

— Entendu. Je vais m'acheter un jean.

Daisy la força à en essayer plusieurs, les sourcils froncés par la concentration chaque fois que sa mère émergeait de derrière le rideau de la cabine d'essayage.

— Alors ?

— Tu as sacrément la ligne pour une femme de ton âge.

— Je prends ça comme un compliment, dit Sophie.

Une remarque s'accompagnant de la formule « pour ton âge » pouvait-elle vraiment être considérée comme un compliment ? Sophie en doutait fort, mais elle refusait de s'appesantir là-dessus. Cela faisait deux heures qu'elle était avec Daisy, et elles ne s'étaient toujours pas accrochées.

Elle essaya un autre jean.

— Celui-ci est trop étroit.

Daisy recula d'un pas.

— C'est normal qu'il soit moulant, déclara-t-elle. Regarde Jennifer Aniston.

— Jennifer qui ?

— L'actrice. Tu as à peu près le même âge. Tu as le droit d'être sexy, maman.

« C'est bon à savoir », pensa Sophie, surtout au vu de ce qu'elle avait vécu pendant qu'elle était coincée par la neige.

— C'est la natation ? demanda Daisy.

La natation. Rien qu'en entendant ce mot, Sophie sentit son estomac se serrer douloureusement. Cette réaction physique se traduisit inopinément par une vague de nausée. Envahie de frissons, elle replongea dans la cabine. Comment Daisy aurait-elle pu savoir que c'était l'un des déclics qui faisaient resurgir le passé ?

— Comment ça, la natation ? demanda-t-elle d'un ton brusque à travers le rideau de la cabine.

— Saute-moi à la gorge tant que tu y es ! riposta Daisy. Je me demandais juste si c'était la natation qui te maintenait en forme.

— Désolée. Oui, c'est ça, répondit Sophie tout en s'efforçant de se débarrasser du poids qui pesait sur sa poitrine. Il faut que je trouve une autre activité sportive.

Même si ce n'était pas grand-chose, c'était un élément supplémentaire que les terroristes lui avaient dérobé. Au lycée, et même longtemps après, elle s'était adonnée à la natation d'endurance. Depuis l'Incident, elle ne voulait plus s'approcher de l'eau.

En jetant un regard noir à son reflet dans le miroir, elle essuya la sueur qui perlait à son front. On l'avait prévenue que certains facteurs déclencheraient ce genre de réaction. Elle prit une minute pour chasser ces souvenirs de son esprit et afficher un sourire. En peu de temps, elle avait choisi plusieurs pull-overs en cachemire chocolat, beige et couleur mousse foncée. Daisy soutint qu'il lui fallait une veste polaire pour mettre sous sa parka.

— Je n'ai pas de parka.

— Pas encore.

Elles allèrent dans un autre magasin, quelques mètres plus loin, le Sporthaus, et ajoutèrent des moufles, un cache-nez, une parka, des boots et un bonnet à sa garde-robe.

— C'était sympa ! lança Sophie quand elle se retrouva sur le trottoir, les bras chargés de paquets.

Elle portait déjà sur elle sa nouvelle veste et les boots.

— Merci pour tes conseils vestimentaires, Daisy.

— Il n'y a pas de quoi.

Elles mirent leurs emplettes dans le coffre, puis continuèrent leur chemin. Sophie regarda attentivement autour d'elle. C'était la première fois qu'elle inspectait vraiment l'endroit où elle avait choisi de vivre. Avalon était une bourgade classique avec une place centrale entourée de bâtiments en briques rouges et en pierres sculptées au milieu de laquelle trônait le parc municipal, des rues bordées d'arbres disposées en rayons, une pittoresque petite gare. A la tombée du jour, la lumière déclinante peignait la neige amoncelée sur les toits d'une mystérieuse teinte indigo profonde. Les vitrines des magasins brillaient d'une lumière dorée. A côté de Zuzu's et de Sporthaus, il y avait une salle de lecture, une antique pharmacie, une buvette, une bijouterie ainsi qu'un magasin de jouets et un bazar. Au-dessus de la librairie Camelot, Sophie remarqua une enseigne peinte à la main derrière des stores : M.L. Parkington, avocat.

Elle entrevit une lueur d'espoir sur le plan professionnel. Il allait falloir qu'elle se remette à gagner sa vie tôt ou tard. Quand elle les avait appelés à Seattle pour leur expliquer le grand virage qu'elle avait pris, ses parents l'avaient avertie que la vie dans cette petite bourgade ne tarderait pas à lui sembler affreusement oppressante. Ils avaient soutenu qu'elle étoufferait face aux attitudes provinciales et à la banalité des petites gens menant des existences sans intérêt.

Et bête comme elle était, Sophie s'était laissé gagner par le doute.

En promenant ses regards sur cette petite ville sortie tout droit d'un livre d'images, elle eut de nouveau la conviction d'avoir fait le bon choix. Avalon représentait quelque chose qu'elle n'avait jamais connu auparavant : un port d'attache. Cette pensée suscita immanquablement un regain de doutes.

Dans quoi me suis-je fourrée, pour l'amour du ciel ?

Elle afficha un grand sourire quand Daisy et elle pénétrèrent dans la boulangerie. Il faisait chaud et clair à l'intérieur, et l'air embaumait d'arômes entêtants. La boulangerie Sky River était au centre de la vie sociale d'Avalon. Lorsque les gens venaient y boire une tasse de café et lire le journal, prendre une miche de pain ou une tarte aux fruits, ils avaient toutes les chances d'y rencontrer un ami ou une connaissance. Quand Daisy avait emménagé à Avalon, elle y avait travaillé à temps partiel après l'école. Certaines de ses plus belles œuvres — des photos des environs qu'elle avait joliment encadrées — y étaient exposées, magnifiquement éclairées comme elles méritaient de l'être. Une étiquette discrète indiquait le prix.

Quelques clients avaient pris place aux petites tables rondes ; une femme choisissait des pâtisseries dans la vitrine bombée.

Charlie fut bien évidemment le centre d'attention, dans les bras de Laura Tuttle, la gérante de la boulangerie, sous le regard admiratif de Philip Bellamy, le frère de Greg. *Ressaisis-toi,* se dit Sophie. « Tu n'ignorais pas que c'était une ville remplie de Bellamy. Il va falloir t'y habituer. »

L'aîné des quatre enfants Bellamy, Philip, avait une douzaine d'années de plus que Greg. Ils avaient néanmoins en commun de beaux traits réguliers et une assurance désinvolte.

Philip se leva en la voyant.

— Sophie! dit-il avec juste le ton aimable qui convenait. Ça fait plaisir de te voir. Tu te souviens de Laura Tuttle, gérante de cette boulangerie, qui s'y entend comme personne pour tenir un bébé dans ses bras.

Le sourire de Laura compensait sa coupe de cheveux peu flatteuse et sa tenue démodée.

— J'admirais juste ce magnifique bébé, déclara-t-elle.

C'était exactement ce qu'il fallait dire.

En allant commander une tasse de thé, Sophie s'étonna de trouver Philip à côté d'elle.

— Tu vas bien, n'est-ce pas? lui demanda-t-il.

— Oui, oui, ça va. Je te promets.

Il sourit.

— Comment se fait-il que j'aie l'impression d'être la quatre-vingt-neuvième personne à te poser la question aujourd'hui?

La serveuse lui tendit une petite théière en porcelaine blanche sur un plateau. Sophie versa avec soin une cuillerée de sucre dans sa tasse.

— Ce n'est pas le cas. C'est juste que je n'ai pas l'habitude…

Elle s'interrompit. L'habitude de quoi? Que les gens se soucient de ce qui lui arrivait? C'était carrément pathétique.

— Tout va bien, affirma-t-elle. J'habite chez des amis au bord du lac et je ne vais pas tarder à me mettre en quête d'un logement permanent.

— Tu vas continuer à exercer?

— Pourquoi? Tu as besoin d'un avocat?

A son grand étonnement, Philip hocha la tête.

— Rien ne presse, mais comme tu le sais, ma situation a passablement changé, ces dernières années.

Ça, c'était certain. Du jour au lendemain pour ainsi dire, il avait découvert qu'il avait une fille adulte — Jenny Majesky, la propriétaire de la boulangerie. Sans qu'il en ait jamais rien su, son ancienne petite amie, Mariska, avait eu un enfant de lui.

— Et toi, ça va? demanda Sophie en baissant la voix.

— Oui, oui, ça va, mais mes filles — Olivia et Jenny — viennent de se marier toutes les deux. Et je suis sur le point de suivre le même chemin.

— Philip ! s'exclama Sophie en jetant un coup d'œil dans la direction de Laura Tuttle.

Il la gratifia d'un grand sourire.

— Je t'appelle, d'accord ?

Sophie regarda Laura plus attentivement. Elle avait à peu près l'âge de Philip. C'était une femme au grand cœur, aux formes rondes, qui donnait l'impression d'être parfaitement bien dans sa peau. Sophie but une gorgée de thé en se demandant si elle pourrait en dire autant un jour. Elle se mit un peu à l'écart pour regarder ses enfants discuter avec animation avec leurs futurs oncle et tante. Cette communauté semblait si étroitement liée qu'elle se demandait s'il restait de la place pour elle.

Après avoir bu son thé, elle enfila sa nouvelle parka.

— On devrait y aller, dit-elle.

Adossé au comptoir, Max était en train de dévorer une corne de gazelle.

— Tu n'auras plus faim pour le dîner, lui dit-elle.

— Ça m'étonnerait.

Ils allèrent dîner à l'auberge du Pommier, une ancienne demeure victorienne reconvertie, en bordure du fleuve. A cette époque de l'année, la Schuyler était presque totalement gelée. Les rochers et les galets qui tapissaient le lit du fleuve étaient recouverts d'une épaisse couche de glace, et un misérable filet d'eau s'écoulait au milieu.

— Ravi de vous revoir, madame Bellamy, dit l'aubergiste, un homme élégant du nom de Miles qu'elle se rappelait avoir vu lors de ses précédentes visites.

— Merci, répondit-elle.

Puis elle désigna le bébé avec fierté.

— Voici mon petit-fils, Charlie. Je ne pense pas que vous vous soyez déjà rencontrés.

Miles réagit comme tout le monde, avec étonnement, en apprenant que Sophie était grand-mère. Et bien entendu, à peine eut-il jeté un coup d'œil au bébé qu'il fut perdu.

— Quel magnifique bambin ! s'exclama-t-il. Félicitations.

— Merci, dit Daisy.

Comme on les conduisait à leur table, Sophie aperçut une silhouette robuste, d'épais cheveux noirs, un visage extraordinairement séduisant. Noah Shepherd. Elle vérifia qu'elle ne s'était pas trompée, puis se figea. C'était bien lui, et il était assis à une table éclairée par une bougie en face de Tina Calloway, la fille qui en pinçait tellement pour lui. Une fille tout juste assez grande pour boire ce verre de vin avec lui.

— Il y a un problème, maman ? s'enquit Daisy.

Sophie aurait voulu disparaître sous terre. Même si Noah et elle n'étaient rien l'un pour l'autre — rien de plus que deux nuits d'ébats fabuleux —, elle était affreusement déçue. Comme une idiote, elle s'était laissée aller à espérer et à le croire. A croire qu'il était peut-être différent. Qu'il ne la ferait pas souffrir. Qu'il était un homme digne de confiance.

Puis elle s'en prit à elle-même. Elle ne connaissait pas cet homme. Elle avait couché avec lui bêtement, mais ça ne voulait pas dire que c'était le début de quelque chose.

Elle toussota, puis sourit à ses enfants.

— Je viens juste d'apercevoir mes voisins du bord du lac.

Le restaurant était trop petit pour qu'elle fasse semblant de ne pas l'avoir vu. Autant affronter la réalité.

— Je vais vous présenter.

L'étrangeté de la situation ne lui avait pas échappé. Elle était sur le point de présenter ses enfants à... Que représentait Noah pour elle ? Elle ne le savait même pas elle-même. Ils avaient fait l'amour, mais de là à l'appeler son amant, il y avait de la marge, non ? Ils venaient de faire connaissance, si bien que le terme « amis » ne convenait pas non plus. Le plus étonnant, c'était que Noah Shepherd ait pris une telle place dans sa vie en un temps si court — sauveur, soigneur, voisin, ami, amant... et menteur, apparemment.

Sans rien montrer de ce qu'elle éprouvait, elle le présenta donc à Max, Daisy et Charlie.

— Mes voisins du bord du lac, dit-elle d'une voix qu'elle s'efforçait de rendre neutre.

— Votre bébé est adorable, dit Tina à Daisy.

— J'espère qu'il sera sage pendant le dîner, répondit Daisy. Il a sommeil. Je pense qu'il va faire un petit somme.

— Si vous avez besoin de quelqu'un pour le garder, ajouta Tina, je suis disponible. J'adore les bébés. J'étais justement en train de le dire à Noah.

Noah semblait mal à l'aise quand il se leva et serra la main de Daisy, puis celle de Max. En un sens, il donnait l'impression d'être aussi gauche et gamin que Max. Mais, bien sûr, il était délicat de rencontrer une femme avec qui on venait de coucher alors qu'on dînait en tête à tête avec une autre.

— Notre table est prête, dit Sophie.

Ils allèrent s'y installer. Daisy posa le landau sur un rebord de fenêtre voisin, puis donna à Charlie une couverture et sa tétine. En observant ses gestes précis, tendres, Sophie se demanda d'où cela lui venait. Où Daisy avait-elle appris à être une maman ?

Max jacassait à propos de Tina.

— Son père, c'est Sockeye Calloway, tu sais ? Il faisait partie de l'équipe de hockey américaine qui a remporté une médaille d'or aux jeux Olympiques, il y a longtemps.

Sophie le savait. Noah le lui avait dit. Ce qu'il avait omis de lui signaler, c'est qu'il sortait avec cette fille. Elle s'efforça d'écouter Max, mais elle avait l'esprit ailleurs. Ce n'était pas tous les jours que l'on présentait ses enfants à un homme avec qui on avait passé la nuit.

Le genre de nuit où l'on ne dort pas beaucoup...

En toute honnêteté, il y avait pire. Le pire, c'était qu'il dînait avec Tina Calloway, quelques heures plus tard.

Sophie refusait de se laisser démonter par ce qu'elle avait vu au restaurant ce soir. Noah était juste un homme comme les autres, pensa-t-elle. Voilà ce qui arrivait quand on sortait avec n'importe qui. Quand on ne prenait pas le temps de regarder où l'on mettait les pieds avant de faire le grand saut.

« Très bien, pensa-t-elle. Mieux vaut nous en tenir à un rapport de bon voisinage. » Elle était là pour s'occuper de sa famille, de toute façon, et à cet égard, la soirée s'était bien passée. Ses enfants avaient l'air contents qu'elle s'installe près d'eux. Charlie était un don du ciel, une bénédiction, et elle se réjouissait de le voir grandir, de faire partie de sa vie.

C'était bien suffisant, se dit-elle. Après ce qu'elle avait vécu, ses enfants et son petit-fils la comblaient. Elle finirait par se faire des amis à Avalon. Elle se construirait une vie. Cet interlude avec Noah Shepherd s'effacerait de son esprit. Elle ferait le nécessaire pour qu'il en soit ainsi.

Après avoir jeté un coup d'œil à sa montre, elle prit son téléphone et chercha le numéro de Brooks Fordham à New York dans sa liste de contacts.

— J'espère qu'il n'est pas trop tard pour appeler, dit-elle.

— Pas du tout. Je meurs d'envie de vous voir, Sophie. Nous avons des tas de choses à nous raconter.

— C'est vrai, mais avant toute chose, je veux voir par moi-même comment vous allez.

— Je peux prendre le train quand vous voulez, répondit-il. Dites-moi quel jour.

— Attendons que le mauvais temps soit passé.

Tout en lui parlant, elle se mit à faire les cent pas. A un moment donné, elle frémit au son de sa voix. Ce n'était pas lui spécifiquement, plutôt les souvenirs qui surgissaient dans sa conscience. Tout avait commencé par une nuit si spéciale, marquée par une chute de neige exceptionnelle, comme pour en souligner la magie. La terreur et la violence qui avaient suivi avaient laissé sur elle une empreinte indélébile.

— Entendu, dit-il, mais pour dire les choses clairement, j'ai une arrière-pensée. J'écris un article sur ce qui s'est passé pour le *New Yorker*, et j'espère en faire un livre.

Sophie garda le silence un moment. Il était journaliste. C'était son métier.

— Je vous aiderai le mieux possible, dit-elle finalement.

15

— La vache, sacré paquet de merde ! s'exclama élégamment Bo Crutcher alors que Noah passait devant lui dans la grange en poussant une brouette branlante remplie de crottin de cheval.

— Hé, merci de me le faire remarquer ! lança Noah par-dessus son épaule. Sans toi, je ne m'en serais peut-être pas aperçu.

Noah descendit la rampe avec la brouette, sortit de la grange et s'engagea dans un sentier souvent emprunté menant à un tas en bordure du paddock. Le purin fumait comme un geyser dans l'air froid.

Il portait une veste en peau, des boots, des gants fourrés et un bonnet à carreaux avec des rabats pour les oreilles qui, étonnamment, ne lui donnait pas l'air idiot. Ayant grandi dans les contrées chaudes et humides bordant le golfe du Texas, il ne cachait pas son horreur sans bornes pour le froid et la neige. En sa qualité de lanceur vedette de l'équipe de base-ball professionnelle d'Avalon, il passait la plupart des hivers sur les plages du Texas à travailler dans les champs de pétrole et à faire la fête, tel un détenu à peine libéré, jusqu'à ce que son agent l'oblige à revenir s'entraîner pour le printemps.

Cet hiver, toutefois, c'était différent. Avant l'entraînement qui devait avoir lieu au printemps, en Floride, il avait décidé de passer du temps à Avalon parce qu'il avait besoin de mettre un peu de distance entre lui et son ex. L'une de ses ex. Crutcher avait beaucoup d'ex.

Il souffla un panache de fumée dans l'air après avoir tiré une bouffée de son cigare.

— *Ça*, c'est de la merde, lui fit remarquer Noah.

— Arrête de parler comme ma mère ! répliqua Bo en s'adossant contre le mur, un pied levé comme le cow-boy Marlboro. Quoique je n'aie pas de mère. De toute façon, je ne fume qu'hors saison.

— Ah oui, c'est vrai ! Après ça, tu passes au tabac à chiquer.

— Exactement.

Noah observa son ami. Ils s'étaient rencontrés trois ans plus tôt, alors que Bo venait de signer un contrat avec les Hornets, une équipe de base-ball professionnelle indépendante appartenant à la Ligue Can-Am. Un peu plus tard, il s'était intégré au groupe de Noah en tant que bassiste.

— Sérieusement, vieux, reprit Bo en restant bien à l'écart pendant que Noah nettoyait au jet la brouette et le sol en béton incliné de la grange, tu ne pourrais pas payer quelqu'un pour faire ce boulot ?

— Ça m'arrive quelquefois, répondit Noah. Il y a une fille qui habite au bout de la rue : Chelsea. Elle m'aide à la clinique trois jours par semaine. Seulement le crottin, il y en a tous les jours.

— On se demande pourquoi, marmonna Bo en s'écartant du mur.

— Ce n'est pas si terrible, souligna Noah. A l'époque où on avait la laiterie, j'étais chargé des bouses de vache. C'était nettement plus dégueu et il y en avait beaucoup plus.

Avec des gestes exercés, il prit une brassée de fourrage et remplit quatre seaux.

— Apporte ça à celui-là, tu veux bien ? dit-il à Bo en lui tendant un seau en fer galvanisé rempli de fourrage largement additionné de mélasse.

Bo alla s'occuper du grand cheval rouan en grommelant. Aussi docile qu'un labrador, l'animal s'avança vers lui.

— Seigneur, il s'est rué sur moi ! lança Bo, se plaquant contre le mur du box en manquant de renverser le seau.

— Mais non, c'est juste qu'il est content de te voir ! cria Noah qui était en train de nourrir Alice dans le box voisin. Relax, mon pote ! Je croyais que les Texans étaient tous des cow-boys qui raffolaient des chevaux.

— C'est ce que pensent les gens qui ne viennent pas du Texas. Les vieilles reprises de Bonanza que j'ai vues sur une télé volée, c'est à peu près tout ce que j'ai connu des chevaux en grandissant.

— Attends une minute que j'aille chercher mon violon ! dit Noah en faisant mine de tirer un archet sur des cordes imaginaires.

— C'est juste pour que tu comprennes.

Bo finit de vider son seau et sortit à reculons pendant que le cheval se dirigeait vers l'auge.

Noah savait que Bo avait la pitié en horreur. Il préférait qu'on se moque de lui plutôt qu'on s'apitoie sur sa jeunesse difficile. Il avait été élevé par son frère aîné ; ils habitaient une caravane dans un camping à l'est de Houston, sur un terrain adossé à un chenal pollué par les produits pétroliers au point qu'il prenait régulièrement feu.

— En attendant, poursuivit Bo, c'est toi qui nettoies des box pendant que je me prépare à rejoindre la Floride pour travailler mon bronzage.

Noah replia le tuyau d'arrosage et rangea l'équipement.

— Bon, on a fini.

Ce n'est pas trop tôt ! dit Bo. La prochaine fois, rappelle-moi de passer te voir après les corvées, et non pas avant.

— Tu n'arrêtes pas de te plaindre, ma parole ! lança Noah alors qu'ils traversaient la cour où la lueur du crépuscule jetait de longues ombres sur la neige.

— C'est vrai, tu as raison, Tom Sawyer.

Bo l'appelait parfois ainsi parce qu'il était convaincu que l'enfance idyllique de Noah dans une petite ville était le genre de chose qui n'arrivait que dans les romans. Bo ressemblait plutôt à Huck Finn : sans attaches, errant où bon lui semblait. Autodidacte, il avait lu plus de livres que tous les gens que Noah avait jamais connus ; il se plaisait à émailler ses conversations de références littéraires et d'obscénités, à parts égales.

— Je suis de mauvaise humeur parce que je n'ai pas baisé depuis un bon bout de temps, reprit-il. Ça vous plombe le moral. On s'apitoie sur soi-même. Tu es bien placé pour le savoir.

Noah ne répondit rien, ce qui s'avéra une erreur. Après avoir englouti plusieurs bières, Crutcher avait un radar extrasensible pour ce genre de choses.

— Salopard ! dit-il en flanquant un coup sur l'épaule de Noah. Tu as fait une conquête ?

Noah continua à marcher.

— De qui s'agit-il ? Allez, dis-le-moi ! Je me suis gelé les couilles à te tenir compagnie dans la grange. J'ai failli me faire piétiner par un cheval. Tu me dois bien ça, mon vieux.

Noah s'aperçut qu'il répugnait à parler de Sophie Bellamy. En même temps, ce qui s'était passé avec elle était tellement... inattendu. Intense aussi, plus intense que tout ce qu'il avait jamais vécu.

Malgré ses défauts, Crutcher savait écouter. Aussi Noah ralentit-il le pas avant de lui avouer :

— Ça s'est fait... sous l'inspiration du moment. Tu ne la connais pas.

Et pour autant qu'il le sache, c'était fini. Chaque fois qu'il allait la voir, elle était absente ou elle prétendait être occupée. L'autre jour, il était passé pour lui apporter du bois et lui parler de Tina, afin qu'elle sache que ce qu'elle avait vu à l'auberge du Pommier n'avait rien d'un dîner d'amoureux. Elle avait fait fi de son explication en lui disant qu'il ne lui devait rien. Pour couronner le tout, un gars était venu de la ville : quelqu'un de son passé, d'après ce qu'il avait compris. Il les avait vus prendre un café à la librairie, et rien qu'en leur jetant un coup d'œil, il avait eu la sensation d'être un désaxé qui suivait cette femme partout, si bien qu'il s'était obligé à s'occuper de ses affaires.

Seulement, ça n'avait pas marché. Il n'arrêtait pas de penser à elle.

Bo le dévisageait d'un air absorbé.

— Eh bé, c'est du sérieux, alors ! Ton silence en dit long.

— Je viens juste de t'expliquer que c'est...

— Tu tiens vraiment à cette fille, c'est évident ! s'exclama Bo en riant. Allons, mon vieux, crache le morceau !

— Il n'y a rien à dire.

« Ben voyons ! » Noah prit le chemin qui descendait la colline vers la droite.

— J'ai des trucs à finir à la clinique. Viens, tu peux me donner un coup de main.

— Dès lors que ce n'est pas dégueu.

Noah ouvrit la porte arrière de la clinique d'un coup d'épaule. Il avait plusieurs patients en pension en ce moment. La radio diffusait des accents lents de jazz en fond sonore.

— Je préfère ça, dit Bo en sortant de sa cage Samson, le teckel nain. Comment un chien saucisse peut-il se casser la patte ?

— Ce n'est pas une fracture. Il a un problème d'ergot.

— Je n'ai pas oublié que tu avais une belle histoire à me raconter, lui rappela Bo. Allez, mon vieux, donne-moi au moins quelques éléments.

— Il n'y a rien à dire, répéta Noah en jetant un coup d'œil au tableau de température de M. Tibbs, un gros chat persan jaune qui souffrait d'une hernie.

— Invente quelque chose, dans ce cas. Sinon, je vais faire courir la rumeur que toi et… voyons… Tu n'es pas sorti avec Nina Romano l'été dernier ?

Une soirée rasoir au point que c'en était humiliant, se rappela Noah. Au lendemain de sa rupture avec Daphné, il avait invité Nina à dîner. Elle s'était pratiquement endormie pendant le trajet du retour.

— Ne sois pas stupide, dit-il à Crutcher. D'accord, j'ai rencontré quelqu'un. C'est tout neuf et ça ne mènera probablement nulle part.

Tout en disant ces mots, il se rendit compte qu'il en espérait davantage de la part de Sophie Bellamy. Elle était terriblement ombrageuse, d'une manière qu'il n'arrivait pas à définir. Et désormais il lui cachait quelque chose lui aussi. Il ne pouvait pas vraiment lui expliquer la raison de son rendez-vous avec Tina Calloway parce qu'il tenait à respecter la vie privée de la jeune femme. Certes, elle ne lui avait pas fait jurer de garder son secret. Elle lui avait même demandé s'il connaissait d'autres « candidats potentiels ».

Bo ouvrit le réfrigérateur et jeta un coup d'œil sur son contenu.

— Tu n'aurais pas une ou deux bières là-dedans ?

— Ce frigo est réservé aux médicaments. Et ne compte pas sur moi pour te donner un tranquillisant destiné aux chevaux.

Bo tenait le minuscule teckel dans ses grosses mains, tel King Kong.

— J'ai le droit de boire de la bière hors saison, expliqua-t-il. J'ai plaisir à me griser lentement, mais je ne tiens pas à me soûler.

— Au final, tu te retrouves au même point, souligna Noah.

— Bon, tu commences vraiment à me taper sur les nerfs, là. Non seulement tu refuses de me parler de cette fameuse occasion qui a mis un terme à ton célibat, mais en plus tu me fais des reproches à propos de mon goût pour l'alcool.

— Ce n'est pas facile, mais il faut bien que quelqu'un s'y colle.

Bo reposa le teckel et examina Duchess, une shih tzu du genre aigri. Tandis qu'il l'observait à travers le grillage de sa cage, elle retroussa les babines, découvrant ses minuscules dents pointues.

— Alors, c'est une fille du coin ou…

— Allons, ça suffit maintenant !

Noah décida qu'une tactique de diversion s'imposait. Certes, il avait couché avec une femme, mais c'était loin d'être la seule chose intéressante qui lui était arrivé. Du point de vue des cancaniers, en tout cas.

— C'était une info strictement confidentielle, mais il faut que je le dise à quelqu'un.

— Motus et bouche cousue, promit Bo.

— Tu connais Tina Calloway ?

Bo émit un petit sifflement.

— Tu plaisantes ? C'est elle ta nouvelle petite amie ? Evidemment que je sais qui c'est ! Son vieux et moi, on boit des coups ensemble. Bon sang, Noah. Pas mal ! Elle est fabuleuse. Tu es sûr qu'elle n'est pas mineure ?

— Va te faire foutre, Crutcher.

Noah regrettait déjà sa décision de se confier à son ami.

— Je croyais qu'elle préférait les filles, remarqua Bo.

— C'est vrai, dit Noah. Elle les préfère toujours.

— Salopard ! Tu veux dire qu'elle voulait faire ça à trois…

— J'aime la manière dont ta cervelle fonctionne, mais tu n'y es pas du tout.

Noah avait été un peu secoué par la requête de Tina.

— Bon, alors elle m'a invité à dîner à l'auberge du Pommier.

Tout le monde en ville savait ce que cela représentait. Eclairage à la bougie, musique douce. La séduction, tel était généralement l'objectif d'un rendez-vous dans un tel lieu.

— J'en ai conclu qu'elle voulait quelque chose.

— Une petite partie à trois. Hé bé, mon salaud !

Noah secoua la tête.

— Ce n'est pas ça du tout. Je te l'ai dit.

— Quoi, alors ?

Noah rangea son matériel à perfusion.

— Souviens-toi : pas un mot de tout ça à qui que ce soit.

— Je te l'ai dit, mec. On est au confessionnal. Bon sang, qu'est-ce qu'elle a fait ? Elle t'a demandé en mariage ?

— Pas exactement. Sa copine et elle veulent un bébé.

Bo siffla de nouveau, avec un enthousiasme tel que les chiens se mirent à japper.

— Tu me racontes des histoires, là.

Noah ne répondit rien. L'instant où Tina avait formulé sa requête lui avait paru totalement surréaliste. Rien que le souvenir était hallucinant. C'était une formidable plaisanterie, cruelle qui plus est, même si Tina ne pouvait pas savoir pourquoi. Une femme l'avait quitté parce qu'elle ne voulait pas d'enfant. Et voilà qu'une autre se présentait, qui désirait des gosses, mais pas de lui.

— Je te jure que s'il s'était agi de quelqu'un d'autre que Tina, j'aurais commencé à regarder autour de moi, en quête de caméras cachées, avoua-t-il. J'avais l'impression que c'était une blague ou une sorte d'expérience sociologique.

Bo se mit à rire en secouant la tête.

— Tu es l'homme de la situation, dit-il avant de lui administrer une tape dans le dos. L'homme de la situation.

— Arrête ton char !

— Je suppose qu'elle suggérait une insémination artificielle.

Tina avait rougi furieusement quand elle en était arrivée à ce stade de sa proposition. Paulette et elle n'avaient pas les moyens de s'offrir une insémination artificielle.

Comme Noah ne répondait pas, Bo ôta son chapeau et se prit la tête à deux mains.

— Bon sang de bonsoir ! Y en a qui ont vraiment de la chance.

Noah ne put réprimer un sourire.

— Tu ne t'imagines tout de même pas que j'ai accepté.

— Tu as refusé ? C'est une déesse, mec. Une vraie déesse ! s'exclama Bo en secouant la tête. Mais je me doute bien que tu as refusé.

— Le plus dingue, ce n'est pas qu'elle se soit adressée à moi, avoua Noah. Le plus dingue, c'est que j'ai envisagé d'accepter, l'espace d'un instant. En définitive, j'ai réalisé que je ne pouvais pas donner mon ADN comme ça, sans aucun attachement. A l'école vétérinaire, j'ai connu des types qui ont payé une partie de leurs études en donnant des échantillons de sperme, mais je n'en faisais pas partie, ajouta-t-il en secouant la tête. Alors, voilà le topo. J'ai enfin trouvé une fille qui veut avoir un enfant avec moi mais sans s'encombrer du père.

Il y avait longtemps qu'il n'avait pas pensé à Daphné, mais elle lui revint à l'esprit à cet instant.

— Qu'est-ce que c'est que toutes ces femmes qui refusent d'être mères, hein ? Qui sont-elles ? Elles n'ont donc pas d'horloge biologique qui fait tic tac ? Je croyais que les bonnes femmes étaient obnubilées par leur horloge biologique.

— Tu es sérieux ? Tu refuses de le faire ?

— Tu le ferais, toi ?

— Tu connais la réponse. Sans l'ombre d'une hésitation. Tu es trop bête.

— Peut-être. J'ai vraiment envie d'avoir des enfants, reconnut Noah, mais il faudrait déjà que j'aie une relation avec quelqu'un.

— C'est triste pour toi, mon vieux. Tu mérites mieux que ça.

— Les gens n'ont pas toujours ce qu'ils méritent, si ?

— On ne sait jamais. C'est vrai, regarde-toi. Super-scout, membre de la chambre de commerce, pilier de la communauté. Tu mérites d'avoir des esclaves nubiles qui te pèlent tes grains de raisin. On devrait légaliser la polygamie pour qu'il y ait plus d'êtres comme toi sur la planète. Et moi, regarde-moi. Je bois de la bière, je fume le cigare, je n'ai jamais vu l'intérêt de travailler honnêtement toute la journée. Mes perspectives sentimentales sont nulles. Et j'ai…

Il laissa sa phrase en suspens.

Noah vit une expression étrange passer sur le visage de son ami. Bon, qu'y avait-il encore ?

— Tu as quoi ?

— J'ai un gosse au Texas, répondit Bo en regardant au loin.

— Bordel ! Tu ne me l'as jamais dit.

Crutcher fit tournoyer sa bouteille de bière vide entre ses mains.

— En tout cas, tu as bien fait de refuser la proposition de Tina. Crois-moi, il ne faut pas faire d'enfant à une femme si l'on n'a pas l'intention de jouer son rôle de père.

Noah n'en croyait pas ses oreilles.

— C'est un garçon ou une fille ? demanda-t-il.

— Un garçon. Je ne l'ai jamais vu. Pas même en photo. Sa mère aimait bien la couleur de mon argent, mais elle a catégoriquement refusé de me laisser le rencontrer.

Peu de gens auraient perçu la douleur qui transparaissait dans la voix de Bo, mais Noah en était conscient. En apparence, Bo avait tout du « je-m'en-foutiste », mais Noah le connaissait mieux que ça.

— Je suis désolé, dit-il.

Bo garda le silence un moment.

— Tu as fait le bon choix, même si ça t'oblige à renoncer à une déesse.

Noah et Tina avaient fini la soirée en bons termes. Elle s'était préparée à son refus. Et puis, pour couronner ce dîner pour le moins étrange, il était tombé sur Sophie Bellamy. Son arrivée avec ses enfants l'avait totalement perturbé. Sophie Bellamy, pensa-t-il, ça, c'était une déesse.

— Je suis déprimé, maintenant, reprit Bo. Moi qui pensais que la chance te souriait enfin.

Noah détourna les yeux, mais pas assez vite.

— C'est le cas, mon salaud. Allez, parle ! Qui est-ce ?

Coincé.

— Tu ne la connais pas. Elle vient d'arriver en ville.

Conscient que Bo ne lâcherait pas le morceau, il lui parla de Sophie.

Bo le considéra d'un air entendu.

— C'est quelqu'un de spécial. Ça se voit.

— Tu en sais plus que moi, dans ce cas. On vient de se rencontrer, d'accord ? Il pourrait y avoir… des complications.

— Ah bon ? Quoi par exemple ? Elle est mariée ?

— Non. Seigneur, Crutcher… Il se pourrait… Elle est plus âgée que moi. Je ne crois pas qu'elle s'en rende compte. J'essaie de trouver le moyen de le lui expliquer sans la faire fuir.

— Dis-le-lui tout simplement. Il n'y a pas de quoi en faire un plat.

— Elle pourrait ne pas voir les choses sous cet angle-là.

Noah ne savait pas trop pourquoi il avait ce sentiment, mais il était à peu près certain que cela ne lui plairait pas du tout.

— Si elle découvre que tu lui caches la vérité, tu l'as dans le baba.

On venait de sonner à la porte de la clinique. Les chiens se mirent aussitôt à aboyer. Noah alla voir qui c'était. Quelqu'un qui n'avait pas vu la pancarte « Fermé », à l'évidence.

— Bonjour, Sophie, dit-il avec un sentiment d'allégresse.

— Bonjour, Noah. Je…

Elle s'interrompit en concentrant son attention sur quelque chose derrière lui.

— Bonjour, madame ! lança Bo en traversant la pièce, le bras tendu, arborant son sourire de vedette de base-ball. Je suis Bo Crutcher, un copain de Noah.

— Comment allez-vous ? Sophie Bellamy.

Elle paraissait un peu troublée. Et même si cela tenait de l'impossible, elle était dix fois plus sexy que lors de leur rencontre au restaurant. Elle portait un jean, un pull-over et une parka ouverte, et ses joues étaient toutes rosies par le froid.

— Désolée, Noah, dit-elle. J'ignorais que tu étais occupé.

— Je ne le suis pas.

— Il n'est pas occupé, renchérit Bo avec conviction.

— Sérieusement, que puis-je faire pour toi ? s'enquit Noah en fusillant Bo du regard.

Il avait intérêt à la boucler.

— Les points de suture, dit-elle. Tu sais, sur mon genou.

— Tout va bien, j'espère ? demanda-t-il, sentant son estomac chavirer.

Nom d'un chien ! Se pouvait-il qu'il ait foiré ? Est-ce que ça s'était infecté ? Allait-elle lui faire un procès qui le mettrait sur la paille ?

— Pas de problème, s'empressa-t-elle de répondre. En fait, le médecin que j'ai vu pour le suivi m'a dit que tu avais fait de l'excellent travail.

— Toi ? s'exclama Bo en lui enfonçant un doigt dans la cage thoracique. Je le crois pas !

Sophie le gratifia d'un sourire.

— Je me suis blessée la nuit de la tempête, et Noah m'a recousue.

— Ce Noah, quand même ! On ne peut que l'aimer.

— Bref, reprit la jeune femme en reportant son attention sur Noah, le médecin m'a dit qu'il faudrait me les retirer aujourd'hui, mais son assistant ne peut toujours pas accéder à la clinique à cause de la neige. J'ai essayé de le faire moi-même.

— Ce n'est pas une bonne idée, affirma Noah avec une grimace.

— Je m'en suis rendu compte. Je ne suis pas aussi coriace que je le pensais, et j'ai vraiment besoin de récupérer l'usage de mon genou. J'ai pensé que tu pouvais peut-être t'en occuper. Enfin, si ça ne t'ennuie pas…

Si ça l'ennuyait ?…

Elle rougit tandis que son regard passait de lui à Bo.

— Je suis désolée de te demander ça après tout ce que tu as déjà fait pour moi, dit-elle.

— Ça ne m'ennuie pas du tout, répondit-il à la hâte.

— Je me sentais bête comme un mouton en venant ici…

Noah commit l'erreur de regarder Bo. Comme un mouton. Se pouvait-il qu'elle ait dit ça à un véto ? Pas de doute. Et Noah et Bo étaient redevenus des mômes de douze ans. Noah se retint de bêler.

— Vous êtes venue au bon endroit, madame, dit Bo, incapable pour sa part de se retenir de rire.

Sophie pinça les lèvres, puis se laissa aller à sourire.

— Allons nous occuper de ça, d'accord ? suggéra-t-elle. Venez si vous voulez, dit-elle à l'adresse de Bo. Vous pourrez peut-être me distraire.

— J'en serai honoré, madame, répondit-il en la suivant comme un grand chien dégingandé.

Il asséna un coup de coude à son ami en lui lançant :

— Tu en as des talents. Dieu de la fertilité. Urgentiste. Vétérinaire.

— Dieu de la fertilité ? répéta Sophie en fronçant les sourcils.

— C'est sa manière à lui de plaisanter, expliqua Noah.

Il leur tint la porte de la salle de consultation.

— Par ici, dit-il en assassinant Bo du regard.

Sophie entra dans la pièce.

— Où veux-tu que je me mette ?

Il eut un flash d'elle allongée sous lui, ses petites mains délicates cramponnées aux barreaux de bois du lit tandis qu'elle se cambrait sous son corps.

— Noah ? souffla-t-elle en le regardant d'un air interrogateur.

— Oh ! Là, ça ira très bien.

Il désigna un fauteuil en vinyle à côté de la table d'examen, et alluma la lampe. Puis il remonta ses manches et sortit une paire de gants stériles jetables.

Sophie s'assit et remonta sa jambe de pantalon.

Bo la regarda faire, bouche bée. Noah lui tendit un plateau en acier inoxydable.

— Tu veux bien me tenir ça ?

— Euh… d'accord. Je le tiens.

Noah s'assit sur un tabouret pivotant et mit son casque à lampe frontale et ses verres grossissants. Il ôta le pansement à l'aide de pinces à longs manches, ajusta l'éclairage.

— Ne bouge pas, dit-il. Ça ne te fera pas mal, mais tu sentiras peut-être des tiraillements.

Avec des petits ciseaux pointus et une pincette, il défit délicatement chaque point de suture, content de voir que la plaie avait bien cicatrisé.

— Alors, vous êtes nouvelle dans la région, dit Bo, comme s'il l'abordait dans un bar pour célibataires.

Noah se concentra en se disant que ces bavardages la distrairaient peut-être.

— Effectivement, répondit-elle.

— D'où venez-vous ?

— D'un peu partout. De Hollande, principalement. J'ai travaillé à La Haye comme avocate, au Tribunal pénal international.

Bo émit un petit sifflement.

— Jamais entendu parler, mais ça m'a l'air d'un truc important.

Il n'y avait que Bo pour rendre l'ignorance aussi charmante. Noah, quant à lui, se sentait péquenaud en présence de Sophie. Elle avait voyagé dans le monde entier alors qu'il était à peine sorti du comté de l'Ulster. Il avait intérêt à se donner du mal s'il ne voulait pas qu'elle s'ennuie avec lui. Elle en avait peut-être déjà assez, d'ailleurs. Il suffisait de voir le gars avec lequel elle se trouvait à la librairie.

— Ça me paraît bien, dit Noah en s'efforçant de chasser ses doutes. Tu cicatrises vite.

Elle lui sourit.

— C'est ce qu'on m'a dit. Merci, Noah.

Il saisit Bo par le bras et l'entraîna dans la pièce voisine afin qu'elle puisse rajuster son jean et remettre ses bottes tranquillement.

Dans la salle de consultation à côté, Bo paraissait sur le point d'exploser.

— La vache, c'est ça que…

— Je suis prête ! lança Sophie en les rejoignant. Je vais y aller. Maintenant que je n'ai plus mes points de suture, il faut que j'aille essayer mes nouveaux patins. Mon fils va passer le week-end avec moi et j'ai bien peur d'être un peu rouillée.

— Tu ne vas pas y aller toute seule. Pas question ! lança Noah. Je t'accompagne.

Elle secoua la tête.

— Non, je ne peux pas te demander ça, répondit-elle. Et puis tu as de la compagnie.

— Bo n'a qu'à venir aussi, suggéra Noah, connaissant d'avance la réaction de son ami.

Bo ne le déçut pas.

— Moi ? Faire du patin ? Hé, je préférerais me faire arracher une dent. Non, non, allez-y tous les deux !

Quelques minutes plus tard, ils se retrouvèrent seuls sur le lac. La lumière de la fin d'après-midi teintait le paysage de nuances roses et grises, et le lourd manteau de neige étouffait le son de leurs voix. Noah ne fut pas étonné de constater que Sophie patinait très bien, qu'elle évoluait avec souplesse, sans précipitation sur la glace. Il avait toujours trouvé les patineuses sexy. Cela dit, il aurait trouvé Sophie sexy dans n'importe quelle circonstance.

— Ça va, ton genou ?

— Impeccable.

Ils glissèrent un moment, côte à côte.

— Tu n'as pas du tout perdu la main, lui assura-t-il.

— Tu as l'air déçu.

— J'espérais que tu t'appuierais un peu sur moi, avoua-t-il. J'aime bien te tenir dans mes bras.

— Vraiment ? fit-elle d'un ton sceptique.

— Ecoute, je voudrais te parler de l'autre soir.

Elle s'écarta de lui d'une glissade.

— Inutile de parler de ça. Comme je te l'ai dit, tu ne me dois aucune explication.

Il l'attrapa par la main avant qu'elle s'éloigne trop de lui.

— Pas par là ! La couche de glace est trop fine.

Il garda sa main dans la sienne.

— Ça avait probablement l'air d'un rendez-vous galant, et je ne veux pas que tu penses ça.

— Tu n'as pas à t'expliquer, Noah.

— Peut-être pas, mais ça m'ennuie vraiment que tu me croies capable de sortir avec plusieurs femmes à la fois.

Il essaya d'imaginer l'étrangeté de la situation s'il lui expliquait ce que Tina voulait de lui.

Elle vacilla un peu, lui donnant l'occasion de la saisir par la taille.

— Je te tiens, dit-il. Et toi non plus, tu n'as pas à t'expliquer.

Elle se raidit.

— A propos de quoi ?

— Du gars avec qui je t'ai vue dans la librairie. Non, je n'étais pas en train de t'épier. J'allais chercher mon courrier à la poste. C'est juste à côté.

— J'étais avec Brooks Fordham, dit-elle. Il est journaliste. Il habite New York. Et tu as raison, je n'ai pas à m'expliquer.

— Cela dit, je suis prêt à t'écouter, si tu en as envie.

Elle rit.

— Tu n'as pas l'intention de lâcher, à ce que je vois ?

Il se cala sur sa cadence afin qu'ils patinent en tandem.

— Ce n'est que le début, répondit-il.

Mais le doute l'avait de nouveau assailli. Un journaliste new-yorkais ? Il se demandait si son monde à lui serait assez vaste ou exaltant pour elle.

— Regardez-moi ces deux tourtereaux ! cria Bo depuis la rive. Vous allez vous peler de froid. Venez donc boire une bière.

— Bonne idée, dit Noah. Qu'en penses-tu, Sophie ?

Elle avait l'air hésitant.

— On pourrait lever notre verre à la fin des malentendus, ajouta-t-il.

Son hésitation céda la place à un sourire.

— Je veux bien, dans ce cas.

Lorsqu'ils entrèrent, Opal explosa de joie en reconnaissant Sophie.

— Je n'ai pas l'habitude qu'on se mette dans un état pareil rien qu'en me voyant, dit-elle.

En toute honnêteté, le chiot ne faisait qu'exprimer les sentiments que Noah lui-même ressentait : une joie totale de la voir.

— C'est pour ça qu'on a des chiens, dit Noah. Tu l'ignorais ?

Bo sortit trois Utica Clubs du réfrigérateur et les distribua.

— Avez-vous jamais bu une *Voiture piégée* ? demanda Bo en s'adressant à Sophie.

Noah fit la grimace.

— Allons, Crutcher…

— Je ne suis pas fan des voitures piégées, répondit-elle en pâlissant visiblement.

Peut-être avait-elle vécu dans un endroit où les voitures piégées n'étaient pas une plaisanterie, songea Noah.

— Je vous parle d'une boisson à base de bière et de tequila, précisa Bo. Venez, je vais vous montrer.

Il fit une halte au passage pour prendre un sachet de chips et un petit pot de salsa, deux aliments de base qu'on était toujours sûr de trouver dans la cuisine de Noah.

Dès que Bo Crutcher débarquait quelque part, une fête s'ensuivait. C'était un talent qu'il avait. Sa personnalité était aussi forte que son potentiel de joueur de base-ball, si bien que lorsqu'il ouvrit une bouteille de tequila et en versa une petite dose dans leurs bocks de bière, Noah et Sophie burent aussi docilement cette mixture que des enfants à qui on aurait ordonné de finir leur lait.

— C'est absolument immonde, déclara Sophie en se tapotant les lèvres avec une serviette.

— Faites-moi confiance, dit Bo en leur servant une deuxième ration: plus on en boit, meilleur c'est.

— A la vôtre !

Se remémorant l'époque où il était étudiant à l'université de Cornell, Noah vida son verre d'un trait.

— Santé ! fit Sophie en écho. *Salud, proost, amandla.*

— Whoua ! T'as entendu ça ? s'exclama Bo en la dévisageant d'un air admiratif.

— C'est de l'umojan, dit-elle. Un dialecte africain.

Sophie éclusa son verre avec un panache impressionnant avant d'émettre un rot retentissant.

Bo pressa ses deux mains contre sa poitrine.

— Du calme, mon cœur !

En se concentrant pour ne pas en renverser, Noah remplit de nouveau leurs verres.

— Hé, chacun son tour, mon pote !

Sophie éclata de rire.

— Vous êtes mieux que mon psy, les gars !

— Vous avez un psy ? demanda Bo d'un air surpris.

Elle pouffa de rire.

— Pas vous ?

— Pas moi, en tout cas, répondit Noah en brandissant la bouteille de tequila. A moins qu'on compte ça.

— Je n'ai jamais rencontré quelqu'un qui n'avait pas de psy.

— Même moi j'en ai un, avoua Bo. Depuis peu. Mon agent m'a demandé de voir quelqu'un. Il veut s'assurer que j'ai la tête sur les épaules avant le début de la saison.

— C'est la première fois de ma vie que je rencontre une star du base-ball, dit Sophie.

— Oh, je suis un cadeau ! lança Bo en remplissant son verre, puis celui de Noah. Ça ne fait aucun doute. Enfin, bref.

— Boire pour oublier, dit-elle sur le ton de la méditation. Quel concept ! Regardez, il dort comme une souche, ajouta-t-elle en désignant le chiot étalé sur ses genoux. J'ai l'impression d'avoir accompli quelque chose.

— Tu veux dire que tu n'as jamais essayé de noyer tes problèmes dans l'alcool ? demanda Noah.

— Ça veut dire que vous avez des problèmes ? s'étonna Bo. Vous n'avez certainement pas une tête à en avoir.

Elle hoqueta avant de lui décocher un petit sourire.

— Vous n'avez pas idée.

En dépit du sérieux de ses propos, elle avait dit ça d'un ton guilleret, et elle gratifia Noah d'un sourire éblouissant.

Ils trinquèrent de nouveau.

— A tes talents cachés, dit Sophie. Et nous pouvons ajouter à la liste ceux de coach de patinage et de chirurgien esthétique. Mon genou va parfaitement bien.

— La chirurgie esthétique, voilà comment gagner un maximum de fric, fit remarquer Bo.

— Evidemment ! répliqua Sophie. Tôt ou tard, on a tous besoin d'un peu d'aide.

Elle était un étonnant cocktail d'intelligence, d'assurance et d'insécurité. Cocktail que Noah trouvait fabuleusement séduisant. Mais quel défi !

— Et avec Noah, c'est service étalon, ajouta Bo. N'oubliez pas ça. Dr Noah Shepherd — vétérinaire, chirurgien esthétique, urgentiste et service étalon.

— Ta gueule ! lança Noah en le fusillant du regard.

Il se rendit compte trop tard qu'il aurait mieux fait de se taire. Sa réaction ne fit qu'aiguillonner Bo.

— Je ne comprends pas, dit Sophie. Service étalon ? Tu t'occupes de saillies ?

Bo s'esclaffa en se tapant la cuisse.

— Il ne vous a rien dit ?

— Ça suffit, saligaud ! lança Noah. Tu as promis de te taire.

Crutcher l'ignora.

— Certes, mais depuis, j'ai bu quelques bières !

Il se tourna vers Sophie avant d'ajouter :

— La fille de Sockeye Calloway veut qu'il lui fasse un bébé.

— Quoi !

— Je vous jure. Je n'invente rien. Tina et sa copine, Paulette… Elles vivent en couple. Ne me demandez pas pourquoi : c'est comme ça.

— Je vois.

Sophie but une petite gorgée.

— Hé, c'est franchement dommage, si vous voulez mon avis, reprit Bo en secouant la tête d'un air tragique, sa crinière étincelant dans la lumière.

— Personne ne te l'a demandé, intervint Noah.

Mais il savait qu'il était trop tard. Bo avait vendu la mèche. Plus moyen de reculer.

— Vous voulez dire que ces femmes veulent avoir un bébé ensemble ? demanda Sophie.

— Ouais.

— Et elles voudraient que Noah…

— Ouais.

Sophie le dévisagea, les sourcils en accent circonflexe.

— Ça n'arrivera pas, s'empressa-t-il de dire. Je n'ai rien contre Tina et Paulette. C'est juste que… le jour où j'aurai des enfants, je souhaite être davantage impliqué.

— C'est étonnant ce que certaines femmes sont capables de faire pour être mères, commenta Sophie avant de se tourner vers Bo. J'ai deux enfants et un petit-fils.

— Attendez une seconde, dit Bo en fronçant les sourcils. Deux enfants et un… quoi ?

— Petit-fils.

Bo siffla entre ses dents comme lui seul était capable de le faire.

Noah lui décocha un regard qui promettait une mise à mort. Si Bo se hasardait à parler de leur différence d'âge maintenant, il était foutu. Dieu merci, il se borna à lever son verre pour porter de nouveau un toast.

Il est vrai que c'était ahurissant de penser qu'elle était grand-mère. En un sens, la situation dans laquelle elle se trouvait séduisait Noah.

Elle but une autre gorgée.

— C'est à cause d'eux que je suis ici. Pour la première fois de ma vie, je vais être une maman à plein temps. C'est une deuxième chance pour moi : je serai la meilleure maman qui soit. Je vais m'élever au panthéon des mamans. Je vais être une si bonne maman que ce sera terrifiant.

— La *mamanatrix* ! s'exclama Noah en trinquant avec elle.

— Je le jure, je vais être supermaman et supergrand-maman en même temps.

Bo engloutit à son tour une gorgée de bière d'un air songeur.

— Ouais ! Eh bien, je vous souhaite bonne chance.

16

Le premier jour des cours, Daisy n'arrêtait pas de se dire qu'il lui manquait quelque chose d'essentiel. Ce quelque chose, c'était Charlie, bien sûr, et tout ce qu'il impliquait. Depuis qu'il était né, elle n'avait pas fait un pas sans penser à lui. Charlie. Son sac de couches. Sa tototte. Sa peluche préférée. Son gel pour les gencives, sa crème pour les fesses, ses lingettes, ses vêtements de rechange. Dormait-il ou était-il réveillé ? Avait-il faim ? Etait-il repu ? Pleurait-il ? Faisait-il quelque chose qu'elle aurait envie d'immortaliser avec son appareil photo ?

Il était étonnant de songer que cet être minuscule pouvait occuper pratiquement toute sa vie.

Ces pensées provoquèrent aussitôt chez la jeune femme une réaction physique. Elle sentit des picotements au bout des seins, suivis par un écoulement chaud. Sa poitrine ne faisait pas la différence entre Charlie et la pensée de Charlie. Fort heureusement, elle avait glissé des protections rondes jetables dans son soutien-gorge.

Toute une industrie s'était développée au profit des mamans contraintes d'abandonner temporairement leur bébé. Il y avait des moniteurs pour transmettre le moindre son qu'ils émettaient, des webcams pour les surveiller à chaque instant, des dispositifs qui leur permettaient d'entendre la voix de leur maman en son absence, des manuels pour vous conseiller de leur laisser une couverture imprégnée de votre odeur et une photographie de vous. Il y avait tout un système pour vous soutenir et vous faciliter la tâche.

Daisy en faisait pleinement usage. N'empêche qu'elle déambulait sur le campus avec le sentiment d'avoir oublié quelque chose.

Et en même temps elle se sentait plus légère que l'air.

Elle avait oublié l'effet que cela faisait d'aller où que ce soit sans Charlie et tout son attirail. Elle avait la sensation d'être redevenue la Daisy d'autrefois qui ne s'occupait que d'elle-même. Elle ne l'aimait pas beaucoup cette Daisy-là. Cela dit, s'aimer ne faisait pas vraiment partie de ses priorités. Elle savait qu'elle allait adorer suivre ces cours de photographie, et, du coup, elle se sentait coupable. Comment pouvait-elle apprécier ce qui l'éloignait de son bébé ? Cela faisait-il d'elle une mauvaise mère ?

En regardant les autres étudiants, elle eut l'impression d'être là en observatrice.

Au lycée, elle était la fille populaire par excellence. La fêtarde. Tout le monde pensait qu'elle faisait la bringue parce que c'était sympa. Personne ne se rendait compte qu'elle faisait ça pour embêter ses parents. Cela ne la ravissait pas particulièrement de les mettre en rogne, mais ils s'intéressaient à elle, du coup. Sinon, ils se concentraient sur d'autres choses, comme leur divorce.

Tout s'était terminé, comme on pouvait s'y attendre, par une rupture, pour le malheur de chacun. Elle avait emménagé chez son père, à Avalon, une petite ville provinciale qu'elle se préparait à haïr.

Mais finalement elle ne détestait pas du tout Avalon. On ne pouvait pas dire non plus qu'elle raffolait de cette bourgade, mais elle s'y sentait en sécurité. Et quand elle avait découvert qu'elle était enceinte, il n'avait plus été question de partir. C'était un endroit qui convenait pour élever son enfant.

Et maintenant, sa mère était de retour. Incroyable !

Elle était donc là à explorer sa nouvelle école tout en faisant face à un choc culturel auquel elle ne s'était pas attendue. Elle géra la situation comme elle le faisait souvent, en envisageant les choses sous l'angle de la photo. Il faisait froid, mais pas au-dessous de zéro. Les étudiants se déplaçaient en bande, bavardant et riant, rendant Daisy d'autant plus consciente de sa solitude. Il y avait des couples aussi. Des tas de couples enlacés ou se tenant par la main. Certains, dans l'extase de la découverte, s'arrêtaient tous les trois pas pour s'embrasser avant de se remettre en route, comme hébétés. Il y avait aussi des solitaires, bien sûr, branchés sur leur iPod, et des filles pendues à leur portable. Daisy se demanda si certaines ne feignaient pas d'être en pleine communication, histoire d'avoir l'air occupées, pour que les gens s'imaginent qu'elles avaient plein d'amis.

Daisy n'était pas certaine qu'elle parviendrait à s'intégrer. C'était une université publique, de sorte qu'il y avait aussi bien des étudiants à plein temps que des externes ayant un travail et une famille. Logan vivait dans la résidence Chi Theta Sigma. Elle ignorait tout de cet aspect de sa vie. Et mieux valait qu'il en soit ainsi.

Charlie lui manquait. En même temps, elle était consciente que ces quelques heures loin de lui constituaient un formidable cadeau. Peut-être devrait-elle aller à la cafétéria boire un café, parler avec les autres filles de shopping, de célébrités, des gros titres des journaux, de la représentation d'*Antigone* qui avait eu lieu la veille au soir sur le campus.

Il vaudrait peut-être mieux qu'elle y aille après les cours. Sa mère lui avait assuré qu'elle prendrait bien soin de Charlie. Daisy n'avait aucun doute là-dessus. S'il y avait une chose dont on pouvait être certaine avec sa mère, c'est que tout ce qu'elle faisait, que ce soit provoquer la chute d'un dictateur étranger ou choisir un pamplemousse, elle le faisait avec une compétence totale. Daisy se mit à penser à elle et à ce qu'elle avait enduré. Un problème de sécurité, selon sa formule, et elle avait totalement minimisé le rôle qu'elle avait joué dans cette tragédie. Elle répugnait à en parler, même si elle laissait entendre qu'elle n'avait eu qu'un rôle d'observatrice. Daisy soupçonnait qu'elle avait été beaucoup plus impliquée que ça. Au point de venir se réfugier à Avalon. Elle n'aurait pas pu mieux choisir son moment, d'ailleurs… Daisy songea aussitôt que cette pensée était totalement égoïste.

Elle prit quelques photos. Elle avait toujours aimé la manière dont la neige illuminait les visages d'une clarté brute mais spéciale qui conférait de l'honnêteté aux traits et aux expressions.

Elle fit une vue panoramique de la cour oblongue entourée de grands arbres dénudés et d'imposants édifices en brique. C'était l'un des campus les plus pittoresques du système universitaire public. Son viseur encadra un garçon aux cheveux d'un blond presque blanc qui lui tombaient sur les épaules ; il marchait à grands pas sur le campus, une pile de livres calée contre sa hanche.

Elle faillit lâcher son appareil. Zach… Se pouvait-il que ce soit lui ?

Elle fut sur le point de l'appeler, puis se ravisa. Elle aurait l'air malin si elle s'était trompée. Elle rangea son appareil et courut vers lui, dépassant en chemin un groupe d'étudiants en train d'accrocher une bannière pour un meeting, et un professeur entouré de protégés manifestement béats devant lui.

Elle avait peut-être fait une erreur. Il s'était écoulé plus d'une année… Non, elle serait capable de le reconnaître entre mille. Zach, Sonnet — sa meilleure amie, désormais sa demi-sœur — et elle avaient vécu trop de choses ensemble. Les photos qu'elle avait prises de lui étaient particulièrement réussies. Rien à voir avec des photos de type mannequin. Il n'avait pas posé pour elle. Il s'agissait juste de l'étude d'un visage remarquable, bizarrement séduisant. Les images en noir et blanc, qui dataient de l'hiver dernier, représentaient un jeune homme dissimulant un monde de souffrance. Sur le moment, Daisy n'était pas consciente de sa douleur ni de sa source. Peut-être cela avait-il ajouté au côté mystérieux de ces clichés.

En se rapprochant de lui, elle se rendit compte qu'elle ne s'était pas trompée. Chacun a une manière unique de se comporter, et quand on avait vu quelqu'un à travers l'objectif d'un appareil photo, on reconnaissait sa posture, ses gestes.

— Zach, dit-elle quand elle fut à quelques mètres de lui. Salut !

Il se figea comme si quelqu'un avait secoué une chaîne invisible, et se tourna vers elle. C'était bien le Zach qu'elle connaissait mais… il était différent. Le même visage aux remarquables traits avec cette structure osseuse, ce teint nordique, pâle, ces yeux bleu vif sous des sourcils et des cheveux si clairs qu'on lui demandait parfois s'il se teignait ou s'il était albinos. Mais il avait changé. Elle sentait une distance. Une méfiance qui lui faisait comme une carapace.

— C'est moi. Daisy.

Il esquissa un sourire qui ressemblait plus à un réflexe qu'à une réaction.

— Je vois ça.

— Comment vas-tu? demanda-t-elle, se sentant totalement gauche.

Ils avaient été amis. Assez proches pour se raconter leurs secrets. Avec Sonnet Romano, ils avaient été comme *Les Trois Mousquetaires* : un pour tous, tous pour un. Inséparables.

Jusqu'au moment où le scandale les avait brutalement éloignés.

— Ça va, répondit-il. Et toi?

— Bien. Très bien.

— Tant mieux.

Un silence gêné s'ensuivit.

Daisy ne savait pas par où commencer.

— Je suis désolée, dit-elle. C'est bizarre. J'aimerais que ce soit plus facile.

Son aveu parut alléger quelque peu l'atmosphère. Il jeta un coup d'œil au clocher.

— Tu as un cours, ou... ?

— Pas avant une demi-heure.

— Tu veux qu'on aille boire un café ?

— Oui, bien sûr.

Ils se dirigèrent vers la cafétéria, et avancèrent côte à côte dans la file d'attente. Zach prit un petit pain à la cannelle enrobé de Cellophane, puis il le reposa.

— Juste un café, dit-il. A force de travailler à la boulangerie Sky River, je suis devenu difficile.

Cette évocation du passé dégela un peu plus l'atmosphère.

— Moi aussi, avoua-t-elle.

Ils avaient tous les deux travaillé à la boulangerie, l'été précédent. Ils s'étaient rapidement liés d'amitié. C'était à lui et à Sonnet que

Daisy devait de ne pas s'être sentie comme une étrangère quand elle s'était installée à Avalon.

Ils s'assirent à une table en Formica, près de la fenêtre.

— Ça fait plaisir de te retrouver, dit Daisy. Je n'étais pas sûre de te revoir un jour après ce qui s'est passé...

— Inutile de tourner autour du pot, dit-il. Tu veux parler du jour où mon père s'est fait pincer pour avoir piqué du fric dans les coffres de la municipalité d'Avalon, je suppose ?

Matthew Alger, le père de Zach, avait été trésorier municipal à l'époque où Nina occupait les fonctions de maire. Lorsque des fonds avaient commencé à se volatiliser mystérieusement, Nina avait été mise en cause, mais en définitive, on avait démasqué le coupable. A partir de là, tout était allé à vau-l'eau. On avait découvert qu'Alger était accro aux jeux d'argent en ligne. Pour aggraver la situation, Zach avait tenté de couvrir l'affaire en volant de l'argent dans la caisse de la boulangerie Sky River où il travaillait. Son père avait été arrêté, et il avait quitté la ville. Bien qu'elle n'ait pas été directement responsable des pertes encourues par la ville, le mandat de Nina s'était achevé sous le coup de ce scandale.

— Oui, répondit Daisy. Après ça. Tu as arrêté l'école, renoncé à ton job à la boulangerie et tu as filé avant même que j'aie le temps de te dire que j'étais désolée de tout ce qui t'était arrivé. Avant que Sonnet puisse te dire au revoir.

— Bon débarras, tu veux dire. Mon père a couché avec sa mère. Je doute qu'elle ait été triste de me voir partir.

— On était tristes toutes les deux, Zach. Tu n'es pas responsable de ce que ton père a fait, et je suis heureuse de t'avoir retrouvé. Il faut absolument que je prévienne Sonnet. Je vais même lui envoyer un texto sur-le-champ.

Il était finalement assez détendu pour esquisser un sourire.

— Toujours aussi directive !

Dans le silence qui suivit, elle sentit qu'il réprimait sa curiosité. Elle croisa les bras sur la table et plongea son regard dans le sien.

— Tu as le droit de me poser des questions sur le bébé, dit-elle.

— Ouais, je me demandais.

La dernière fois qu'elle avait vu Zach, elle était enceinte de quelques mois et dans une totale confusion.

— Je n'osais pas te questionner au cas où… enfin, tu vois, s'il était arrivé quelque chose.

— J'ai eu un petit garçon en août, dit-elle. Emile Charles Bellamy. Il est fabuleux.

Elle sortit une photo de son portefeuille.

— On habite à Avalon, précisa-t-elle. Je me suis inscrite à la fac en candidat libre. Les cours commencent aujourd'hui.

— Whoua!

Comme la plupart des garçons, il n'avait pas grand-chose à dire sur les photos du bébé.

— Je parie que tu es une supermaman.

— Je fais de mon mieux.

A son tour, elle lui posa des questions sur sa vie. Il habitait près du campus et travaillait dans une boulangerie du coin. Les horaires bizarres lui convenaient très bien, contrairement à la majorité des gens. Il faisait des études de comptabilité, précisa-t-il.

Tout en l'écoutant parler, Daisy songea à quel point elle était attachée à lui et combien son amitié lui avait manqué. Elle avait peu d'amis, ces temps-ci. La plupart des gens qu'elle avait connus au lycée étaient à la fac ou bien ils étaient partis à New York pour travailler. Ceux qui restaient dans les parages partageaient leur temps entre des petits boulots sans intérêt et des week-ends festifs et bien arrosés, vivant au jour le jour sans rien de mieux à faire. Daisy tenait absolument à éviter de tomber dans ce genre d'existence stérile. Voilà pourquoi elle avait insisté pour vivre seule plutôt que sous le toit de son père. C'était aussi pour cette raison qu'elle veillait tard le soir afin de travailler sur ses photos de commande, et qu'elle s'était inscrite à la fac. Il était hors de question qu'elle subisse sa vie. Elle avait d'autres ambitions.

Elle raconta à Zach les quelques progrès qu'elle avait accomplis sur le plan professionnel — ses planches étaient exposées dans quelques commerces locaux et il lui arrivait d'en vendre. Elle avait aussi trouvé un boulot régulier dans un cabinet de graphisme, et son book était en ligne.

— Si bien que mes photos se retrouvent dans des endroits surprenants, dit-elle. Comme une pub pour des portes coulissantes, du matériel de jardinage, un remède pour les maux de gorge.

Elle but son café et fourra sa serviette dans sa tasse.

— Les photos que j'ai prises de toi sont parmi les meilleures, ajouta-t-elle.

— Ah ouais ! Eh bien, j'espère que ma tronche n'apparaîtra pas dans une pub ou une brochure quelconque.

— Primo, je ne ferais jamais ça. Deuxio, c'est impossible sans l'autorisation du modèle.

Elle lui tendit une autre photo sortie de son portefeuille. Celle-ci avait été prise l'hiver précédent avec un retardateur. Elle les représentait tous les trois — Sonnet, Zach et elle — dans des bois enneigés, et elle reflétait bien l'amitié qui les unissait alors. Ils ignoraient tous les trois, au moment où Daisy avait appuyé sur le bouton de déclenchement, que, quelques instants plus tard, elle prendrait des photos de quelque chose de bien différent, quelque chose qu'ils découvriraient au fond d'une caverne glaciaire dans les collines où ils se promenaient. Ils étaient partis pour faire des raquettes, ce soir-là, et ils avaient découvert les restes d'une femme qui avait disparu vingt-cinq ans plus tôt. Le père de Zach connaissait la victime ; de plus, il avait été la dernière personne à la voir vivante.

Tout avait changé après ça, pour le trio.

— Comment va-t-elle ? demanda Zach en détournant le regard de la photo.

La souffrance était tangible dans sa voix. Zach et Sonnet avaient grandi ensemble ; ils se connaissaient depuis la maternelle. Daisy savait qu'ils avaient tous deux beaucoup souffert de cette brouille.

— Sonnet va très bien. Elle est sortie major de sa promotion et elle a fait un stage à l'OTAN, en Belgique, cet été. Elle est à l'American University, maintenant, à Washington DC. Je crois qu'elle veut être diplomate.

— Elle fera merveille dans ce domaine, j'en suis sûr.

Daisy aussi en était convaincue. Sonnet Romano était le genre de fille dont tous les parents rêvaient. Elle avait d'excellentes notes et de très belles manières. Elle faisait du bénévolat en donnant des cours en maternelle et en emmenant des enfants faire de la randonnée, l'été. Elle s'était promis de rester vierge jusqu'à son mariage et elle s'y tenait, d'après ce que Daisy en savait.

— Sois sympa, évite de lui envoyer un texto, dit Zach. Evidemment, je ne peux pas t'empêcher de lui dire que tu m'as vu, mais…

— D'accord, je garderai ça pour moi. Pourtant, il n'y a pas de quoi en faire un plat. Tellement de choses plus importantes se sont passées depuis cette histoire à propos de ton père…

— Quoi par exemple ? La naissance de ton bébé ?

— Oui. Et j'ai autre chose à t'annoncer. J'espère que ça te fera plaisir.

— Dis toujours.

— Nina, la maman de Sonnet, s'est mariée il y a quelques semaines.

— Ah oui ?

— Avec mon père. Nina Romano a épousé mon père. Alors, on est sœurs maintenant. Demi-sœurs, Sonnet et moi.

Il s'adossa à sa chaise, puis dévisagea Daisy.

— Et tu me parles quand même ?

— Comme je te l'ai dit, tu n'as aucune responsabilité dans cette histoire, Zach. Personne ne te fait le moindre reproche.

Il ne répondit rien, mais elle voyait clair dans son regard — il s'en voulait encore. Elle se demanda si l'on cessait un jour d'avoir besoin de l'approbation de ses parents. Probablement pas. Et à cet instant, elle se promit de ne jamais laisser croire à Charlie qu'il avait le devoir de gagner son amour d'une manière ou d'une autre. Elle l'aimerait tout bonnement, sans exigences ni questions.

— Bref, j'espère qu'on se reverra tous les trois bientôt, lui dit-elle.

Puis une idée lui traversa l'esprit.

— Au Carnaval d'hiver, ce serait parfait. Sonnet est censée rentrer à ce moment-là.

Le Carnaval d'hiver était le principal événement de la saison à Avalon. On organisait une exposition de sculptures en glace, des matchs de hockey sur le lac, et toutes sortes de courses — traîneaux, luges, raquettes, ski de fond, patinage, sans parler du fameux triathlon de l'homme de Glace. Bref, c'était le moment fort de l'hiver.

— Tu devrais venir, Zach, dit-elle. Je suis sérieuse.

— Tu parles ! Sonnet serait ravie — sans parler de ton père et de sa nouvelle femme.

— Zach…

— C'est bientôt l'heure de mon cours, dit-il en s'emparant de leurs deux tasses pour les jeter. Faut que j'y aille.

17

Sophie avait une idée assez précise de la manière dont ses journées avec le petit Charlie allaient se passer. Elle s'imaginait arrivant chez Daisy, accueillie par les gazouillis joyeux du bébé et par sa fille reconnaissante sur le point de filer, pleine de confiance. Puis, pendant que le bébé dormirait paisiblement, elle se pencherait sur la collection de manuels de puériculture qu'elle avait achetés pour rafraîchir ses connaissances.

En fait, c'était le chaos quand elle était arrivée, ce matin — une fille stressée, un bébé en pleurs, une maison sens dessus dessous. Daisy avait presque renoncé à partir.

— Allons, allons ! avait protesté Sophie en haussant la voix pour couvrir les cris de Charlie. Tu as longuement réfléchi à tout ça. Tu peux y arriver.

— L'année prochaine, peut-être ! gémit Daisy. Rien ne presse, au fond.

Feignant une assurance qu'elle était loin d'éprouver, Sophie avait pris le bébé dans ses bras.

— Vas-y. Essaie au moins pendant une semaine. On va se débrouiller, Daisy, je te le promets.

Pour finir, Daisy était sortie comme une furie en laissant Sophie et Charlie tout seuls. Charlie pleurait toujours et Sophie se demandait si elle réussirait à tenir sa promesse.

Elle avait organisé sa journée à la minute près, quasiment : l'horaire des repas, des changes, des jeux et de la sieste selon les programmes recommandés par les manuels en question.

Mais lesdits manuels n'étaient pas très précis quant à la manière de gérer la situation quand le bébé ne se montrait pas coopératif. Elle se fraya un chemin à travers la salle de séjour encombrée pour gagner la chambre où elle changea la couche de son petit-fils. Il était costaud et en colère. Il s'époumonait en gigotant dans tous les sens pendant qu'elle tâtonnait à la recherche des attaches de la couche et glissait tant bien que mal ses petites jambes potelées, battant l'air, dans une grenouillère propre. En poussant ses vêtements souillés par terre, elle se rendit compte qu'une maison avait vite fait d'être en désordre quand on était seul avec un bébé agité. Elle le prit dans ses bras, lui déposa un baiser sur le front. Il n'avait pas de fièvre. Tout en fredonnant, elle retourna dans le salon et le déposa dans son siège pour aller faire chauffer son biberon à la hâte. Il n'en voulut pas. Pas plus que de sa tototte. Ni de son siège ni d'aucun jouet. Ni de Sophie.

Elle le posa par terre sur une couverture et s'assit à côté de lui.

— Charlie, il faut qu'on parle, lui dit-elle lors d'une brève accalmie. J'ai déjà élevé deux enfants.

Elle constata que lorsqu'elle lui parlait comme à un adulte, il oubliait de pleurer quelques instants.

— Tu ne me fais pas peur, poursuivit-elle. Mais le truc, tu comprends, c'est que je n'ai jamais fait ça toute seule. A l'époque où Daisy est née, je n'avais pas encore épousé son père, mais je n'étais pas vraiment seule. J'habitais chez mes parents, cet été-là. Et, enfin, il faudrait que tu connaisses mes parents pour comprendre.

Charlie serra les poings et entreprit de suçoter ses jointures.

— Tu apprendras à les connaître en grandissant, dit-elle. Il faut qu'ils se fassent à l'idée qu'ils sont arrière-grands-parents. Bref, quand j'ai eu Daisy, ils ont décidé que la solution consistait à me faire aider vingt-quatre heures sur vingt-quatre. En rentrant de l'hôpital avec ma petite fille, je l'ai aussitôt abandonnée à une baby-sitter chevronnée. Quand j'ai épousé Greg, quelques mois plus tard, nous l'avons gardée. Ne te méprends pas — c'était très gentil de la part de mes parents et je leur étais reconnaissante. Mais, au fond, ils cherchaient à me faire comprendre que j'étais incapable de m'en sortir toute seule. Comment aurais-je pu penser le contraire ? Pour te dire la vérité, j'étais contente d'avoir Ammie et Della — la nounou de jour et la nounou de nuit. Ammie était laotienne et Daisy new-yorkaise. Elles adoraient toutes les deux les bébés et Daisy était toute leur vie. Au final, je n'avais plus à lever le petit doigt, ni pour Daisy ni pour Max quand il est arrivé à son tour. J'ai continué à mener ma vie. J'ai fini mes études et j'ai commencé ma carrière pendant que quelqu'un d'autre s'occupait de mes enfants.

Charlie émit un son grincheux mais il avait cessé de pleurer. Elle lui tendit la main, le regarda saisir son doigt et l'examiner avant de le fourrer dans sa bouche pour le mordiller, pas suffisamment fort pour lui faire mal.

— Alors, ce que j'essaie de t'expliquer, mon petit gars, c'est que tu es ma deuxième chance, reprit-elle. Tu me donnes l'occasion de faire les choses différemment, de te rendre la vie plus douce par ma présence. Je ne cherche pas à faire pression sur toi ou quoi que ce soit, mais j'ai vraiment envie de représenter quelque chose pour toi. Et pas seulement la gentille dame qui vient de temps en temps pour t'emmener faire des tours de manège.

Après quoi elle récupéra délicatement son doigt et prit Charlie dans ses bras. Tout son corps frémissait d'amour pour cette minuscule créature qui était arrivée inopinément et dont l'existence même définissait désormais l'avenir de Daisy.

Il n'avait pas toujours été considéré comme une bénédiction. Quand la nouvelle de la grossesse de Daisy avait commencé à circuler, une partie des gens que Sophie côtoyait à Manhattan, des mamans modèles qui avaient planifié l'existence de leurs enfants du berceau au mariage, s'étaient montrés compatissants. Ils s'étaient comportés comme s'il s'agissait d'un décès et non pas d'un heureux événement. *Oh, Sophie, je suis tellement désolée !* Ces platitudes avaient été murmurées en sirotant du thé au Saint-Régis ou des drinks à la Oak Room. *Ça doit être tellement dur pour vous. Tous vos espoirs, envolés…*

Elle reposa le bébé et fit un tour dans la pièce à la recherche de jouets, glanant au passage un assortiment de choses toutes douces qui couinaient, d'objets de couleurs vives et de formes spongieuses. Elle tendit à Charlie une poupée en peluche dont le visage plat arborait un doux sourire brodé. Il s'y cramponna à deux mains et le porta immédiatement à sa bouche.

— J'avais des projets pour Daisy, évidemment, reprit Sophie. J'avais des rêves pour elle. C'est le cas de toutes les mères. Elle en a pour toi aussi, fais-moi confiance. Mais si elle est futée, elle te laissera les découvrir par toi-même.

Sophie n'avait pas eu cette intelligence-là. Elle avait dit à Daisy ce qu'elle attendait d'elle — de bonnes notes, de bonnes écoles, un travail digne de ce nom, un mariage fondé sur un amour mutuel et le respect. Un ou deux enfants prévus d'avance. Dans cet ordre.

— Elle ne m'a pas écoutée, reconnut Sophie.

Le bébé envoya balader le jouet. Elle lui tendit un anneau en plastique garni d'objets colorés. Il s'en saisit et le porta aussitôt à sa bouche, histoire de valider son existence.

— Moi non plus je n'ai pas écouté, d'ailleurs. Il est rare qu'une maman écoute. Enfin, elle écoute avec son cœur, et puis elle ignore les choses qu'elle n'a pas envie d'entendre. Comme le fait que lorsqu'une fille en veut à tout le monde et qu'elle est d'humeur rebelle, il y a des chances qu'un jour elle couche avec un garçon sans se protéger. Daisy a au moins eu le bon sens de ne pas épouser Logan O'Donnell. Certaines personnes prétendent que n'importe quel mari vaut mieux que la situation de mère célibataire. Elles ont peut-être raison, mais je fais confiance à Daisy là-dessus. Ça n'aurait jamais marché avec Logan, et elle a eu l'intelligence de s'en rendre compte. Elle était aux premières loges pour juger du couple que je formais avec Greg, et elle a probablement compris que se marier pour de mauvaises raisons aboutissait toujours à une catastrophe.

Charlie la regardait avec des yeux de hibou.

— Tu seras une bonne oreille quand tu cesseras de brailler, lui dit-elle. Tu es plus attentif que la plupart des adultes que je connais.

Il continuait à la fixer sagement.

— Tu as les yeux verts et les cheveux roux, lui dit-elle. Un physique classique d'Irlandais. Tu dois en avoir assez qu'on te répète ça, hein ? Je suis sûre qu'en grandissant, tu t'entendras dire par tout le monde que ton père et toi vous vous ressemblez comme deux gouttes d'eau. Daisy m'a dit que Logan venait te voir chaque semaine. Je n'en attendais pas autant de lui. Cela dit, je le connais très peu.

Elle lui tendit un jouet qu'elle lui avait acheté en Allemagne quelques mois plus tôt : une boule enfermée dans une cage qui produisait un son de gong quand on la tournait.

— C'est drôle, poursuivit-elle. Marian O'Donnell me faisait l'effet d'une maman parfaite. Elle était cent pour cent présente dans la vie de ses enfants. Elle était toujours fourrée à l'école : elle se portait volontaire à la bibliothèque ou dans la salle d'ordinateurs. C'était une maman fabuleuse, de celles qui me donnaient l'impression d'être totalement inadéquate. Mais au final, elle n'a pas pu sauver Logan, pas plus que je n'ai sauvé Daisy.

Charlie laissa tomber le jouet venu d'Allemagne. Il gesticula un peu, fit la grimace. Sophie l'observa pendant quelques minutes. Des problèmes intestinaux ou le poids de l'ennui ? Ne constatant aucune manifestation de la première éventualité, elle en conclut qu'il s'ennuyait. C'était compréhensible, à force de rester là à écouter attentivement sa grand-mère.

Elle le souleva avec précaution et déambula de pièce en pièce en le berçant doucement.

Daisy était encore une adolescente ; cela se voyait à la manière dont elle s'organisait chez elle. Les choses étaient faites au hasard, sans guère d'attention prêtée au détail.

Et alors ? pensa Sophie. Ce n'était pas la fin du monde, même s'il y avait des piles de linge encore en attente d'être pliées.

Elle s'arrêta devant la fenêtre pour regarder dehors en orientant Charlie de manière à ce qu'il puisse voir, lui aussi. Le monde était une magie hivernale ; tout était drapé d'un blanc cristallin. Le ciel était lourd et gris sous un fond de nuages bas.

— Daisy m'a dit que tu aimais bien te promener dans la neige. Seulement, il faut que tu enfiles neuf couches de vêtements et qu'on t'emmitoufle comme un petit pois dans sa gousse. Je crois qu'on va rester au chaud.

L'après-midi traînait en longueur. Charlie n'avait pas la moindre envie de faire la sieste, apparemment, pas même après avoir englouti deux biberons et avoir eu droit à deux changes. Sophie résolut de ne pas s'inquiéter du programme. Cela faisait partie du défi qu'elle s'était lancé. La Sophie d'antan serait déjà en train de lire frénétiquement les manuels de puériculture pour voir ce qu'il fallait faire quand le bébé n'était pas disposé à dormir. La nouvelle Sophie s'adaptait tout bonnement à son rythme. C'était une révélation d'être avec quelqu'un qui vivait ainsi, totalement dans le présent. Quelqu'un pour qui la vue de ses propres mains flottant devant son visage était un miracle. Charlie faisait une découverte à chaque instant.

— Tu es très zen, lui dit-elle. Avant, je pensais toujours qu'il fallait que je me lève, que j'aille quelque part, faire quelque chose. Mais toi, tu es juste content d'exister. Ça a l'air de te convenir, en plus.

Elle réalisa qu'elle se moquait de n'avoir rien accompli de ce qui était au programme. Peut-être qu'élever un enfant sans l'aide d'un compagnon ou d'une nounou relevait plus de l'être que du faire.

— Comment ça se passe à Mayberry ? demanda Tariq.

Il avait pris l'habitude de l'appeler plusieurs fois par semaine. Elle savait qu'elle lui manquait, mais ça ne s'arrêtait pas là. Il se faisait également du souci pour elle.

— Ça va, répondit-elle. Je vais bien. Tu devrais venir me voir pour t'en rendre compte par toi-même.

— L'Amérique me fait trop peur.

— Il va falloir que tu me croies sur parole, dans ce cas. Je ne vois pas pourquoi tu as tellement de mal à admettre que je puisse m'installer dans une petite ville et me bâtir une nouvelle vie.

— Je te crois capable de faire tout ce que tu as décidé de faire.

Mais — et je sais que tu répugnes à l'entendre — tu n'as même pas commencé à évacuer ce qui s'est passé ce soir-là.

— Tu te prends pour mon psy, maintenant ?

— Ton ami, Sophie. Quelqu'un qui t'aime.

Tout en maintenant le téléphone contre son oreille, elle se mit à faire les cent pas devant la grande baie vitrée.

— Je suis touchée que tu t'inquiètes pour moi, mais je vais bien, je t'assure.

Elle s'immobilisa.

— J'ai vu Brooks Fordham.

— Le journaliste ?

— Oui. Il va mieux. Il a pris un congé sabbatique, mais il envisage d'écrire un livre sur l'Incident.

— Bien entendu. Est-ce l'unique raison pour laquelle il est venu te voir ?

Elle réfléchit une seconde.

— Difficile à dire.

— Tu fais toujours des cauchemars ?

— Oui, sauf…

Il y avait une nuit au cours de laquelle ça ne s'était pas produit. Quand elle avait couché avec Noah.

— Des tas de gens font des cauchemars, enchaîna-t-elle. Ça ne prouve pas qu'ils sont sur le point de craquer.

— Certes, mais rares sont ceux qui ont subi ce que tu as subi.

Elle regarda par la fenêtre. Encore une de ces journées gris-blanc, avec le lac saupoudré d'une nouvelle couche de neige. La lumière sans éclat tombait à plat sur ce manteau blanc. Depuis la grande baie, elle apercevait un virage en épingle à cheveux sur la route et le bas-côté qui descendait à pic vers le lac. Des panneaux de ralentissement jalonnaient la route à cet endroit bordé d'une barrière de sécurité totalement inadéquate. Chaque fois qu'une voiture s'apprêtait à prendre ce tournant, elle se crispait.

Elle se détourna et concentra son attention sur le lac des Saules. Tina était allée patiner, histoire de faire un peu d'exercice. Il lui était impossible de la voir sans penser à ce que Bo Crutcher avait dit à son propos — que Tina et sa compagne voulaient avoir un bébé et qu'elles souhaitaient que Noah en soit le père. La vie dans cette petite ville était nettement plus palpitante qu'elle ne l'avait supposé !

— L'Incident est une affaire classée en ce qui me concerne, assura-t-elle à Tariq. Tu ne me crois pas, mais c'est vrai. Je suis passée à autre chose.

— Tu as pris la fuite, oui !

Elle sourit.

— Charlie a une nouvelle dent depuis la semaine dernière. Te l'ai-je dit ?

— Plusieurs fois. Tu m'as même envoyé des photos par e-mail.

— Je m'occupe du covoiturage pour l'entraînement de foot, cet après-midi.

— Tu vas t'éclater !

— J'ai couché avec mon voisin d'en face. Plusieurs fois.

Un temps d'arrêt.

— Si c'est vrai, c'est génial, déclara Tariq.

Sophie se remit à arpenter la pièce tout en lui expliquant la situation. Elle fit l'impasse sur le soir où elle avait atterri dans le fossé en pleine tempête, se bornant à lui dire qu'elle avait rencontré Noah le soir de son arrivée à Avalon.

— C'est le type même de l'homme qui vit au grand air : un peu brut de décoffrage. Il est vétérinaire.

— Très James Herriot, à ce que je vois.

— Ne sois pas méprisant. Ça s'est fait spontanément, dit-elle (et rien qu'en pensant à Noah, elle se sentit envahie par une bouffée de chaleur). On ne sort pas vraiment ensemble. On se connaît à peine. Mais il y a quelque chose entre nous. Je ne sais même pas comment l'exprimer. C'est l'équivalent sur le plan sexuel d'une allumette dans un baril de poudre.

— Ça alors ! Cette nouvelle vie te convient, somme toute.

— Je dois avouer que c'est l'un des aspects les plus exaltants de cette réinvention de moi-même.

— Et tu as eu affaire à ton ex ?

— Je limite nos rencontres. Pour tout te dire, ça me fait mal de voir Greg et sa nouvelle femme ensemble. C'est douloureux de constater à quel point il l'adore, combien ils sont heureux. Ça fait mal, c'est tout, et je ne peux rien y faire.

— A part coucher avec ton voisin.

— Ouais, il y a de ça. Le Dr Maarten dirait que j'explore de nouvelles facettes de moi-même. Ou que je dépense mon énergie sexuelle inexploitée.

Mais pour cela, se rendit-elle compte en accélérant la cadence de ses allées et venues, il allait falloir davantage que deux rencontres.

Elle profita de l'occasion pour changer de sujet et interrogea Tariq sur les audiences au tribunal et l'évolution des affaires qu'il avait en cours. Elle s'aperçut qu'elle l'écoutait avec un intérêt qui se changea rapidement en d'indéniables regrets. Une partie de son être appartenait encore à ce monde où elle était gouvernée par un sens profond de sa mission, où les défis étaient difficiles sans être impossibles pour autant, où elle avait la sensation d'être entourée et de contrôler la situation.

Dans le même temps, elle se souvenait des motifs qui l'avaient incitée à rentrer en Amérique. Son voyage ne faisait que commencer.

Après avoir raccroché, elle passa la maison en revue pour s'assurer que chaque pièce était accueillante et chaleureuse. Max devait venir aujourd'hui, après l'école. En revenant de l'entraînement de hockey, elle lui préparerait son plat préféré — un sandwich à la viande —, et il passerait la nuit chez elle.

Un coup à la porte la fit sursauter. Elle regarda la pendule. Trop tôt pour Max. En ouvrant la porte, elle découvrit Gayle, sa voisine.

— Je vous ai apporté des muffins, dit-elle en abaissant son capuchon.

Elle lui tendit un Tupperware plat.

— Merci beaucoup, répondit Sophie en s'écartant pour la laisser entrer. C'est vraiment très gentil.

— Ne vous enthousiasmez pas trop vite. Je ne suis pas très

douée pour la pâtisserie, mais j'en avais tellement assez de rester enfermée sans rien faire que j'ai décidé de me lancer.

— Vous avez une minute ?

— Juste une minute.

Gayle regarda autour d'elle.

— C'est la première fois que j'entre dans cette maison. C'est joli.

— Mon fils Max va venir aujourd'hui pour la première fois. Il a douze ans. J'espère que ça lui plaira autant qu'à vous.

— C'est charmant. Je ne vois pas comment on pourrait ne pas aimer.

— Eh bien, voyons… le fait que je n'ai pas le câble par exemple.

— Aïe ! Vous disposez d'un lecteur DVD, au moins. Vous pourriez peut-être louer des films en ville, chez Silver Screen.

— C'est tentant, mais je me suis dit que je voulais passer ce moment avec lui. Si nous avons besoin d'une diversion, je peux toujours lui apprendre à jouer à un jeu de cartes qu'il ne connaît pas… Je suis un peu nerveuse. N'est-ce pas déprimant d'être nerveuse en attendant la visite de son propre fils ? Il vit avec son père depuis le divorce, expliqua-t-elle en s'armant de courage à la perspective de la réaction habituelle — ce regard interrogateur, qui vous juge.

— Rien d'étonnant à ce que vous soyez sur les nerfs, dans ce cas, dit Gayle en lui tapotant gentiment le bras. Laissez-moi vous donner un conseil : réparez-vous à ce que ce ne soit pas parfait. Vous avez probablement toutes sortes d'attentes.

La bienveillance de Gayle lui fit du bien.

— Vous semblez parler d'expérience.

— En effet. Je vais vous raconter une petite histoire. Après que l'unité d'Adam eut été appelée, il a eu droit à une courte permission avant de partir à l'étranger. J'avais planifié une magnifique journée pour toute la famille. J'imaginais une suite ininterrompue d'instants idylliques et une moisson de souvenirs qui dureraient pendant toute son absence.

Elle sourit d'un air contrit.

— Des souvenirs, nous en avons, c'est sûr, mais ils n'ont rien d'idyllique.

— J'en conclus que les choses ne se sont pas déroulées comme prévu.

— Pour commencer, le bébé avait une otite. Trois heures à poireauter dans la salle d'attente du médecin. Pour finir, nous nous sommes disputés parce que Adam a insisté pour faire un détour de quinze kilomètres afin d'aller chercher des remèdes homéopathiques. Figurez-vous que la pharmacienne en question était une de ses anciennes petites amies. Oubliée la soirée autour d'un feu de camp ! Pareil pour le bon dîner sur le ponton de l'auberge du lac des Saules en contemplant les feuilles d'automne !

Sophie ne pouvait qu'imaginer le stress qu'elle avait dû subir.

— Je lui ai crié : « Sors de ma vie ! » au moment où le train s'ébranlait à la gare. Voilà ce dont je me souviens.

— Oh, mon Dieu ! Désolée, Gayle.

— Fort heureusement, ça s'est bien fini. J'étais là sur le quai avec les enfants, totalement anéantie, quand le train s'est arrêté brusquement. Adam en est descendu. Il avait carrément tiré sur le signal d'alarme parce qu'il se sentait aussi mal que moi. Si bien qu'à la fin nous avons pu nous dire adieu sous les acclamations de tous les voyageurs. Quelqu'un a même pris une photo, une agence de presse est tombée dessus et on nous a vus dans je ne sais pas combien de journaux.

— Ainsi, vous avez au moins pu avoir des adieux romantiques, dit Sophie.

Gayle hocha la tête.

— Adam a même eu le temps de m'expliquer la situation à propos de son ex. C'était le docteur qui nous avait recommandé cette pharmacie. Je n'avais pas entendu parce que le bébé criait, à ce moment-là, et Adam était trop en colère pour me le dire.

— Vous vous êtes rabibochés, c'est l'essentiel.

— Oui, mais en attendant, il est bel et bien parti.

Sophie reconnaissait cette souffrance qui transparaissait dans la voix de Gayle. Se retrouver seule parce que votre mariage avait échoué, c'était une chose. Mais se voir séparés ainsi, de force…

— Je suis désolée, dit-elle. Puis-je faire quelque chose…

— Peut-être.

Gayle fourra ses mains dans ses poches.

— J'ai besoin de conseils. Noah m'a dit que vous étiez avocate.

« Oh, mon Dieu ! »

— Je n'exerce pas en ce moment.

— Mais vous pourriez ?

— J'ai toujours ma licence pour exercer dans cet Etat, mais…

« Tu lui as proposé de l'aider », se rappela Sophie.

— Quel est le problème ?

— Je suis… mon Dieu, c'est terrible. Je ne veux pas embêter Adam avec ça pendant qu'il est là-bas. Je me sens si désemparée. Depuis qu'il est parti, tout semble prendre davantage d'importance.

Les affaires n'étaient pas du tout le domaine dans lequel Sophie avait l'habitude d'exercer ses talents. Pourtant, elle avait envie d'aider Gayle.

— Entendu, dit-elle. Demain ?

— Ce serait merveilleux, répondit Gayle. Je ferais bien de rentrer, ajouta-t-elle en jetant un coup d'œil par la fenêtre.

— Je vous raccompagne chez vous. Vous m'expliquerez ce qui se passe en chemin, suggéra Sophie en souriant. J'ai besoin de prendre l'air, moi aussi, et je ne suis pas encore habituée à ne rien avoir à faire.

La maison de Gayle était à une centaine de mètres.

— Vos enfants ont un an, trois ans et cinq ans, c'est ça ? demanda Sophie.

Doux Jésus, les avait-elle laissés tout seuls ?

Gayle interpréta correctement son inquiétude.

— Ne vous faites pas de souci, ils sont en de bonnes mains.

Quand ils entrèrent, un petit bambin rieur s'envola dans les airs. Une seconde plus tard, il retombait dans des bras robustes. Des bras qui appartenaient à Noah Shepherd.

Gayle nota l'expression de Sophie quand son regard se posa sur lui. Sophie s'en aperçut et rougit.

— Ne vous inquiétez pas, dit Gayle, il a le même effet sur tout le monde.

18

Max se sentait totalement déplacé dans le bus de Lakeshore Road. Il ne connaissait aucun des enfants qui prenaient ce chemin-là. La place qu'il occupait d'ordinaire était prise. Si bien qu'une fois de plus il se sentait comme un étranger. Un paria auquel on décochait des regards soupçonneux alors qu'il approchait de l'arrêt.

Avec son sac à dos et son sac de sport qui pesait comme un bloc de granite sur son épaule, il était monté à bord en montrant son passe à un chauffeur indifférent qui s'était contenté de hocher la tête. Comme tous les autres bus qui desservaient le collège d'Avalon, celui-là était plein de gamins représentant un échantillonnage de la population scolaire — des filles qui communiquaient uniquement en chuchotant ou en poussant des cris, des rats de bibliothèque qui tentaient de disparaître derrière les pages d'un roman, des sportifs brailleurs dont la mission consistait à multiplier les gros mots chaque fois qu'ils ouvraient la bouche. Plus un petit nombre de gosses normaux. Max estimait faire partie de ceux-là. Un enfant ni petit génie ni bête : cool, sans être un abruti, quelque chose entre les deux.

Il hésita au milieu de l'allée, à la recherche d'une place libre, en s'efforçant de le faire calmement. Tous les sièges étaient occupés, si bien qu'il allait devoir s'asseoir à côté de quelqu'un. Qui ? Celui qui fixait l'écran de sa console d'un air fasciné ne remarquerait même pas sa présence. Il fonça dans cette direction.

— C'est pris ! fit le môme d'une voix blanche, sans même lever les yeux. Désolé.

Max continua son chemin. Il y avait beaucoup de filles dans

ce bus. Il finit par choisir une place entre une dingo du nom de Kolby qui était dans sa classe de SVT et une grosse qui avait l'air fâché.

Quelqu'un le poussa par-derrière.

— Tu pourrais pas t'asseoir ?

Max se laissa tomber à côté de la grosse. Peut-être qu'elle s'abstiendrait de lui parler.

— Est-ce que je t'ai dit que tu pouvais t'asseoir là ?

— Non, répondit Max.

Il posa son sac à dos sur ses genoux et fourra son sac de sport sous son siège. Puis il cala ses genoux contre le dossier du siège devant lui.

— Je gardais peut-être cette place pour quelqu'un.

— Peut-être, peut-être pas.

— Ça me fout en rogne.

— Dommage.

— Je m'appelle Chelsea, dit la fille.

Raté ! Elle avait l'air d'humeur causante.

— Qu'est-ce que tu fais dans ce bus ?

— Je vais chez ma mère.

Ça lui faisait horreur de dire ça. Pour la plupart des ados, rentrer à la maison et aller chez sa mère, c'était la même chose. Pas pour lui. Au moins, il n'avait pas besoin de prendre l'avion et de voyager toute la nuit pour aller la voir, comme c'était le cas avant, quand elle vivait en Hollande. Il y avait du progrès. Peut-être.

— Elle habite où ?

— Lakeshore Road.

— Moi aussi, j'habite là, dit la fille.

« Oh ! Si on devenait copains ? »

— C'est le dernier arrêt, l'informa-t-elle. Le bout de la ligne, en fait. Je suis toujours la dernière à rentrer à la maison. Ça me fout en rogne.

Max sortit son portable. Il n'avait pas vraiment besoin d'appeler qui que ce soit, mais il se disait que s'il avait l'air occupé, peut-être que la grosse Chelsea arrêterait de lui parler. Faute de mieux, il envoya un texto à Dubois : Tu va à l'entraînement ? Il dissimula l'écran d'une main pour que Chelsea ne voie pas. Il savait déjà que Dubois y serait. De même que son autre pote, Altshuler. Leurs parents se relayaient. Aujourd'hui, sa mère les accompagnerait pour la première fois. Elle venait d'acheter un mini-van : « une vraie voiture de maman », comme elle disait.

Max referma son téléphone et le glissa dans sa poche. Son père restreignait strictement son usage et épluchait la facture chaque mois pour s'assurer qu'il était raisonnable. Si son père avait pu en décider, Max n'aurait jamais eu de portable. Le principal objectif, comme Max le savait, c'était que sa mère puisse le joindre, lui personnellement. Elle avait horreur d'appeler à la maison et de tomber sur son père ou sur Nina. C'est comme ça que Max avait eu son portable, et sa mère sa sonnerie personnalisée : *I go to sleep*, des Pretenders.

Le bus fit une embardée et continua son itinéraire en cahotant, s'immobilisant en grondant à chaque arrêt. Ses freins grinçaient et sifflaient chaque fois qu'il se rangeait sur le bas-côté pour déverser une partie de ses passagers. Dès que la fille loufoque de l'autre côté de l'allée libéra son siège, Max se jeta dessus en tirant ses sacs derrière lui. Il se colla contre la fenêtre et regarda dehors, son souffle se déployant en éventail sur la vitre.

Malheureusement, sa fuite n'empêcha pas Chelsea de continuer à jacasser. Il avait beau minimiser ses réponses autant que possible sans être franchement grossier, elle s'obstinait à blablater. La liste des choses qui l'agaçaient s'allongeait à chaque virage — le fait que la plupart des jours de congé autorisés pour cause d'intempéries avaient déjà été utilisés alors qu'on n'était qu'en février. Qu'on ne pouvait pas avoir le câble dans Lakeshore Road. Qu'elle allait devoir regarder l'émission *Comédie musicale au lycée* chez une copine parce qu'elle n'avait pas le câble. Le prix du billet du télésiège à Saddle Mountain où elle allait skier chaque week-end avec son grand-père.

— Tu skies, toi ? demanda-t-elle à Max en achevant sa litanie.

— Snowboard.

— Génial. J'aimerais bien m'y mettre, mais mes grands-parents refusent de m'acheter un nouvel équipement. Ça me fout en rogne.

Evidemment. Il y avait des choses qui mettaient Max en rogne, aussi, mais il ne passait pas son temps à les débiter à qui voulait l'entendre. Rater un contrôle, être obligé de le faire signer par son père, ça, ça le foutait en rogne. Avoir une ribambelle de nouveaux demi-cousins qu'il ne connaissait pas, ça non plus ce n'était pas drôle. Ne pas savoir à quoi ressemblait la maison de sa mère. Se sentir tiraillé entre sa mère et son père. Savoir qu'il allait s'emmerder tout le week-end… Il y avait des tas de trucs qui le mettaient en rogne, maintenant qu'il y pensait.

Ce trajet en bus n'en finissait plus. Le paysage était beau, au moins. L'une des choses qu'il préférait sans doute dans le fait de vivre à Avalon, c'était le lac des Saules. Il y avait même un ponton dans la propriété de son père. En été, c'était l'endroit idéal pour pêcher ou faire des plongeons en prenant son élan. Même si l'eau était froide au point de vous donner mal au crâne et de vous saisir les couilles, ça valait franchement le coup de piquer une tête un jour d'été.

L'hiver, le lac gelait entièrement. Il y avait même un inspecteur en ville qui testait régulièrement la glace pour s'assurer qu'elle faisait au moins dix centimètres d'épaisseur. Son père et sa belle-mère interdisaient de patiner à l'auberge parce qu'ils redoutaient qu'un de leurs clients se fasse mal. Max se demandait si on pouvait patiner chez sa mère.

Elle avait une maison à Avalon, maintenant. Il avait été très surpris d'apprendre qu'elle venait s'installer là.

— C'est où que tu habites, déjà ? demanda Chelsea, alors qu'il ne lui avait rien dit du tout.

— En face de la laiterie Shepherd, dit-il.

Sa mère lui avait conseillé de repérer une grosse grange — la seule visible depuis la route. Il y avait un logo représentant une vache sur le côté. D'après ce que sa mère lui avait dit, la laiterie n'était plus opérationnelle. Le type qu'ils avaient rencontré l'autre soir au restaurant en avait fait une clinique vétérinaire.

— Moi aussi je descends là, déclara Chelsea. Je travaille à temps partiel chez le Dr Shepherd. Je l'aide à s'occuper des bêtes.

Max trouvait ça plutôt intéressant, mais il n'était pas près de révéler à cette fille qu'elle avait aiguisé sa curiosité.

— Je vais te montrer où il faut descendre, dit-elle.

— Super.

Comme s'il n'était pas capable de trouver une grange tout seul !

Le bus oscilla, faisant glisser son sac de sport. Il l'agrippa et regarda de nouveau par la fenêtre. Le paysage qu'il avait sous les yeux le laissa pantois. Il y avait un gros talus de neige près de la route, puis une pente à pic. Max sentit son estomac se serrer. Il n'avait pas vraiment peur. C'était juste une réaction face au vide. On ne laisserait pas un bus scolaire emprunter une route dangereuse. De plus, le chauffeur roulait à la vitesse d'un escargot, probablement deux fois plus lentement que nécessaire.

— Tu sais, on raconte qu'il y a cinquante ans une voiture a quitté la route juste là, reprit Chelsea. Un homme et une femme sont morts dans l'accident. Ils allaient à l'auberge du lac des Saules pour leur voyage de noces.

— Ah bon ?

— Mon grand-père dit que oui, mais je ne sais pas s'il en est sûr. Il paraît qu'on n'a jamais retrouvé la voiture ni les corps parce que le lac est très profond à cet endroit.

Elle commença à rassembler ses affaires.

— On est presque arrivés.

La grange se matérialisa sous ses yeux comme sa mère le lui avait dit. Pas trop tôt ! Il distinguait cinq ou six maisons tapies le long de la rive. Un filet de fumée s'échappait de la cheminée de l'une d'elles. Sa mère lui avait dit de chercher une boîte aux lettres colorée avec des *smileys* jaune vif. Il se demanda si elle surveillait son arrivée par la fenêtre, si elle avait vu le bus franchir le dernier virage.

— On y est ! annonça Chelsea.

Trois autres gamins se dirigeaient vers la sortie. Max murmura

« merci » à l'adresse du chauffeur et sauta au bas du véhicule en veillant à ne pas tomber sur le sol verglacé.

Les autres — deux garçons et une fille — remontèrent le sentier qui partait de la route. Ils s'arrêtèrent en se serrant les uns contre les autres et allumèrent des cigarettes.

— Des troisième, fit Chelsea d'un ton à l'évidence réprobateur. Je supporte pas les fumeurs. Ça me met en rogne. Bon, eh bien, à un de ces quatre !

« Pas si je te vois le premier », pensa Max.

Pressé de filer, il traversa la route et trouva le repère indiqué : la boîte aux lettres. Quelqu'un avait soigneusement creusé la neige autour afin qu'elle soit bien visible. Sa mère, probablement. Elle le prenait parfois pour un imbécile. Elle lui avait proposé de venir le chercher à l'arrêt du bus, mais il l'en avait dissuadée. On faisait ça pour les gosses de la maternelle, mais ça, évidemment, sa mère ne pouvait pas le savoir : elle n'avait jamais approché un bus scolaire de sa vie.

Dès l'instant où elle avait vu le bus franchir le virage, Sophie avait été assaillie par les souvenirs de cette nuit enneigée.

Faisait-il assez chaud dans la maison ? Elle vérifia le thermostat, puis ajouta une bûche dans le feu. Elle se débrouillait très bien maintenant pour entretenir le poêle. Même si cette maison ne lui appartenait pas, c'était son monde et elle tenait absolument à ce que Max s'y sente bien.

En entendant ses pas lourds sous le porche, elle ouvrit la porte.

— Te voilà ! s'exclama-t-elle. Je t'attendais avec impatience.

— Ouais.

Il l'embrassa à la va-vite, manifestant plus de tolérance que d'affection.

— Tu peux accrocher ton manteau ici. Je vais te montrer ta chambre. Tu veux grignoter quelque chose ? Raconte-moi ta journée... Désolée, conclut-elle. Je ne le fais pas exprès. C'est juste que je suis heureuse que tu sois là.

— C'est sympa ici, dit Max en regardant autour de lui, passant en revue le mobilier ancien de style adirondack, les couvertures à motifs colorés, le feu qui crépitait dans le poêle.

Sophie hocha la tête.

— Ça me plaît beaucoup, bien que ce soit un peu loin de tout. C'était si gentil de la part des Wilson de me prêter leur maison.

— Quand est-ce que tu dois la rendre ?

« Ah ! pensa-t-elle. Un test. »

— Quand j'aurai ma propre maison ici, à Avalon, répondit-elle. J'ai l'intention de rester, Max.

— Je ne comprends pas.

— Je sais. Mais ça viendra. Tu es prêt pour le goûter ? La voisine a apporté des muffins. Je vais nous faire du chocolat chaud. Tu aimes bien le chocolat chaud, non ?

— En fait, je suis plutôt café.

Elle mit un moment à se rendre compte qu'il se moquait d'elle.

Il explora les lieux pendant qu'elle faisait chauffer le lait. Il fut attiré par le panorama sur le lac, bien sûr. Cette vue était la raison d'être de la maison : un cadre pour la beauté sauvage du paysage.

Max avait l'air d'aimer la lampe à l'abat-jour animé, souvenir des chutes du Niagara. Comme tous les gosses — comme elle aussi, d'ailleurs —, il se dressa sur la pointe des pieds pour regarder à l'intérieur afin de déterminer comment fonctionnait la cascade.

— Intéressant, hein ? C'est juste une roue de couleurs qui tourne sans cesse, mais ça fait vraiment son effet.

— Hein-hein, fit-il, évasif. Alors, il paraît qu'il n'y a pas le câble.

— J'ai l'impression qu'il y a trois ou quatre chaînes à la télé. Je ne la regarde pas beaucoup.

Elle mit une mesure de cacao hollandais dans la casserole. C'était l'une des rares choses qu'elle avait apportées des Pays-Bas. Cela donnait le meilleur chocolat chaud qui soit.

— Qu'est-ce que tu regardes en général à la télé ? As-tu une émission préférée ?

— Je regarde les chaînes du câble, répondit-il d'un ton sans appel.

« Chouette ! »

Auparavant, quand elle venait lui rendre visite, chaque journée passée ensemble était considérée comme « spéciale » si bien qu'il n'avait jamais été question de regarder la télé. Maintenant qu'elle s'installait à Avalon, ils se verraient régulièrement. Les passe-temps comme la télévision risquaient de prendre de l'importance. Elle n'avait pas pensé à ça.

— Il y a un lecteur de DVD, dit-elle, et j'ai vu une bonne sélection de films dans le placard. Quelques-uns de mes préférés.

— C'est quoi, ton film préféré ?

— *Harold et Maude*, répondit-elle sans réfléchir.

Evidemment que c'était son film préféré ! Difficile d'imaginer que ce ne soit pas le cas de tout le monde.

— Jamais vu.

Il ouvrit le placard et passa en revue les DVD. A voir son expression, il était évident qu'il ne partageait pas le goût des Wilson pour les films d'art et d'essai.

— On le regardera ensemble.

— De quoi ça parle ?

— D'un gosse que sa mère dominatrice rend fou.

— Ça doit être hilarant.

L'après-midi fut tendu. Max mangea quatre muffins, fit ses devoirs, refusa de jouer aux cartes et regarda *Judge Judy* pendant sept minutes précisément avant d'y renoncer. Sophie aggrava les choses en voulant partir super en avance pour aller chercher ses deux amis avant l'entraînement de hockey, au cas où les routes seraient mauvaises. En conséquence, ses copains n'étaient pas prêts quand ils arrivèrent, et elle dut attendre dans la voiture pendant qu'ils préparaient leurs affaires. Elle avait espéré qu'une des mamans viendrait la voir ou l'inviterait à entrer, mais rien du tout. Elle avait envie de se faire des amies à Avalon, mais le covoiturage n'était sans doute pas le meilleur moyen de nouer des liens.

Les garçons n'avaient pas grand-chose à dire pendant le trajet

— à elle, en tout cas. Ils semblaient communiquer entre eux dans un langage privé, incompréhensible qui consistait surtout à ricaner en se donnant des coups de coude.

Sophie se présenta à l'entraîneur de hockey : un jeune homme empressé, aux joues rondes comme des pommes avec une voix haut perchée, qui paraissait à peine plus âgé que Max. Une fois sur la glace, cependant, pendant les échauffements, les enfants donnaient l'impression de le respecter.

Sophie rejoignit le groupe de mères assises sur les gradins derrière une cloison en Plexiglas. Elle s'aperçut qu'on l'observait. Elle savait depuis le début que ce serait le plus ardu. Soudain, elle eut presque honte de son sac acheté en Italie, de sa ceinture et de ses gants haute couture. Elle ne maîtrisait pas encore le look « maman de hockeyeur en herbe ». Elle en avait envie, pourtant. Elle voulait avoir l'air détendue, bien dans sa peau... Il lui restait du chemin à faire.

— Je suis Sophie Bellamy, la maman de Max, dit-elle.

Après quoi elle s'efforça de retenir les noms des autres mères à mesure qu'elles se présentaient à leur tour.

— Puis-je me joindre à vous ?

La rangée de mamans se serra pour lui faire de la place.

— Ellie, dit l'une d'elles sans cesser de tricoter.

— Enchantée. Je suis la maman de Max.

Une femme du nom de Gretchen leva les sourcils. Elle échangea un regard avec sa voisine qui avait une jolie peau olivâtre, des cheveux noirs brillants et un regard hostile.

— Maria, c'est la maman de Max.

Maria croisa les bras sur son ventre.

— Pas possible !

— Ravie de faire enfin votre connaissance, dit la femme qui s'était présentée sous le nom de Gina.

Consciemment ou pas, elle avait insisté sur le mot *enfin*.

— Vous continuez à vous faire appeler Bellamy, remarqua Maria. C'était le nom de votre mari, non ?

Sophie hocha la tête, assimilant le fait qu'à Avalon, comme dans la plupart des petites villes, les gens étaient au courant de tout.

— Toutes mes licences et mes certificats professionnels sont à ce nom, dit-elle. Ainsi que mes publications.

En disant cela, elle observa leurs visages et se rendit compte qu'elle aurait mieux fait de leur fournir une explication simple, politiquement correcte. *J'ai voulu garder le même nom que mes enfants*, par exemple. Trop tard. Si elle le disait maintenant, on aurait l'impression qu'elle venait juste d'y penser.

— N'est-ce pas vous qui viviez en Europe ? demanda une certaine Vickie.

« Oh ! Voilà, on y est ! » pensa Sophie. D'après le ton de la question et les regards posés sur elle, il était évident que le choix qu'elle avait fait leur semblait suspect. Elle résolut d'affronter le problème. Pendant l'année au cours de laquelle elle avait été séparée de ses enfants, elle avait découvert que l'aspect le plus pénible de cet arrangement était sans doute d'avoir à s'expliquer.

Sophie savait très bien ce que ces femmes pensaient. Elle était une mauvaise personne, elle avait tourné le dos à ses enfants au lendemain du divorce, au moment où ils avaient particulièrement besoin de soutien. Pouvait-on appeler ça une mère ?

— C'est exact, répondit-elle. A La Haye, en Hollande.

— Ça a dû être passionnant pour vous.

— Parfois oui, reconnut-elle en veillant à ne pas prendre un ton défensif.

Elle tenait à être en bons termes avec ces mamans, pour le bien de Max. Pourtant, elle éprouvait un malaise en leur compagnie. Sa carrière d'avocate, de diplomate la définissait jadis. Maintenant qu'elle n'en avait plus, comme se définir ? En tant que maman ? Cela suffirait-il pour se faire accepter par cette tribu hostile ?

— Nous vous imaginions comme un membre de la jet-set avec une kyrielle de mystérieux amants étrangers, dit Ellie.

— Vous plaisantez, j'en suis sûre ! répondit Sophie, même si elle était loin d'en avoir la certitude.

— J'ai toujours rêvé d'aller en Europe, mais ma famille a besoin de moi, avoua Maria.

— Moi, c'est pareil. J'attendrai que mes enfants soient grands, renchérit Gretchen.

— Je venais régulièrement à New York pour travailler à l'ONU et voir mes enfants, précisa Sophie. Et Max est venu plusieurs fois à La Haye.

— Vous avez une fille aussi, non? s'enquit Gina.

Leurs regards appuyés la brûlaient comme la clarté blafarde d'une lampe dans une salle d'interrogatoire.

— Elle est au lycée, c'est ça?

— Daisy? Elle vient de commencer les cours à New Paltz.

— Daisy. Elle ne travaillait pas à la boulangerie? demanda Vickie.

— Oh, c'est elle! s'exclama Gretchen. Je vous plains... Ça n'a pas dû être facile.

Sophie fut frappée de plein fouet, ce coup-là. On ne pourrait jamais vraiment expliquer pourquoi Daisy s'était montrée aussi rebelle, agressive, insouciante. Sophie pouvait se demander jusqu'à la fin des temps si le divorce en était la cause ou si cela se serait produit de toute façon. Elle résolut de ne pas mordre à l'hameçon.

— En fait, je suis extrêmement fière de ma fille, dit-elle.

— Que s'est-il passé? intervint Ellie. Je ne suis pas au courant. Il lui est arrivé quelque chose?

— Daisy va très bien, assura Sophie.

— Le bébé aussi, alors? demanda Gina.

Les autres échangèrent des regards surpris.

— Votre fille a un bébé? s'étonna Ellie.

— Un petit garçon, Charles, leur annonça Sophie. Nous l'adorons tous.

Maria se pencha vers les autres femmes et chuchota quelque chose. Sophie ne saisit que la fin :

— ... illégitime.

Sophie fut si surprise par cette attaque qu'elle éclata de rire.

— Dites-moi que vous ne venez pas de prononcer le mot « illégitime. »

Maria ne manifesta pas le moindre repentir.

— Vous voulez dire qu'elle est mariée?

— Non, mais...

— Ricky ! Attention ! hurla Maria à l'intention d'un garçon brun sur la patinoire. Ne tourne pas le dos au numéro 7 !

C'était le numéro de Max.

— Votre fils est brutal, déclara-t-elle. D'ailleurs, il a eu un problème, l'été dernier. Il s'est fait jeter de l'équipe de la Petite Ligue.

— On l'a invité à travailler pour les Hornets, souligna Sophie.

Elle espérait avoir compris l'histoire. Compter les points pour les Hornets, l'équipe de base-ball indépendante d'Avalon, était un privilège. C'était ce que Max lui avait expliqué, en tout cas. Elle se fit violence pour ne pas monter sur ses grands chevaux. Elle avait eu affaire à des criminels d'envergure internationale. Elle devait être capable de tenir tête à des mères de famille vindicatives.

Vickie secoua la tête et se joignit au concert de litanies.

— Chaque enfant gère le divorce de ses parents à sa manière.

— Je vois que vous avez un point de vue assez précis sur ma famille, dit Sophie. Je suis partie faire la java en Europe avec mon amant étranger en laissant mes pauvres enfants souffrir et s'attirer des ennuis. Bon sang, vous dépassez l'entendement, mesdames. Dans quel siècle vivez-vous ?

— Nous ne cherchons pas la bagarre, affirma Gretchen. Nous nous efforçons juste de comprendre la situation.

— Ça ne vous regarde pas ! répliqua Sophie

— Dans une ville comme la nôtre, les gens se soucient les uns des autres.

Ils jasent et vous jugent, pensa Sophie. Dire qu'elle avait choisi de vivre ici ! Avec des femmes comme celles-là !

— Soyons claires, dit-elle en luttant pour empêcher sa voix de trembler.

Grâce à son métier, elle avait l'habitude des conflits, des disputes. C'était comme une seconde nature chez elle. Il n'empêche qu'elle était sur le point de perdre les pédales.

— Je vivais dans un appartement meublé à un jet de pierre du tribunal et je travaillais douze heures par jour sur des affaires de droit de l'homme. Mes enfants me manquaient chaque minute de la journée, mais ils ne pouvaient pas être avec leur père et moi en même temps. Et je vous informe, mesdames, que nous ne sommes pas le premier couple à avoir divorcé.

— Bien sûr que non, dit Ellie. Des tas de familles s'en sortent très bien.

Cette attitude condescendante tapait sur les nerfs de Sophie. Elle décida néanmoins de se maîtriser. Il est vrai qu'elle avait donné la priorité à sa carrière. L'agressivité de ces mégères ne pouvait rien y changer. A partir de là, il fallait qu'elle se débrouille.

Un palet de hockey s'abattit contre le Plexiglas avec un bruit de détonation. Par réflexe, Sophie leva les bras pour se protéger le visage. Puis un coup de sifflet retentit, annonçant la fin de l'entraînement. Dieu merci !

Sophie se leva d'un bond. Ce n'était pas trop tôt.

— Je vous souhaite un bon week-end, mesdames, dit-elle, ce qui lui valut des sourires et des marmonnements hypocrites.

En sortant dans la nuit glaciale avec les trois gamins, elle regretta de ne pas pouvoir sauter dans sa voiture et rouler, rouler jusqu'au bout du monde.

Non. C'était sa façon de penser avant. La nouvelle Sophie ne fuyait pas les ennuis.

— Ça s'est bien passé ? demanda-t-elle aux garçons en se rappelant qu'elle devait conduire lentement, avec calme.

— Ouais, ouais, répondirent-ils évasivement, comme toujours.

Elle aurait mieux fait de se taire. Elle aurait dû le savoir.

— Tu as rencontré tante Maria, alors ? dit Max.

Sophie se figea, ses clés à la main.

— Tante Maria ?

— Elle insiste pour que je l'appelle comme ça, expliqua-t-il. C'est la sœur de Nina, tu comprends ?

— C'est la sœur de Nina ?

Elle aurait dû remarquer la ressemblance : le teint mat, les cheveux brillants, les yeux sombres pétillants.

— Ouais.

— C'est la sœur de Nina — ta toute nouvelle belle-mère.

— Je viens de te le dire, maman.

Elle le fusilla du regard dans le rétroviseur.

— Tu aurais peut-être pu m'avertir avant? Me donner ne serait-ce qu'un… indice?

— Je ne pensais pas que c'était important, répondit-il en haussant les épaules.

C'était l'un des risques inattendus de la vie dans une petite bourgade, pensa-t-elle. On ne savait jamais sur qui on allait tomber.

De retour à la maison, elle reçut un coup de fil de Noah pendant que Max était sous la douche.

— J'ai envie de te voir ce soir.

Rien que le son de sa voix était une sorte de prélude. Elle alla dans la chambre pour être plus tranquille.

— Tu me proposes de m'envoyer en l'air avec toi, c'est ça? C'est la première fois qu'on m'appelle pour me dire ça.

— Il y a un début à tout.

— Mon fils est ici avec moi pour le week-end.

Un temps d'arrêt.

— Comment ça se passe?

Il avait l'air de s'être assagi tout à coup.

— Il s'ennuie à mourir, j'en ai peur. Demain, il me suppliera sans doute de le reconduire chez son père.

— Mon fils s'ennuie avec moi, avoua Sophie à Gayle Wright, le lendemain.

Elle avait pris l'habitude de faire du jogging le matin, explorant ainsi les sentiers et les pistes le long du lac, splendides sous la neige. Noah l'avait emmenée acheter des chaussures spécialement conçues pour courir sur la neige et la glace. A la fin de sa course, elle s'arrêtait souvent pour bavarder avec sa voisine quand elle jouait dehors avec ses enfants.

Gayle, qui supervisait la construction d'un bonhomme de neige un peu de guingois, la considéra d'un air inquiet.

— Il a douze ans, c'est ça? Rares sont les enfants de cet âge qui jugent leurs parents intéressants. Ils sont censés nous trouver barbants ou embarrassants, c'est pour ainsi dire une loi.

— Je suis dans la norme, alors, constata Sophie avant de boire une gorgée d'eau à la bouteille. J'avais une idée grandiose de la manière dont le week-end allait se dérouler. Je pensais que ce serait parfait. Au final, je me suis chamaillée avec les mamans des autres joueurs de hockey...

— Pas possible !

— Oh, que si ! Et puis il a adoré vos muffins, mais détesté mon sandwich à la viande. Il en raffolait, autrefois. Il aime la cuisine italienne, maintenant. Nina est italienne. Elle cuisine probablement à merveille.

— Evitez les comparaisons, lui conseilla Gayle. Ça rend dingue.

— Il s'est endormi en regardant *Harold et Maude*.

— Ah ça, c'est un problème.

— Je sais. Comment peut-on ne pas aimer ce film ?

Pendant qu'elle regardait son film préféré, fascinée, la larme à l'œil, Max s'était effectivement endormi sur le canapé. Elle avait dû le réveiller pour qu'il aille se mettre au lit en traînant les pieds. Quand elle était partie faire son jogging, il dormait toujours à poings fermés.

— Emmenez-le patiner sur le lac.

— D'accord, ça nous occupera une heure. Et après, on fait quoi ?

— Vous n'êtes pas obligés de faire quelque chose.

Gayle se pencha pour remettre son gant à Mandy.

— Contentez-vous de passer du temps avec lui, comme quand il était petit.

Sophie avala péniblement sa salive.

— Je ne suis même pas certaine d'avoir jamais fait ça.

— Bien sûr que si ! Vous ne vous en souvenez pas, voilà tout.

Sophie ne protesta pas, mais elle n'acquiesça pas non plus. Quand Max était petit, elle était occupée à courir dans tous les sens.

— Emmenez-le voir Noah, suggéra Gayle.

Rien qu'en entendant son nom, Sophie eut une réaction dont elle se serait bien passée. Elle se félicitait que l'air frais dissimule la rougeur qui lui était venue aux joues.

— Les gens emmènent leurs wemaraners chez Noah, répondit-elle. Pas leurs fils en mal d'activité.

— Noah serait ravi. Il adore les enfants.

Sophie se demanda si Gayle avait des soupçons... Non, impossible. Personne n'était au courant. Personne ne le saurait jamais.

— Il est probablement très occupé, dit-elle.

— Il n'a pas de consultations le samedi.

Sophie haussa les épaules.

— Je passerai peut-être, dit-elle d'un ton pas très convaincu.

— Maman ! brailla Henry, l'aîné des enfants. Viens voir mon tunnel avant que Bear le démolisse.

Sophie piétina sur place pour empêcher ses pieds de s'engourdir.

— Je ferais mieux d'y aller, dit-elle. J'ai transpiré en courant, et je commence à avoir froid, à force de rester sans bouger.

— Essayez d'aller voir Noah. Max et lui s'entendraient bien, à mon avis, conclut Gayle sans savoir — Sophie l'espérait, du moins — que sa suggestion avait une portée bien plus grande qu'elle ne l'imaginait.

— C'est qui, ce gars, déjà ? demanda Max d'un ton sceptique.

— Le Dr Noah Shepherd. Tu l'as rencontré l'autre soir à l'auberge du Pommier, répondit Sophie d'un ton neutre.

Elle jeta un coup d'œil à son reflet dans le miroir de l'entrée. Elle se sentait merveilleusement bien après avoir pris une douche, mais ses cheveux fins et raides refusaient de lui obéir. Elle enfila un bonnet de laine, changea d'avis, essaya un béret noir. Non, trop affecté. Elle s'empara d'un chapeau cloche en crochet. C'était déjà mieux : fonctionnel, décontracté.

Elle se donnait un mal de chien pour faire croire que cette visite était tout à fait informelle. Elle se maquillait tous les jours, non ? Et le fait que son jean et son pull soient tout neufs ne voulait strictement rien dire. La moitié de sa garde-robe était neuve ; elle l'avait achetée pour faciliter son adaptation au climat d'Avalon…

— Il te plaît ou quoi ? demanda Max.

Elle fit volte-face et dévisagea son fils. Doux Jésus ! Elle se demandait s'il avait dit ça au hasard ou si elle était nimbée d'une aura de séduction si manifeste que même un jeune garçon le percevait. Elle se sentit obligée de faire l'idiote.

— Ne sois pas ridicule ! protesta-t-elle. Pourquoi dis-tu ça ?

— Rouge à lèvres.

— J'en mets toujours.

— Je n'ai pas envie d'aller voir ton voisin. Tu es sûre que tu ne…

— Certaine, répliqua-t-elle. Seigneur, tous les garçons de ton âge sont-ils aussi soupçonneux ?

Max haussa les épaules.

— Sache que Noah m'a été d'un grand secours quand j'ai débarqué ici au milieu de la tempête. Il a une clinique vétérinaire, et je pense tout simplement que ça t'intéresserait.

— Whoa ! Comme une sortie à l'école ! lança-t-il avec un enthousiasme feint. J'adore les sorties à l'école. Ça sera juste comme au bahut, sauf que c'est samedi.

Sophie le foudroya du regard.

— Depuis quand es-tu aussi cynique ?

— Depuis quand es-tu une maman robot ?

— Je ne vois pas du tout de quoi tu veux parler.

— Une maman robot : chocolat chaud, covoiturage, sandwich à la viande, DVD le soir.

— Je n'ai rien d'un robot, rétorqua-t-elle, pour la bonne raison que j'ai des sentiments.

— Et moi, je ne suis pas cynique, parce que j'ai également des sentiments.

Ils se toisèrent du regard un long moment.

— Si tu ne te plais pas chez Noah, on reviendra, dit-elle, ouvrant la négociation

— Ça ne marchera pas, répliqua-t-il. Une fois là-bas, je serai piégé comme un rat.

— Il a un chiot.

Cela lui valut un instant d'attention.

— Comment ça ?

— Noah. Il a un chiot. En d'autres termes, un petit chien qui ne demande qu'à jouer, à te lécher la figure et à te faire rire sans aucune raison particulière.

— Il a un chiot ? répéta Max en se jetant sur ses boots qu'il enfila aussi vite que possible. Bon sang, pourquoi est-ce que tu ne me l'as pas dit plus tôt ?

— Je ne voulais pas avoir à jouer la carte du chiot, répondit Sophie, tout sourires, en le suivant dans l'air frais du matin.

Elle avait presque eu l'impression de tricher.

Tandis que Max s'élançait dans l'allée, puis traversait la rue, elle se demanda où le temps était passé. Son fils qu'elle considérait comme un petit garçon poussait à une vitesse vertigineuse. Il était grand, fort, athlétique. De dos, on aurait presque dit un homme.

Il ralentit pour l'attendre dans l'allée de Noah. Quelqu'un avait déblayé autour de la pancarte de bois peinte qui indiquait : « Clinique vétérinaire, Shepherd. »

Sophie songea qu'elle aurait peut-être dû appeler d'abord. Elle effleura son portable dans sa poche de sa main gantée. Non. Si elle téléphonait, cela paraîtrait trop délibéré. Calculé. Noah aurait sans doute le sentiment qu'il devait les recevoir d'une façon convenue.

Mieux valait passer à l'improviste. Entre voisins. Elle était en train de découvrir ce que signifiaient les relations entre voisins.

Elle espérait juste pouvoir se tenir dans la même pièce que Noah sans lui sauter dessus.

Tandis qu'ils approchaient, Sophie observa la manière dont la ferme couronnait le sommet de la colline avec ses grandes fenêtres orientées vers le lac. A un moment donné, il y avait longtemps, c'était probablement la seule maison dans le coin. En dehors du lycée et de l'école vétérinaire de Cornell, c'était l'unique endroit où Noah avait jamais vécu. Elle se demanda s'il habiterait ici jusqu'à la fin de ses jours. S'il mourrait ici. Cela lui procurait-il un sentiment de satisfaction, d'appartenance, de continuité… ou trouvait-il cela terriblement étouffant, au point d'avoir envie de s'échapper coûte que coûte ?

— Y a quelqu'un ? cria-t-elle lorsqu'ils atteignirent le porche. Ouh ouh !

Il n'y avait pas de quoi en faire une affaire, se rappela-t-elle en frappant à la porte. C'était juste un voisin. Elle frappa de nouveau et se sentit aussitôt submergée de doutes. Elle aurait dû téléphoner. Ça ne se faisait pas de débarquer comme ça…

— Une seconde ! cria-t-il.

Rudy aboya, puis Opal renchérit en jappant à qui mieux mieux.

— Des chiens ! dit Max en souriant. Ça doit être ses chiens.

— Tu croyais que je te racontais des histoires ? Je te l'ai dit : il est vétérinaire. Evidemment qu'il a des chiens.

Noah était à moitié nu quand il ouvrit la porte. Il portait juste un short et des chaussettes, et il avait une serviette blanche autour du cou. Ruisselant de sueur, il adressa un grand sourire à Sophie.

— Salut ! dit-il en ouvrant grand la porte pour la laisser passer.

— J'aurais dû appeler, dit-elle. Ce n'est pas le moment.

— C'est parfait, au contraire, affirma-t-il en s'essuyant la main sur sa serviette avant de la tendre à l'adolescent. Tu dois être Max. Je m'appelle Noah.

Max lui serra la main, mais toute son attention était concentrée sur les chiens.

— Est-ce que je peux les caresser ? J'adore les chiens, mais on ne peut pas en avoir à la maison.

Sophie n'y avait pas pensé, mais c'était évident. Les jardins et les bâtiments de l'auberge du lac des Saules étaient impeccablement entretenus. Ce n'était pas un endroit idéal pour avoir un chien. « Intéressant, pensa-t-elle. Un défaut dans la cuirasse de superpapa. »

— Bien sûr ! dit Noah. Ils ne demandent que ça.

Il ouvrit la barrière.

— Ça, c'est Rudy, et la petite s'appelle Opal.

Max s'allongea par terre en s'efforçant d'étreindre les deux bêtes en même temps. Ils tournaient autour de lui, rivalisant pour avoir son attention si bien qu'au final il éclata de rire. C'était son premier rire spontané de tout le week-end, songea Sophie.

— J'étais au sous-sol en train de faire de la gym, expliqua Noah. Je vais juste aller éteindre la musique, ajouta-t-il. Tu veux venir jeter un coup d'œil ? Tu peux prendre Opal avec toi.

Il était évident que Max n'allait pas lâcher cette petite boule de poils duveteuse couleur caramel. Sophie et lui descendirent à la cave dans le sillage de leur hôte.

— Ma salle de gym, déclara Noah en s'emparant de la télécommande pour baisser le son.

Sophie n'était pas mécontente que ça s'arrête. Elle n'avait jamais entendu ce genre de musique et elle n'allait pas s'en plaindre.

— *T-Pain*, dit Max. J'aime bien ce groupe.

— Tant mieux, fit Noah.

Le sous-sol avait tout d'un gymnase professionnel — tapis de jogging, palier mural, machines à musculation, poids et poulies. Il y avait aussi des baffles, un réfrigérateur et un lavabo.

Des bouteilles d'eau, des tasses, des verres s'empilaient sur une étagère, ainsi qu'une série de trophées fourrés là au petit bonheur la chance.

Max les repéra aussitôt.

— C'est quoi, ces trophées ?

Noah était occupé à ranger son attirail.

— Des courses auxquelles j'ai participé, répondit-il. Des triathlons, principalement.

« Seigneur ! pensa Sophie. Pas étonnant qu'il soit aussi baraqué. »

— Ma mère, elle fait de la natation. Elle a participé à une

compétition importante l'année dernière. Pas vrai, maman? lança Max.

Il se tourna vers Noah.

— Elle a nagé dans le Zuiderzee, ajouta-t-il. C'est en Hollande. Cinquante kilomètres, c'est bien ça, maman?

— Je ne pensais pas que tu t'en souviendrais, Max, dit Sophie d'un air étonné.

— Qu'est-ce que tu racontes? Quand on a une maman qui traverse une mer, même une toute petite, on s'en souvient.

Faisant de nouveau face à Noah, il précisa :

— Elle a terminé dans les dix meilleurs et elle s'en serait sans doute encore mieux sortie sans ces Allemandes de l'Est qui ont du poil sur la poitrine.

Noah sourit.

— C'est vrai que c'est très désagréable.

Max se mit sur la pointe des pieds pour regarder l'un des trophées de plus près.

— Le triathlon de l'Homme de fer, commenta-t-il. Ça veut dire quoi?

— Quatre kilomètres à la nage, cent cinquante à vélo, suivis d'un marathon de cinquante kilomètres.

— Tu as gagné? C'est génial.

— Je m'entraîne pour une compétition d'hiver, maintenant, dit Noah. Elle aura lieu pendant le Carnaval. Patinage de vitesse, raquettes et ski de fond.

Il acheva de remettre de l'ordre dans son équipement, enfila un sweat-shirt à capuche et un pantalon de jogging, puis ils remontèrent. Sophie était sidérée par la bonne entente qui régnait entre Noah et Max : ils étaient déjà copains. Noah manifestait un certain empressement à faire visiter son domaine à Max. Rien de tel qu'une bonne dose d'admiration pour ragaillardir un homme.

Max était déjà intrigué par le décor résolument masculin de la maison : le baby-foot au milieu du salon, le juke-box récupéré dans un bar local qui avait fait faillite, la télé géante et tous les accessoires et jeux vidéo. Un paradis!

— C'est une Wii? demanda-t-il.

— Dernier modèle.
— Qu'est-ce que tu as comme jeux?
— Super-Smash Bros, Rayman. J'ai aussi une Playstation avec Guitar Hero III…
Noah cita d'autres noms de jeux vidéo, plus étrangers aux oreilles de Sophie qu'un dialecte africain.
— Ecoute, tu n'as qu'à en mettre un pendant que je vais prendre une douche.
— C'est sympa, mais je préfère jouer avec les chiens.
— Comme tu veux, répondit Noah
Puis il se tourna vers Sophie.
— Je reviens tout de suite, lui dit-il.
Tandis que Max se laissait tomber à terre pour se bagarrer avec Opal, Sophie se retint de lui lancer : « Je te l'avais bien dit ! » Max n'en aurait eu que faire, de toute façon. Absorbé par le petit chien, il riait aux éclats.
Elle repensa aux trophées de l'Homme de fer, au torse nu, étincelant de Noah, à ses épaules puissantes. Cet homme l'attirait follement, mais son instinct lui disait de ne pas le laisser paraître devant Max. Ce n'était rien, se disait-elle. Un égarement passager.
Rien de plus embarrassant que de flirter avec un homme en présence de ses enfants. Comment Greg s'était-il débrouillé ? Comment Daisy et Max l'avaient-ils toléré ? Accepteraient-ils qu'elle en fasse autant, si vite après son arrivée à Avalon, qui plus est ?
Max laissa le chiot l'assaillir et lui lécher la figure. Sophie ne put s'empêcher de sourire en les regardant tous les deux.
— Elle est orpheline, dit-elle à Max. Je parle du chiot.
— Ah bon ?
— En quelque sorte, oui. D'après Noah, elle vient d'une grande portée. Sa mère n'a pas pu prendre soin d'elle et Noah a dû la nourrir au biberon.
— Sa mère l'a abandonnée ? s'exclama Max en soulevant Opal de manière à se retrouver face à face avec elle. Pauvre petite !
— Elle a besoin d'un foyer, dit Noah qui descendait l'escalier, ses cheveux mouillés formant des boucles sur son front.

Il était incroyablement sexy en jean, pieds nus, avec une chemise à carreaux rentrée négligemment dans son pantalon.

« Ne le regarde pas ! » se dit-elle.

Quand ses yeux se posaient sur lui, elle perdait la boule.

— Tu pourrais peut-être t'en occuper, suggéra Noah à l'adresse de Max en s'asseyant pour mettre des chaussettes et ses boots.

Max se releva d'un bond en serrant le chien dans ses bras.

— Vraiment ?

— Si ta mère est d'accord, bien sûr.

— C'est du chantage émotionnel ! fit remarquer Sophie. Si je refuse, je vais passer pour une vilaine sorcière.

— Alors, ne refuse pas, lui conseilla Noah. Tu m'as dit toi-même que tu aimerais avoir un chien. Je te rends service, en fait.

— C'était une façon de parler, et non pas…

— Tu as dit ça, maman ? s'exclama Max en l'enveloppant d'un regard adorateur.

— Oui, mais c'est peut-être un peu tôt. Je ne sais même pas où je vais habiter. Et je ne peux absolument pas amener un chien dans une maison qui n'est pas la mienne.

— J'ai appelé Bertie hier soir pour m'assurer qu'elle ne voyait pas d'inconvénient à ce qu'il y ait un chien chez elle, intervint Noah. Elle est d'accord.

— Tu n'as pas fait ça ! s'écria Sophie. Tu m'as dit que tu ne la connaissais pas.

— J'ai dit que je ne l'avais pas vue depuis longtemps. Tu as ton portable sur toi ?

Sans réfléchir, elle le sortit de sa poche et le lui tendit. Il l'ouvrit et fit défiler la liste de ses contacts, puis enfonça la touche *Appeler* avant de le lui rendre.

— Tu n'as qu'à lui poser la question toi-même.

Sophie ferma le clapet de son téléphone avant que la connexion se fasse.

— Je ne peux pas prendre un chien maintenant. Je n'ai pas le temps. Je dois garder mon petit-fils trois après-midi par semaine.

— Opal peut très bien rester ici quand tu n'es pas là, répondit simplement Noah. Et quand Max n'aura pas cours, il s'occupera d'elle.

— S'il te plaît, maman ! supplia Max en serrant le chiot contre sa poitrine. Elle a besoin de moi tout de suite.

— En attendant, on va faire le tour du propriétaire, reprit Noah en enfilant sa parka. Opal n'a qu'à venir avec nous.

Max et les chiens sortirent par la porte de derrière. Sophie s'apprêtait à les suivre quand Noah la retint en lui saisissant la main. Puis il la fit pivoter sur elle-même pour lui déposer un baiser sur la bouche. Cela dura deux secondes en tout, mais, en ce bref laps de temps, elle revécut toutes ses caresses et toutes les émotions inattendues qu'il lui avait fait éprouver, consciente qu'elle ne se sentait jamais seule en sa présence.

— Arrête ! dit-elle en s'écartant de lui.

— Ton fils n'est pas au courant pour nous ?

— Il n'y a pas de *nous*. Il n'y a rien à savoir.

— Qu'est-ce qu'on fabrique alors, Sophie ?

— Je n'arrive pas à le croire ! Tu te comportes comme si je t'avais blessé.

— C'est peut-être le cas.

Elle enfila ses gants et sortit à son tour par la porte de derrière.

— Tu vas au-devant de gros ennuis.

— Que veux-tu dire ?

Il lui emboîta le pas, la neige crissant sous ses pas.

— Pas maintenant.

Elle s'éloigna à grandes enjambées.

— Max a l'air d'un gentil garçon, dit Noah. Je vais lui montrer le reste des bâtiments. Tu veux venir ?

Tel le joueur de flûte de Hamelin, Noah conduisit Max à la clinique. Le chiot les suivit en pataugeant dans les congères. Déboussolée, Sophie poussa un soupir, en proie à un mélange de confusion et d'espoir. Noah avait dépassé la mesure, mais le fait est qu'il venait de donner à Max une raison de passer autant de temps que possible avec elle. Elle les rejoignit. Après un tour rapide des lieux que Max trouva à l'évidence des plus intéressants, ils gagnèrent la grange. Ils visitèrent une pièce remplie d'équipement médical et un box destiné aux patients, inoccupé pour l'instant.

— Tu es déjà monté à cheval ? demanda Noah à Max.

— Non. Jamais eu cette chance.

— Je t'apprendrai, un de ces jours. Il y a une fille qui vient deux ou trois fois par semaine travailler ici et leur faire faire un peu d'exercice. Chelsea Nash. Tu la connais ?

Max parut mal à l'aise.

— Je l'ai rencontrée dans le bus.

— Elle peut peut-être t'apprendre, elle aussi. Ou bien tu demanderas à ta mère.

— Maman ne sait pas monter à cheval.

— Je montais autrefois, déclara vivement Sophie. J'étais assez douée. J'avais même un cheval.

— Je ne te crois pas.

Max la regarda caresser l'une des bêtes.

— J'ai eu Misty quand j'avais à peu près ton âge. On faisait une promenade tous les jours.

— Tu ne m'as jamais dit que tu avais un cheval quand tu étais petite.

— Je ne t'ai jamais dit non plus que j'avais eu les oreillons.

— D'accord, mais un cheval, c'est énorme !

— Les oreillons aussi !

— Qu'est-ce qu'il est devenu, ton cheval ?

— Il est mort et ça m'a anéantie.

Max prit Opal dans ses bras et la serra de nouveau contre lui.

— Ne crois pas que ça va me décourager de prendre ce chiot.

19

Noah avait dit la vérité : il avait bel et bien appelé Bertie Wilson. Quand Sophie lui téléphona, Bertie confirma qu'elle était d'accord pour l'adoption du chiot.

— Ce petit Noah Shepherd ! dit-elle, visiblement amusée. J'étais contente de lui parler. Je n'avais pas eu de ses nouvelles depuis des années.

Le *petit* Noah Shepherd ? Sophie ne put s'empêcher de sourire. Il n'y avait pas grand-chose de petit chez lui.

Max passa l'après-midi à réorganiser sa vie — et la maison de Sophie — autour du chiot. Il apporta sa caisse, ses couvertures et ses écuelles de chez Noah et installa le tout dans sa chambre. Daisy et Charlie arrivèrent au coucher du soleil, apportant une joyeuse bouffée d'air frais dans leur sillage.

— Je suis venue dès que j'ai eu ton message ! s'exclama Daisy. Un chiot ?

Sophie lui prit le bébé des bras pendant qu'elle allait pendre son manteau.

— L'idée n'est pas de moi.

— En tout cas, elle est excellente.

Pendant que Daisy partait à la recherche de Max et du petit chien, Sophie accorda toute son attention au bébé qu'elle blottit contre elle.

— Salut, toi !

Pour son plus grand bonheur, Charlie la gratifia d'un sourire comique ponctué d'un filet de salive.

— Tu me reconnais, maintenant ?

Se sentant ridiculement contente d'elle, elle rejoignit les enfants. Max était en train de transformer son placard en maison pour chien. La caisse entrait d'un côté ; de l'autre, il avait aménagé une aire de jeux avec des jouets, un escabeau et une bûche noueuse provenant du tas de bois.

— Je suis impressionnée, dit Sophie. Pour quelqu'un qui n'a jamais eu de chien, tu as l'air de savoir ce que tu fais.

— J'y pense depuis tellement longtemps, maman !

Elle le regarda un moment caresser le chien, le visage rayonnant d'amour. Elle se demanda quels autres rêves il nourrissait. Elle avait tellement de choses à apprendre sur lui.

Elle s'assit par terre en tailleur, le bébé sur ses genoux. Le chiot vint renifler Charlie avec une étonnante délicatesse. Daisy entreprit de donner un coup de main à son frère. Au bout d'un moment, Sophie se rendit compte que l'après-midi était presque passé sans que Max se plaigne une seule fois de l'absence du câble ou de jeux vidéo.

Tandis qu'elle restait assise là avec ses enfants et son petit-fils, une émotion l'envahit, qu'elle faillit ne pas reconnaître — un bonheur pur et simple. Une sensation de contentement paisible.

La vie était belle, pour le moment du moins.

Elle était en train de songer à préparer le dîner quand le téléphone sonna.

— J'ai commandé des pizzas. On nous livre dans quarante-cinq minutes.

Noah donnait toujours l'impression de sourire quand il parlait.

— En quoi cela te concerne-t-il…

— Autant te prévenir tout de suite : il n'y a pas de viande dans les pizzas.

— Je vais en informer les médias.

— Venez. On va faire un jam.

— On…

— Avec les gars de mon groupe.

Groupe ?

— Ma fille est là…

— Dis-lui de venir. Amène qui tu veux.

Sophie se rappela qu'elle lui en voulait à cause du chien.

— Noah…

— Venez, dit-il. Ciao !

— Que se passe-t-il ? demanda Daisy quand sa mère eut raccroché.

— Que pensez-vous d'une soirée culturelle ?

Ses enfants la regardèrent d'un air sceptique.

— Cuisine continentale et divertissement musical.

Ils eurent l'air mal à l'aise.

— Pizza et musique par Noah et son groupe, ajouta-t-elle, n'y tenant plus. On est tous invités.

— Eh, mec ! lança Eddie Haven, le guitariste du groupe, enlève-moi ce sweat-shirt.

— Qu'est-ce qu'il a mon sweat-shirt ? demanda Noah. Je viens de le laver.

— Tu empestes le Woolite.

Il en avait fourré une giclée dans le lave-linge avec la dernière lessive qu'il avait faite.

— Et alors ?

— Les filles se méfient quand on sent l'assouplissant.

Noah le regarda en fronçant les sourcils, puis il se dirigea vers la batterie et tapota le tambour à timbre pour vérifier la tonalité.

— Je ne pige pas.

— Quand un vêtement sent l'assouplissant, ça peut vouloir dire deux choses : soit le gars est homo, soit il a une copine. Tu t'en étais déjà servi avant aujourd'hui ?

— Non. C'est Daphné qui en avait acheté. Il en restait.

— Précisément !

— Sophie sait que je suis célibataire, souligna Noah. Et aussi que je ne suis pas homo.

Eddie régla le volume de son ampli.

— Ah ouais ?

— Sans l'ombre d'un doute.

— Eh, mec !

Il brandit le poing et ils se cognèrent les jointures.

Parmi tous les gars du groupe, Eddie était le seul à avoir véritablement du talent. Il était capable de faire gémir sa guitare comme un jeune Stevie Ray Vaughan tout en chantant à tue-tête des ballades rock qui incitaient les adultes à se languir de leur jeunesse perdue. La seule raison pour laquelle il n'avait pas percé, c'est qu'il vivait à Avalon — non pas par choix mais par nécessité. Il y avait eu une histoire compliquée à propos d'une bagarre avec le neveu du procureur du comté, d'une convocation au tribunal où il ne s'était pas présenté, d'une prise de bec avec un juge hargneux. Au bout du compte, Eddie avait été astreint à travailler pour la communauté, en exerçant les fonctions de chef de chœur à l'église du Cœur des Montagnes. Il y accomplissait des merveilles, ce qui n'avait rien d'étonnant, compte tenu de ses antécédents musicaux.

— A propos de la lessive, je ne plaisante pas, conclut-il. Bo dit que tu en pinces pour cette fille.

— Pas qu'un peu ! reconnut Noah.

— J'essaie juste de te rendre service.

Noah éclata de rire.

— Toi qui as remporté tant de succès auprès des femmes !

Eddie parut peiné.

— Je n'ai pas eu de chance en amour.

S'il avait eu des démêlés avec la justice, son passé sentimental était tout aussi compliqué.

— Parce que tu estimes que c'est de la malchance de coucher avec la femme du pasteur ?

— Non, la malchance, c'est que je me sois fait pincer.

Bo Crutcher arriva avec deux bouteilles de bière calées dans les poches arrière de son pantalon, en poussant un cri rebelle.

— Alors, mes frères, prêts pour le rock'n roll ?

— J'étais en train de donner quelques conseils à notre pote Noah qui a le mal d'amour.

— Il n'a pas le mal d'amour, répliqua Bo.

— Comment le sais-tu ? s'exclama Noah. Je vous jure que je suis en mal d'amour.

— Malade de désir, peut-être. Mais pas d'amour.

— Et comment tu sais ça ?

— Parce que, dans ce cas, tu ne serais pas ici ce soir. Tu serais avec elle.

— Je l'ai invitée,

— Je veux dire que tu te serais arrangé pour être en tête à tête avec elle, précisa Bo.

— Ce n'est pas possible. Pas ce soir, avoua Noah.

— Qu'est-ce qui n'est pas possible ? demanda Rayburn, le pianiste qui venait d'entrer par la cuisine.

Ses joues rondes rougies par le froid lui donnaient l'air encore plus gamin que d'habitude. Comme Noah, il avait grandi à Avalon. Il était policier et travaillait sous les ordres du commissaire McKnight. C'était aussi le contrôleur judiciaire d'Eddie.

— Qu'il reste seul avec sa nouvelle copine, répondit Eddie.

— Pourquoi pas ?

— C'est compliqué pour elle.

— Ça peut vouloir dire des tas de choses, depuis « je suis mariée » jusqu'à « j'ai fait de la prison pour homicide involontaire après que mon dernier jules a été assassiné. »

— Ses enfants passent le week-end avec elle.

— Manque de chance, dit Eddie. Pas de plan sexe, alors !

— Et son petit-fils, ajouta Noah, observant ses amis de près, en attente de leur réaction.

Ils ne se laissèrent pas démonter.

— Elle est grand-mère ? demanda Ray.

— Effectivement, confirma Noah. Ils viennent tous et vous avez intérêt à être cools.

— Totalement cools, renchérit Bo en décapsulant une bière.

— Tu ne devrais jamais mettre en doute notre sang-froid, intervint Ray en s'asseyant derrière son clavier pour le brancher.

— Parce qu'elle est du genre classe, précisa Noah.

— Comment ça ? fit Ray.

Sophie entra dans la pièce à cet instant.

— Bonjour ! lança-t-elle. J'ai frappé, mais personne n'a entendu.

Noah se sentit heureux en la voyant. Ses amis avaient tort de parler de désir. Il avait envie d'elle, bien sûr, mais ça allait beaucoup plus loin que ça.

Les autres se turent pendant qu'elle ôtait sa veste.

— La vache ! marmonna enfin Eddie.

— Viens, je vais te présenter, dit Noah à Sophie.

Il espérait qu'elle avait cessé de lui en vouloir à cause du chien.

— Moi aussi j'ai amené mon équipe, dit-elle en faisant signe aux enfants d'entrer.

Tout le monde se présenta. Noah ne fut pas surpris de constater que Daisy ressemblait beaucoup à sa mère — cheveux blonds, yeux bleus, un sourire assassin. Son bébé était un petit être souriant aux cheveux roux qui explorait attentivement la pièce de ses yeux vifs.

— Comment ça se passe avec le chiot ? demanda-t-il à Max.

— Jusqu'ici, tout va bien. J'ai trouvé un superendroit pour sa caisse. Elle dormait comme un loir quand on est partis. Elle était très fatiguée.

— Les chiots dorment beaucoup, dit Noah.

Les pizzas arrivèrent. Cinq boîtes. Cinq garnitures différentes. Tout le monde cessa de parler, le temps de se restaurer. Noah dénicha des sodas et une bouteille de vin rouge dans la réserve, et, au bout d'un moment, ils s'installèrent pour jouer. Le groupe se produisait rarement en public, mais ce n'était pas leur objectif. En attendant, ça faisait toujours plaisir d'avoir une audience, même restreinte.

Noah mit la casquette de base-ball qui lui portait chance, et s'assit. Il adressa un sourire fugace à Sophie, se sentant bizarrement gêné, ce qui ne lui ressemblait guère.

Ils avaient répété, et ils n'étaient pas mauvais, grâce à Eddie.

A cause du bébé, ils décidèrent de s'en tenir à des mélodies acoustiques. Ils étaient capables de jouer du rock, bien sûr, mais ce soir, ils se bornèrent à exécuter des morceaux qu'ils connaissaient bien, mélange des nouvelles créations musicales d'Eddie et de classiques remontant à l'aube des temps — « *No woman, no cry* », de Bob Marley, « *Fire and rain* », de James Taylor.

Sophie appréciait. En tout cas, c'était l'impression qu'elle donnait, assise sur le canapé, l'air pensif. Mais peut-être était-ce uniquement par politesse. Max, fan de base-ball, regardait Bo Crutcher avec une vénération dont ce dernier se délectait. Comme ils achevaient une ballade d'Eric Clapton, Sophie applaudit et gratifia Noah d'un sourire qui lui fit regretter de ne pas être seul avec elle.

— L'un d'entre vous joue-t-il d'un instrument ? demanda Eddie pendant l'entracte.

Max et Daisy se tournèrent vers leur mère. Elle parut décontenancée, mais, finalement, elle le reconnut.

— Du piano, avoua-t-elle. Mais ça fait longtemps que je n'ai pas joué.

Déployant tout son charme, Eddie la prit par la main et la conduisit vers le clavier tandis que Ray s'écartait obligeamment. Elle resta plantée là un moment, perplexe.

— J'ai une formation classique, dit-elle.

— On ne vous en voudra pas.

Elle finit par s'asseoir en adoptant la posture d'une pianiste chevronnée. Noah suspectait qu'elle était en train de reprendre ses vieilles habitudes. Elle interpréta un morceau qu'il ne reconnut pas, comme on en entend à la radio le dimanche matin. Ray ajouta un peu de peps avec quelques accents électroniques. Noah incorpora des percussions discrètes et Bo souligna le tout avec des notes de basse. Pour finir, Eddie suivit le mouvement en adjoignant quelques riffs de guitare, donnant ainsi à tous une petite idée de sa virtuosité. Pendant les minutes qui suivirent, ce morceau sur fond de basse, vraisemblablement écrit à l'origine par un homme à perruque poudrée, se transforma en quelque chose d'inédit.

Daisy et Max les observaient, bouche bée. A la fin, Sophie éclata de rire en voyant leur expression.

— Tu es vraiment douée, maman, dit Max.

— Pourquoi ne pas essayer à ton tour, Daisy ? Tu jouais bien, toi aussi. Et toi, Max, j'ai appris que tu suivais des cours de batterie.

Elle prit le bébé dans ses bras et céda sa place à Daisy. Noah fit signe à Max de s'installer à la batterie. Il était raide, hésitant, mais, au bout de quelques minutes, ils s'amusaient comme des petits fous à jouer avec les autres.

— Tu veux boire quelque chose ? demanda Noah en se penchant vers Sophie.

— Je veux bien un verre d'eau, dit-elle.

Ils allèrent ensemble dans la cuisine.

Noah l'embrassa aussitôt en se penchant par-dessus le bébé.

— J'ai attendu toute la soirée pour faire ça. C'est la première fois de ma vie que je suis avec une femme qui a un bébé.

Elle leva les yeux vers lui pour plonger son regard dans le sien, et lui tendit Charlie.

— Ce n'est pas le mien. C'est mon petit-fils.

— Ça aussi, c'est nouveau pour moi.

Si elle s'imaginait le désarçonner, elle se mettait le doigt dans l'œil. Le bébé se trémoussa et poussa un petit cri en découvrant qu'il était dans les bras d'un étranger, mais il ne pleura pas. Noah apprécia la sensation douce de l'enfant contre lui. Ça ne lui arrivait pas si souvent. Son odeur lui plaisait. Il savait qu'il apprécierait encore davantage ce petit bonhomme quand il aurait quelques années de plus.

— J'aime tes enfants, dit-il.

— Si tu crois que tu vas t'en tirer comme ça avec cette histoire de chien, dit-elle, tu te trompes. Je ne peux pas croire que tu…

— Maman ! cria Max de la pièce voisine.

Elle s'écarta vivement de Noah et retourna dans le salon à grandes enjambées, en ayant apparemment oublié qu'elle avait soif.

— Joue-nous encore quelque chose ! dit Max en prenant Charlie des bras de Noah.

Ray, la bouche pleine de pizza, agita la main en guise d'acquiescement. Sophie s'approcha du clavier et ils s'essayèrent à du Gershwin. Sophie fut probablement la plus surprise de tous. Noah eut le sentiment que ça ne lui arrivait pas souvent de faire de la musique juste pour le plaisir.

Pendant un moment de battement, Noah vit Max se pencher vers sa sœur et chuchoter :

— J'ai la ferme intention de reprendre des cours de piano.

20

Sophie gara son mini-van dans l'allée qui menait à l'auberge du lac des Saules. Assis sur la banquette arrière, Max tenait Opal devant son visage, frottant son nez contre la truffe de l'animal en lui parlant comme à un bébé, sans la moindre gêne. C'était dimanche soir, le moment le plus difficile de la semaine pour un certain type d'individu — le parent isolé qui n'a pas la garde de ses enfants. Partout dans le pays, chaque dimanche, des gens comme elle abandonnaient leur progéniture à l'autre parent et repartaient au volant de leur voiture avec juste quelques souvenirs pour leur tenir compagnie jusqu'à la prochaine visite. Sophie, elle, avait des souvenirs et un nouveau chiot.

— Comment je vais faire pour tenir toute la semaine ? demanda Max. J'aimerais tellement qu'Opal habite avec moi !

« Bienvenue dans mon monde », pensa Sophie. Max allait devoir se contenter de visites le week-end et quelquefois après l'école. Le compromis était parfois insoutenable, se dit-elle.

— Je m'occuperai bien d'Opal, promit-elle.

— Je sais, répondit Max, mais ce ne sera pas pareil.

— Il faut que tu aies un peu confiance en moi.

— Je te fais confiance, maman. Oh ! lala !

L'auberge ressemblait au site de tournage du *Docteur Jivago* avec ses pelouses et ses courts de tennis couverts d'un tapis blanc, le belvédère et le pavillon ornés de stalactites. Le bâtiment principal, historique, avait l'air chaleureux et engageant avec ses lumières qui brillaient aux fenêtres. Les propriétaires logeaient dans une grande maison carrée, et, comme tout le reste dans la nouvelle vie de son ex-mari, cela ne ressemblait en rien à la demeure qu'ils avaient partagée à Manhattan.

Après le divorce, ils s'étaient promis l'un et l'autre de mener des vies différentes dans la mesure où celle qu'ils avaient vécue ensemble ne leur convenait plus.

— C'est magnifique ici, déclara Sophie.

Elle fit ce commentaire pour témoigner de son soutien à son fils, mais aussi parce que c'était vrai.

— Papa et Nina préparent l'auberge pour le Carnaval d'hiver. C'est toute une affaire, répondit Max. Je crois qu'il n'y a plus une seule chambre de libre.

Il embrassa le chiot sur la tête, et Opal le regarda avec un air d'adoration comique.

— Entre une minute.

Elle ravala la réponse qui lui était venue automatiquement : « Non, il faut que j'y aille. » Elle s'y soumettrait, pour Max.

— D'accord. Juste une minute pour que tu puisses montrer le chiot à ton père, dit-elle en roulant doucement jusqu'à la jolie maison brillamment éclairée.

Elle était atrocement mal à l'aise dans le monde de Greg, même quelques instants. Cela ne lui faisait plus mal physiquement d'être en sa présence, pas comme avant en tout cas. Bizarrement, il lui était possible, désormais, de le considérer avec une sorte de respect bienveillant. C'était un être qu'elle avait aimé. Quelqu'un avec qui elle avait bâti une vie pendant des années. Mais ils étaient tous les deux passés à autre chose.

Cette détermination à faire la transition de la vie conjugale à celle de célibataire l'avait sauvée. Peut-être les avait-elle tous sauvés, après que la famille eut passé une période très difficile. En définitive, Sophie avait cessé de considérer son mariage comme un échec. Plutôt que d'être la survivante d'une union ratée, elle se concentrait maintenant sur la réussite de cette nouvelle phase de sa vie. Cela voulait dire survivre encore, à tout : des terroristes internationaux aux mamans tyranniques.

Elle suivit Max en haut des marches. Elle n'avait pas vraiment envie de ces aperçus de la vie que Greg avait bâtie avec Nina

Romano. Pour Max, cependant, elle puisa dans ses trésors de diplomatie, affichant une expression aimable. Elle pénétra dans le vestibule, chaud et accueillant, qui embaumait la cire à l'huile d'orange.

— Papa ! appela Max. Hé, Nina, papa ! On est là ! Venez voir mon chien !

Ils arrivèrent ensemble, saluèrent Sophie, et concentrèrent leur attention sur la petite chienne. Max parlait à cent à l'heure, racontant toutes sortes d'histoires à propos d'Opal, comme si elle était dans sa vie depuis toujours. Il décrivit en long et en large ses habitudes, ses préférences, de son attachement à la couverture en laine polaire déchirée dans sa caisse à sa manie de mordre la neige pour jouer.

— Tu as de quoi t'occuper, maintenant, dit Greg à l'adresse de Sophie.

Pas le moindre sarcasme dans sa voix.

— On dirait bien.

— Pas question que j'attende jusqu'au week-end prochain, dit Max. Je peux prendre le bus pour venir te voir après l'école, maman, d'accord ?

Sophie jeta un coup d'œil à Greg, qui hocha presque imperceptiblement la tête.

Merci.

— Ça ne me pose pas de problème, dit-il.

Inutile de faire comme si la requête de Max avait quoi que ce soit à voir avec elle.

Puis, à son grand étonnement, Max ajouta :

— Maman a joué dans un groupe de rock. C'était génial.

Greg le regarda d'un air interdit.

— Un groupe de rock ?

— Ouais, avec le gars d'en face. Et devinez qui est le bassiste… Bo Crutcher !

— Je les ai entendus jouer, dit Nina. Ils se font appeler Inner Child. Ils sont plutôt bons. Ils se produiront au Carnaval d'hiver, cette année.

Sophie sourit et sentit qu'elle s'empourprait. Elle se rappela qu'elle n'avait toujours pas affronté Noah à propos du chien.

— Max vous racontera tout ça. Je ferais mieux d'y aller.

Elle prit la laisse du petit chien.

Max donna une dernière caresse à l'animal, puis il lui déposa un baiser sur la tête. Après quoi il étreignit sa mère à la va-vite.

— A bientôt, maman.

— Je prendrai bien soin de lui, dit-elle. Promis.

Elle sentait encore la chaleur de son étreinte.

Elle avait un chien, maintenant, pour le meilleur ou pour le pire. Force était de reconnaître que la présence du chiot sur le siège à côté d'elle rendait le déchirement de la séparation d'avec Max légèrement moins pénible. Quoi qu'il en soit, Noah était allé un peu vite en besogne et elle n'avait pas l'intention de laisser passer ça.

Le lendemain matin, avant même de prendre son petit déjeuner, elle donna à manger à Opal, l'emmena s'ébattre dans le jardin, après quoi elle la remit dans sa caisse pour la sieste. Un chiot était nettement moins exigeant qu'un bébé, se dit-elle. Ce qui ne signifiait pas pour autant que Noah ait eu raison de faire ce qu'il avait fait. Quand son téléphone sonna, elle scruta l'écran en plissant les yeux, tendit le bras, mais le nom restait indistinct. Au cours des derniers mois, elle avait commencé à soupçonner qu'elle avait besoin de lunettes de lecture, sans se décider à en acheter. Les lunettes, c'était pour les vieux, non ?

— Sophie Bellamy, dit-elle d'un ton détaché, professionnel, dont elle ne s'était pas encore départie.

— Sophie, c'est ton père.

— Et ta mère.

Ses parents recouraient toujours au haut-parleur quand ils voulaient s'associer pour la convaincre qu'elle commettait une terrible erreur.

— Bonjour ! dit-elle d'un ton enjoué.

Elle leur résuma son week-end, tout en remarquant qu'elle était sous pression, comme si elle devait leur prouver quelque chose ou donner l'impression que sa vie était pleine d'événements importants. Il en allait toujours ainsi avec eux.

— Vous avez passé un merveilleux week-end, Max et toi, semble-t-il, en conclut sa mère.

Sophie eut aussitôt des soupçons.

— Vous ne m'avez pas appelée pour que je vous parle de mon week-end.

— Nous étions juste en train de dire que c'était une bonne idée de prendre un congé sabbatique. Quand tu reprendras le collier, tu seras en pleine forme pour faire face aux défis du droit international.

Sophie serra son portable plus fort dans sa main.

— Papa, je parlais sérieusement quand je vous ai dit que je n'avais pas l'intention de retourner là-bas.

— Oh, ma chérie, tu as juste besoin d'un peu de temps ! D'ici peu, tu mourras d'envie de retourner au tribunal et de refaire ce que tu fais le mieux.

— Je *mourrai* d'envie ?

— Désolé. J'ai mal choisi mes mots, Sophie. Nous ne pouvons pas imaginer ce que tu as enduré, mais nous savons à quel point tu es forte.

— Papa, maman, écoutez-moi. Ma vie est ici, maintenant, à Avalon, auprès de Max et de Daisy. Je suis une maman en tenue de jogging qui fait du covoiturage.

— Honnêtement, ma chérie…, lança sa mère avec un petit rire nerveux.

Sophie ne put s'empêcher de mettre de l'huile sur le feu.

— Et… j'ai rencontré quelqu'un. Il s'appelle Noah et il habite en face, dans une ancienne laiterie qui appartenait à sa famille.

Elle marqua un temps d'arrêt, en s'efforçant de sonder le silence qui s'ensuivit.

— Allô ! J'aimerais que vous me répondiez tous les deux pour être sûre que personne n'a eu une crise cardiaque.

— Tu n'es plus toi-même, Sophie. Tu ne devrais pas faire des choix décisifs à un moment comme celui-ci.

— C'est déjà fait. Je reste ici.

— Mais ton travail est tellement important, Sophie ! protesta sa mère. Nos amis nous demandent de tes nouvelles…

— Je suis désolée, mais j'ai cessé d'être votre fille trophée, enchaîna-t-elle. Je ne suis plus le sujet de conversation de vos cocktails. Trouvez autre chose. Et n'hésitez pas à dire la vérité à mon sujet — à savoir que je fais passer ma famille en premier. Je suis heureuse. Etes-vous capables de le comprendre ? A La Haye, il y avait des centaines d'avocats pleins de talent prêts à me remplacer. Ce que je fais maintenant, je suis la seule à pouvoir le faire.

— Oh, ma chérie !

Le soupir de sa mère parcourut la distance qui les séparait.

— Tu n'es plus la Sophie que je connais, on dirait. Nous voulons ton bien, tu le sais.

— Dans ce cas, ne vous faites aucun souci. J'ai tout ce qu'il me faut, ici même.

Elle prit une profonde inspiration avant d'ajouter :

— Ça va aller très bien. Réjouissez-vous pour moi, au moins !

— C'est le cas, reprit son père. Nous voulons juste être sûrs que tu es heureuse.

En dépit de sa sincérité, il y avait une tension dans sa voix. Au bout de quelques minutes, après des menus propos, Sophie raccrocha en se sentant coupable.

Un peu plus tard, elle reçut une visite inattendue : Noah. Elle le laissa entrer, refusant d'admettre la réaction on ne peut plus physique que sa présence provoquait chez elle parce qu'elle continuait à lui en vouloir, d'autant plus que la conversation avec ses parents avait exacerbé son agacement. Mais ça, il ne pouvait pas le savoir.

— Je pensais que tu m'apportais un poney, dit-elle d'un ton acerbe en feignant de fouiller dans sa veste à la recherche d'un tel cadeau. A moins que tu n'aies décidé de me construire un bowling.

— Tu es fâchée ? demanda-t-il, sincèrement surpris.

Sur ce, il ôta sans vergogne ses gants et son chapeau.

— Bien sûr que non ! répliqua-t-elle. Tout va bien. Bon sang ! Noah, tu as offert un chiot à mon fils !

— Il n'y a pas de quoi.

— Ecoute, je suis consciente que tu as fait ça par gentillesse, mais un chiot, c'est un peu trop.

— Trop quoi ?

— Ça fait une complication de plus dans une situation qui est déjà assez complexe comme ça, répondit-elle en faisant les cent pas. Un chien, Noah ! Tu as donné un chien à mon fils, et tu ne comprends pas pourquoi ça me pose un problème ? Tu ne m'as même pas demandé mon avis !

— Tu aurais refusé.

— Je n'y connais rien en chien.

— Ce n'est pas sorcier. Tu le dresses et c'est un être de plus à aimer.

Il se servit une bière.

— Que veux-tu qu'il arrive ?

— Seigneur, Noah, tout est si simple avec toi !

Elle émit un petit rire quand elle se rendit compte de ce qu'elle venait de dire.

— Simple. C'est tout à fait moi !

— Je ne voulais pas…

— Je comprends ce que tu as voulu dire. Ecoute, le chien avait besoin d'un toit et Max avait besoin d'un chien.

— Qu'en sais-tu ?

— C'est un garçon. Tous les garçons ont besoin d'un chien. Ça l'aidera à acquérir des notions de responsabilité, de compassion, plus que tu ne peux l'imaginer.

— Et quand Max n'est pas avec moi, c'est *moi* qui dois m'en occuper, souligna-t-elle.

— Alors, peut-être que toi aussi, tu apprendras à devenir responsable et compatissante.

Surprenant son regard, il recula, un sourire aux lèvres, les paumes levées.

— Je plaisantais.

— Ça ne se fait pas, dit-elle. On n'impose pas aux gens une charge qui dure des années sans penser…

— Oh, j'y ai pensé ! dit-il. Tu as dit qu'il n'était pas très content de passer du temps ici.

— Oui, mais…

— Maintenant, il a une raison de venir.

— Ça fait de moi un être pathétique. Il faut que je soudoie mon propre fils avec un chien pour qu'il accepte de me voir.

— Tu analyses trop les choses.

— Ha ! Je n'ai même pas commencé. Un chiot, répéta-t-elle. Comment as-tu pu me faire ce coup-là ? C'est une créature vivante, pas un jouet.

— Que veux-tu, je préfère les vivants.

— Ne fais pas ton malin. En tant que vétérinaire, tu es mieux placé que quiconque pour savoir comme c'est horrible quand un animal domestique meurt.

— Oui, c'est très dur de perdre un animal, mais c'est encore pire de ne jamais en avoir eu.

— Ça ne marche pas comme ça pour tout le monde.

— Et si tu laissais ton fils faire sa propre expérience ? Un chien peut lui apprendre des tas de choses sur la vie. Sur l'affection, la tolérance, le renoncement quand le moment sera venu.

Elle voulut protester, mais ne trouva rien à dire. Noah lui avait donné le chiot, ce qui représentait un engagement considérable de sa part à elle. Cela avait du bon et du mauvais. Elle supportait mal l'idée qu'il faille une raison à Max pour rester avec elle, mais elle commençait à se rendre compte qu'à douze ans un garçon tendait à avoir besoin de choses que même une mère parfaite ne pouvait pas lui donner.

— Tu as fait cette proposition devant Max. J'étais piégée.

Un frisson la parcourut.

— J'ai horreur d'être piégée.

— Qu'est-ce qui te fâche le plus ? Que ton fils ait un chien ou que tu n'y aies pas pensé la première ?

« L'avocat de la partie adverse avance un argument intéressant », pensa-t-elle. Mais elle résolut de ne pas s'engager plus avant dans cette voie.

— C'est juste que je n'aime pas ce que cela implique — que je ne suffis pas à mon fils. Que c'est tellement barbant de passer le week-end avec moi qu'il lui faut un chien et un fichu concert de rock pour qu'il ait envie de rester.

— A-t-il passé un bon week-end, oui ou non ?

— Il a eu un chien, il a traîné avec un groupe de rock, il a rencontré une star du base-ball et… oh, j'ai failli oublier : il a fait du patin avec Tina Calloway, la fille d'un médaillé olympique. Alors, oui, il a passé un super-week-end.

— Où est le problème, dans ce cas ?

— Je te trouve fourbe, là.

— Pas du tout. Je ne comprends pas, Sophie.

— Le problème, c'est que je veux que ce soit moi, son super-week-end.

— Pourrais-tu te contenter d'être *mon* super-week-end ? suggéra-t-il en enlevant sa veste.

— Tu cherches à changer de sujet.

— Evidemment ! Tu crois que ça m'amuse de t'entendre m'aboyer dessus alors que je t'ai rendu service ?

Il baissa la voix tout en se rapprochant d'elle.

— Sophie, vas-tu vraiment continuer à m'enguirlander parce que j'ai donné un chien à ton fils ?

— Oui, chuchota-t-elle, oubliant de crier.

Il lui caressa doucement la joue et l'entraîna dans le salon.

— Tout se passera bien, dit-il.

Il s'assit sur le canapé et l'attira à côté de lui.

— Je te jure, tout se passera bien, répéta-t-il.

— Ça fait mal de savoir que je ne lui suffis pas.

— Il est au collège. Si tu représentais le monde pour lui, ce serait plutôt inquiétant.

Elle ne trouva rien à répliquer.

— Sois la maman dont il a besoin, suggéra Noah. Et non celle que tu penses devoir être.

— Seigneur, Noah ! D'où sors-tu des choses pareilles ?

— C'est juste une question de bon sens.

— Tu as raison, je suppose. Dans ma famille…

Elle s'interrompit, le considéra d'un œil sceptique.

— Ça ne t'intéresse pas.

— Tout ce qui te concerne m'intéresse.

Pour une raison quelconque, elle trouva cette remarque incroyablement sexy. Elle prit l'un des coussins du canapé sur ses genoux de manière à maintenir une certaine distance entre eux.

— Crois-moi, je ne suis pas très intéressante.

— Parle-moi de ta famille, de tes parents. Tu as des frères et sœurs ?

— Je suis fille unique. Mes parents sont des gens gentils. Ils m'ont enseigné une foule de choses : l'importance d'avoir une carrière qui me plaise, par exemple. Je regrette juste qu'ils ne m'aient pas appris qu'il y a des choses qui comptent davantage que le boulot dans la vie.

Elle était encore désemparée par la conversation qu'elle avait eue avec eux. Ses parents s'imaginaient avoir une fille parfaite, qui ne songeait qu'à la réussite. Au bout du compte, ils se retrouvaient avec une femme inquiète qui vivait avec ses regrets au quotidien.

Elle regarda Noah d'un air songeur. Elle n'arrivait pas à croire qu'elle était en train de lui parler de tout ça. En un rien de temps, elle en était venue à se reposer sur lui comme elle ne l'avait jamais fait avec personne. Elle repensa à sa conversation avec ses parents. La Sophie d'antan aurait tout gardé pour elle… En sondant son regard doux, attentionné, elle éprouva un sentiment de confiance tout nouveau pour elle. Elle avait envie qu'il connaisse la véritable raison pour laquelle elle était venue à Avalon en laissant derrière elle une carrière de quinze années, en plein essor. Elle voulait qu'il sache qu'elle cherchait quelque chose d'autre auquel se raccrocher, à tel point qu'elle avait résolu de vivre dans cette ville inconnue, où son ex-mari était un pilier de la communauté, où tout le monde la considérait comme l'ex-femme insensible et négligente.

Elle aurait voulu lui révéler les choses plus profondes qui se terraient en elle — à propos de cette terrible nuit, de tout ce qui lui était arrivé, de la terreur qui l'avait anéantie et de l'instinct de survie inattendu qui l'avait aidée à se reconstruire. Elle aurait aimé pouvoir lui parler de ce moment où on lui avait tout pris, où elle avait cru sa dernière heure arrivée et où elle n'avait plus pensé qu'à sa famille, à toutes les manières dont elle avait délaissé les siens, aux occasions ratées, aux chances qu'elle avait laissé passer.

— Tu trouves que c'est horrible ? demanda-t-elle. Ce que je viens de dire à propos de mes parents ?

— Non. A un moment ou à un autre, on ouvre les yeux sur nos parents. C'est pareil pour tout le monde.

— Ils s'obstinent à croire que je suis ici temporairement. C'est une sorte de déni, je suppose. Ils me font toujours le coup : de cette façon, ils m'obligent à douter de mes choix. Même en prenant de l'âge, je continue à éprouver le besoin de leur plaire.

Elle inspira à fond, lui offrant l'occasion de l'interrompre, de changer de sujet, de s'élancer dans les collines en hurlant. Il ne fit rien de tout ça, et se borna à attendre la suite.

Il y avait quelque chose d'irrésistible dans sa manière d'écouter.

— Quand je me suis aperçue que j'étais enceinte de Daisy, reprit-elle en serrant ses mains l'une contre l'autre, j'avais l'intention d'élever mon enfant toute seule. Mes parents ont mis ma résolution en doute jusqu'à ce que j'en arrive à douter moi-même. Ils ne manquaient pas de persuasion. Ils étaient ravis que Greg soit un Bellamy. Il était censé aller loin dans sa carrière. En définitive, je me suis laissé convaincre que le mieux était de mettre Greg au courant et de l'épouser, pour l'enfant. C'est ce que nous avons fait. Par la force de notre volonté, uniquement, nous nous sommes arrangés pour que ça marche, mais nous n'avons jamais été heureux ensemble.

Elle serra le coussin plus fort contre elle.

— J'ai eu deux magnifiques enfants qui ne demandaient qu'à vivre près de moi, alors que ce n'était pas le cas. Même quand je travaillais à l'ONU, à Manhattan, j'étais toujours ailleurs — mentalement, quand je ne l'étais pas physiquement. Je ne cesse de me demander comment les choses se seraient passées si j'avais été plus présente dans leur vie.

— Tu sais, dit Noah, quand j'étais gosse, je rêvais que mon père soit astronaute et non pas fermier. Je songe encore parfois à quel point ma vie aurait été différente si mes parents avaient travaillé dans la stratosphère.

— Très drôle ! répliqua-t-elle en lui lançant le coussin.

— J'essaie juste de te faire comprendre quelque chose. Dans le cas de la famille — dans toute notre vie, en fait —, il n'existe pas de groupe témoin. On ne peut jamais savoir ce qui se serait passé si on avait changé certaines choses, fait d'autres choix, suivi une autre voie. Tu veux un conseil ? Je sais que tu ne me l'as pas demandé, mais tu devrais essayer de prendre les choses comme elles viennent. Cesse de vouloir réécrire le scénario du passé.

— Merci, monsieur Freud.

— Je t'enverrai ma note demain matin.

Bizarrement, le fait de lui parler n'eut pas l'effet libérateur qu'elle escomptait. Il avait une manière directe d'envisager les choses. Ses processus de pensée à elle ressemblaient davantage à un diagramme de Venn, chaque décision menant à une périlleuse gamme de possibilités.

— Sérieusement, dit-il, tâche de te poser moins de questions : sur le passé, à propos du chien… ou de moi.

Il sourit.

Elle détourna les yeux en essayant de déterminer ce qui rendait cet homme si spécial. Ils étaient en train d'aborder des sujets très personnels et elle n'arrêtait pas de penser à la saveur de ses baisers, à l'allure qu'il avait sans chemise.

— Tu penses trop, dit-il. Ça n'est pas bon pour toi.

— Ma formation y est sûrement pour quelque chose. Dans mon travail au TPI, chaque décision devait être mûrement réfléchie, chaque possibilité prise en compte, chaque conséquence soigneusement mesurée. C'était devenu une seconde nature chez moi. Il m'est même arrivé une fois de faire un diagramme pour dresser un plan de table en prévision d'un dîner au tribunal.

— Ce n'est pas le seul moyen de naviguer dans la vie.

— Oh ? Et toi, tu fais comment ?

— Je choisis un cheval et je l'enfourche.

— Toujours aussi simple.

— C'est simple si tu le veux bien.

— Noah Shepherd, vétérinaire le jour, philosophe zen la nuit. D'accord. Je vais essayer de suivre ton conseil.

Il hocha gravement la tête.

— Pas essayer, reprit-il d'une voix douce. Soit tu le fais, soit tu ne le fais pas.

— Tu es dingue.

— Je sais.

Il se rapprocha d'elle et l'embrassa doucement sur la bouche.

— Tu m'as manqué, ce week-end, lui dit-il entre deux baisers.

« Toi aussi, tu m'as manqué. » Elle s'interdit de le dire.

— Il faut qu'on arrête, dit-elle à la place.

— Pourquoi ?

— Parce que c'est de la folie d'être aussi impulsifs. Il faut qu'on ralentisse, qu'on détermine où on va. Je pensais qu'on allait mettre un terme à tout ça.

— Tu te trompes, dit-il en déboutonnant son gilet chandail avec une lente détermination. Nous allons recommencer à la moindre occasion.

— Je ne pense pas que ce soit une bonne idée.

— Tu n'es pas censée penser du tout. Si tu penses, je n'accomplis pas ma mission.

— Oh ! fit-elle, se sentant fondre de l'intérieur, tu te débrouilles très bien. Crois-moi, c'est absolument… parfait.

Il rit, sa bouche contre la sienne.

— Tant mieux. J'aime ta famille, Sophie. Mais pour le moment, je ne peux penser qu'à ça. C'est vrai que je suis dingue. Je ne peux pas détacher mes mains de ton corps.

— Je suis venue m'installer ici pour ma famille, lui rappela-t-elle. Etre avec toi, comme ça…

— … ne les prive de rien, acheva-t-il en dénudant ses épaules avant de dégrafer son soutien-gorge. Tu as le droit d'enlever ton cilice de temps en temps.

*
* *

Daisy trouvait que sa vie avait changé ces derniers temps. Depuis que sa mère gardait Charlie, les choses semblaient plus faciles. Elle se sentait plus reposée, plus détendue. Certes, elle ne méritait pas le titre de « mère de l'année ». Sa maison était encore en désordre et elle avait toujours l'impression d'être en retard, mais elle n'avait plus la sensation de précéder de quelques secondes un rouleau compresseur capable de l'aplatir si elle ralentissait un tant soit peu.

Elle ne savait pas trop si cela tenait à la présence de sa mère ou si elle faisait juste des progrès dans la gestion de sa vie. Ça n'avait pas vraiment d'importance, et elle n'allait pas s'appesantir là-dessus, surtout aujourd'hui. Le Carnaval d'hiver approchait à grands pas, et le train de Sonnet allait arriver d'un instant à l'autre.

— Je ne pense pas que ce soit une bonne idée, dit Zach d'un ton morne alors qu'ils atteignaient la gare. Je n'aurais pas dû venir.

— Ne dis pas de bêtises ! répondit-elle en lui jetant un coup d'œil.

Il avait l'air crispé, et ses cheveux blonds tout raides se déployaient dans le vent tandis qu'il marchait à grandes enjambées.

— Vous avez toutes les chances de tomber l'un sur l'autre un de ces jours, Sonnet et toi. Autant que ce soit tout de suite.

— C'est une mauvaise idée, répéta-t-il.

Daisy essaya de ne pas se fâcher. Sa mère gardait Charlie et elle éprouvait une rare sensation de liberté. En outre, elle était sur le point de voir Sonnet pour la première fois depuis que leurs parents s'étaient mariés à Sainte-Croix. Elle n'avait aucune envie que Zach gâche sa bonne humeur.

— Je pense que ce serait vraiment triste que vous n'arriviez pas à vous réconcilier.

Elle posa la main sur le bras de Zach pour le forcer à ralentir.

— On n'a pas le droit de fumer à l'intérieur, lui rappela-t-elle.

Il s'arrêta près d'une poubelle verte et tira une dernière taffe de sa cigarette. Daisy n'avait rien à dire sur le fait qu'il fumait. De quel droit ?

— Ça va aller, lui assura-t-elle.

— Tu lui as dit que je venais ?

— Je lui ai envoyé un texto. Je suis sûre qu'elle sera contente.

Un pieux mensonge. A son texto, Sonnet avait répondu : TA PA INTERET.

Ils traversèrent la gare pour gagner le quai. Beaucoup de gens se déplaçaient pour le Carnaval d'hiver : des touristes venant de la ville principalement. C'était du reste l'objectif de ce festival, et la ville entière était mise à contribution. Toute la semaine, Daisy s'était occupée de photographier les préparatifs. Le point d'orgue des festivités était une sculpture sur glace de la taille d'une maison en forme de château. Il y aurait des concerts vingt-quatre heures sur vingt-quatre. Toute une gamme de talents locaux se produiraient, allant d'un groupe grunge à une fanfare allemande ; il y aurait aussi du patinage sur le lac, un tournoi de hockey, un triathlon d'hiver, et des stands proposant toutes sortes de divertissements, de la peinture faciale à des cours de pâtisserie.

Touristes et gens du coin se mêlaient sur le quai alors que le train entrait en gare. Les voyageurs affluaient vers les portes de sortie, et Daisy scruta l'intérieur de chaque wagon, à la recherche des nattes à perles de Sonnet. Elle avait été sa première amie à Avalon ; elles étaient demi-sœurs, à présent. Daisy l'adorait. Il n'empêche que leurs rapports étaient un peu tendus. C'était parfaitement compréhensible. Avec sa bourse d'études et sa réputation irréprochable, Sonnet était l'Américaine parfaite, d'autant plus impressionnant qu'elle avait été élevée par une mère célibataire qui passait son temps à travailler : Nina Romano. Alors que Daisy, produit de l'Upper East Side huppé, avait gâché tous ses privilèges en devenant mère célibataire. Un problème supplémentaire venait se greffer là-dessus : Daisy tenait à renouer des liens avec Zach. Elle voulait absolument que Sonnet le comprenne. Dans la mesure où elle était clouée dans une petite ville comme Avalon, Daisy devait garder ses amis près d'elle. Elle avait besoin d'eux. Ce n'était pas comme si elle vivait sur un campus où les étudiants se font à tout moment des amis dans tous les dortoirs et les associations.

— J'ai changé d'avis ! lança Zach tout à coup. Je m'en vais.

Daisy le rattrapa par la manche de sa veste.

— C'était ta meilleure amie, lui rappela-t-elle. Vous avez grandi ensemble pour ainsi dire. Ça compte forcément.

— Peut-être, jusqu'au jour où mon père a piqué du fric dans les caisses de la ville alors que sa mère était maire.

Daisy fit la grimace. Bien sûr, ce n'était pas évident de fermer les yeux là-dessus. Les parents pouvaient causer tellement de torts à leurs enfants. Chaque jour, elle promettait à Charlie qu'elle ne lui ferait jamais de mal, mais n'était-ce pas déjà ce qu'elle était en train de faire en le privant d'un père ?

Elle aperçut enfin Sonnet qui était en train d'extraire une valise Pullman d'un des wagons. Elle s'élança sur le quai. Sonnet la vit approcher et poussa un cri de joie. Elles se jetèrent dans les bras l'une de l'autre et s'étreignirent. Daisy se sentit tout à coup émue de retrouver Sonnet — sa meilleure amie. Sa sœur. Le mariage de son père avec Nina avait eu tant d'incidences heureuses.

Sonnet lui parut maigrichonne, fragile dans ses bras. Elles prirent un peu de recul, se sourirent. Sonnet n'avait pas changé mais il y avait quelque chose de différent chez elle. Les mêmes yeux pétillants, le même sourire étincelant, toujours ses nattes et cette foison de perles. Elle s'habillait différemment — des vêtements plus amples, plus ethniques.

— Je suis tellement contente que tu sois là ! dit Daisy, même si ce n'est que pour quelques jours.

— Moi aussi. Avalon me manque. Où est Charlie ? demanda Sonnet. Sait-il que sa tante préférée est arrivée ?

— Il est avec maman.

— Ça se passe bien ?

— Pas mal du tout, ce qui me surprend.

Daisy prit la valise et elles se dirigèrent vers la sortie.

— Ta mère a été vraiment gentille avec moi quand je suis allée la voir à La Haye l'été dernier, lui rappela Sonnet. Moi, ça ne m'étonne pas du tout.

— Ça fait tellement bizarre qu'elle soit là, dans cette petite ville. Je m'attends à ce qu'elle file à Manhattan dès que la neige aura fondu.

Une autre chose l'étonnait, c'était de voir sa mère se comporter… comme une maman. Elle n'en était pas encore à mettre un tablier et à faire de la pâtisserie, mais elle participait au covoiturage, elle gardait Charlie, et puis elle allait aux réunions de parents d'élèves.

— Il y a des moments où j'ai l'impression qu'elle aime bien Avalon. Je prends peut-être mes désirs pour des réalités.

— Elle trouvera peut-être un travail ou quelque chose. Tu penses que ce serait difficile ?

— Pour maman, travailler est comme une seconde nature. Elle n'a jamais fait que ça.

Daisy réfléchit un instant.

— J'ai envie qu'elle soit heureuse ici, avoua-t-elle. Je veux qu'elle reste.

— Il y a quelque chose dans cette ville…, dit Sonnet. J'ai souvent le mal du pays.

Daisy perçut une nuance nostalgique dans sa voix et elle scruta le visage de son amie. Elle avait incontestablement perdu ses joues rondes, et des petites lignes encadraient sa bouche.

— Ça se passe bien à la fac ?

— Très bien, répondit Sonnet en se ressaisissant. Mais je suis ici pour le Carnaval et…

Elle s'interrompit brusquement et resta plantée là, comme pétrifiée. Daisy comprit qu'elle avait vu Zach sur le quai, et elle retint son souffle. Il avait la mine grave, une expression qui faisait ressortir sa beauté pâle. L'espace d'un instant, les traits de Sonnet s'adoucirent, sous l'emprise du regret. Ils étaient si proches, jadis, et cette séparation leur était pénible à tous les deux… Mais l'attendrissement ne dura pas.

— Salut ! lança Zach.

Elle releva le menton.

— Qu'est-ce que tu n'as pas compris quand je t'ai dit : « Je ne veux plus jamais te revoir » ?

Elle prit sa valise des mains de Daisy.

— Je ne peux pas croire que tu m'aies fait ça.

— Sonnet, écoute…

Elle se fraya un chemin à côté de Zach et courut vers la sortie.

Les épaules de Zach s'affaissèrent tandis qu'il la suivait du regard dans la foule.

— Ça ne s'est pas mal passé, dit-il.

SIXIÈME PARTIE

Au seuil de l'hiver

LE GIVRE

Il s'agit de la glace qui se forme sur un lac les nuits froides et calmes. Lorsque la lumière tombe sous le bon angle, le monde secret de la glace nous est soudain révélé. Les cristaux se matérialisent individuellement sous nos yeux en un kaléidoscope de formes et de couleurs.

CHOCOLAT CHAUD HOLLANDAIS

- 1 ½ tasse de lait, de crème légère, ou moitié moitié
- 2 c. c. bien tassées de poudre de cacao
- ½ tasse de sucre (à votre convenance)
- ½ tasse de chocolat noir, moulu (60 % de cacao, ou plus)
- Muscade et cannelle, à votre convenance

Faites chauffer le lait jusqu'au point d'ébullition. Incorporez la poudre de cacao, le sucre, le chocolat râpé et les épices en mélangeant avec un fouet.

22

— Noah avait raison à propos du chiot, dit Sophie à l'adresse de Charlie.

Il n'était pas prévu qu'elle garde le bébé ce jour-là. Si elle était venue, c'était parce que Daisy voulait passer l'après-midi avec son amie Sonnet qui devait arriver par le train de 2 heures.

Charlie était assis sur une couverture au milieu de la pièce ; il jouait avec une balle dans laquelle tintait une clochette. Il savait écouter. Sophie avait pris l'habitude de lui raconter tout ce qui se passait dans sa vie, de la chose la plus insignifiante, comme les empreintes d'animaux qu'elle avait vues sur la pelouse, aux questions essentielles, notamment les cauchemars qu'elle faisait encore au sujet de l'incident de La Haye.

Charlie était une présence agréable, bienveillante, il était ouvert à tout ce qu'elle avait à dire. Il avait appris à taper dans ses mains récemment, et il le faisait souvent à des moments opportuns au cours du monologue de sa grand-mère. Les psychiatres avaient quelques trucs à apprendre des bébés, par exemple que quelques acclamations et un sourire édenté contribuaient davantage à la santé mentale d'un être que les conseils bien intentionnés.

Ces derniers temps, le plus clair de la conversation tournait autour de Noah Shepherd.

— Tu vois, il m'a donné ce chiot sous prétexte que cela inciterait Max à passer un maximum de temps avec moi. Au début, j'ai été offusquée. C'est vrai, une mère ne devrait pas avoir besoin d'exercer le moindre chantage, tu comprends ?

La balle roula jusqu'au bord de la couverture. Sophie la poussa en direction de Charlie.

— En fait, Noah avait raison, répéta-t-elle. Il sait exactement ce que pense un gosse de douze ans. Rien, absolument rien ne compte plus aux yeux d'un jeune garçon qu'un chiot. Max n'arrive pas à se séparer d'Opal. Elle est comme un aimant.

Charlie émit un petit rire qui pouvait sembler perspicace.

— Je sais. C'est tellement évident, quand on y pense. Il n'y a pas plus amusant qu'un petit chien pour un enfant.

Opal était propre, maintenant, et allait dans sa caisse quand on le lui ordonnait. Dresser un chien demandait beaucoup de travail, mais il fallait reconnaître que sa présence apportait de réelles satisfactions.

Max était allé faire un tour avec Opal. Il l'avait probablement emmenée sur la colline où se déroulait la course de luge sur le terrain de golf de l'Avalon Meadows.

Charlie abandonna la balle contre un jouet mou dans lequel il mordit comme dans un épi de maïs. Après quoi il porta son intérêt sur une espèce de vilain clown avec un poids à sa base qui lui permettait de se redresser chaque fois qu'il basculait. Charlie le poussa et le regarda rebondir plusieurs fois, totalement fasciné.

— Si tu fais tout le temps la même chose, tu ne peux pas t'attendre à des résultats différents, lui dit-elle.

— Bah.

Elle tendit la main pour lui essuyer le menton.

— Cette… histoire avec Noah est bien la dernière chose à laquelle je m'attendais en venant ici, avoua-t-elle, s'égarant de nouveau dans ses pensées. Il y a des moments où je me demande si je ne suis pas en train de tomber amoureuse de lui.

Elle plaqua la main sur sa bouche et marmonna :

— Je n'arrive pas à croire que j'ai dit ça.

Charlie imita son geste et rit. Sophie le prit dans ses bras et s'allongea sur la couverture en le brandissant au-dessus d'elle, savourant la sensation qui l'envahissait. Un contentement. C'était plus que ça. Le bonheur. De la joie. Oui, c'était ça. Elle avait presque oublié l'effet que cela faisait.

Non pas qu'elle soit malheureuse, d'ordinaire. La vie lui avait certainement donné des moments de joie. Mais pas comme ça. Jamais comme ça.

Elle trouva une station de radio où l'on passait des vieilles chansons et chanta pour Charlie tout en chauffant son biberon. *Nights in White Satin*, par les Moody Blues. *Mrs Robinson* de Simon et Garfunkel. Comment connaissait-elle les paroles ? Elle ne se rappelait pas les avoir apprises. Il y avait des choses qui entraient dans notre mémoire par quelque porte secrète.

Elle nourrit le bébé et pendant qu'il s'assoupissait sur ses genoux, elle mit la télé tout bas, en zappant à la recherche de quelques nouvelles internationales. C'était beaucoup plus facile de trouver une interview sur un cycliste qu'un reportage sur les élections nationales en Umoja. Pour la première fois depuis des dizaines d'années, les gens de ce pays allaient se rendre aux urnes, et pourtant personne ne semblait s'y intéresser.

Elle zappa une émission de déco — un garage que l'on transformait en studio de qigong —, s'arrêta une seconde sur un type vantant les mérites d'un instrument qui brouillait l'œuf dans sa coquille, ce qui, inexplicablement, lui mit l'eau à la bouche.

Il y avait une centaine de reportages sur des célébrités. Elle entendit le présentateur d'un débat télévisé s'excuser pour la énième fois de quelque chose qu'il avait dit. Et voilà la starlette du jour, exhibant son nouveau bébé avec un sourire radieux. Puis Ashton Kutcher dissipa d'un rire les critiques dont il faisait l'objet sous prétexte qu'il était trop jeune pour être avec Demi Moore.

A son corps défendant, Sophie le trouva sexy. Chassant cette pensée lascive de son esprit, elle changea de chaîne et regarda *Headline News* jusqu'à ce qu'ils diffusent trente secondes de « nouvelles internationales » à propos d'un ours polaire d'un zoo allemand. Emmenant Charlie avec elle, elle se rendit dans le bureau et surfa sur le Web en quête d'une vidéo sur les élections à Umoja. Le reportage commença ainsi : « Lors de leurs premières élections libres depuis plus de vingt ans… »

— C'est grâce à moi, chuchota-t-elle à Charlie. Je faisais partie de l'équipe de juristes qui a rendu ça possible.

Elle s'attendait à être submergée par l'émotion, mais à la place elle fut simplement distraite. Le site Web était entouré de flashes publicitaires et de sollicitations pour d'autres sites concurrents, ce qui finit par lui donner mal au crâne. Elle remit la radio qui passait maintenant une chanson qu'elle n'avait pas envie de considérer comme démodée — *Jump* de Van Halen —, parce que, du coup, elle se sentait… vieille.

— Cela dit, je suis grand-mère, dit-elle à Charlie. Je suis peut-être censée être vieille.

Il avait fini son biberon, mais ne semblait pas avoir sommeil. Il fit son rot, puis gloussa en produisant une petite fontaine de bulles de lait.

— Quel talent ! s'exclama-t-elle. Qu'ai-je fait pour mériter un petit-fils aussi doué ?

Un coup de sonnette la fit sursauter. Elle posa le bébé sur sa couverture pour aller voir qui c'était.

« Oh mon Dieu ! » pensa-t-elle en ouvrant la porte. Et puis : « Oh, merde ! »

— Logan ! s'exclama-t-elle en s'écartant pour le laisser entrer.

— Madame Bellamy, dit-il.

Il y eut un moment de malaise, puis Charlie poussa un cri perçant, brisant la glace entre eux.

— Salut, mon petit gars.

Logan s'adoucit comme de la guimauve en parlant à son fils. Charlie tendit avidement les bras vers lui, tel un assoiffé. Il y avait une affinité presque primitive entre eux. A voir l'expression de Charlie, il était évident qu'il était conscient de l'importance de cette personne.

En les observant, Sophie se rappela clairement la raison pour laquelle Greg l'avait épousée, tant d'années plus tôt.

Quoi qu'il en soit, se dit-elle, il n'était pas question de Greg, mais de Logan O'Donnell, un garçon au passé trouble. Il était formidablement beau et étonnamment tendre avec le bébé.

Il se rendit dans la cuisine et se lava rapidement les mains. Bien pensé, se dit Sophie. Elle espérait qu'il faisait ça à chacune de ses visites, et pas seulement pour lui montrer à quel point il était responsable. Charlie poussa un petit cri de frustration.

— J'arrive ! cria Logan. Ne t'impatiente pas.

Logan revint dans le salon à la hâte, ses manches retroussées, et prit l'enfant dans ses bras.

— Daisy vous a-t-elle dit que je risquais de passer ?

— Non, mais ça ne pose aucun problème, évidemment.

Que pouvait-elle dire d'autre ?

— Je vais me faire une tasse de thé, ajouta-t-elle, dans l'idée de les laisser un peu tranquilles. Vous voulez quelque chose ?

— Non, merci, répondit Logan en souriant au bébé sans lever les yeux.

Sophie prit son temps pour préparer son thé. Quand elle revint, Logan se balançait dans le fauteuil à bascule, un Charlie radieux à plat ventre sur ses genoux.

— Daisy m'a dit que tu faisais des études, maintenant, dit-elle en s'asseyant en face de lui.

— Oui, madame. J'étudie la finance.

— C'est bien.

Elle ne savait pas du tout quoi dire à ce séduisant garçon qui avait chamboulé la vie de sa fille.

— Ne vous embêtez pas, dit Logan. Inutile de me faire la conversation. Sans vouloir vous offenser, nous pouvons aller droit au but. J'ai une idée assez nette de ce que vous pensez de moi.

— Vraiment ?

— Vous pensez que j'étais un lycéen plus préoccupé par ses performances sportives que par ses résultats scolaires. Que j'ai été négligent avec votre fille. Et qu'en plus je suis un drogué à qui il a fallu une cure de désintox. Je ne vous en veux pas plus que je n'en veux à tous ceux qui ont des doutes me concernant.

Sophie n'allait pas l'insulter en le niant.

— Et maintenant, tu t'efforces de faire oublier tes erreurs passées, dit-elle.

— Je ne sais pas très bien ce que ça veut dire, répondit-il. N'oubliez pas que je suis un sportif un peu bêta, ajouta-t-il en la gratifiant d'un grand sourire.

— De toute façon, c'est impossible, lui assura-t-elle. Crois-moi, j'ai essayé.

— Tout ce que je sais, c'est que je prépare mon avenir maintenant, reprit-il, et Charlie en fait partie.

— Je comprends, dit-elle. Puis-je te poser une question personnelle ?

— Bien sûr.

— Ta famille te soutient-elle dans cette entreprise ?

— Non, répondit-il de but en blanc. Ils n'ont pas vu Charlie. Pas une seule fois.

Sophie était loin de penser qu'elle trouverait ce garçon sympathique. Qu'elle se rallierait à sa cause. Jusque-là, il ne représentait rien d'autre à ses yeux qu'une mauvaise décision que sa fille avait prise un jour, et la source des cheveux roux de Charlie. Avec l'aveu peiné qu'il venait de lui faire, pourtant, Logan O'Donnell devenait quelqu'un d'autre. Quelqu'un dont les parents condamnaient les choix. Elle comprenait finalement pourquoi Daisy l'avait apprécié, et pourquoi elle le laissait voir Charlie.

— Je suis désolée d'entendre ça, dit-elle. Ils changeront peut-être d'avis. En attendant, tu ne regretteras jamais de t'être consacré à Charlie.

Elle se leva brusquement.

— Je vais aller vérifier mes mails puisque tu es avec lui.

Elle désigna le petit bureau où l'ordinateur de Daisy était installé.

— Merci, madame Bellamy.

Le sourire de Charlie ressemblait étonnamment à celui de son père.

— C'est gentil à vous.

— Tu peux m'appeler Sophie, dit-elle. Comme ça, je me sentirai moins vieille.

— Vous n'êtes pas vieille, croyez-moi, dit-il avec une assurance flatteuse. Je m'occupe de ce petit bonhomme.

Elle jeta un coup d'œil à son agenda électronique pour voir ce qu'elle avait à faire et se rappeler ses rendez-vous à venir. Jadis, la liste était interminable et, même, avec son équipe, elle n'arrivait jamais à tout faire. Cela ne l'empêchait pas d'essayer, toutefois, d'où son stress.

Désormais, ses obligations tournaient autour de ses enfants et de Charlie. Elle s'était portée volontaire pour surveiller le déjeuner à l'école de Max un jour par semaine. Les heures passées dans la cafétéria surchauffée qui empestait l'oignon, à écouter les histoires plus ou moins ridicules des garçons et les ricanements des filles, lui offraient une vision sans fard de la vie des enfants. Elle était fascinée par ce qu'elle avait sous les yeux : des actes de cruauté froide aux gestes d'une gentillesse à vous fendre le cœur. Elle voyait des élèves se faire évincer de groupes avec une méchanceté sans nom, d'autres dont les blessures émotionnelles étaient soignées avec une compassion surprenante dans pareil contexte. Elle comprenait tellement mieux Max, maintenant. Son besoin d'être aimé, admiré, approuvé — pour la bonne raison que ceux qui n'étaient pas appréciés par leurs camarades souffraient le martyre.

Et puis il y avait les entraînements de hockey et les matchs. Elle avait plaisir à regarder Max jouer, même si elle ne se réjouissait guère à la perspective de voir les autres mamans. Le commando de mères sous la houlette de Maria, la sœur aînée de Nina. Elles ne la portaient pas dans leur cœur, c'était certain, mais elle refusait de se laisser démonter par ça. Pendant le déjeuner à la cantine, elle avait remarqué que les étudiants rejetés qui réagissaient à leurs tortionnaires avec une froide dignité avaient plus de chance qu'on les laisse tranquilles si tant est qu'ils tiennent le coup assez longtemps.

Sophie se savait elle-même capable de résister aux jugements les plus cruels. C'était un don. Au fil des années, elle s'était construit une armure. Après la prise d'otages, toutefois, sa cuirasse s'était fendue et elle était sensible aux choses qu'elle redoutait le plus. Etre blessée. Décevoir les gens. Ne pas arriver à entrer en contact au niveau essentiel, le plus profond, avec ses propres enfants.

En regardant autour d'elle dans le petit bureau encombré, elle étudia les cartes postales épinglées sur le tableau de liège, sans doute envoyées par les amis de Daisy partis à l'université ou voyageant à l'étranger. Des Post-it avec des listes étaient collés un peu partout ; certains s'ornaient de griffonnages et de fioritures qui rappelèrent à Sophie à quel point sa fille était jeune. Elle avait consigné une citation quelque peu sinistre : « C'est une chose terrible d'aimer ce que la mort peut toucher. » Un autre message provenait du *Rocky Horror* : « Ne rêve pas de l'être, sois-le. » Une fiche de rendez-vous chez le dentiste. D'après ce qu'elle en savait, Daisy n'était jamais allée chez le dentiste de son plein gré.

Ses photographies étaient cataloguées et étiquetées, comme par un archiviste chevronné. Sur une étagère, un ensemble de gros albums attira l'attention de Sophie, notamment l'un d'eux indiquant *Famille, jusqu'en 2006*. L'année du divorce.

Sophie ouvrit l'album pour découvrir une chronique de leur vie de famille. Elle tourna les pages avec un mélange douloureux de chagrin, de satisfaction, de regret et de nostalgie. Ils avaient eu une vie de famille normale, remplie de moments vraiment heureux — anniversaires, jours de fête, vacances, aventures. De nombreuses photos la firent sourire, provoquant un flot de souvenirs. Daisy avait toujours adoré grimper sur la statue d'Alice au pays des merveilles, plus grande que nature, qui ornait Central Park. Il y avait des clichés d'elle, d'autres de Max et elle ensemble, se hissant sur la sculpture usée, parmi d'autres enfants. Et des pages et des pages de photos de vacances, d'événements scolaires, de voyages et d'anniversaires.

Résumées par ces photographies, les années semblaient s'être envolées. Il y avait Daisy toute petite, les cheveux blonds presque blancs, debout sur une chaise, penchée en avant pour souffler deux bougies d'anniversaire. Quelques pages plus loin, Sophie tomba sur un cliché d'elle au camp Kioga, au bord du lac des Saules, lors de la fête donnée à l'occasion des noces d'or de ses grands-parents. Sophie apparaissait sur de nombreuses photos, mais souvent en périphérie. En observatrice plutôt qu'en tant que participante active. Elle portait généralement un tailleur, comme pour aller travailler, et son attaché-case n'était jamais bien loin d'elle. A cause de ses tenues — tailleurs sombres, talons hauts, cheveux tirés en arrière —, elle donnait l'impression de ne pas avoir beaucoup changé. Pour la bonne raison qu'elle avait toujours eu l'air d'avoir quarante ans, même à vingt-cinq.

En passant en revue ces photos, elle assistait à l'érosion progressive de son mariage. C'était comme la chronique en images d'une relation qui s'était détériorée peu à peu, dans la souffrance. Sur les premiers clichés, quand les enfants étaient petits et que Greg et elle se donnaient encore du mal pour que ça marche, les sourires étaient résolus et pleins d'espoir. Petit à petit, ce sentiment s'était perdu. Ça s'était fait si graduellement qu'ils ne s'en étaient pas aperçus jusqu'au jour où il était devenu impossible de sauver quoi que ce soit. Les efforts qu'ils déployaient étaient devenus manifestes, les sourires fabriqués. Greg et elle apparaissaient de moins en moins sur les mêmes clichés.

Les meilleures photos — les plus révélatrices — avaient été prises par Daisy. Même avec le premier instantané qu'elle avait eu, petite fille, elle avait manifesté du talent et sa passion pour cet art. Adolescente, elle avait observé la détérioration du mariage de ses parents à travers son objectif. Dans les clichés de Sophie et Greg ensemble, ils avaient presque l'air d'un couple normal, mais on notait souvent un détail révélateur dans l'image, une main trop serrée sur la poignée d'un sac à main, des épaules qui s'étaient raidies en se rapprochant pour être dans le champ.

Au bout du compte, leur couple avait tout simplement disparu des photos. Ou s'ils apparaissaient ensemble, ils étaient séparés par un gouffre rempli de parents ou d'amis dans un portrait de groupe. Auraient-ils pu empêcher ça? Auraient-ils dû le faire? Ou l'érosion était-elle inévitable, tel le déferlement constant des vagues contre un rocher?

Il y avait des choses qu'elle regretterait toujours. Regarder leurs visages autour de la table, dévaler une pente enneigée ensemble, s'habiller pour aller au théâtre. En revanche, elle n'était pas mécontente de pouvoir se passer d'autres choses — la crispation dans sa poitrine quand elle se réveillait le matin et tâchait de se lever sans réveiller Greg. L'expression si triste de son mari quand il pensait qu'elle ne le regardait pas. Le fait que Max se donne tant de peine pour faire comme si tout allait bien, et les numéros que Daisy jouait pour provoquer une réaction chez ses proches.

Sophie leva les yeux en entendant un bruit à la porte. C'était Daisy. Elle n'avait pas encore enlevé sa parka et ses boots.

— Salut, maman ! dit-elle en repoussant son capuchon.

— Salut ! répondit Sophie en s'essuyant les joues.

Elle ne s'était même pas rendu compte qu'elle pleurait.

— Je me suis installée ici pour vérifier mes mails et laisser Logan tranquille un moment avec Charlie. Je ne cherchais pas à fouiner.

Daisy vit l'album de photos ouvert sur la table à dessiner.

— Je n'ai rien à cacher. Qu'est-ce que tu regardes ?

— Ton album de famille.

Sophie examina les dernières images. L'une d'elles les montrait tous les quatre sur le ponton du camp Kioga, deux étés plus tôt, à l'occasion des noces d'or de Charles et Jane Bellamy. Greg et les enfants avaient passé tout l'été là-bas pendant qu'elle voyageait pour son travail. C'était l'image d'une femme mal dans sa peau qui n'avait rien à faire là. Greg, Max et Daisy, les cheveux dans le vent, tout bronzés, arboraient des sourires joyeux ; ils étaient pieds nus. Sophie, quant à elle, était pâle ; elle portait un bermuda impeccablement repassé et un chemisier boutonné jusqu'au cou.

Il y avait d'autres photos prises un an plus tard, lors d'un autre rassemblement du clan Bellamy — le mariage d'Olivia. Ils étaient tous les quatre sur leur trente et un et avaient l'air tendu — à juste titre, ils devaient le constater un peu plus tard, ce soir-là, quand Daisy avait perdu les eaux. Ils s'étaient regroupés un bref instant après la naissance de Charlie, mais même l'enivrement partagé de cet événement merveilleux n'avait été que temporaire.

— Sacrée journée ! murmura Sophie.

— Pour nous tous.

Daisy arrêta son regard sur une photo d'elle, main dans la main avec son père. La photo était moins professionnelle que les autres ; c'était Sophie qui l'avait prise.

— Papa s'est drôlement bien débrouillé dans son rôle de coach, ce jour-là.

— Ça ne m'a pas étonnée, avoua Sophie.

Greg avait dûment assisté aux cours de préparation à l'accouchement avec Daisy : il était déterminé à épauler sa fille durant la période de transition la plus difficile de sa jeune vie.

— Dis-moi une chose, reprit Sophie. As-tu jamais pensé à me demander d'être ton coach ?

Daisy fronça les sourcils.

— Tu étais à l'étranger. Je savais que tu n'allais pas tout lâcher pour assister à six semaines de cours avec moi.

— Tu le savais ?

— Je l'ai supposé. Tu l'aurais fait, maman ? Tu aurais fait ça ?

Sophie regarda fixement par la fenêtre, les yeux rivés sur une gouttelette d'eau qui se formait au bout d'une stalactite, résolue à ne pas détourner les yeux avant que la goutte tombe.

— Honnêtement, je n'en sais rien, avoua-t-elle, mais j'aurais aimé que tu me le demandes.

Elle étudia le dernier cliché de Greg et elle qui encadraient maladroitement Daisy, laquelle tenait son bébé dans les bras. Sophie s'inquiétait à présent que Daisy n'ait jamais appris la leçon essentielle qu'un enfant était censé recevoir de ses parents : le pouvoir infaillible de l'amour.

Elle ferma l'album avec douceur.

— J'aurais voulu que ces photos racontent une autre histoire. Je ne m'étais pas rendu compte... Ce que je n'ai pas compris, à l'époque, c'est à quel point tu étais observatrice et l'effet que mes tracas avaient sur toi. Tu voyais tout, n'est-ce pas ? A chaque minute.

— Euh, oui.

— Je suis désolée. Vraiment désolée. J'aurais voulu que tu aies de meilleurs souvenirs...

— Je tenais à me souvenir de tout, maman. Du bien comme du mal. Pourquoi en aurait-il été autrement ?

Sophie prit sa fille dans ses bras et ferma les yeux. Même si elles étaient désormais deux femmes adultes dans les bras l'une de l'autre, elle eut la sensation de replonger dans le passé. Elle pouvait parfaitement imaginer Daisy à tous les âges, du bébé fragile à la jeune femme indépendante en passant par la petite fille rieuse.

— Moi aussi, je me souviens, chuchota-t-elle. Je me souviens de chaque instant.

Daisy recula, puis elle sourit.

— Je pensais justement à ça, aujourd'hui. On n'avait pas passé autant de temps ensemble depuis que j'étais en troisième.

Tout était d'une amère douceur.

— J'ai toujours été fière de toi, maman. Max aussi, même si on ne le montrait pas toujours. Nous savons tous les deux que travailler pour le TPI est plus important que faire partie du comité de l'orchestre.

— Il n'empêche que j'étais absente.

— Max et moi, on était bien entourés. Ce n'est pas comme si on avait été élevés par des loups.

— Ça me fait horreur de penser que j'étais si souvent partie. J'aurais voulu être là tous les jours pour vous. Peut-être qu'alors les choses auraient été différentes pour vous.

— Ecoute, maman, je suis la seule responsable de mes erreurs. Pas toi, ni papa ni qui que ce soit d'autre.

Elle enleva sa veste, la posa sur le dossier de la chaise.

— Tu n'es pas assez occupée, ajouta-t-elle.

— Je te demande pardon.

— Tu as besoin de faire autre chose que t'inquiéter de ce genre de chose. Tu es passée du cent à l'heure au point mort en venant t'installer ici.

— C'était le but.

— Tu peux faire autre chose que passer ton temps avec Max et moi. Tu es toujours avocate, non ?

— Je n'exerce pas.

— Tu pourrais, si tu voulais.

— Que me suggères-tu ?

— Je veux que tu sois bien à Avalon. Parce que j'ai envie que tu restes. Que tu fasses un travail que tu aimes — qui te rende heureuse.

— Je *suis* heureuse.

— Quand tu aides les gens, pas seulement moi. Je n'ai pas envie d'être ton travail à plein temps. Des tas de gens ont besoin d'aide. Appelle oncle Philip.

Philip, le frère de Greg.

— Pour quelle raison l'appellerais-je ?

— Il est bénévole à la chambre de commerce et il connaît tout le monde, en ville. Il pourrait te présenter des gens. D'autres avocats, enfin, tu vois.

— Tu es une fille étonnante, Daisy.

— Si tu le dis… En attendant, viens dire bonjour.

Elle baissa la voix avant d'ajouter :

— Sonnet et Zach ont eu du mal à se parler, mais j'ai fait mon petit numéro de Sophie Bellamy.

— Tu as fait quoi ?

— Le truc diplomate-pacifiste. Sonnet a déclaré qu'elle ne voulait pas le voir, mais à la gare, j'ai réussi à les convaincre de s'entendre, ou au moins de faire semblant.

Sophie se tapota le visage avec un mouchoir en papier. Des voix lui parvenaient du salon. Elle sortit son poudrier pour vérifier son maquillage. Comme elle n'en portait presque pas, ses larmes n'avaient pas fait trop de ravages. Elle referma le poudrier, puis rejoignit Daisy et ses amis. Charlie était confortablement installé sur les genoux de Sonnet.

— Bonjour, Sonnet, dit-elle en affichant son plus beau sourire. Ça fait plaisir de te revoir.

— Merci. Moi aussi je suis contente de vous voir.

Sonnet fit sauter Charlie sur ses genoux pour ne pas avoir à lui serrer la main.

Sophie n'avait rien contre Sonnet. Elle l'admirait, même. Elle était intelligente, ambitieuse et faisait ses études dans une université où la compétition était féroce. Le problème venait du fait que Sonnet était la fille de Nina Romano. La fille de Nina Romano Bellamy. La demi-sœur de Daisy et de Max. La tante de Charlie. Si bien qu'elle ferait partie de la vie de Daisy un bout de temps.

Sonnet avait les traits méditerranéens de sa mère. Son père, colonel dans l'armée, était afro-américain. Elle avait une jolie peau caramel, des yeux bruns profonds et une abondante chevelure bouclée. Etait-elle trop parfaite ? Elle avait maigri, semblait-il. Sophie trouva qu'elle faisait plus que son âge. Elle avait l'air… préoccupé.

— Ça te plaît d'être de retour à Avalon ?

Un sourire dissipa l'expression troublée de Sonnet.

— Je ne pouvais pas manquer le Carnaval. C'est un événement important dans cette ville.

— C'est ce qu'on m'a dit.

— Maman, je te présente Zach Alger, lança Daisy.

— Sophie, dit-elle en tendant la main au jeune homme discret, d'une blondeur incroyable.

— Madame, dit-il en se levant. Ravi de faire votre connaissance.

Il avait un physique hors du commun, d'une pâleur extrême jusqu'au bout des cils. Il avait l'air très sérieux. Daisy lui avait un peu parlé de lui. Matthew Alger, son père, avait détourné des fonds pour financer son goût du jeu sur internet. Zach avait tenté de couvrir le crime de son père en volant de l'argent à la boulangerie où il travaillait. C'était le devoir filial poussé à l'extrême. Zach avait pris tous les risques dans l'espoir de sauver son père. Ce que Sophie comprenait parfaitement pour l'avoir fait elle-même, moins directement, certes, et sans aller aussi loin. Il n'empêche qu'elle avait sacrifié ses propres aspirations pour le bien de ses parents.

Elle percevait une tension dans la pièce, mais soupçonnait que ça n'avait rien à voir avec elle.

— Bon, il faut que j'y aille. On se reverra, j'en suis sûre.

Elle se pencha pour prendre Charlie dans ses bras. Elle l'étreignit et lui déposa un baiser sur la joue avant de le rendre à Sonnet.

Daisy l'accompagna à la porte, et elles sortirent ensemble.

— J'ai observé Logan et Charlie ensemble, aujourd'hui, dit-elle. Il est très doux avec lui.

— Oui, je l'ai remarqué aussi. Et… comment trouves-tu Sonnet ?

— C'est une jolie fille, répondit Sophie.

— Je sais, mais elle te paraît comment ?

— Plus mince qu'autrefois, peut-être.

Daisy hocha la tête et frissonna.

— Exactement. Tu penses qu'elle va bien ou que c'est inquiétant ?

Sophie hésita. D'un côté, elle tenait sa chance d'être une maman, de conseiller sa fille. De l'autre…

— C'est la fille de Nina, chérie, et pour cette raison, je n'ai pas à intervenir.

— D'accord, j'ai compris. Je crois que j'ai répondu moi-même à ma question.

Sophie la serra dans ses bras.

— Tu es une bonne amie, Daisy. Tu sauras y faire. Et je suis contente que nous ayons parlé aujourd'hui.

— Appelle oncle Philip. Je veux que tu t'intègres ici, maman. Vraiment.

— Comment se fait-il que tu sois si futée ?

Daisy se retourna sur le seuil, puis elle conclut en souriant :

— Je dois tenir ça de ma mère.

23

Daisy avait raison, Sophie le savait. Dès lors qu'elle était déterminée à faire d'Avalon son port d'attache, il allait falloir qu'elle noue des liens plus étroits avec la communauté locale. Elle était venue dans cette ville comme pour faire pénitence, s'attendant à endurer la situation pour le bien de ses enfants. A la place, elle avait trouvé l'inattendu — une chance de refaire sa vie, de la remplir des riches textures de relations véritables. Il était vrai qu'elle s'était davantage rapprochée de ses enfants ces dernières semaines que depuis des années. Cela suffisait à la soutenir, à la rendre heureuse d'être en vie.

Il était vrai aussi que ce qui se passait avec Noah Shepherd — même si elle se refusait à mettre un nom dessus — prenait de plus en plus d'importance chaque jour. Et elle n'était pas certaine que ce soit une bonne chose.

Tout de même, comme Daisy le lui avait fait remarquer, il y avait dans sa vie de la place pour d'autres centres d'intérêt que ses enfants. Son travail la définissait, autrefois ; son identité tournait autour de la mission qu'elle s'était fixée. Elle se rendait compte à présent que l'injustice existait à des niveaux divers. Elle pouvait concerner des nations entières, ou une femme de militaire isolée comme Gayle Wright.

L'exhortation de Daisy avait suffi à la pousser à agir. Elle avait un rendez-vous avec Philip Bellamy, son ex-beau-frère, aujourd'hui. Il voulait la présenter à Melinda Kee Parkington, une avocate du coin qui était sur le point de prendre un congé maternité et cherchait un associé à temps partiel.

Sophie arriva de bonne heure au Blanchard Park où Philip travaillait avec une équipe de bénévoles de la chambre de commerce. Elle passa devant un groupe de personnes en train d'installer une estrade temporaire pour le Carnaval d'hiver. L'orchestre de Noah devait s'y produire. Sophie en était venue à beaucoup apprécier leur musique. Ils jouaient franchement bien et on s'amusait beaucoup avec eux. Elle n'avait guère eu l'occasion de traîner avec des musiciens auparavant. Noah et ses amis lui avaient montré que c'était tout un art, qu'il y avait une manière étonnamment satisfaisante de se laisser aller au rythme et à la mélodie. Cela faisait-il d'elle une groupie ? C'était si bizarre de s'imaginer dans ce rôle.

Philip supervisait un groupe d'étudiants en train de construire un château en glace grandeur nature. C'était le joyau du festival à venir. La structure se composait de blocs de glace géants confectionnés par des gens qui travaillaient vingt-quatre heures sur vingt-quatre pour que tout soit prêt à temps.

— C'est magnifique, dit Sophie en contemplant les murs étincelants. Je ne savais pas trop à quoi m'attendre.

— C'est une prouesse technique, répliqua Philip en enlevant son chapeau. Tu es prête à rencontrer Melinda ?

— C'est vraiment gentil à toi.

— Pas de problème.

Ils marchèrent ensemble vers le centre-ville, à quelques pâtés de maisons du parc. Sophie percevait une tension particulière entre eux

— Est-ce que tu te sens mal à l'aise ? demanda-t-elle. A cause de Greg et moi, je veux dire…

— Pas du tout. Je sais ce que c'est de divorcer. Je suis passé par là il y a vingt ans, et je me rappelle encore la douleur, l'incertitude. Le sentiment de liberté aussi.

Elle hocha la tête.

— Je vois très bien à quoi tu fais allusion. Dis-moi juste que ça devient plus facile avec le temps.

— On continue, c'est tout. J'espère sérieusement que tu t'en sortiras mieux que moi. Pendant des années — durant mon mariage avec Pamela et après —, j'ai pensé à une aventure de mon passé.

Il faisait référence à une fille du coin qu'il avait connue des dizaines d'années plus tôt, quand il était à l'université. Elle avait été son premier amour, mais elle avait disparu brusquement de sa vie sans jamais lui dire qu'elle portait son enfant.

— Quand on se languit de quelqu'un que l'on a perdu de vue depuis longtemps, ça peut devenir une obsession, reprit Philip. Pas étonnant que j'aie eu du mal à sortir avec d'autres femmes, à aller de l'avant. La femme idéale était dans ma tête et personne ne lui arrivait à la cheville.

Cette conversation paraissait surréaliste à Sophie. Elle était en train de parler avec son ex-beau-frère qu'elle connaissait depuis des années, et c'était probablement la conversation la plus honnête qu'elle ait jamais eue avec lui.

— Eh bien moi, je ne risque pas de me languir d'un homme mystérieux.

Il n'y avait rien de mystérieux chez Noah Shepherd. Sauf peut-être son désir à elle de garder leur histoire secrète.

— Tout va tellement bien, maintenant, reprit Philip. Ça me fait presque peur. Mes deux filles sont mariées, et Laura et moi avons fixé la date de nos noces. Le premier samedi de mai.

Sophie l'admirait de se jeter ainsi à l'eau après tant d'années de célibat. Elle l'admirait aussi de n'avoir jamais renoncé à l'amour.

— C'est fantastique. Je suis tellement heureuse pour toi, Philip !

Il sourit.

— Nous sommes la preuve que l'amour prend parfois son temps. Quelqu'un que l'on connaît depuis des années peut tout à coup devenir le centre du monde.

Ils traversèrent la place encombrée. Le cabinet d'avocats se trouvait dans un vieux bâtiment en brique de trois étages avec une façade en béton sculpté ; il y avait une librairie et un café au rez-de-chaussée. Sophie fut surprise d'éprouver une pointe d'appréhension. Et si Melinda Parkington était amie avec les sœurs Romano ? Tandis que cette pensée essayait de s'insinuer en elle,

elle se rendit compte que c'était la manière de penser de la Sophie d'antan — imaginer le pire et prendre la fuite. Ce n'était plus elle. Enfin, disons qu'elle s'efforçait de ne plus l'être.

— Ça va ? demanda Philip. Tu ne dis plus rien.

— Je réfléchissais à tout ça. Laura et toi allez merveilleusement bien vous entendre, j'en suis sûre.

— Et toi ?

— Moi, ça va aller.

Melinda Parkington se faisait appeler « Mel ». Elle était d'origine asiatique, possédait un diplôme d'avocat d'une université dont Sophie n'avait jamais entendu parler. Elle avait un sourire éclatant et manifestait une totale assurance en accueillant ses visiteurs. Elle était enceinte de huit mois ; c'était son troisième enfant. Très bientôt, son cabinet allait devoir se passer d'elle pour quelque temps.

— Ne vous levez pas, dit Sophie en lui tendant la main par-dessus le bureau.

Mel sourit en tapotant le dossier posé sur son abdomen proéminent.

— Merci. J'ai étudié votre CV, dit-elle à Sophie après le départ de Philip. Très impressionnant. Je crois que je suis jalouse.

Sophie passa en revue la profusion de dessins d'enfants sur le mur du bureau, des croquis au crayon, une empreinte en argile de deux petites mains, des tas de photos.

— Vous avez tort. Vos enfants sont magnifiques. Qui prend soin d'eux ?

— Ma belle-mère. J'ai beaucoup de chance, elle habite à côté de chez nous, mais j'ai l'intention de prendre du temps pour m'occuper du bébé pendant au moins six mois.

Elle posa le dossier.

— Avez-vous une raison particulière de vouloir renoncer au droit international ?

Sophie s'était préparée à cette question. Elle se doutait qu'elle viendrait, et son associée potentielle méritait de savoir ce qui s'était passé. Pourtant, elle avait beau s'y attendre, elle n'avait pas prévu qu'il serait aussi difficile d'y répondre. Elle avait la bouche toute sèche.

— Il s'est produit un incident en janvier. Un incident... violent, à La Haye, et je me suis retrouvée au milieu du drame.

Elle tendit un dossier à Melinda.

— Voici le rapport officiel du ministère d'Etat. Vous n'avez qu'à le lire et vous me direz si vous avez des questions à me poser.

Melinda feuilleta le document. Puis elle le referma et examina longuement le visage de Sophie.

— Je ne peux pas me permettre de prendre un congé de maternité à plein temps, avoua-t-elle. Il faut que mon cabinet reste ouvert. Je vais vous faire visiter.

Le cabinet se composait de Mel, d'un autre avocat du nom de Wendell qui arborait un nœud papillon et semblait plutôt timide, et de Daphné, la secrétaire aux cheveux rose vif.

— Ne vous méprenez pas sur le compte de Daphné, dit Melinda. Elle a la trentaine et elle est maligne comme un singe, même si elle donne l'impression d'être encore au lycée.

— Vous dites ça comme si c'était une mauvaise chose, fit remarquer Daphné.

Elle souleva le couvercle d'un bocal posé sur son bureau, contenant des friandises.

— Un bâton de réglisse ?

— Non, merci.

— Par ici, dit Mel. Nous manquons un peu d'espace, mais ce bureau a une vue.

L'espace alloué à la nouvelle associée à temps partiel se réduisait à l'essentiel — un bureau, un ordinateur, des étagères et deux fauteuils destinés aux clients. La fenêtre où l'on pouvait lire « Cabinet d'avocats » à l'envers donnait sur la rue principale que l'on était en train de décorer de bannières en prévision du Carnaval d'hiver.

Sophie se souvenait à peine de la vue qu'elle avait depuis son bureau dans le bâtiment angulaire de verre et de béton du TPI.

Une kyrielle d'immeubles résidentiels, supposait-elle, des trottoirs mouillés bordés de constructions et l'inévitable voie d'eau. Des champs de fleurs au printemps. Et, au loin, des ponts, peut-être celui qu'elle avait traversé ce soir-là.

— Je ne voudrais pas vous faire perdre votre temps, disait Mel.

Sophie se rendit compte qu'elle avait laissé dériver ses pensées.

— Pardonnez-moi. Que disiez-vous ?

— Vous êtes plus que qualifiée et je serai ravie de vous avoir parmi nous, reprit Mel. Je vais vous montrer nos honoraires afin que vous sachiez à quoi vous pouvez vous attendre, et vous me direz si…

— Je peux vous dire tout de suite que cet arrangement me conviendra parfaitement, répondit Sophie.

Elle comprit l'expression de Mel.

— Pour dire les choses clairement, reprit-elle, je me considère comme une bonne avocate, mais je n'ai jamais travaillé dans une petite ville. J'ai certains… disons, antécédents qui pourraient… gêner une partie de votre clientèle. Philip vous a-t-il dit que j'étais l'ex-femme de son frère, Greg ?

— Est-ce cela qui vous préoccupe ?

— Dans une ville comme celle-ci, cela pourrait avoir un impact sur les affaires.

Mel éclata de rire.

— Dans une ville comme celle-ci, tout le monde est l'ex de quelqu'un. Pas vrai, Daphné ? ajouta-t-elle à l'adresse de la jeune femme qui venait d'entrer pour apporter un dossier.

— Absolument, répondit-elle. Mel est sortie avec un des procureurs du comté.

— Cela n'a jamais affecté notre travail. Honnêtement, Sophie, ne vous inquiétez pas pour ça.

Elles réglèrent ensemble quelques détails. Deux jours par semaine, Sophie garderait Charlie. Les trois autres jours, elle viendrait travailler au cabinet.

— Nous ne sommes pas spécialisés, expliqua Melinda. Je prends en charge ce qui se présente.

— Ça me va très bien.

— Tant mieux. On ne s'ennuie jamais, comme ça.

Sophie ne tarda pas à s'en rendre compte. Sa première affaire concernait un homme qui avait engagé des poursuites contre une danseuse exotique du lac Katrine. Il affirmait qu'au cours d'un numéro de strip-tease où elle était assise sur ses genoux, lors d'un enterrement de vie de garçon, elle lui avait assené un coup sur la tête avec son talon aiguille. Danser « d'une manière insouciante et négligente », comme Sophie fut forcée de l'écrire dans le rapport, ne constituait pas vraiment un crime contre l'humanité. Mais les blessures de son client étaient bien réelles.

Elle fit également la connaissance d'une femme mariée depuis quarante-sept ans, qui souhaitait intenter un procès à son mari parce qu'il ouvrait son courrier. Puis il y eut un éleveur de caniches qui réclamait des dommages et intérêts à un vétérinaire pour avoir coupé trop court la queue d'un chiot. Sophie fut soulagée d'apprendre que Noah Shepherd n'était pas en cause. Ensuite, elle reçut un jeune garçon qui entendait contraindre l'un de ses professeurs à lui accorder un A au lieu d'un B+ pour que son dossier d'inscription à l'université soit irréprochable. Puis M. et Mme Fleischman vinrent lui expliquer qu'ils avaient été victimes d'une arnaque hypothécaire. Et enfin un jeune couple se plaignit que la compagnie d'assurances refusait de prendre en compte leur bébé, récemment adopté à l'étranger.

Il restait plusieurs affaires familiales en suspens quand Mel partit. Sophie se retrouva dans une situation étrange face à un dénommé Alfie Garner qui voulait divorcer. Cette consultation lui fit un drôle d'effet à cause du sentiment de déjà-vu. Elle n'avait rien en commun avec cet homme. Il était routier et son épouse était une femme au foyer, pourtant chaque mot qu'il prononçait, son expression dépitée, la tristesse de son regard… tout lui semblait familier. Familier mais lointain. Certes, elle était passée elle-même dans ces ténèbres, mais elle fut capable de regarder

Alfie dans le blanc des yeux en lui disant tout à fait sincèrement : « Ça s'arrangera. »

Elle prit rapidement conscience que pour être un bon avocat des affaires familiales, il fallait connaître la famille — son mode de fonctionnement, les écueils possibles et l'équilibre délicat à trouver. Elle s'aperçut qu'elle oscillait entre l'ancienne Sophie — précise, catégorique, qui avait toujours la situation en main — et la femme qu'elle essayait d'être maintenant : compréhensive, souple, compatissante. Curieusement, elle en vint à découvrir qu'une combinaison des deux semblait convenir à ses clients. Elle ne faisait toujours pas entièrement confiance à la nouvelle Sophie : elle n'aimait pas se sentir aussi vulnérable.

24

Daisy se gara devant la maison de sa cousine, Olivia. Connor Davis, son mari, et elle avaient bâti ensemble ce havre de paix au bord du fleuve. C'était la demeure de leur rêve. Elle aurait pu figurer en double page dans une revue d'architecture. Mais en détachant Charlie de son siège, ce n'était pas vraiment à ça que Daisy songeait, mais plutôt à Julian Gastineaux.

Julian était le jeune frère de Connor — son demi-frère —, et il était venu leur rendre visite. Tout le monde avait probablement un Julian enfoui dans les profondeurs de son passé. Le garçon idéal, celui auquel on pensait même quand on ne l'avait pas vu depuis des mois, voire des années. Celui que l'on regrettait de ne pas avoir séduit. Le genre dont les parents des filles se méfiaient — dangereux, excitant, accro à l'adrénaline, amateur de sports extrêmes, de hauteurs vertigineuses et de musique crispante. On ne pouvait pas vraiment dire que Julian avait une famille. Son allure était celle d'un mauvais garçon — T-shirt noir et jean baggy. Il roulait à moto. Et tout ça le rendait, bien évidemment, irrésistible.

Pendant qu'elle attendait sous le porche après avoir frappé, elle se demanda s'il avait beaucoup changé, maintenant qu'il fréquentait une grande université. Son premier semestre à Cornell avait peut-être fait de lui un débile ou…

— Salut, Daisy !

Et soudain il était là devant lui, lui tenant la porte.

Cornell n'avait pas fait de lui un débile, mais un mec encore plus craquant que dans son souvenir. Il avait toujours une carrure d'athlète et un sourire qui illuminait tout son visage.

— Salut, toi ! dit-elle en lui rendant son sourire. Ça fait drôlement plaisir de te voir.

Etaient-ils censés s'embrasser ? se serrer la main ? Pas commode avec le bébé sur sa hanche. Charlie colla son visage contre l'épaule de sa mère, comme pour se cacher. Dans sa combinaison à capuchon, il avait l'air d'un ours en peluche tout câlin.

— Il est un peu intimidé par les étrangers, expliqua-t-elle.

— Pas de problème, répondit-il. Moi, je suis intimidé par les bébés.

Cet aveu honnête la fit rire.

— C'est le cas de la plupart des garçons.

— Entre. J'étais sur le point de mettre l'équipement dans la voiture.

Ils avaient prévu d'aller escalader une façade de glace avec Sonnet et Zach à Deep Notch aujourd'hui. Julian, toujours prêt à se lancer dans les aventures les plus audacieuses, avait organisé l'expédition et apporté le matériel nécessaire, emprunté à son club de varappe à l'université.

— Laisse-moi le temps d'installer Charlie et je te donne un coup de main.

Elle laissa ses boots à la porte et s'engagea dans le couloir, tout excitée. Sauf quand sa mère se chargeait de le garder, il était rare qu'elle fasse quoi que ce soit sans Charlie.

En entrant dans la cuisine, elle trouva non seulement Olivia, mais Nina et Jenny Majesky.

— Bonjour ! Je ne savais pas que tu serais là, Nina.

— Bonjour quand même ! répondit Nina en tendant les bras vers le bébé.

— Je croyais que c'était moi qui faisais du baby-sitting, aujourd'hui !

Jenny éclata de rire.

— Il est si jeune et déjà les femmes se battent pour lui. On partagera, promit.

Mais ce fut elle qui ôta sa combinaison au bébé.

Charlie la connaissait bien. Il l'adorait et gazouilla joyeusement tandis qu'elle descendait sa fermeture Eclair. Puis elle le tendit à Olivia pour qu'elle lui enlève sa grenouillère polaire.

Pendant ce temps, Daisy déposa les biberons dans le réfrigérateur.

— Alors ! Quoi de neuf ? demanda-t-elle par-dessus son épaule.

— Jenny a une nouvelle, répondit Olivia.

Nina sourit à Jenny.

— Et quelle nouvelle !

— Tu es enceinte ? demanda Daisy.

Il fallait s'y attendre. Jenny avait épousé Rourke McKnight un an plus tôt et elle n'avait jamais caché le fait qu'elle désirait fonder une famille le plus vite possible.

Mais elle secouait la tête.

— Il s'agit d'autre chose. Tu sais que j'écris.

— Depuis toujours, ajouta Nina.

Jenny publiait une chronique culinaire hebdomadaire dans le journal local. Nina avait l'air encore plus excitée que Jenny, comme si elle était sur le point d'exploser. Nina et Jenny étaient de grandes amies. Elles s'étaient rencontrées en primaire et elles étaient intimement liées, depuis. Daisy admirait ce genre de relation. Les années passées à partager le meilleur comme le pire avaient tissé des liens particulièrement solides entre elles.

Daisy ne pouvait pas se prévaloir d'une telle amitié. Au lycée, elle avait été trop insouciante, trop soucieuse peut-être aussi d'entretenir son image de fêtarde. Sonnet et elle étaient proches, mais elles ne se connaissaient que depuis un an, et leurs vies avaient divergé à tel point que Daisy avait l'impression que leur relation n'était plus aussi sûre et indestructible qu'avant.

Nina et Jenny, c'était une autre histoire. Daisy les voyait comme à travers l'objectif de son appareil photo. Elles étaient aux antipodes physiquement — Nina était brune, petite, intense : une boule d'énergie. Quant à Jenny, elle était discrète, jolie aussi, avec des traits délicats qui lui donnaient une apparence fragile. Elle avait survécu à de terribles tragédies, sans jamais se laisser abattre. A présent, elle était illuminée par un bonheur que Daisy espérait trouver un jour, elle aussi.

— Bon, alors, quelle est cette nouvelle ? C'est à propos de tes écrits ?

— Ouais. Mon recueil de souvenirs et de recettes inspirés par mon enfance à la boulangerie Sky River va être publié.

Daisy savait que Jenny y travaillait depuis des années. C'était fabuleux de connaître une personne dont les rêves se réalisaient sous vos propres yeux.

— Bravo, Jenny ! s'exclama-t-elle. Tout le monde aime tellement la boulangerie. Les gens vont adorer ton livre aussi.

— Je l'espère. Et j'ai une requête à te faire.

Elle ouvrit une grande enveloppe en papier kraft et en sortit la série de photos que Daisy avait prises de la boulangerie à l'époque où elle y travaillait à temps partiel.

— J'aimerais les montrer à l'éditeur, Si ça ne t'ennuie pas, dit Jenny. S'il les utilise, tu seras rémunérée pour ton travail.

— Evidemment qu'ils s'en serviront ! intervint Nina. Elles sont fantastiques.

— Je trouve aussi, dit Jenny. Ils souhaitent inclure quelques images d'archives de la boulangerie, mais la plupart se sont perdues dans l'incendie.

Elle faisait référence à l'incendie qui avait entièrement consumé sa maison, l'année précédente.

— Je souhaiterais proposer cette photo-ci pour la couverture.

Elle désigna celle qui se trouvait au-dessus de la pile. Charlie plongea dessus, mais Nina le retint à temps. La photo représentait des mains de femme couvertes de farine, en train de pétrir de la pâte. C'étaient celles de Laura Tuttle qui travaillait à la boulangerie depuis des siècles, et toute son expérience et sa force se manifestaient dans ses mains qui évoquaient la robustesse, la compétence. Ce cliché sépia était rempli de détails intimes. Il faisait partie du dossier grâce auquel Daisy avait été admise au cours de photo à l'université.

— Je trouve qu'elle complète à la perfection le titre, souligna Nina : *De la Nourriture pour l'esprit.*

— Alors, tu es d'accord ? demanda Jenny.

— Bien sûr ! lui assura Daisy. J'espère juste que ces photos sont suffisamment bonnes.

— Elles sont magnifiques, affirma Olivia. Tout le monde en convient.

Cette nouvelle était la preuve que même après les terribles événements qui s'étaient produits les rêves pouvaient encore se réaliser, pensa Daisy. Pour Jenny, bien sûr, mais aussi pour elle. Elle était impatiente de l'annoncer à sa mère. C'était un tel bonheur de connaître de nouveau un tel enthousiasme à la perspective de partager une bonne nouvelle avec elle.

La situation était toujours tendue entre Sonnet et Zach, mais au moins ils ne se querellaient pas ouvertement. Sonnet reconnaissait que le problème se situait entre sa mère et le père de Zach, et non pas entre elle et Zach. Daisy sentit qu'ils étaient plutôt contents d'être ensemble pendant la semaine de congé de Sonnet. Julian avait emprunté la jeep de son frère pour aller jusqu'à Weest Kill, la ville voisine de Deep Notch.

Tandis qu'ils portaient leur équipement jusqu'à la cascade gelée, Daisy prit quelques photos — Julian, si concentré qui les guidait dans les forêts. Sonnet l'air dubitatif ; Zach intrigué. Des lumières hivernales s'infiltraient à travers les nuages hauts et fins, et les formes des arbres dénudés se dessinaient sur la neige.

— Alors, on va escalader la glace ? lança Sonnet à l'adresse de Julian. On imagine assez bien ce que c'est, non ?

— Ça dépend, répondit Julian en souriant gentiment. Qu'est-ce que tu imagines ?

— Un défi. Extrême. Dangereux. Je brûle ?

— Ne t'inquiète pas, dit-il. J'ai apporté tout l'équipement de sécurité nécessaire.

Il leur expliqua les systèmes de cordage, le harnachement, les taquets d'amarrage, le rappel, la descente. Daisy connaissait les techniques de l'escalade, mais quand l'immense mur de glace surgit sous ses yeux, ces rangées de stalactites étincelantes comme des poignards de glace, elle comprit que cette ascension-là ne ressemblerait à aucune autre.

Sonnet était en pleine rébellion avant même qu'ils atteignent le pied de la façade.

— Il n'est pas question que je fasse un truc pareil.

— Pas de problème, répondit Zach. Tu n'auras qu'à m'assurer.

— Tu me ferais confiance ?

— Sans l'ombre d'un doute, affirma-t-il.

Elle en resta bouche bée. Manifestement, elle ne s'attendait pas à une telle déclaration. Ils échangèrent un long regard, et Daisy s'aperçut que celui de Sonnet s'était adouci. Dans sa quête incessante pour regagner son amitié, il était clair que Zach était en train de marquer des points.

En arrivant au bas du mur de glace, ils s'équipèrent — crampons aux pieds, des harnais pour s'assurer, ceintures pour arrimer les pitons et les taquets. Julian leur fit la démonstration de techniques qui n'étaient pas terriblement élégantes, comme le remarqua Daisy. En principe, escalader un mur de glace consistait à planter des piquets et à se maintenir en équilibre du bout des pieds tout en utilisant les taquets que Julian avait disposés çà et là sur la façade. Avec sa force et sa grâce naturelles, il donnait l'impression que l'exercice était aisé : il suffisait de se balancer, puis de planter les pitons en se hissant méthodiquement le long des piliers de glace aux contours déchiquetés.

Daisy ne mit pas longtemps à comprendre que c'était loin d'être aussi facile qu'il n'y paraissait. Même la courte ascension qu'ils firent pour s'exercer mit à contribution des muscles dont elle ignorait l'existence, jusque-là.

— Tu es dingue, tu sais ça ? lança-t-elle en arrivant au sommet.

— C'est toi qui as décidé de venir. Je n'y suis pour rien.

Zach se hissa sur la plate-forme, puis il s'assit sur un affleurement rocheux, les jambes dans le vide.

— Suivant ! cria-t-il.

— Je t'ai déjà dit que je ne monterais pas ! hurla Sonnet en retour.

Zach se leva et prit la corde des mains de Julian.

— Je la tiens. On va s'exercer ici pour commencer.

Julian désigna à Daisy un pan de glace plus long et plus escarpé.

— Tu veux essayer ça ?

— D'accord.

En dépit de l'effort monumental qu'elle dut déployer, l'exaltante sensation de liberté qu'elle éprouvait dans la nature l'enchantait. Quelques heures plus tôt, elle ne pensait à rien, hormis à être avec ses amis, à admirer le paysage, à passer un bon moment. A quand remontait sa dernière expérience de ce type ? Au cours des quelques minutes fugaces, périlleuses de l'escalade, elle ne fut plus que Daisy, et non une mère célibataire qui s'était engagée pour la vie.

— Tu as un sourire jusqu'aux oreilles, lui dit Julian quand elle le rejoignit au sommet de la cascade.

Elle enleva son casque et son sac à dos, et prit la bouteille d'eau qu'il lui tendait.

— Je commence à comprendre pourquoi tu aimes tant faire ça.

Son sourire s'effaça.

— Mais je me sens coupable. Chaque fois que je laisse Charlie avec quelqu'un, je culpabilise.

— Lui aussi, il avait un sourire jusqu'aux oreilles quand tu l'as laissé chez Olivia, souligna Julian.

— Peut-être bien.

Elle sortit son appareil photo. Les nuages s'étaient dissipés pour révéler un ciel comme on ne pouvait en voir qu'en plein hiver — d'un bleu intense qui faisait presque mal aux yeux, contrastant avec le blanc aveuglant de la neige et les montagnes obscures. Elle prit plusieurs photos, puis orienta son objectif sur Julian.

Il resta immobile le temps de quelques déclics, puis se leva d'un bond.

— J'ai envie de continuer.

Elle mit sa main en visière et se pencha un peu en arrière pour examiner la voie jusqu'au sommet. Le dernier passage était vertigineux ; la glace à la verticale faisait saillie au-dessus d'une série de falaises rocheuses.

— Ça paraît impossible.

— C'est pour ça que je veux continuer, répliqua-t-il en souriant.

— Je préférerais que tu t'abstiennes.

— Mon instinct de Spider-Man me dit que j'en suis capable.

— Je vais faire une photo de tes derniers instants sur cette terre.

Il éclata de rire.

— Entendu. Ça devrait booster ta carrière !

Il remit son casque et ses lunettes protectrices, vérifia ses cordes de sécurité et entama sa montée, évoluant avec une détermination que Daisy rendit magnifiquement en images. A un moment donné, il se cramponna à une façade si vaste qu'on aurait vraiment dit Spider-Man, suspendu dans les airs. Daisy zooma sur lui, l'objectif puissant lui offrant une vision sans équivoque du combat qu'il était en train de mener. Et du rivet extrêmement lâche sur lequel il était perché ! La glace autour de lui était en train de craqueler, de se fendre…

— Tu vas perdre prise ! hurla-t-elle. Julian, fais attention !

Sa mise en garde survint au moment précis où la glace cédait. Julian eut juste le temps de planter ses deux pitons, et resta suspendu là tandis que le rivet dégringolait dans une pluie de glace et de cailloux. Daisy était tétanisée. Muette. Les pieds de Julien pendaient dans le vide, et il semblait totalement impuissant. Elle se rua sur la corde d'ascension, retrouva sa voix.

— Julian, qu'est-ce que je dois faire ?

Sa voix sonnait creux, les mots faisant écho sur les parois de roche et de glace.

— Je suis bon, dit-il. Ne… t'inquiète pas.

Elle le regarda, le souffle coupé. Il trouva une prise pour le bout de son pied et resta là un moment, plaqué contre la glace.

Elle voyait bien qu'il était à bout de force. Puis il leva un piton, montant d'un cran. *Montant ?*

— Julien…

— Je ne peux pas descendre d'ici, souffla-t-il, lisant dans ses pensées. C'est moins risqué de monter.

Elle ne voulait pas voir ça, mais impossible de détourner son regard. L'ascension parut prendre des heures, même si elle ne dura en réalité que quelques minutes. Son cœur battait les secondes, et elle prit brutalement conscience de l'étonnante fragilité de la vie. Tout pouvait basculer en un instant. En l'espace d'une seconde, la lumière pouvait s'allumer ou s'éteindre. Une décision se prendre. Un œuf être fertilisé… Un grimpeur pouvait dévisser et tomber.

A cet instant, elle eut une révélation, et découvrit subitement la place que Julian occupait dans sa vie. Elle cessa alors de respirer et retint simplement son souffle. Ce fut comme une sorte de prière.

Finalement, il atteignit le sommet, disparaissant derrière une saillie de glace étincelante. Daisy se laissa tomber à terre, sans force, glacée tout à coup. Une grosse corde descendit le long de la façade. Il plaisantait ? Il ne s'imaginait tout de même pas qu'elle allait le suivre là-haut ?

« Charlie, pensa-t-elle. Je ne peux plus faire des choses stupides. »

Elle reporta son attention sur la corde. C'était du Julian tout craché. Il était fou, mais il était certain de pouvoir assurer sa sécurité. Pas vrai ?

Elle rangea son appareil, remit son sac à dos, son casque et ses lunettes, vérifia son harnais et sa corde.

— Assure-moi ! cria-t-elle. Et si j'arrive là-haut, tu es cuit !

Elle entreprit l'ascension avec plus de prudence — et plus de taquets que jamais —, choisissant avec soin l'itinéraire le plus facile. Quoi qu'il en soit, ce fut long et ardu. Elle tremblait de tous ses membres, ses muscles hurlaient. Jamais son corps n'avait été mis à l'épreuve ainsi depuis la naissance de Charlie. Elle était tout essoufflée, en sueur, quand elle se hissa finalement au sommet.

— C'était génial, dit-elle en se débarrassant de son casque et des lunettes.

Il lui tendit la main, l'aida à se remettre sur pied, et quand elle fut debout, il ne lâcha pas prise. Elle était toujours là, cette sensation intense qu'elle avait toujours éprouvée quand elle était près de lui : l'émoi, le désir.

— Julian…

Sans la laisser finir, il se pencha, prit son visage entre ses mains et l'embrassa. C'était la première fois, bien qu'elle en ait souvent rêvé. Ce n'était pas un grand baiser épique, digne du *Dernier des Mohicans*, mais un baiser doux et chaud. Exploratoire. Mais aussi totalement dévastateur parce qu'il gonfla son cœur d'une émotion presque douloureuse.

Quand le baiser prit fin, elle s'écarta de lui, mais ses mains dans leurs gants humides se cramponnaient toujours à la veste de Julian. Elle dut se faire violence pour lâcher prise.

Il ne parut pas s'en offenser, et la regarda d'un air grave et pensif.

— Ça faisait un moment que j'avais envie de faire ça.

— Tu n'étais pas le seul, murmura-t-elle.

Puis elle se sentit gênée de lui avoir fait un tel aveu.

— Mais, euh, on ne devrait probablement pas… sortir ensemble, conclut-elle.

Bon sang ! Avait-elle vraiment dit ça ?

— Pourquoi pas ?

— Parce que toi et moi, on est…

Elle laissa sa phrase en suspens, incapable de s'expliquer.

— On est quoi, Daisy ? demanda-t-il, la voix crispée par la frustration. Pourrais-tu me répondre ? Parce que j'aimerais vraiment le savoir.

— Tu es l'un de mes meilleurs amis, répondit-elle avec une franchise douloureuse. J'aimerais…

Tellement de choses. Elle regrettait tellement de choses. Le fait d'avoir été à ce point dévastée par le divorce de ses parents à l'époque où elle avait fait la connaissance de Julian… Elle pensa à sa mère qui n'avait pas suivi son cœur et qui avait épousé le père de son enfant. Ça n'avait pas vraiment marché pour elle. Quoique… Daisy repensa à ces albums de photos remplis d'images d'une famille normale partageant des moments heureux et d'autres moins heureux. L'un des choix de sa mère avait incontestablement défini leur famille. Et ça n'avait pas été si terrible.

Elle cilla plusieurs fois en espérant que Julian attribuerait ses larmes au vent glacé.

— Le moment n'a jamais été propice pour nous.

Elle sourit, même si elle avait plutôt envie de pleurer.

— Qu'est-ce que tu veux, Julian ? Sortir avec moi ? Devenir mon petit ami ? Etre avec quelqu'un qui vit à des kilomètres de toi, qui doit élever un enfant ? Parce que c'est comme ça. On peut sortir et faire des trucs dingues ensemble pendant une heure ou deux, mais la réalité finira toujours par nous rattraper. Tu rentres à Ithaca et moi, je retourne auprès de Charlie.

— On dirait que tu as déjà décidé pour nous deux.

Il ne comprenait donc pas qu'elle n'avait plus le choix ?

25

En jonglant avec son courrier, les dossiers qu'elle avait rapportés du cabinet et la laisse du chien, Sophie ouvrit sa porte et se précipita sur le poêle pour chauffer la maison. Opal voulut jouer sur-le-champ, et elle dut lui céder pour avoir la paix.

Voilà donc de quoi sa vie était faite, désormais. Elle passait ses journées avec Charlie ou au cabinet d'avocats. Elle allait chercher Opal chez Noah où une adolescente du nom de Chelsea s'occupait du chiot ainsi que des autres bêtes après l'école. Certains jours, Max venait lui rendre visite ; d'autres jours, elle l'emmenait à son entraînement ou à un match de hockey. Gayle l'avait présentée à quelques-unes de ses amies ; elle découvrit ainsi que toutes les femmes d'Avalon n'étaient pas des alliées des Romano. Elle était en train de devenir une personne qu'elle ne reconnaissait pas, quelqu'un qui vivait dans une petite ville, qui se construisait un réseau d'amis et qui nouait des liens étroits avec les siens. Qui avait un petit chien, par-dessus le marché.

Et Noah… que représentait-il pour elle ? Etait-ce son petit ami ? Quel que soit le rôle qu'elle lui attribue, il prenait beaucoup de place dans sa vie. Mais pour être honnête, elle devait avouer qu'elle n'aurait pas voulu qu'il en soit autrement. Elle adorait son humour, sa tendresse sincère, sa sensualité vorace, sa totale désinvolture vis-à-vis d'une liaison enivrante, et le fait qu'il soit convaincu qu'il s'agissait de bien plus qu'une liaison.

Il appela à l'heure habituelle — juste avant le dîner. Sa proposition pour ce soir : une promenade dans les bois avec les chiens.

— Il fait un froid de canard, protesta-t-elle.

— Mets une couche supplémentaire.

Elle le retrouva sur le sentier enneigé qui serpentait dans les bois aux abords de la vieille ferme. En la voyant, il sourit et traversa l'étendue de neige pour la prendre dans ses bras et l'embrasser. Depuis quand ne s'était-elle pas sentie aussi désirée ? Aussi importante aux yeux de quelqu'un ?

— Comment s'est passée ta journée ? demanda-t-il.

Il prit la laisse d'Opal et ils se mirent à marcher.

— Voyons. J'ai ratifié une vente immobilière, rédigé quelques lettres dans le jargon juridique qui s'impose, adressé un rapport à la Cour supérieure, reçu un client. Je ne suis pas Atticus Finch.

— Non. Tu mets du rouge à lèvres et tu t'habilles mieux que lui.

Le client d'aujourd'hui n'était autre que Bo Crutcher, mais Noah l'apprendrait par quelqu'un d'autre. Il était bien connu que Bo — dont le prénom légal était, à sa grande honte, Bojangles — aimait la bière, et quand il était en état d'ébriété, il avait tendance à faire des promesses qu'il n'avait pas du tout l'intention de tenir. Son problème actuel était de s'assurer qu'il n'était pas le père du bébé d'une fille du coin, bien qu'elle affirme le contraire.

La journée de travail était finie, toutefois. Elle n'emportait plus ses soucis à la maison comme lorsqu'elle exerçait au tribunal de La Haye.

Le sentier s'enfonçait dans les bois profonds qui tapissaient les collines derrière la ferme de Noah. Il lui montra certains repères de son enfance — un noyer où il s'était jadis construit une cabane, un bosquet d'érables qu'il saignait pour confectionner du sirop, ce qui lui avait valu une récompense fort prisée du club 4-H. Il y avait un rocher qu'il avait heurté en luge, s'entaillant le crâne, et le ruisseau où il puisait des œufs de grenouille au printemps pour les regarder se changer en têtards. C'était facile de l'imaginer dans cet univers : un enfant à l'aise dans son monde. Rien d'étonnant à ce qu'il soit devenu un adulte aussi équilibré.

— Pourquoi fais-tu cette tête-là ? demanda-t-il. Ai-je dit quelque chose qu'il ne fallait pas ?

— Grands dieux, non ! Je viens juste de me rendre compte

que, depuis que nous nous connaissons, je n'ai fait que prendre, sans rien te donner.

Il rit.

— Je ne dirais pas ça.

— Moi, si. J'ai été tellement occupée à reconstruire ma vie que je ne me suis jamais interrogée sur… ce que tu veux, Noah. Sur tes rêves.

Il médita la question un moment.

— Une vie qui me rende heureux. Une vie… harmonieuse.

— C'est trop simple.

— Peut-être.

Il écarta le sujet d'un geste de la main.

— Regarde où tu mets les pieds, reprit-il en désignant un creux dans la neige. Nous traversons un cours d'eau.

— Je ne vois pas de cours d'eau.

— Tu viens de le franchir. Si on ne fait pas de bruit, tu vas l'entendre.

Il avait raison. Elle se figea, tendit l'oreille et perçut le gazouillis d'un filet d'eau, invisible sous le manteau de neige.

— Il commence juste à dégeler, dit-il.

— Et moi, je commence à geler. Rentrons !

Elle regarda autour d'elle dans les bois silencieux, et sourit.

— Tu ne peux pas savoir à quel point tout ceci diffère de ce que je faisais autrefois après le travail.

— Ah oui ?

— Pour commencer, je ne rentrais presque jamais chez moi avant la nuit. Sur le chemin du retour, je m'arrêtais généralement chez un traiteur pour acheter un rollmops.

— Qu'est-ce que c'est ?

— Mon dîner habituel : du hareng saur enroulé autour d'un cornichon et servi dans un petit pain avec des oignons.

— Berk !

— Ne critique pas. C'était très commode d'avoir quelque chose à grignoter pendant que je travaillais sur mes dossiers toute la soirée.

— Tu veux dire qu'en rentrant chez toi tu te remettais au boulot ?

Elle s'efforça de ne pas grincer des dents au souvenir de son existence solitaire.

— Ça occupait le temps.

— Quels étaient tes loisirs ?

— Mes loisirs ?

— Tu sais : sortir, se distraire.

— Tariq, mon collègue et ami, aimait bien aller dans les clubs. La vieille école. Je l'accompagnais quelquefois. Rarement. As-tu jamais entendu parler d'une soirée cercle ?

— Ne me dis pas que tu fais allusion aux réunions qui ont lieu dans les vestiaires des garçons !

— Noah !

— Je vérifiais juste. Est-ce une spécialité hollandaise, du genre : « Hé, mon vieux, entre dans le cercle… »

— Je t'explique. Ils adorent inviter un *buitenlander* — un étranger — à ces réunions. Mais en toute honnêteté, c'est un peu comme… je ne sais pas. Regarder sécher de la peinture. Tout le monde s'assied en cercle sur des chaises pliantes, on se sert la main, on boit du thé ou du café tiède, on mange de mauvais gâteaux et on fait la connaissance des tantes, des cousins, Oma, Opa, des enfants, et on se dit que tout est absolument *gezellig*.

— *Gezellig* ?

— Ce n'est pas facile à traduire. Ça veut dire… agréable. Intime, cordial, je suppose. Tu vois, *gezellig*. Une soirée cercle dure des heures.

— Je préférerais encore manger un rollmops.

— Je ne te le fais pas dire.

— Mais, ce soir, je vais faire des spaghettis.

— Est-ce une invitation ?

— Absolument. Alors, prépare-toi à un *gezellig* de mon cru.

Quand ils rentrèrent, il ne fit même pas mine de préparer le dîner, préférant lui faire l'amour, et elle ne se donna même pas la peine de résister. Ce qu'elle ressentait — ce désir, cette soif de sexe, quel que soit le terme — avait vite raison de sa prudence coutumière. Cela s'apparentait à ce cours d'eau sous la neige : une source secrète, la libérant de l'intérieur. Tels des adolescents surexcités, ils entamèrent les préliminaires sur le canapé du salon pour émigrer un peu plus tard sur le lit avant de finir dans la baignoire ancienne.

— Te rends-tu compte à quel point je suis dingue de toi ? lui demanda-t-il beaucoup plus tard.

Elle était dans sa chambre, en train de s'habiller dans la pénombre.

— Pas du tout, répondit-elle. Rappelle-le-moi.

Il saisit à deux mains le pull-over en cachemire qu'elle venait d'enfiler.

— Suffisamment pour tout recommencer, murmura-t-il en relevant son pull.

Elle fut à deux doigts de céder.

— Ça ne te gêne pas de faire ça dans la maison où tes parents...

Il l'interrompit par un baiser.

— Je ne pense pas à ces choses-là. Mais j'aime l'idée qu'il y a de l'amour dans cette maison.

Il rit en voyant son expression.

— Oui, j'ai bel et bien dit ça. Le mot en A.

Amour.

Elle rabaissa son pull.

— Tu ne devrais pas employer un mot pareil avec tant de désinvolture.

— Qui te parle de désinvolture ? Je t'aime. C'est simple.

— Tu n'en sais rien, affirma-t-elle en croisant les bras sur sa poitrine.

— Je sais ce que je sais. Tu t'obstines à prétendre qu'il n'y a rien d'autre entre nous qu'une vague liaison, mais tu as tort. Nous avons suffisamment roulé notre bosse l'un et l'autre pour savoir qu'il se passe quelque chose de sérieux. D'accord, c'est nouveau, inattendu et soudain, tout ce que tu veux. Ça n'en est pas moins réel. Fais-moi confiance.

— C'est… trop tôt.

Elle était tellement sidérée qu'elle ne savait pas quoi dire d'autre.

— C'est tout de suite. Là, maintenant. Et là, maintenant, Sophie Bellamy, je suis fou amoureux de toi.

Ce n'était pas ce qu'elle avait envie d'entendre. Et question déclaration, c'était ce que certains avocats appelleraient une déclaration à double sens, lui ménageant une échappatoire.

Tout de suite. Là, maintenant.

Il éclata de rire.

— Tu élèves la notion de réflexion à des sommets sans précédent.

— Comment sais-tu que je suis en train de réfléchir ?

— J'entends pratiquement les rouages de ton cerveau grincer. Mais ne t'inquiète pas : il y a moyen d'arranger ça.

Il passa une main délicate sous son pull-over. Ses gestes étaient assurés, et pourtant elle avait toujours la sensation qu'il était surpris, excité comme s'il la touchait pour la première fois.

Elle ne résista pas, cette fois-ci, et, dans l'heure qui suivit, elle cessa de penser. En outre, elle évita d'avoir à poursuivre le dialogue qu'il avait entamé avec ce petit mot doux. En revanche, elle ne pouvait empêcher les émotions de la submerger quand il la caressait avec tant de tendresse. C'était une chose qui lui avait manqué dans la vie, et, jusqu'à Noah, elle n'avait jamais vraiment su ce que c'était. Elle le savait, à présent. On connaissait un moment de grâce sans égal en tenant quelqu'un dans ses bras, en se blottissant contre lui. Un sentiment mêlant force et vulnérabilité, une délicieuse sensation de sécurité. C'est ce qu'elle éprouvait à cet instant avec Noah, pour son plus grand étonnement.

L'absence d'une grande histoire d'amour dans sa vie ne lui avait jamais posé de problème dans la mesure où elle n'avait pas assez de temps pour ça. Elle ne voulait pas se réveiller tous les matins en se disant : « J'ai besoin d'un homme qui me serre contre lui. »

Blottie dans les bras de Noah, à présent, elle savait qu'une partie de son être avait besoin de ce lien comme de l'air, comme de l'eau. Il avait la capacité de voir dans son cœur et, pour la première fois depuis longtemps, peut-être comme jamais, elle ne se sentait plus si seule. Elle avait finalement compris l'effet que faisait l'amour, le véritable amour, romantique, et il avait un pouvoir dévastateur sur elle. Ça lui faisait peur d'avoir besoin de Noah à ce point. Elle était censée s'en sortir toute seule, non ?

— Ça suffit, murmura-t-elle en s'extirpant péniblement de la béatitude d'une sieste après l'amour. Tu m'as promis de me faire à dîner.

— Peut-être était-ce une ruse subtile pour t'attirer dans mon lit.

Il se redressa en souriant. Le drap retomba, révélant un physique qui incita presque Sophie à changer d'avis et à rester couchée.

En faisant un effort de volonté, elle se leva et s'habilla à la hâte. Puis elle se coiffa et remit du rouge à lèvres, s'attardant un instant devant la glace pour jeter un coup d'œil à son reflet.

— Pourquoi fais-tu cette tête-là ? lui demanda Noah.

— C'était sympa de faire du shopping avec Daisy, mais je ne suis pas sûre que cette nouvelle garde-robe de jeans et de pulls moulants me convienne.

— Que reproches-tu aux vêtements moulants ? Moi, ça me plaît.

— C'est ridicule pour une femme de mon âge.

— Tu es sexy. Ne sois pas si critique. Ta fille a bon goût. J'espère qu'elle t'a aussi choisi une tenue habillée.

— Pourquoi ça ?

— Il y a un bal samedi soir, à la caserne des pompiers. Toute la ville y sera.

Elle se regarda de nouveau dans le miroir en fronçant les sourcils.

— C'est très tentant.

— Rien à voir avec la soirée cercle hollandaise, crois-moi.

— Oh, Noah ! C'est juste que ce n'est pas vraiment le moment pour moi…

Elle s'interrompit, inspira à fond.

— Noah, je ne veux pas que mes enfants sachent. Pour nous.

Voilà, elle l'avait dit. Enfin ! Elle s'interdit de croiser son regard dans la glace.

— Pourquoi pas ?

— Je suis venue ici pour eux. Pas pour… ça. Pas pour rencontrer quelqu'un, commencer quelque chose. Ils ne comprendraient pas.

Pour finir, elle se tourna vers lui.

— Moi-même, je ne comprends pas, avoua-t-elle.

— Cesse de t'inquiéter. Je tiens à toi. Je crois que toi aussi tu tiens à moi. N'importe quel enfant peut comprendre ça. De quoi as-tu vraiment peur, au fond ?

« Que ça fasse vraiment mal quand ça s'arrêtera. »

— Noah, je ne…

La sonnette retentit, suivi de bruits de pas.

— Hé, Noah !

— Sauvée par le gong !

Il l'embrassa à la hâte, avec fougue, une dernière fois.

On sonna de nouveau.

— Les copains sont là.

— Tu savais qu'ils venaient ?

— Bien sûr ! J'ai promis de leur faire des spaghettis. On doit répéter, après.

Il s'empara d'une chemise à carreaux et l'examina.

— Sympa de me prévenir. Je suis piégée, maintenant, dit-elle. Ils vont savoir qu'on dort ensemble…

— J'ignore ce qu'il en est pour toi, mais moi je n'ai pas fermé l'œil. Ne t'inquiète pas : ils ne diront rien à tes enfants.

Estimant apparemment que la chemise était propre, il l'enfila.

— Tu comprends très bien ce que je veux dire, et eux aussi, ils verront clair.

— Ce sont mes amis. Ils t'apprécient. Ils seront contents pour nous.

— Je sais. C'est juste… Je préfère que les choses restent comme ça… intimes.

Elle perçut une lueur de souffrance mêlée de colère dans ses yeux.

— A cause de moi, s'empressa-t-elle d'ajouter. Pas de toi. Parce que je viens d'arriver en ville et que la seule chose que les gens savent à mon sujet, c'est que je suis l'ex-femme du sacro-saint Greg Bellamy : la femme qui a abandonné ses enfants pour aller mener la grande vie en Europe. Inutile de leur laisser supposer qu'en plus je couche à droite à gauche.

— Ce n'est pas le cas. Tu couches avec moi.

Il mit la casquette qu'il aimait porter, à l'envers, quand il jouait de la batterie.

— Oui, mais…

— Ecoute, tu n'es pas revenue ici pour vivre comme une nonne. Tu es revenue pour être avec tes enfants. Et avoir une vie, je présume. De plus, regarde-moi : je ne suis pas mal comme mec !

Il déploya les bras en une posture comique. Il avait l'élégance d'un John Deere et un sourire à vous couper le souffle. Et il y avait quelque chose chez lui qui lui réchauffait le cœur et lui donnait une vision agréable d'elle-même, comme si elle était capable de tout affronter. De faire face au monde entier.

Jadis, elle passait ses soirées toute seule devant son ordinateur à étudier ses dossiers. Désormais, elle les passait avec ses amis ou sa famille, ou avec un homme qui venait, semblait-il, de lui dire qu'il l'aimait.

26

Sophie avait organisé un après-midi à la Mohonk Mountain House avec Max et Daisy. Les meilleurs souvenirs qu'elle avait avec eux étaient souvent liés à des voyages qu'ils avaient faits ensemble au fil des années. C'était l'occasion de leur faire découvrir des endroits, des expériences inédites. Elle aimait se rappeler qu'ils avaient jadis été une famille heureuse. Elle voulait croire qu'ils pouvaient de nouveau l'être. Elle tenait aussi à passer un peu de temps seule avec eux, d'autant plus qu'elle devait leur parler d'un certain nombre de choses.

Elle avait une surprise pour eux. Tariq était à New York pour des raisons professionnelles et il allait les retrouver sur le site historique de Mohonk Mountain. Sophie s'était donné beaucoup de mal pour se refaire une nouvelle vie, mais une partie d'elle-même regrettait amèrement celle qu'elle était avant, et en particulier l'amitié de Tariq.

La demeure avait été construite par la famille Smiley dans les années 1860 ; elle appartenait toujours à leurs héritiers. A l'époque où elle faisait ses études de droit, Sophie y avait séjourné quelquefois. C'était le château américain dans toute sa splendeur avec des salons somptueux, de vastes chambres. Il y avait des étables et un labyrinthe, une patinoire, des jardins à la française, un terrain de golf, des kilomètres de voie ferrée à travers les terres et une vue saisissante à chaque fenêtre. Perché tout en haut d'un promontoire en granite surplombant le lac Mohonk, c'était un amalgame du royaume magique de Disney, du château de Louis le fou et d'une image d'Epinal, sous une couche étincelante de neige. Elle était sûre que ses enfants éprouveraient le même enchantement qu'elle avait connu la première fois qu'elle y était venue.

Tandis qu'ils contemplaient l'imposant édifice de pierres taillées et de flèches, elle regarda leurs visages ébahis. Daisy était une adulte, et Max n'en était pas loin, mais cette expression de gamins émerveillés le matin de Noël lui rappela qu'ils seraient toujours ses enfants. Elle les observa tous les deux en s'efforçant de les voir au-delà de la beauté fragile de Daisy, de la nonchalance étudiée de Max. Les regrets l'assaillirent. Elle aurait voulu remonter le temps, être là pour eux quand ils avaient eu besoin d'elle, leur accorder davantage d'attention, cette fois-ci. Mais les regrets étaient un poison lent. Elle ne pouvait qu'aller de l'avant. Elle concentra son attention sur Charlie, au chaud dans sa poussette, dormant à poings fermés après le trajet. Ce serait un tel bonheur de le regarder grandir.

— Mohonk veut dire « le lac dans le ciel », dit-elle. Currier et Ives ont fait une série de gravures de cet endroit. J'étais impatiente de vous faire découvrir les lieux.

Dans la vaste bibliothèque, parmi les immenses rayonnages auxquels on accédait grâce à des échelles montées sur roulettes, elle leur montra les portraits des présidents et des dignitaires qui avaient séjourné là.

— Les fondateurs étaient deux frères, Albert et Alfred Smiley. Ils étaient quakers, dévoués à la justice et à la paix dans le monde. Il y a une centaine d'années, le tribunal permanent d'arbitrage fut créé ici même, peut-être dans cette pièce.

Daisy la considéra d'un air soupçonneux.

— Et tu peux nous expliquer en quoi cela nous concerne ?

— Ce tribunal a désormais son siège à La Haye, acheva Sophie. Je pensais que ça vous intéresserait de savoir qu'on m'a offert un poste d'auxiliaire dans ce tribunal.

Elle regarda autour d'elle dans l'énorme bibliothèque et imagina qu'elle pouvait pratiquement sentir les vieux recueils chargés de sagesse.

— J'ai refusé et, le lendemain, je suis revenue ici auprès de vous deux et de Charlie.

— Tu regrettes de ne pas avoir accepté ce job ? demanda Max, se raidissant ostensiblement comme s'il se préparait à recevoir un coup.

— Pas du tout. En fait, je suis extrêmement heureuse d'être ici.

Elle marqua un temps d'arrêt avant d'ajouter :

— Je vais me mettre en quête d'une maison à Avalon.

Voilà. Elle l'avait dit.

— Où exactement ? demanda Max.

Elle n'était pas certaine de comprendre le sens de sa question.

— A Avalon, je te l'ai dit.

— Au bord du lac ?

— Je ne sais pas. J'ai rendez-vous avec un agent immobilier, la semaine prochaine. Pourquoi ? Tu as une préférence ?

— Ouais. Je préfère où tu es maintenant.

— C'est vraiment sympa là-bas, maman, renchérit Daisy.

Elle s'approcha de la fenêtre, braqua son appareil photo sur le paysage enneigé.

— C'est magnifique ici.

— Et Opal ? Elle va chez Noah quand tu n'es pas là. Où ira-t-elle si tu déménages ? insista Max.

— Elle sera bientôt assez grande pour rester seule à la maison, répondit Sophie.

Pour être honnête, elle regretterait de ne plus vivre près de chez Noah, mais il était question de sa famille.

— Si je m'installe en ville, tu ne seras plus obligé de prendre le bus pour venir me voir, souligna-t-elle.

— Ça ne me gêne pas de prendre le bus.

C'était nouveau. Au départ, Max avait déclaré qu'il détestait le bus. Il s'était peut-être fait des amis pendant le trajet.

— Ça ira, lui assura-t-elle. Je te promets. D'accord ?

— D'accord.

Il s'était plongé dans l'examen d'un bateau dans une bouteille.

Sophie prit une grande inspiration. Elle avait fait le plus facile en leur parlant de la maison. Elle laissa passer plusieurs minutes fébriles avant d'aborder l'autre sujet qui lui tenait à cœur.

— Je voulais te demander quelque chose à propos du match de hockey de demain, reprit-elle.

— Quoi ?

— J'ai l'intention de venir avec un ami.

Après avoir mûrement réfléchi la nuit précédente et toute la journée, elle en était arrivée à la conclusion que Noah méritait un véritable statut. Il avait toujours été merveilleux avec elle, et elle en avait assez de cacher leur relation. C'était bête, enfantin et vain.

Max garda les yeux rivés sur la bouteille, mais Daisy baissa son appareil photo et se tourna vers elle. Sophie s'angoissait à l'idée de leur parler de Noah. Elle se disait que c'était ridicule, qu'elle avait côtoyé des membres de la royauté, des fripouilles, de grands hommes, des criminels dans le contexte de son travail. Elle n'avait jamais eu ce genre de problème auparavant ; pourtant, dès l'instant où ses sentiments étaient en jeu, elle avait la sensation d'étouffer.

— Ça t'ennuierait, Max ?

— Ça dépend qui c'est.

Elle jeta un coup d'œil à Daisy qui paraissait intriguée.

— Noah Shepherd. Alors, qu'en dis-tu ?

Max haussa les épaules.

— Pas de problème. Il m'a dit qu'il aimait bien le hockey.

— T'es trop bête ! lança Daisy. C'est maman qu'il aime bien.

Max se redressa finalement.

— Alors, c'est… genre, ton petit ami ou un truc comme ça ?

Un truc comme ça. C'était la formule standard. Sophie n'aurait pas su qualifier ce que Noah représentait pour elle, mais elle ne pouvait nier qu'il comptait à ses yeux, et ses enfants étaient en droit de le savoir.

— On peut dire… mon petit ami, je suppose, répondit-elle en butant sur le mot.

Ça lui semblait inopportun, comme essayer les jeans de sa fille.

Max et Daisy gardèrent tous les deux le silence.

— Alors ? demanda-t-elle, à bout de patience. Ça vous fait quoi ?

— Comment est-ce qu'ils ont mis ce bateau dans la bouteille ?

— La vraie question, c'est : quel est l'intérêt de le mettre là-dedans ? rétorqua Daisy.

— L'intérêt d'un bateau dans une bouteille, fit une voix suave à l'accent britannique, c'est justement que ça n'a aucun intérêt.

Tariq venait d'entrer dans la pièce, encore plus beau et raffiné que dans le souvenir de Sophie.

En poussant un cri de joie, elle courut vers lui et l'étreignit.

— Te voilà ! s'exclama-t-elle. J'avais peur que tu ne viennes pas.

— Jamais je ne te fais de fausses promesses, dit-il.

— Je n'arrive pas à croire que tu es là. Max, Daisy, vous vous souvenez de Tariq ?

Rayonnante de fierté, elle lui présenta Charlie, endormi comme un ange dans son couffin. C'était le plus beau bébé qui soit avec sa peau claire, veloutée, sa bouche arrondie et ses boucles rousses.

Tariq fut impressionné, comme il se doit.

— Oh, bravo ! s'exclama-t-il en souriant complaisamment. Bravo, bravo. Félicitations.

Après quoi, il se redressa et fit face à Daisy et Max.

— Votre maman me manque. Je suis un sale égoïste et je regrette qu'on ne travaille plus ensemble, mais en la voyant avec vous deux et le petit, je comprends. Et je t'ai apporté quelque chose, ajouta-t-il à l'adresse de Sophie. Je veux te le donner en présence de tes enfants.

Il ouvrit sa mallette et en sortit une boîte plate, à charnières.

— Votre mère a reçu cela en récompense, le soir de l'Epiphanie, dit-il.

Une tension froide la saisit. Elle n'avait jamais fait part des événements de cette nuit-là à ses enfants.

— Tariq…

— C'est génial, maman ! lança Max, admirant la médaille gravée avec son ruban multicolore.

Avec une solennité étudiée, Tariq glissa la médaille autour du cou de son amie. C'était un infime aperçu de son ancienne vie, mais à voir l'expression de ses enfants, elle se sentit toute fière. Daisy insista pour prendre des photos.

Sophie croisa le regard de Tariq et articula un merci. C'était un instant qu'elle n'oublierait jamais, elle le savait.

Le bébé se réveilla. Pendant que Daisy s'occupait de lui et que Max allait explorer les jardins enneigés, Tariq commanda des boissons.

— C'est somptueux ici, dit-il. Et tu as l'air heureux, mon cœur. Ça me fait plaisir. Je n'étais pas sûr que ce serait le cas.

— Moi non plus, avoua-t-elle. Tu me manques vraiment, Tariq. Je ne peux pas dire que j'aie envie de revivre cette vie-là, mais je me languis aussi de mon travail.

— Viens me rendre visite, suggéra-t-il. Mieux encore, va faire un séjour à Umoja. J'y vais moi-même dans un mois.

Elle tripota la médaille pendue à son ruban multicolore.

— C'est tentant, dit-elle, mais on a besoin de moi ici. Ça paraît étrange de dire ça, mais c'est le cas.

27

Sophie avait pris place dans le salon de Noah après le dîner. Elle s'efforçait de garder l'esprit ouvert à propos de la pendule néon, vantant les mérites d'une bière, suspendue au-dessus de la cheminée. Noah avait promis qu'il essayerait d'apprécier les mêmes films qu'elle — il y avait une rétrospective Fellini au Kingston, ce week-end. Peut-être devrait-elle faire un effort, elle aussi, en appréciant cette pendule. Elle n'avait certainement aucun mal à aimer toutes sortes de choses chez lui, y compris le fait qu'il insiste pour faire la vaisselle. C'était précisément ce qu'il était en train de faire en cet instant.

Ils avaient eu vite fait de prendre des habitudes. Le plus souvent, ils dînaient tête à tête. Ils apprenaient à découvrir mutuellement leurs goûts musicaux — ceux de Noah différaient nettement de ceux de Sophie, même si elle commençait à apprécier certains groupes comme *The Bad Pennies* ou *Mastodon*. Ils faisaient du jogging ensemble en emmenant les chiens, et montaient parfois à cheval. Ils apprenaient à partager leurs vies.

Sophie commençait sérieusement à regretter de devoir déménager. C'était si agréable de l'avoir près de lui. C'était… *gezellig*.

En enjambant le chiot endormi, toujours bienvenu chez Noah, elle redressa une pile de livres de science-fiction sur la table basse. Noah était un fan de Ben Bova, de Theodore Sturgeon, de Philip José Farmer. Elle remarqua toute une liasse de feuilles imprimées sur Internet — des articles de Brooks Fordham. Cette découverte la fit frissonner. Pourquoi lisait-il ça ?

En l'entendant approcher, elle s'empressa de poser quelques

livres sur les papiers. Ce faisant, elle tomba sur un vieux carnet d'adresses et l'ouvrit au hasard. « Adams, Anna », lut-elle à haute voix. 647 Mill Street. 372-3858. Ammon, Bradley, 74 South Maple…

— Qu'est-ce que tu fabriques ?

— Je lis ton carnet d'adresses. Tu m'as dit un jour que tu me trouverais intéressante même si je te lisais le Bottin.

— Toute nue, précisa-t-il. Lire le Bottin toute nue, c'est ce que j'ai voulu dire.

— Tu n'as pas dit ça.

— Je le dis maintenant.

Il la saisit à bras-le-corps, commença à déboutonner son chemisier.

Elle l'interrompit en lui tapotant la main et poursuivit sa lecture.

— Anderson, Barbara. 214 Lakeview Terrace, appartement 9B. Archer — hé !

Elle rit sans pouvoir se contrôler jusqu'à ce que le désir l'emporte sur l'hilarité. Quelques instants plus tard, il lui faisait l'amour, là, sur le canapé. Ses caresses lui donnaient l'impression d'être jeune comme jamais. Elle se sentait transformée quand elle était avec lui. Elle avait davantage d'espoir et de projets.

Beaucoup plus tard, elle était blottie dans ses bras, silencieuse, mais sur le point de dire quelque chose.

— J'ai un service à te demander.

— Tout ce que tu veux. Je ferais n'importe quoi pour toi.

Cette déclaration sans ambages était plus convaincante que n'importe quelle promesse.

— Que faut-il que je fasse ? Que je marche sur des braises ? Que je te suive au bout de la terre ? Ça, ce serait bien. J'ai toujours rêvé de voyager.

— C'est pire que ça. Je voudrais que tu m'accompagnes à un match de hockey.

— Ouïe, ouïe, ouïe !

— J'ai parlé à Daisy et à Max de… Je leur ai dit qu'on sortait ensemble. Ce n'était pas facile, mais je crois qu'ils ont compris. Alors, tu veux bien ?

— Ça ne sera pas gratuit.

Il lui chuchota à l'oreille une suggestion qui la fit rougir.

— Je pourrai m'en accommoder, je suppose.

— Je t'obligerai à tenir ta promesse.

Pendant qu'il faisait un feu dans la cheminée, elle alla à la fenêtre admirer les lueurs bleutées du crépuscule qui jetaient des ombres profondes sur la neige. Une silhouette noire se découpa soudain sur le paysage. C'était un cerf en train de grignoter des lambeaux d'écorce sur les arbres du jardin. Elle se rappela le soir où ils s'étaient rencontrés. Elle se plaisait à penser que la bête qu'elle avait percutée avait survécu.

Noah acheva de faire le feu, puis il l'enlaça en se collant contre son dos. Elle se tourna vers lui, calme, l'esprit ouvert.

— Il y a une chose que je veux te dire depuis longtemps, chuchota-t-elle. C'est à propos de ce qui m'est arrivé à La Haye…

— Ouais ? Que s'est-il passé, chérie ? susurra-t-il d'une voix terriblement douce.

Elle se dit qu'elle ne risquait rien en lui faisant confiance. Jamais elle ne s'était fiée à qui que ce soit comme ça, mais il est vrai qu'elle n'avait jamais aimé qui que ce soit de cette façon.

Raconte-lui.

— Je ne l'ai dit à personne. Pas même à Brooks, reprit-elle en désignant les feuilles imprimées sur la table basse. Tu ne liras rien de tout ça dans ces comptes rendus. Je pensais que ça n'aurait pas d'importance si je gardais tout pour moi, mais je me trompais. Ça compte, Noah. Beaucoup.

Il écarta les bras.

— Ça t'aidera si je te tiens dans mes bras ?

Elle hocha la tête.

— Ça m'aide toujours.

Elle se blottit contre lui, sentant sa chaleur et le rythme puissant, régulier de sa respiration.

— Tu te rappelles quand on s'est rencontrés : je t'ai dit que j'avais connu pire qu'une entaille au genou.

— Tu as fait une plaisanterie en disant que tu avais été prise en otage, une arme braquée sur toi, que tu avais plongé d'un pont dans une camionnette lancée à pleine vitesse. En fait, tu ne plaisantais pas du tout, hein ?

— J'étais contente que tu penses que c'était une blague. Ça rendait les choses… moins réelles. Et ça m'a aidée pendant un moment. Mais ça a bel et bien eu lieu, et tout ce que tu as lu sur l'Incident est vrai, du début jusqu'à la fin. Si j'ai menti, c'est par omission.

Elle s'interrompit pour reprendre son souffle, sachant qu'elle ne pouvait plus reculer.

— Il s'est passé une chose, ce soir-là, que je n'ai jamais dite à personne, pas même aux médecins qui m'ont soignée. C'est la seule chose que je ne suis pas arrivée à affronter. Mais je fais encore des cauchemars. Je pense toujours à cette nuit-là. Quand tout a été fini, on n'a pas diagnostiqué de syndrome post-traumatique, mais le risque existe encore en ce qui me concerne, et ça m'inquiète parfois. Les gens dépendent de moi ici…

— Ils t'aiment aussi, ne l'oublie jamais.

Il était là pour le lui rappeler. Mais rien qu'en fermant les yeux, elle pouvait revivre cette nuit, cette scène dans la camionnette, le chaos, la rage, son désespoir et sa détermination à survivre.

— Quand la camionnette a franchi le parapet, trois des passagers sont morts.

— Oh, Sophie, je suis désolé ! Ça me fait horreur de penser que tu es passée par là…

— Ecoute, Noah.

Elle se tourna vers lui, se força à le regarder dans les yeux.

— C'était ma faute. C'est moi qui ai expédié la camionnette dans le fleuve.

Elle lui expliqua que les choses avaient mal tourné pour les terroristes, ce soir-là, qu'ils avaient été forcés d'abandonner leur plan et de fuir en l'emmenant avec eux, comme otage. Elle lui raconta ce qu'ils avaient dit dans la camionnette, en lui précisant que la certitude de mourir l'avait poussée à commettre un acte désespéré.

Elle pleurait, maintenant. Elle tremblait.

— Ils sont morts, et c'est ma faute, Noah. Comment puis-je vivre avec ça ?

— Ils sont morts parce que c'étaient des meurtriers, dit-il en prenant son visage dans ses mains, rattrapant ses larmes du bout des pouces, les effaçant. Et tu as survécu pour le bien de ta famille, Sophie, parce que tu es courageuse et que tu as un grand cœur.

Après avoir fait ces aveux à Noah, Sophie se sentit épuisée, mais libérée aussi, inexplicablement. Lui parler de cette nuit, de la terreur, du traumatisme qui avaient fait basculer sa vie dans une tout autre direction, avait dénoué la tension en elle. Il savait écouter, se bornant à la tenir dans ses bras, sans poser de questions, acceptant tout ce qu'elle avait à dire. Elle lui parla d'André, de Fatou, du sentiment d'impuissance qu'elle avait éprouvé. Il ne fit pas semblant de comprendre, il n'essaya pas de lui donner des conseils ou de lui expliquer comment arranger les choses, mais rien qu'en lui accordant toute son attention, il lui fut d'un grand secours. En apparence, rien n'avait changé. Elle avait pourtant l'impression d'être quelqu'un d'autre. Il était tard, mais elle n'avait pas du tout sommeil.

Noah la tenait blottie contre sa poitrine ; elle entendait les battements de son cœur.

— Je ne sais pas quoi dire.

Elle sourit.

— Tu as déjà dit ce qu'il fallait. Cette expérience m'a totalement changée. C'est pour ça que j'ai abandonné ma carrière au tribunal et que je suis revenue auprès de mes enfants.

— Je te comprends. J'aurais fait exactement la même chose.

Elle se serra plus fort contre lui.

— J'aurais voulu qu'un de mes collègues de La Haye en dise autant. J'étais tellement écartelée.

— Tu as besoin d'un verre de vin, dit-il.

— Peut-être bien d'une bouteille entière, répondit-elle.

Pendant qu'il allait dans la cuisine, elle alluma la télévision.

Elle tomba sur un reportage bouleversant à propos d'orphelins en Bolivie. Elle prit un stylo presque sans s'en apercevoir. Faute de papier, elle nota le numéro gratuit sur le dos de sa main. Pour le prix d'une tasse de café par jour, elle pouvait sauver le petit Matteo de la famine. Ce qu'elle avait vraiment envie de faire, c'était le prendre dans ses bras comme elle le faisait avec Charlie, afin qu'il se sente en sécurité dans le monde.

Elle coupa le son de la télé, mais il était trop tard. La culpabilité s'était installée en elle. Cela devait se lire sur son visage.

— Que se passe-t-il? demanda Noah qui revenait avec une bouteille de vin et deux verres.

— Je suis là, confortablement au chaud, alors que des enfants souffrent. Je devrais faire quelque chose...

— Tu l'as fait. Tu y as consacré toute ta vie professionnelle, jusqu'ici.

— Mais je pourrais en faire davantage.

— Tu t'occupes déjà de Max, de Daisy et de Charlie. Tu leur as appris à être comme toi : compatissants, dévoués. Et j'imagine qu'un jour ils joueront leur rôle.

Il lui tendit un verre de vin.

— C'est comme ça que tu changes le monde, Sophie. Tu ne peux pas tout faire seule, crois-moi.

Il avait une manière remarquablement saine d'envisager les choses. Elle ne pouvait pas revenir sur ce qui s'était passé, mais elle pouvait évoluer par rapport à ce qu'elle avait été dans le passé. Elle avait été si convaincue qu'elle devait s'atteler personnellement aux problèmes. Et voilà que Noah lui disait qu'elle pouvait changer les choses rien qu'en étant une bonne mère. Personne ne lui avait jamais expliqué auparavant que s'occuper d'une famille était la chose la plus importante au monde.

Elle posa son verre et noua les bras autour de son cou.

— J'adore ta manière de penser, Noah, les choses que tu me dis.

Elle marqua un temps d'arrêt, se penchant en arrière pour le regarder.

— Je t'aime.

— Seigneur ! Tu es sincère ?

— Bien sûr ! Je suis désolée, mais il fallait que je te le dise.

— Désolée.

Il rit et répéta :

— Désolée ?

— Désolée de ne pas te l'avoir dit plus tôt.

— Ce n'est pas grave. Comme ça, j'aurai toujours quelque chose pour te tenir la dragée haute. Je l'ai dit en premier.

Toujours. Il n'avait aucun mal apparemment à imaginer avec elle un avenir lointain. Quand il l'attira contre lui et l'embrassa comme pour sceller un pacte entre eux, elle eut envie qu'il en soit ainsi. Et elle n'en revenait pas. Ce qui l'étonnait le plus, c'était de découvrir qu'au-delà du fait qu'elle le désirait tout était possible.

Il recula un peu, lui sourit.

— Et moi qui croyais que tout ce que tu voulais de moi, c'était du sexe.

— Le sexe te pose un problème ?

— Doux Jésus, non ! C'est tellement fabuleux avec toi.

Personne ne lui avait jamais dit ça. Peut-être parce qu'aucun homme n'avait jamais eu un tel avis à son sujet. Au lit, tout au moins.

Il brandit la télécommande, éteignit la télé et l'enlaça. Cette soirée l'avait libérée, les enflammant d'un feu nouveau. Il y avait un élément de confiance absolue… d'abandon complet. Avec Noah, elle s'apercevait qu'elle faisait des choses qui l'auraient fait rougir autrefois. Avec lui et son cœur rempli d'amour, tout semblait parfait.

28

Chelsea rendit son portable à Max.

— Merci de me l'avoir prêté, lui dit-elle. Mes grands-parents ne veulent pas que j'en aie un, mais il faut toujours que je leur dise où je suis. Ça me fout en rogne. S'ils veulent que j'appelle, ils n'ont qu'à m'acheter un téléphone.

Max lui confia la laisse d'Opal pendant qu'il fourrait l'appareil dans sa poche. Comme Chelsea ne raffolait pas du hockey, elle allait surveiller le chiot pendant le match. Il mit sa main en visière pour explorer le parking du stade voisin du lac. Sa mère les avait accompagnés ; elle était en train de garer la voiture pendant qu'ils promenaient le chien. Max plaignait Chelsea en un sens : elle n'avait pas beaucoup d'amis. Elle préférait manifestement passer l'après-midi à promener le chien plutôt que rester chez ses grands-parents.

— Tu cherches quelqu'un ? demanda-t-elle, fouineuse comme d'habitude.

Il haussa les épaules en reprenant la laisse du chien sans même regarder Chelsea. Ils n'étaient pas vraiment amis mais ils se retrouvaient souvent ensemble. Pour commencer, Max prenait le bus de l'école tous les soirs quand il n'avait rien à faire après les cours, et, souvent, ils bavardaient pendant le trajet. De plus, Chelsea savait vraiment y faire avec les animaux, et elle accomplissait toutes sortes de tâches à la clinique et dans la grange. La maman de Max disait qu'avec tous ses jeux vidéo, ses équipements sportifs et ses bêtes, la maison de Noah était comme un parc d'attractions pour les enfants qui refusaient de grandir.

— Si on veut, répondit Max. J'attends Noah Shepherd. Il vient voir le match avec maman.

— Tu veux dire… qu'ils sortent ensemble ?

Il hocha la tête, soulagé de lui avoir révélé ce nouvel épisode de sa vie. Il le savait depuis peu et n'arrivait pas à déterminer ce qu'il en pensait. Il ne voulait pas en parler à son père ni à Nina, et ses copains se borneraient à lui dire que ce n'était pas une affaire d'Etat.

— Et ça te fait bizarre ? demanda Chelsea.

— Non, ça n'a rien de bizarre.

C'était ce qu'il se disait, en tout cas. Quand les gens mariés se séparaient, ils sortaient avec d'autres gens. Ça se passait comme ça et l'on n'y pouvait rien.

— Noah, ça ne me gêne pas. Il est sympa.

— Je trouve aussi.

Le parking se remplissait rapidement de joueurs et de spectateurs. C'était le match le plus important de la saison pour l'équipe de Max. Et l'un des premiers événements du Carnaval d'hiver. L'auberge du lac des Saules était pleine à craquer. Max logeait chez sa mère, ce qui voulait dire qu'il passait beaucoup de temps avec son chien — et avec Chelsea. Elle n'était pas si mal. Un peu casse-pieds, peut-être, mais c'était le cas de toutes les filles, non ?

Il libéra Opal. Elle commençait à obéir, mais Max la gardait à l'œil. Elle fit plusieurs aller et retour en plongeant son museau dans la neige avant de filer en zigzag.

— Je suppose que ma mère aurait pu faire pire, dit-il. Dans son choix de mec, je veux dire. Elle connaît des tas d'avocats et de diplomates rasoir. J'aurais pu me retrouver coincé avec un de ces types.

— Noah est génial. Et ça ne m'étonne pas qu'il sorte avec ta mère. Ça devait arriver un jour ou l'autre.

— Pourquoi tu dis ça ?

— C'était évident qu'elle lui plaisait. Je m'en suis aperçue tout de suite.

Max, lui, n'avait rien vu du tout.

— Est-ce qu'il t'a dit quelque chose ?

— Non, mais je travaille là-bas, je te rappelle. Il parlait tout le temps d'elle à ses patients, aux amis qui venaient le voir : il leur disait qu'elle venait d'arriver d'Europe, qu'elle était superintelligente et tout ça. Je l'ai aussi entendu parler au téléphone avec sa mère. Elle avait dû lui demander s'il sortait avec quelqu'un et il lui a tout raconté.

— Tu ne me l'as jamais dit.

Elle se pencha, fit une boule de neige qu'elle jeta à Opal. Le chien bondit et fit exploser la boule dans les airs.

— Ce n'était pas à moi de le dire.

Oh ! Max était plutôt content de savoir qu'elle n'était pas cancanière comme toutes les filles qu'il connaissait. Il se répéta qu'elle n'était pas si mal, après tout. Il n'était pas amoureux d'elle ou quoi que ce soit, mais il aimait bien la voir de temps en temps. Elle vivait avec ses grands-parents, et ne parlait jamais de sa famille. Max évitait le sujet parce que, en général, elle devenait susceptible et n'arrêtait pas de répéter que ça la fichait en rogne.

Elle lui donna un petit coup de coude.

— Qu'est-ce que tu regardes ? Qu'est-ce qu'il y a de si drôle ?

— Rien.

Il ne savait pas trop comment l'expliquer mais, d'une certaine manière, il se sentait mieux quand il était avec elle, comme si ça ne posait pas de problème d'être un peu dingue, et puis il ne se sentait pas obligé de faire comme si tout allait bien.

— Je vais y aller. Il est temps que je me mette en tenue pour le match.

Il appela Opal, mais soit elle l'ignorait, soit elle était trop loin pour l'entendre. Il essaya de siffler.

— Tu n'es pas doué, constata Chelsea.

Avec une remarquable aisance, elle cala deux doigts aux coins de sa bouche et émit un sifflement strident. Un instant plus tard, Opal bondit au-dessus d'une haie et fonça dans la neige ventre à terre en les renversant pratiquement à l'arrivée.

— Pas mal ! s'exclama Max. Comment tu as fait ?

— Je me suis exercée. Il faut arriver à faire vibrer l'air dans ta bouche. Tu vois, avec ces deux doigts.

Elle lui fit la démonstration.

— Il y a des gens qui préfèrent se servir de l'index et du pouce.

Max enleva son gant et fit une tentative, mais il ne réussit qu'à produire un son creux, à peine audible. Opal le dévisageait sans comprendre. Chelsea éclata de rire.

— Ne t'inquiète pas. Ça prend du temps et tu vas te baver dessus. C'est mon père qui m'a appris. Il…

Elle renfila sa moufle.

— Ça fait très longtemps.

Résolu à ne pas la questionner, Max remit sa laisse à Opal. Il y avait des choses dont il ne fallait pas parler, comme ce qui était arrivé à sa propre mère, à La Haye. Et quand on tenait à quelqu'un, on s'abstenait de le cuisiner.

Les joueurs affluaient vers le bâtiment de la patinoire, leur batte et leur sac de sport sur l'épaule.

— Hé, Bellamy, c'est qui ce corniaud ? hurla Altshuler.

Max caressa le chiot qui trottinait à côté de lui.

— Opal. Tu l'as déjà vue.

— Je parle pas du clebs ! Qui c'est cette greluche ?

Deux taches rouges apparurent sur les joues de Chelsea. Max aurait voulu qu'elle proteste, qu'elle envoie balader Altshuler, mais elle garda les yeux baissés. L'espace d'une seconde, Max eut l'idée de le faire à sa place, mais les mots restèrent coincés dans sa gorge.

— On se voit après le match, murmura-t-elle.

Après quoi elle prit la laisse du chien et fila.

Max sentit son estomac chavirer. Il décocha un regard noir à Altshuler.

— Pas cool, dit-il.

— Eh, tu vas pas la défendre ! C'est une vraie bête de cirque. Un cageot. Personne ne l'aime.

« Moi, si. » Max ne l'avouerait jamais. Pas devant Kurt Altshuler. C'était l'un des garçons les plus populaires de l'école. Tout le monde voulait être son ami. Il fallait faire attention à ce qu'on lui disait. « Ça me fiche en rogne. » Il entendait la voix de Chelsea dans sa tête.

— Hé, Max !

Sa mère approchait. Elle souriait, et Max eut un flash de Daisy. Elles se ressemblaient tellement, toutes les deux.

— Salut, Kurt, dit-elle en se tournant vers Altshuler. Tu es prêt pour le grand match ?

— Euh, ouais. Bien sûr.

Altshuler respirait l'hypocrisie quand il se redressa, saluant la mère de Max pour ainsi dire comme un boy-scout.

— Noah ne devrait pas tarder, dit-elle. Nous serons assis à l'endroit habituel, près de la pub pour la banque.

Nous. Maman et Noah. Max sentit comme des vibrations dans sa poitrine.

— Bonne chance, Max. Je croise les doigts. Pardonne-moi de faire ça devant ton ami, mais…

Elle l'étreignit à la hâte et lui déposa un baiser sur la joue.

— Bon match. Toi aussi, Kurt.

Altshuler resta bouche bée, à la regarder partir.

— La vache, ta mère doit être un sacré BC.

— Un quoi ?

— Un bon c…

— Ferme-la ! l'interrompit Max, ou je vais être obligé de te casser la gueule. Je te jure que…

— Oh ! Même pas peur !

Altshuler le titilla en lui assenant un coup dans l'épaule, puis deux, puis trois.

— Allez, Bellamy ! Montre-nous ce que tu as dans le ventre.

Max riposta, incapable de se contenir. Pourtant, il savait que ce n'était pas une bonne idée de se bagarrer avant le match. Avec un coéquipier, qui plus est. Mais cette conviction fut submergée par une bouffée de rage phénoménale. Il se rua sur Altshuler.

Quelque chose le retint. Un poing géant, agrippant le tissu de sa parka, l'arrêta en plein élan et le tira en arrière.

— Hé, les gars ! lança Noah Shepherd de sa grosse voix chaude. Il est temps de vous préparer.

Altshuler fusilla Max du regard.

— Vous avez raison, docteur Shepherd.

Sur ce, il ramassa son sac et s'éloigna.

— Bonne chance à vous deux, ajouta Noah.

— Merci, marmonna Max en s'emparant de ses affaires avant de se diriger vers l'entrée.

Noah le rappela.

Max s'arrêta, se retourna. Il se demandait si ce type avait le même point de vue que Altshuler sur sa mère.

— Oui ?

— Quel que soit le motif qui t'a mis dans cet état, garde ton énergie pour le match.

Sophie avait l'impression d'être la reine du bal en entrant dans le stade avec Noah Shepherd. C'était un peu puéril de prendre un tel plaisir à se pavaner au bras du plus bel homme présent, mais c'était plus fort qu'elle. Elle était transportée par la décision qu'elle avait prise de vivre cette relation — d'être amoureuse.

Ils trouvèrent des places sur les gradins avec Daisy, Charlie et Julian Gastineaux, l'ami de Daisy. Sophie se demanda s'il n'y avait pas davantage qu'une amitié entre eux. Ils paraissaient étonnamment en phase, et Daisy rayonnait. Sophie savait à quel point c'était difficile d'avoir une relation quand on était une jeune mère. Elle espérait que sa fille trouverait l'équilibre.

Greg et Nina arrivèrent sur ces entrefaites et s'installèrent à une distance diplomatiquement correcte. Ils étaient en compagnie de Maria, la sœur de Nina, qui s'était montrée si peu aimable à l'égard de Sophie. Elle surprit certaines mamans en train de les regarder, Noah et elle, et de se pencher l'une vers l'autre pour cancaner.

— Mon ex, murmura-t-elle à Noah en désignant discrètement Greg.

Ce moment d'embarras fut dissipé par les clameurs de la foule et une succession rapide d'actions sur le terrain. Noah se contenta de hocher la tête, puis il fixa son attention sur la patinoire. Sophie se prit à regretter de ne pas être davantage comme lui, acceptant les choses telles qu'elles étaient sans se préoccuper de ce que les gens pensaient.

Max était en défense, œuvrant en tandem avec son ami Kurt pour protéger leur gardien de but. On aurait dit un jeune homme dans sa tenue volumineuse, prenant des poses de professionnel. Chaque fois qu'un joueur de l'équipe adverse faisait une tentative de percée, il réagissait au quart de tour. Au cours de la troisième manche, alors que les deux équipes étaient à égalité, en s'avançant pour parer une attaque, il se heurta de plein fouet à Kurt, son coéquipier. Au lieu de se remettre dans le jeu, ils commencèrent à se bagarrer. La collision avait dégénéré. Sophie se leva d'un bond, ce qui ne l'aida pas à voir mieux. Derrière son masque, Max semblait rouge de rage.

Cette diversion offrit à l'équipe rivale une occasion de marquer. Le palet passa à toute allure entre les garçons et s'engouffra dans le but. La foule explosa, mais Max et Kurt se retrouvèrent dans la cage des penalties sous les vertes remontrances du coach.

— Qu'est-ce qui s'est passé ? demanda Sophie. Tu crois qu'il faut que j'aille voir ?

Noah lui enlaça la taille.

— Ne t'inquiète pas, dit-il : c'est de leur âge.

Après le match, Max rentra avec son père. Greg avait promis de parler de l'incident avec lui. Noah quitta le stade avec Sophie.

— Tu veux bien aller nous chercher un café au stand ? lui dit-il. Je vais tâcher de trouver Chelsea et Opal.

Quelque peu déconcertée, Sophie gagna le stand en question, situé dans la patinoire au bord du lac. Tout en patinant, les gens admiraient les sculptures de glace qui ornaient le parc. Elle se joignit à la foule et commanda deux cafés. Et là — *c'est bien ma chance,* pensa-t-elle —, elle se retrouva nez à nez avec la mère de Kurt. Ilsa Altshuler lui adressa un sourire crispé.

— Eh bien, c'est dommage pour le match, n'est-ce pas ? dit-elle.

— Ce n'est jamais agréable de perdre, répondit Sophie. Je sais que le coach avait de sérieux reproches à faire à Max et à Kurt à propos de leur bagarre, et son père et moi allons lui parler.

— Kurt va entendre parler de nous, déclara Ilsa.

— Max aussi sera puni, répondit Sophie en hochant la tête.

— Il devrait. Il faut qu'il apprenne à tenir sa langue.

Sophie se mordit l'intérieur de la lèvre, s'interdisant de répondre. De son point de vue, c'était Kurt qui avait provoqué l'altercation, mais elle n'allait certainement pas se mettre à ergoter avec cette femme. Elle se borna à opiner du chef.

— Je vous verrai peut-être pendant les festivités de ce week-end, Ilsa, dit-elle.

Cette dernière lui décocha un regard acerbe.

— Peut-être. Nous avons l'intention d'aller au bal, samedi. Je vous ai vue avec Noah Shepherd, ajouta-t-elle. Il soigne notre chien, Sammy.

Elle avait peut-être décidé d'être aimable, pensa Sophie, reprenant espoir.

— C'est drôlement courageux de votre part de sortir avec un garçon tellement plus jeune que vous, poursuivit Ilsa. Moi, je serais franchement gênée.

Tellement plus jeune ? C'était vrai qu'elle ignorait l'âge exact de Noah. Il n'avait jamais abordé la question. Elle non plus. Elle ne lui avait rien demandé au-delà de : « As-tu un préservatif ? » avant de se vautrer dans le lit avec lui. A cet instant, pour la première fois, un doute tenace s'insinua dans son esprit.

— Il ne m'est jamais venu à l'esprit de me sentir gênée, répondit-elle, déterminée à ne pas se laisser désarçonner. Mais c'est gentil à vous de vous en préoccuper.

— Oh, je ne m'en préoccupe pas vraiment. Je vous admire de sortir avec un homme si jeune, voilà tout… Bon, je ferais mieux d'y aller.

Elle se faufila à côté de Sophie et prit la direction du parking.

Sophie tarda un peu avant de rejoindre Noah. *Tellement plus jeune…* Ces mots faisaient écho dans sa tête. Seigneur, leur différence d'âge était-elle si importante ?

Il attendait près de la voiture en regardant Opal creuser un trou dans une congère. Elle lui tendit un gobelet de café.

— Quel âge as-tu ? lui demanda-t-elle à brûle-pourpoint.

Il parut abasourdi, l'espace d'un instant, puis il regarda à droite et à gauche.

— Pourquoi est-ce que tu me demandes ça ?

— Il y a des choses que je dois savoir… Ton âge, par exemple. Est-ce un secret ?

— Bien sûr que non ! Quel âge me donnes-tu ?

— On ne joue pas aux devinettes. Dis-le-moi.

— J'ai eu vingt-neuf ans en janvier.

Elle éclata de rire, malgré le malaise qui l'avait saisie.

— Je suis sérieuse, Noah. Je ne joue pas.

Il sortit son portefeuille de la poche de son pantalon et l'ouvrit. Il souriait sur la photo de son permis de conduire.

Né en 1979. Elle se sentit blêmir, tandis que son cœur sombrait dans sa poitrine. Doux Jésus ! C'était vrai. Il avait carrément dix ans de moins qu'elle. Elle pensait — quand cela lui arrivait d'y penser — qu'il devait avoir deux ans de moins qu'elle. Trois, peut-être. Cinq maximum. Six, cela aurait été indécent. Sept et plus, clairement interdit. Hors de question.

Mais… dix ? C'était une découverte effroyablement désagréable, comme quand on mordait dans une pomme parfaite et délicieuse pour y trouver un ver.

Dix ans.

Dix. Deux chiffres. Il était plus proche de sa fille que d'elle. Comment avait-elle fait pour passer à côté de ça ? Elle se flattait jadis d'avoir un esprit analytique, de ne négliger aucun détail. Elle était choquée d'avoir omis de se renseigner plus avant sur Noah. Peut-être la rendait-il stupide ? Se pouvait-il que ce soit un effet secondaire des plus belles nuits d'amour qu'elle ait jamais connues ?

Elle recula et faillit glisser sur le sol verglacé du parking en voyant un Noah totalement différent de celui qu'elle connaissait. Un jeune homme…

Oh, mon Dieu ! Elle se sentait ridicule de ne pas avoir compris plus tôt. Cela expliquait tellement de choses. Le mode de vie à la Peter Pan. Le groupe de rock amateur. Sans doute avait-elle refusé d'ouvrir les yeux, comme l'acheteur qui s'entiche d'une voiture mais s'obstine à ne pas vouloir regarder sous le capot. Pas étonnant qu'il ait un tel appétit pour le sexe et que ses goûts en matière de musique et de cinéma soient si juvéniles. Rien de surprenant à ce qu'il vive comme un adolescent dans une maison remplie de jouets. C'était un jeune homme rieur et sexy. Elle était la Mrs Robinson du *Lauréat*. La Demi Moore de Ashton Kutcher.

Elle allait brûler en enfer.

— Allons ! s'exclama-t-il. Il n'y a pas de quoi en faire un plat.

— Pour moi, si. Je n'arrive pas à croire que tu ne m'aies rien dit.

Il se tut un moment et, pendant ce laps de temps, elle se rendit compte qu'il savait depuis le début.

— Incroyable ! dit-elle. Tu m'as caché la vérité.

— Je ne t'en ai pas parlé parce que j'estimais que ça n'avait aucune importance. Et parce que je savais que ça t'embêterait.

— Et c'est une raison suffisante pour ne rien dire ? Parce que tu pensais que ça m'embêterait ?

— Tu n'es pas marrante quand tu es comme ça, Sophie.

— Je n'ai jamais dit que j'étais marrante, lâcha-t-elle.

Il leva les deux mains.

— Je n'ai rien à cacher. Tu es allée dans mon bureau. Tu as vu mon diplôme sur le mur. Tu aurais pu jeter un coup d'œil à la date.

— J'ai regardé. J'ai vu l'année où tu as été diplômé, mais j'ai pensé que tu n'avais pas commencé à travailler tout de suite. Beaucoup de gens font ça. Je me suis dit que tu avais peut-être fait autre chose avant d'entamer des études de vétérinaire…

— Ouais, je distribuais les journaux, fit-il, tout sourires. Je plaisante. J'ai travaillé tout de suite. Mais sérieusement, qu'est-ce que ça peut faire ? L'âge, c'est juste un chiffre.

— Et ce ne sont que des mots. Et mes enfants ? Que sont-ils censés penser ?

Il rit.

— Ça, c'est facile. Tu es leur mère. Ils veulent que tu sois heureuse. Je veux te rendre heureuse. Il suffit que tu me laisses faire.

— Mais…

— Peut-être que passer ton temps à réfléchir fait de toi un bon avocat, mais là, tu es en train de te rendre dingue pour un truc qui n'en vaut pas la peine.

— Ça ne me plaît pas, Noah. Il y a quelque chose qui ne va pas.

— Avais-tu le même point de vue il y a cinq minutes, avant que quelqu'un qui ferait mieux de s'occuper de ses affaires soulève ce lièvre ?

Elle était incapable de lui mentir.

— Je ne m'étais pas sentie aussi bien depuis longtemps.

— Eh bien voilà, ma petite !

— Je ne suis pas ta petite. Je suis grand-mère.

— Et je t'aime. Et tu serais folle de laisser l'opinion de qui que ce soit avoir la moindre prise sur les sentiments que nous éprouvons l'un pour l'autre.

29

— Je lui ai dit que j'avais besoin de temps pour réfléchir, expliqua Sophie à Gayle, le lendemain, quand elle passa chez elle avec Opal après leur promenade matinale.

Elle considérait la jeune femme comme sa première véritable amie à Avalon. Sa maison était toujours chaleureuse, encombrée, pleine de vie. Pour le moment, les trois petits jouaient avec le chiot dans un salon jonché de jouets plus nombreux que les meubles. Elle aimait le cœur généreux de Gayle, son bon sens imparable, et le fait de connaître sa situation l'aidait à mettre les choses en perspective. Avec son mari à la guerre, Gayle vivait dans une anxiété que seule l'épouse d'un soldat pouvait comprendre. Du coup, Sophie se sentait bête de faire tant d'histoires à propos de Noah, mais Gayle répliquait que cela lui évitait de trop se concentrer sur ses soucis.

— Est-ce si bizarre, si terrible d'être avec un homme qui a dix ans de moins que moi ? demanda Sophie. Je dois avoir l'air désespérée ? Pathétique ? Pathétique et désespérée ?

Gayle tendit une tasse à bec à son plus jeune fils et lui essuya le nez avec une habileté née d'une longue pratique.

— C'est à vous de répondre à cette question. Pas à moi. Ni aux mamans des jeunes joueurs de hockey.

— Je n'arrive pas à être objective.

Gayle rit de bon cœur.

— Voilà la réponse.

— Vous savez, dans certaines cultures, les femmes prennent souvent pour compagnons des hommes plus jeunes qu'elles.

— C'est logique d'un point de vue biologique, reconnut Gayle.

— J'en ai longuement parlé avec ma fille, hier soir. Daisy m'a dit que ça ne lui posait aucun problème, que je faisais ce que je voulais.

— Ecoutez, vous n'avez pas à vous justifier envers qui que ce soit.

Le petit George, que l'on appelait Ourson, s'approcha de Sophie d'une démarche incertaine en lui tendant sa tasse en offrande.

— Oh, délicieux ! dit-elle en feignant de boire une gorgée.

— Au fait, comment ça se passe avec le bébé de votre fille ?

— Très bien. Charlie me prouve que je peux vraiment être une bonne mère.

— Je doute que vous ayez jamais été une mauvaise mère.

— Je n'ai jamais été le parent que j'aurais voulu être.

Gayle rit.

— C'est le cas de tout le monde, croyez-moi. Il y a des soirs où je me demande ce que j'ai fait dans ma journée à part crier sur les enfants, ranger, plier la lessive et manger les restes debout.

— Vous êtes présente, c'est ce qui compte. Maintenant que je garde Charlie, je me rends compte que certaines choses sont ridiculement simples. Souvent, mieux vaut vivre le moment que se mettre martel en tête. Autrefois, dès que Max ou Daisy faisait quelque chose, je me ruais sur mes manuels de puériculture pour savoir comment je devais réagir. J'aurais dû faire ce que mon ex-mari faisait toujours : vivre l'instant au lieu de chercher à tout moment à consulter quelque autorité. Greg n'aimait pas les enfants plus que moi, mais il savait être simplement avec eux. Même s'il avait sa propre entreprise à New York, même s'il était très occupé, lui aussi, il parvenait mieux que moi à tout concilier. Cela dit, il n'était pas parfait. Je me souviens d'une fois… quand Max avait huit ou neuf ans, Greg et moi avions tous les deux oublié d'aller le chercher à l'école. Max nous a attendus deux heures en essayant de nous joindre sur nos portables. Pour finir, il a appelé les parents de Greg, et ils sont allés le chercher. C'est peut-être à ce moment-là qu'on s'est rendu compte que la vie que nous menions était néfaste pour nos enfants. Alors qu'en fait il y a eu des tas de petits moments comme ça.

— Tous les parents font des erreurs.

Sophie hocha la tête.

— Nous avons réagi différemment à ce signal d'alarme. Greg voulait laisser tomber son boulot et faire front. Moi, j'avais envie de fuir — aussi loin, aussi vite que possible.

— Et maintenant, vous êtes de retour et tout va bien se passer, lui assura Gayle.

Sophie voulait le croire. De tout son cœur. Elle se sentait chaque jour plus à l'aise avec ses enfants. Cette histoire avec Noah, ce n'était pas vraiment un problème, à moins qu'elle décide que c'en était un. Elle avait une liaison avec un homme plus jeune qu'elle, et alors ? Toutes les histoires d'amour étaient semées d'embûches. Elle devait peut-être l'accepter tout bonnement et aller de l'avant.

Leur différence d'âge, elle n'y pouvait rien. L'accepter reviendrait pour elle à franchir une étape importante. Si elle cessait d'être obnubilée par son âge et qu'elle s'autorisait à être amoureuse, que se passerait-il ?

Son portable sonna. Elle fut surprise de lire le nom de Brooks Fordham sur l'écran.

— Je ferais mieux de répondre, dit-elle à Gayle.

— J'ai à faire, de toute façon, répondit Gayle en la reconduisant à la porte.

Dès qu'elle fut dehors, Sophie ouvrit son téléphone en se demandant ce que Brooks Fordham pouvait bien lui vouloir, cette fois.

30

Bo Crutcher avait encore bu, nota Noah. C'était le cas tous les dimanches soir, quand ils allaient à l'Hilltop Tavern jouer au billard. Après l'incident consécutif au match de hockey, Noah avait décidé de laisser un peu d'espace à Sophie. Il était surpris qu'elle ait aussi mal réagi. Certes, c'était la raison pour laquelle il ne lui avait rien dit. Mais si elle avait le temps de réfléchir un peu, elle finirait par se rendre compte que ce n'était pas si grave que ça.

Elle n'en avait pas encore pris conscience, apparemment. Il l'avait appelée plus tôt dans la soirée pour lui dire qu'il avait envie de la voir.

— J'ai quelque chose à faire, ce soir, lui avait-elle dit, plutôt nerveusement.

Il avait fini par lui faire avouer la vérité : le dînait avec Brooks Fordham.

— On doit parler affaires, expliqua-t-elle, légèrement sur la défensive.

— Quelles affaires?

— Les siennes.

Noah avait lu certains articles de ce journaliste, publiés dans le *New York Times*. C'était un correspondant étranger qui se rendait dans des lieux aussi divers que Zanzibar, Portofino, La Haye… Il était là le soir de la prise d'otages dont Sophie lui avait parlé. Noah était horrifié à la pensée de ce qu'elle avait enduré cette nuit-là, et il songea qu'il devrait se réjouir qu'elle soit en contact avec des gens qui s'étaient trouvés là, eux aussi : de cette façon, elle n'était pas seule avec ses souvenirs. Seulement… bon, Noah n'avait jamais rencontré ce type, mais il savait déjà qu'il ne l'appréciait pas. Fordham avait un passé aussi distingué que son nom. Il avait fait ses études dans une école réputée et se prévalait d'une impressionnante liste de diplômes et de publications. Il avait pour lui l'élégance du gentleman aux tempes argentées. Une carrière brillante. La *maturité*. C'était tout à fait le type d'homme qui convenait à Sophie Bellamy, au fond.

« Trop tard. Va te faire voir, pensa Noah. Elle est déjà prise. » Il regarda Bo viser, rater son coup sous l'emprise de sa septième ou huitième bière.

— Allons, vieux, lui dit-il. Si on faisait un break ?

— D'accord.

Bo rangea sa queue de billard et s'essuya les mains sur son jean.

— J'vais commander une autre tournée.

— Dans une minute, répondit Noah en lui désignant leur table.

Ils s'y assirent et regardèrent un moment la foule de clients qu'il connaissait pour la plupart.

— Bon alors, qu'est-ce qui te tracasse, mon pote ? Des ennuis avec le sexe opposé ? demanda Bo en levant un sourcil.

Noah lui expliqua ce qui s'était passé après le match.

— Elle a très mal supporté d'apprendre qu'elle avait dix ans de plus que moi.

— Mais toi, elle te supporte encore ?

Il entendait encore les accents sincères de sa voix si sensuelle. *Je t'aime, Noah.*

— Je crois que oui, répondit-il en souriant.

— Alors, qu'est-ce que tu fous ici ?

— Elle a sans doute besoin d'un peu de temps pour réfléchir.

— Combien de temps ? Elle attend que tu grandisses ? Ça n'arrivera jamais.

— Elle dîne avec un gars qu'elle a connu quand elle était en Hollande.

Bo émit un petit sifflement.

— Ils parlent affaires, déclara Noah.

— Si tu le dis :

— C'est ce qu'elle prétend.

Même s'ils se connaissaient depuis peu, il lui faisait confiance, non ?

— Je peux t'aider à te débarrasser de ce mec si…

— Ouah ! fit Noah en levant les deux mains. Pas question de se débarrasser de qui que ce soit. Je ne veux pas tout gâcher. Je veux que ça marche.

— Alors, remue-toi.

Bo fit signe à la serveuse de leur apporter deux autres bières.

— Tu as raison, reconnut Noah. Cela dit, j'ai assez bu. Je conduis, rappelle-toi.

— Il va falloir que je boive ta bière, dans ce cas.

Noah se retint d'exhorter son ami à freiner sur la boisson. Il l'avait déjà fait, en vain. Bo aimait bien s'enivrer : rien à faire.

La serveuse posa deux bouteilles sur la table et deux bocks rafraîchis. Bo croisa son regard, ce qui lui valut un clin d'œil, puis la jeune femme pivota sur elle-même et poursuivit sa distribution.

— Il faut que je détermine ce que je dois faire, reprit Noah.

Sophie lui avait demandé un jour ce qu'il voulait, de quoi il rêvait, et il n'avait pas trouvé la réponse. Il la connaissait, à présent. C'était elle qu'il voulait. Il n'avait jamais connu quelqu'un comme elle. Elle était belle, vulnérable, oui, mais plus que ça, elle lui inspirait une tendresse immense. La tenir dans ses bras, la caresser lui révélait des choses qu'il ignorait auparavant — qu'il pouvait être avec une femme comme elle et éprouver bien davantage que du désir. Qu'il avait finalement découvert un amour assez profond pour durer toujours.

Il s'était toujours imaginé fondant un foyer dans cet endroit où il avait grandi. Chaque instant qu'il passait avec Sophie, il se sentait de plus en plus convaincu que cela pouvait se produire avec elle. En même temps, elle l'obligeait à voir plus grand. La vie était agréable ici, mais le monde était vaste. Sophie, qui parlait plusieurs langues et connaissait le monde, pouvait l'emmener dans des endroits dont il n'avait même pas rêvé.

« Il faut qu'on parle. On a des tas de choses à se dire », pensa-t-il.

Il n'était pas le seul à le penser, apparemment.

Après être rentré chez lui, ce soir-là, il sortit Rudy et vit Sophie qui remontait l'allée. Elle portait le long manteau haute couture qu'elle avait sur le dos le soir où ils s'étaient rencontrés, et ses bottes à talons.

— Salut, dit-il. Comment s'est passée ta soirée ?

— Intéressante. Brooks avait besoin d'informations complémentaires pour son livre.

— Bon, il faut que je te dise : je suis follement jaloux de ce type.

Elle détourna les yeux.

— Il n'y a pas de raison. Brooks a beaucoup souffert, pendant l'incident ainsi qu'après. Il risque d'avoir des séquelles pendant encore plusieurs années…

— Ce n'est pas de ça que je suis jaloux. J'aurais voulu être là pour toi, Sophie. Avec toi.

Quand elle leva les yeux vers lui, il crut voir ses souvenirs cauchemardesques vaciller dans son regard.

— Je t'ai raconté ce qui s'est passé, reprit-elle. C'était surréaliste. Comme si ça arrivait à quelqu'un d'autre.

La lueur jaunâtre du porche lui donnait un air éthéré.

— Brooks a l'intention d'assister aux célébrations de la fête nationale à Umoja, et il se demandait si j'allais y aller.

— Tu en as l'intention ?

— Je ne sais pas. Tout cela me paraît tellement loin, et pas seulement sur le plan géographique.

Pourtant, il le vit dans ses yeux, cette envie était incontournable. Elle avait pris part à un événement important, tellement plus important que tout ce qui pourrait jamais arriver à Avalon. Il pouvait aisément comprendre que cette existence lui manquait.

— Je ne suis pas venue pour te parler de ça. Ecoute, à propos de ce qui s'est passé…

— Il ne s'est rien passé, répliqua-t-il vivement.

— Tu as raison. Il ne s'est rien passé. Il se trouve juste que j'ai dix ans de plus que toi, enchaîna-t-elle en secouant la tête. Je me sens tellement bête ! Quand j'ai téléphoné à Bertie Wilson à propos du chien, elle t'a appelé « le petit Noah ». Je ne me suis même pas posé de questions.

— C'était ma baby-sitter.

— Charmant. J'y penserai quand on sera au lit ensemble.

Quand on sera au lit ensemble. Dieu merci, pensa-t-il, chancelant presque de soulagement.

— Je peux difficilement prétendre que ça ne me chiffonne pas, dit-elle.

Elle fit un pas dans sa direction et sortit un coffret de DVD de sa poche. *Star Wars*, l'édition Collector, et un pack de bière.

— Mais je suis disposée à garder l'esprit ouvert.

31

Sophie n'avait pas écarté la suggestion que Tariq lui avait faite de se rendre à Umoja. Elle s'était véritablement attachée à cette nation assiégée. Le voyage serait effroyablement long, mais ce serait tellement satisfaisant de voir les résultats de leur action en justice. Elle pensa à ce qu'elle avait fait ce soir-là, aux gens qui avaient péri à cause d'elle. Il fallait qu'elle affronte cela aussi, cet instant décisif, terrifiant, qui l'avait poussée à agir. Voir cette nation libérée n'effacerait pas ce souvenir, elle le savait, mais sa métamorphose serait un puissant rappel des vies qui avaient été sauvées grâce à leur intervention.

Mais plus tard. L'été prochain, peut-être, elle emmènerait Max, même si cela voulait dire qu'ils manqueraient la semaine de célébrations nationales. Pour le moment, elle avait l'intention de savourer cette proximité nouvelle qu'elle avait trouvée avec sa famille. Il n'y avait pas eu d'instant de révélation particulier. Rien qu'en étant là, à chaque moment, elle avait construit un pont entre ses enfants et elle. A la place des brèves visites du passé, prévues à l'avance, elle pouvait se détendre à la pensée qu'elle avait tout le temps devant elle.

Le temps. Elle commençait aussi à admettre qu'elle était follement amoureuse d'un homme plus jeune qu'elle. Elle était déterminée à ne pas accorder trop d'importance à cette différence d'âge et en était arrivée à penser que plus elle s'intégrerait dans la vie de cette nouvelle communauté, moins cet aspect de leur relation pèserait dans la balance.

Elle avait dressé un plan, comme à son habitude. Elle cherchait activement une maison à acheter. Autre élément important de ce projet : l'amitié. Elle avait plusieurs amies proches auxquelles elle tenait beaucoup — ses camarades d'université qui avaient été là pour elle quand elle s'était retrouvée enceinte. EtTariq, dont l'humour et l'affection l'avaient aidée à supporter le déracinement. Mais ils étaient tous si loin, maintenant. A Avalon, elle n'avait que Gayle Wright. Si elle restait, il allait falloir qu'elle élargisse son cercle d'amis. Mais comment ? Elle s'était rendu compte qu'organiser un siège aurait fait partie de ses anciennes méthodes. Ces dernières semaines lui avaient montré qu'ici les règles étaient différentes. Les gens nouaient des liens naturellement. Pourtant, elle était déterminée à se faire de nouveaux amis. Il le fallait.

Jusqu'à présent, elle avait offert un café à Hattie Crandall, propriétaire de la librairie qui occupait le rez-de-chaussée de l'immeuble où se trouvait le cabinet d'avocats, et elle était allée au cinéma avec Becky Murray, la femme qui avait donné à Daisy des cours de préparation à la naissance. Aujourd'hui, elle déjeunait avec Daphné McDaniel, la réceptionniste du cabinet. Elle était jeune, dans le coup. Ce serait agréable de passer un moment avec quelqu'un comme elle.

Elles allèrent dans un café branché, sur la grand-place, où l'on servait des plats bio et végétariens portant tous des noms de personnages du *Seigneur des anneaux*.

— Je vais prendre un sandwich Boromir, dit Sophie à la serveuse.

— Vous ne savez même pas ce qu'il y a dedans, lui fit remarquer Daphné.

— Le nom me suffit. C'est un personnage tellement tragique. Celui qui trahit ses amis avant de trouver la rédemption, même si, au final, il paie le prix fort.

Le sandwich s'avéra bien moins dramatique — du pain pita complet garni de germes d'alfalfa et d'houmous.

— Vous avez l'air d'apprécier Tolkien, dit Daphné.

— Il faut que je le relise, dit Sophie, atterrée à la pensée que ses exemplaires avaient au moins un quart de siècle. Et vous ? J'ai remarqué que vous lisiez Robert Silverberg.

Daphné hocha la tête.

— Ça fait un moment que je me shoote à la science-fiction. L'un de mes ex m'a fait découvrir les grands classiques du genre, et je suis devenue accro à Silverberg et à Theodore Sturgeon.

Noah aussi était un fan de science-fiction. Sophie résolut de se lancer.

— Ex? répéta-t-elle en scrutant le visage de Daphné. Avez-vous quelqu'un dans votre vie en ce moment?

Daphné secoua la tête. Un sourire nostalgique flottait sur ses lèvres. Elle était jolie, remarqua Sophie, même si sa beauté ne sautait pas aux yeux. Son look branché — ses mèches rose fluo, ses piercings sur le visage, ses vêtements noirs brillants — tendait à occulter la délicatesse de ses traits. Sophie interrompit le cours de ses pensées. Elle raisonnait comme une mère, pas comme une amie ou une collègue. Comme quelqu'un dont l'âge n'était qu'un chiffre.

— Ça fait un bout de temps que je suis seule, reprit Daphné. Je… mon dernier petit ami et moi avons rompu il y a plusieurs mois. Oh non, Seigneur! Ça fait huit ou neuf mois, et je n'ai rencontré personne, depuis. Enfin, aucun homme qui en vaille la peine. C'est le problème quand on vit dans une petite ville, je suppose.

Elle ajouta une goutte de miel dans son thé au cynorhodon.

— Tout de même, il y a beaucoup de choses chez lui qui me manquent.

— Quoi, par exemple?

— Comme… à peu près tout.

— Vous n'auriez peut-être pas dû vous séparer.

— J'y pense tous les jours, croyez-moi. Mais le motif de notre rupture était rédhibitoire.

Sophie attendit, ne voulant pas paraître indiscrète, mais elle avait envie d'en avoir le cœur net. Etait-ce donc le lot de tout avocat dans une petite ville: vivre par procuration à travers ses collègues et ses clients?

— C'est tout simple, mais parfaitement incontournable. Il voulait des enfants, pas moi, avoua Daphné, le regret embuant son regard. Je pensais qu'un chien serait un bon compromis, mais Noah n'était pas d'accord.

Sophie sentit son sang se figer dans ses veines. Parlait-elle du même Noah ? Monsieur Noah fais-moi-l'amour-jusqu'à-ce-que-j'en-pleure ? Noah homme des bois, sauveur, digne d'un roman ?

Elle se força à poser la question.

— Serait-ce... euh... Noah Shepherd, par hasard ?

— Oui. Vous le connaissez ?

— C'est mon voisin.

Ces mots lui firent l'effet de morceaux de glace dans la bouche.

— Vous le connaissez vraiment, alors !

« Vous n'avez pas idée », pensa Sophie.

— Allez-vous faire comme tout le monde et me dire que je suis folle de l'avoir laissé partir ? Que je vais vouloir des enfants un jour et que je ne trouverai jamais un homme aussi bien que lui pour être leur père.

— On dirait que vous avez déjà entendu ce genre d'objection.

Sophie avait un peu le vertige, comme si on l'avait frappée à un moment où elle ne s'y attendait pas.

— C'est vrai. Tout le monde me l'a dit.

— Et alors ?

— Il me manque, c'est dingue. C'est vraiment un type bien. Vous verrez quand vous le connaîtrez mieux.

Je bous d'impatience. J'ai couché avec lui dès le premier soir.

— Ça n'aurait pas marché, de toute façon. Je n'ai toujours pas la moindre envie d'avoir des enfants, dit Daphné. Je suis certaine que je n'en aurai jamais. Je suis l'aînée de cinq enfants ; j'ai élevé mes frères et sœurs quand ma mère est tombée malade. J'ai eu mon compte. Ce n'est pas pour moi.

Elle prit son sandwich, en retira une tranche de cornichon qu'elle mit de côté.

— Noah ne pouvait pas s'y faire. Si vous rencontrez sa famille un jour, vous comprendrez.

— Je comprendrai quoi ?

— Les Shepherd. Ils font partie de ces familles qui paraissent trop parfaites pour être vraies, vous voyez ce que je veux dire ? Ils s'entendent à merveille et ils sont si gentils avec tout le monde. Vous connaissez beaucoup de gens qui vivent dans la maison où ils ont grandi ? En général, on ne songe qu'à fuir. Noah mourait d'envie de peupler la maison d'enfants.

Sophie avait la bouche toute sèche ; elle avala une gorgée d'eau. L'eau glacée provoqua une douleur violente dans sa poitrine.

— Mais si vous l'aimiez vraiment, vous auriez dû trouver une solution.

Daphné sourit tristement.

— Je vais vous dire une chose : ça aurait pu marcher pour moi, mais à la fin, j'ai compris quelque chose à son sujet.

Elle prit son couteau pour couper son sandwich en deux avant d'ajouter :

— Il tenait plus à avoir des enfants qu'à moi. C'était difficile de l'admettre et de partir, mais en définitive, je me suis épargné un énorme chagrin d'amour.

Elle mordit dans son sandwich, mâchonna d'un air songeur.

— La plupart de mes amis pensent encore que c'était de la folie de rompre.

— Vous savez ce que vous voulez, dit Sophie. Ne changez pas d'objectifs pour un homme.

Après cela, elle s'obligea à se taire. Elle ne voulait pas manipuler la situation.

— Vous parlez d'expérience ? demanda Daphné.

— Je ne dirais pas ça. J'ai eu mon premier enfant avant de m'être posé la question de savoir si oui ou non je voulais fonder une famille.

La nouvelle qu'elle venait d'apprendre ne cessait de la hanter. Noah avait rompu avec une fille qui ne voulait pas d'enfants.

Elle se fit violence pour achever son déjeuner, mais le sandwich se changea en carton-pâte dans sa bouche. Noah et elle n'avaient évidemment jamais abordé la question des enfants : c'était bien trop tôt. Elle songeait à présent à ce que Daphné lui avait dit, et tout devenait clair. C'était un homme au grand cœur avec plus d'amour à donner que tous les gens qu'elle avait pu rencontrer dans sa vie. Fonder une famille faisait partie de ses rêves, *bien sûr*. C'était tellement évident maintenant qu'elle s'obligea à y réfléchir.

Elle parvint Dieu sait comment à détourner le cours de la conversation sans arriver à occulter ce que Daphné lui avait dit : des choses qu'elle savait vraies au tréfonds d'elle-même. Noah l'aimait, certainement. Mais tôt ou tard, l'éclat neuf de l'amour se ternirait et il se souviendrait qu'il voulait être père. Or, non seulement elle n'avait aucune envie de lui donner ça mais elle ne le *pouvait* pas.

Il neigeait de nouveau. Un regain d'hiver balayait le lac. A peine rentrée à la maison après sa journée de travail, Sophie s'emmitoufla avant de ressortir pour se rendre chez Noah. Il revenait de la clinique et portait toujours sa blouse.

— Salut, toi! dit-il en l'attirant contre lui pour l'embrasser avant de lui sourire d'un air las. Tu es en avance.

— Désolée.

Elle savait qu'elle devait aborder le problème tout de suite. Ce soir — avant que les doux menus propos dérivent en préliminaires. Ce qu'elle avait appris de la bouche de Daphné allait leur être fatal, et il ne servirait à rien de retarder l'échéance. Quoi qu'il en soit, elle vit clairement la tristesse dans ses yeux.

— Que se passe-t-il?

Il s'accouda sur le comptoir, pencha la tête en arrière.

— Rien. Je n'ai pas encore eu le temps de prendre une douche pour me remettre de ma journée.

Sophie sentit son cœur sombrer dans sa poitrine. Il ne se plaignait presque jamais.

— Qu'est-il arrivé?

— Rien de spécial, mais j'ai dû piquer un chien aujourd'hui. Il était temps, incontestablement, mais ce n'est jamais facile.

Elle se sentait affreusement mal, pas seulement à cause du chien mais à cause de son aveuglement. Cet homme avait des besoins, mais il ne les manifestait pour ainsi dire jamais. Tout l'hiver, il avait été question de ses besoins à elle, de ses problèmes. Rien d'étonnant à ce qu'elle n'ait pas pris la peine de découvrir ses rêves profonds avant de tomber amoureuse de lui.

— Oh, Noah, je suis désolée !

— C'est gentil. Mais ce n'est pas grave. Ça fait partie des risques du métier.

Il se tourna vers l'évier et se lava les mains. Elle alla chercher une bière dans le réfrigérateur et la décapsula pour lui.

— Je me sens déjà mieux, dit-il en souriant.

Sophie inspira à fond. Mieux valait qu'elle se lance tout de suite. La neige tombait dru, tout comme le soir où ils s'étaient rencontrés.

— J'ai eu une conversation intéressante avec Daphné McDaniel aujourd'hui, dit-elle. Ton ex-petite amie.

— Oh ! J'ignorais que tu la connaissais.

Ça ne lui faisait ni chaud ni froid, apparemment.

— Elle travaille au cabinet.

— Je ne le savais pas non plus. Nous ne sommes plus en contact, Sophie. Ça fait des mois que je ne l'ai pas vue.

— Elle m'a dit que vous aviez rompu parce que tu voulais des enfants et pas elle.

Il hésita un bref instant, mais cela n'échappa pas à Sophie.

— C'est ce qu'elle t'a raconté ?

— Dis-moi que ce n'est pas vrai.

— Attends une minute. Dis-moi pourquoi tu as rompu avec Greg Bellamy.

— Je te demande pardon ?

— Donne-moi la raison de ta rupture avec ton ex.

— Tu essaies de changer de sujet, là.

— Exact, mais je m'efforce aussi de te faire comprendre quelque chose. Alors, dis-moi pourquoi.

— On en a déjà parlé. Greg et moi nous sommes séparés pour tout un tas de raisons.

— Merci. C'est ce que je voulais entendre. Les gens ne se

séparent pas pour une seule et unique raison. Il y en a toujours des tas.

— On ne peut pas comparer un mariage à long terme et une liaison.

— Et tu ne peux pas me dire pourquoi Daphné McDaniel m'a largué, riposta-t-il.

— Elle m'a expliqué pourquoi. Je sais aussi que toi et moi, Noah, nous avons le même problème. Peut-être pas aujourd'hui, mais ça viendra. Un jour ou l'autre. Et ce n'est pas un détail que l'on peut occulter en faisant comme si ça n'existait pas.

Elle ne s'était pas rendu compte à quel point ça allait être dur. Elle ne s'était pas attendue à la souffrance, à la déception, au sentiment de perte qu'elle éprouvait à cet instant.

— Je n'aurai plus d'enfants, c'est un fait. Il y a eu des complications à la naissance de Max et je ne peux plus en avoir.

— On n'a pas à parler de ça maintenant. C'est... ça fait trop peu de temps qu'on se connaît. Soyons simplement ensemble...

— Pour quoi faire ? Pour qu'on puisse avoir cette conversation dans quelques mois, après nous être investis encore davantage dans cette relation ? Nous n'avons aucun avenir, rien qui puisse fonctionner pour nous deux.

Elle se tourna vers la fenêtre et regarda les flocons tomber en masse sous la lumière du porche. Noah avait déclaré un jour qu'il n'y avait rien d'effrayant chez lui, mais il avait tort. Ce qui faisait peur à Sophie, c'était la force des sentiments qu'il lui inspirait et la douleur de cette séparation inéluctable.

Elle inspira à fond et, s'efforçant d'empêcher sa voix de trembler, elle ajouta :

— Tu as vingt-neuf ans, Noah, et tu es en droit d'avoir la vie que tu désires, y compris des enfants. Ce que tu souhaites plus que tout au monde n'arrivera jamais avec moi.

SEPTIÈME PARTIE

Dégel printanier

DE LA NOURRITURE RÉCONFORTANTE

LA TARTE AU LAIT D'OUMA EST UN PLAT TRADITIONNEL SUD-AFRICAIN.

Ingrédients pour la pâte

- 3 c. s. de beurre fondu
- 3 c. s. de sucre en poudre
- 1 œuf
- 1 tasse de farine
- 2 c. c. de levure

Ingrédients pour la garniture

- 1 litre de lait
- 180 g de sucre en poudre
- 2 c. s. de farine de maïs
- 6 œufs, blanc et jaune séparés
- 2 c. s. de farine
- 1 c. s. de beurre
- 2 c. c. d'essence de vanille
- ½ c. c. de sel
- une pincée de cannelle et de muscade

Préchauffez le four à 175°. Pour préparer la pâte, fouettez ensemble le beurre et le sucre, ajoutez l'œuf et battez encore, puis incorporez la farine et la levure pour former une pâte lisse. Tapissez un grand plat à tarte avec la préparation et réservez.

Confectionnez la garniture en mélangeant le sucre, les jaunes d'œufs, la farine, la farine de maïs, le sel et l'essence de vanille. Faites fondre le beurre dans une casserole, ajoutez la farine. Incorporez le lait au fouet et faites chauffer doucement jusqu'à ce que le mélange épaississe. Faites cuire dans le bas du four pendant vingt-cinq minutes environ, jusqu'à ce que le dessus soit doré. Saupoudrez de cannelle et de muscade, et laissez totalement refroidir. Servez avec des fruits rouges ou d'autres fruits.

32

Sophie quitta la maison de Lakeshore Road et Noah ne put strictement rien y faire. Pas question de la supplier. Cela aurait été trop pathétique et, en plus, ça n'aurait rien changé. Elle avait peut-être raison au fond ? Et s'il était incapable d'imaginer une vie sans enfants ? Il s'était toujours vu ainsi, avec des enfants. Tous les choix qu'il avait faits dans sa vie d'adulte — retourner à Avalon pour ouvrir un cabinet, acheter la ferme, par exemple — avaient été motivés par l'idée qu'un jour il fonderait une famille. Ce rêve n'allait pas disparaître d'un seul coup, même s'il aimait profondément Sophie, au point que ça faisait mal.

Il avait participé au triathlon d'hiver, qu'il avait remporté sans éprouver le moindre sentiment de triomphe en franchissant la ligne d'arrivée. Sa victoire sonnait creux parce qu'il était motivé par une puissante frustration qui avait désespérément besoin d'un exutoire. Il l'aimait, mais s'ils restaient ensemble, il se priverait de ce qui lui tenait le plus à cœur. Des enfants, une famille, une maison remplie d'amour.

Il prit part aux activités habituelles du Carnaval d'hiver et se trouva bêtement fasciné par la vue d'un homme tirant des enfants sur une luge, par une femme enceinte commandant un chocolat chaud à un stand.

— Je suis malade d'amour, Clem, dit-il à Clementine, un gros chat roux qui souffrait d'asthme.

C'était la fin d'une longue journée à la clinique, mais Noah n'était pas pressé de rentrer chez lui. Il s'attarda pour finir ses dernières tâches après avoir dit à son assistant qu'il fermerait.

— A moins que je sois juste un imbécile, ajouta-t-il. Eddie pourrait écrire une chanson là-dessus.

— Une chanson sur quoi ? demanda une voix depuis le seuil.

Noah se retourna non sans avoir scotché un sourire sur son visage.

— Salut, Tina. Paulette.

— On t'a apporté des biscuits pour te remonter le moral, dit Tina en lui tendant une assiette couverte d'un film plastique.

— Merci, dit-il. Ça a l'air bon.

— J'ai peur que ça ne suffise pas à te remonter le moral. On est vraiment désolées pour Sophie et toi, dit Tina.

Les risques de la vie dans une petite ville. Il n'avait fallu que quelques heures pour que la nouvelle de leur rupture atteigne ses voisins.

— Oui, c'est nul, commenta Noah.

— Pouvons-nous faire quelque chose ?

— Quoi que vous fassiez, évitez de me dire que ça va s'arranger ou que je vais trouver une gentille fille qui voudra se poser et avoir des bébés.

Il fit la grimace. Trop de gens bien intentionnés lui avaient dit ça, après Daphné, et il s'était aperçu que ça ne marchait pas comme ça.

— Entendu, dit Tina. Cela dit, Paulette et moi avons toujours l'intention d'avoir un enfant ensemble.

Noah avait maintenant envie de réfléchir à la proposition que les deux jeunes femmes lui avaient faite d'être le père de leur enfant.

— Si vous découvrez un jour que ça ne peut pas se faire, comment réagirez-vous ? leur demanda-t-il.

Elles échangèrent un regard.

— On se débrouillera pour que ça arrive. « L'échec ne fait pas partie de l'équation. » C'est l'une des expressions préférées de mon père depuis l'époque où il était champion de hockey.

— Sympa, mais un bébé, ce n'est pas rien, dit Noah en prenant un biscuit.

— L'amour non plus, je te fais remarquer, rétorqua Paulette.

Noah attendait que la sensation d'oppression qui lui serrait le cœur se dissipe. Mais en dépit des biscuits, des gentils conseils de ses amis, rien n'y faisait. A plusieurs reprises, il prit le téléphone, composa le numéro de Sophie dans l'intention de lui demander… quoi ? « Est-ce aussi pénible pour toi que pour moi ? »

Elle n'avait pas l'air d'aller trop mal. Brooks Fordham, le journaliste, était revenu la voir. Noah se rappela qu'il écrivait un livre sur un pays appelé Umoja. Il essaya de se convaincre qu'il lui rendait visite dans l'unique but d'approfondir ses recherches.

Mais quand il les apercevait ensemble en ville, dans la bibliothèque ou au café, il avait vite fait de s'en dissuader. Finalement, il comprit. Il s'était mis le doigt dans l'œil en s'imaginant qu'il avait ses chances avec Sophie. Ce globe-trotter de Fordham lui convenait à l'évidence beaucoup mieux avec ses costumes élégants, ses chaussures italiennes et son air distingué et futé. Sans parler de tout ce qu'ils avaient vécu en commun.

Comme pour titiller une plaie déjà douloureuse, Noah fit des recherches sur la situation à Umoja. Sophie lui avait à peine parlé de son ancienne vie. Il était hanté par l'aveu qu'elle lui avait fait à propos de l'événement qui avait mis un terme à sa carrière à La Haye. S'était-il montré assez compréhensif ? compatissant ? Avait-il trouvé les mots justes ?

Probablement pas. Mais de toute façon, les objectifs de Sophie étaient tellement éloignés des siens qu'ils auraient aussi bien pu se trouver sur deux planètes différentes. Il n'avait jamais quitté l'Amérique sauf pour aller boire une bière au Canada le soir de ses dix-huit ans. Ses connaissances relatives à la corruption dans le commerce des diamants se résumaient au film *Blood Diamond* qu'il avait vu plusieurs fois, et, même là, il avait passé en accéléré les scènes politiques pour atteindre les séquences d'action. Tout ce qu'il savait de l'Afrique provenait du *National Geographic* auquel il était abonné depuis toujours, et des études sur les maladies des primates qu'il avait faites à l'école vétérinaire.

Il devint ainsi étudiant en politique internationale. Il écuma la bibliothèque et les médias, en quête d'informations sur les revers de fortune d'un Etat d'Afrique du Sud baptisé Umoja. Le nom de Sophie Bellamy revenait continuellement et, petit à petit, il en vint à comprendre ce à quoi elle avait renoncé en venant ici. Son équipe juridique avait permis la restauration pacifique du pouvoir dans un pays où la violence faisait rage depuis des générations. Il avait toujours su qu'elle était extraordinaire, mais c'était seulement maintenant qu'il mesurait la profondeur de son engagement et l'ampleur de ses capacités. Elle l'avait baptisé « l'homme qui murmurait à l'oreille des cerfs » et elle l'avait appelé son héros, mais il était ridicule, comparé à elle. Et au milieu de sa vie, Sophie Bellamy avait effectué un virage à quatre-vingt-dix degrés pour s'engager dans une voie diamétralement opposée. Noah se demanda si elle avait des regrets, s'il lui arrivait de songer à la mission à laquelle elle avait renoncé et de s'en mordre les doigts.

Tout cela l'incitait à remettre en cause ses convictions à propos de lui-même. Soudain, le monde qu'il s'était construit lui semblait étriqué. Presque étouffant. Pourquoi n'avait-il pas voyagé, découvert des pays étrangers, appris une autre langue ? Il avait son cabinet, maintenant : il ne pouvait plus partir. Quoique… Il avait passé un accord avec un vétérinaire de Maplecrest. Ils se remplaçaient l'un l'autre quand c'était nécessaire… Mais il n'avait même pas de passeport, nom d'un chien !

Cette pensée l'incita à rire de lui-même. Certains problèmes étaient moins difficiles à régler que d'autres, reconnut-il en feuilletant l'annuaire à la recherche du numéro de la préfecture.

Sophie n'acheta pas de maison à Avalon, malgré la promesse qu'elle avait faite à ses enfants. Elle était trop pressée de déménager et refusait tout bonnement d'attendre de trouver la perle rare. Elle ne supportait plus de vivre si près de Noah, de voir les endroits qu'il lui avait fait découvrir, de se rappeler à chaque seconde les moments qu'ils avaient passés ensemble.

Elle vivait désormais dans un appartement près de chez Daisy, et quand il faisait beau, elle se rendait à pied au cabinet. Elle se disait qu'elle n'avait pas trouvé la maison idéale et que cette location n'était qu'une étape intermédiaire lui permettant de mettre un terme à sa dépendance vis-à-vis des Wilson qui lui avaient si gentiment offert l'hospitalité.

C'était en tout cas ce dont elle essayait de se persuader. Elle n'allait sûrement pas admettre la véritable raison qui l'avait incitée à partir — à savoir que Noah Shepherd avait fracassé toutes les barricades dont elle s'était entourée. Qu'il s'était approché trop près de son cœur et que, fidèle à elle-même, elle avait fui.

A juste titre, se répétait-elle. A quoi bon s'attarder dans la maison de Lakeshore Road, alors que le temps qu'elle avait passé avec Noah semblait gravé dans le paysage même ? Elle ne supportait plus de voir l'endroit où ils s'étaient rencontrés, nouant des liens au cœur de la pire tempête de neige, de mémoire d'homme. Cette route était désormais une vaste rigole remplie de neige fondue, sale, résidu d'un hiver prolongé qui s'était attardé obstinément bien au-delà de son apogée. Elle ne supportait plus de contempler le lac où ils avaient patiné ensemble sans beaucoup d'élégance mais avec un enthousiasme romantique. Ni de dormir dans le lit qu'elle avait partagé avec lui ni de traîner dans une maison où elle en avait appris davantage sur elle-même que durant tout le restant de sa vie. Elle ne supportait tout bonnement rien qui puisse lui rappeler Noah.

C'est-à-dire, malheureusement, tout. Absolument tout.

L'appartement qu'elle avait loué était meublé. Tout était neuf et clair. L'agent immobilier lui avait expliqué que ce logement avait fait les frais d'un divorce brutal. Il était destiné à être une résidence secondaire, mais le couple s'était séparé avant d'avoir pu en profiter. Sophie avait déclaré que ça lui était égal, mais quelquefois, en regardant le mobilier choisi avec soin, les camaïeux, la mélancolie faisait chavirer son cœur.

La plupart du temps, elle se débrouillait pour écarter ces sombres pensées de son esprit en s'occupant au maximum. Ce n'était pas difficile. Mel avait eu son bébé — une adorable petite fille — et Sophie avait pris en main la plupart des affaires au cabinet. Les journées en compagnie de Charlie étaient faites de joies sottes, de patience éprouvée, pourtant elle jouissait de chaque instant. Elle était toujours là aux entraînements de hockey, en dépit de ses différends avec Mme Altshuler et les autres. Ses plus grands moments de bonheur étaient de loin ceux qu'elle passait auprès de sa famille — Max, Daisy et Charlie. Là, elle était sincèrement convaincue qu'elle avait tout ce qu'il lui fallait dans la vie.

Puis vinrent les vacances de printemps, et elle se retrouva seule. Max était parti avec son père et Nina dans la famille Romano, à Miramar. Son autre famille. Pendant son absence, Chelsea s'occupait d'Opal, et Sophie fut surprise de découvrir à quel point la maison lui semblait vide sans le chien. Daisy était allée à Long Island pour présenter Charlie à ses grands-parents paternels — les O'Donnell. Ils avaient finalement manifesté le désir de voir leur petit-fils. Lui aussi avait une autre famille. « Mieux vaut tard que jamais », pensa Sophie.

Elle s'était bernée en se disant qu'on avait besoin d'elle ici. Personne n'avait besoin d'elle. Elle n'était pas le cœur d'une famille ; ce rôle, elle y avait renoncé depuis belle lurette. C'était tentant, tellement tentant de fuir de nouveau, de retourner dans un monde où elle avait sa place, à une vie qu'elle connaissait… Pas question. Elle était déterminée à tenir les promesses qu'elle avait faites. Elle avait toujours un rôle vital à jouer et elle pouvait encore faire toute la différence dans la vie des siens.

Les besoins de ses enfants changeaient à mesure qu'ils grandissaient. C'était tellement simple. Ils étaient loin de lui prendre tout son temps, son talent, ses capacités d'amour. Elle avait fait des tas de découvertes inattendues en venant ici au milieu de l'hiver. Elle se rendait compte à présent qu'elle pouvait tout donner à ses enfants et à son petit-fils sans se sentir diminuée pour autant. Au contraire, son potentiel d'amour ne faisait que croître. C'était une arme à double tranchant, bien sûr. Elle ressentait les choses au plus profond de son cœur — la conscience douce-amère de savoir qu'à cet instant Daisy et Charlie s'ouvraient à une nouvelle famille, les O'Donnell. Et la fierté que Max lui inspirait, lui qui prenait déjà ses distances à l'aube de l'adolescence, explorant avec bonheur sa ribambelle de parents par alliance sous le soleil de Floride.

Et puis il y avait la douleur lancinante laissée par sa rupture avec Noah. S'il lui fallait une preuve que lâcher le contrôle était une initiative périlleuse, elle la tenait ! Avec Noah, elle avait cédé à l'impulsion du désir. Elle en payait le prix maintenant.

Elle regarda par la fenêtre. La météo annonçait la venue du printemps, mais à Avalon, le seul indice se résumait aux congères qui se changeaient en amas crasseux le long des routes tandis que, sur le lac, la neige n'était plus désormais qu'une banquise de gadoue en mouvement. Il y avait probablement un nom pour la couleur du ciel, mais le seul fait d'y penser était déprimant.

Assaillie par les souvenirs, elle jeta un coup d'œil à la cicatrice sur son genou : un pâle croissant. Elle était encore visible, mais absolument pas douloureuse. C'était l'essentiel.

Bon, se dit-elle. Elle avait survécu à toutes les embûches que la vie avait mises sur son chemin. Elle survivrait à cela.

Elle prit son téléphone et composa le numéro de Brooks. Il n'avait jamais caché l'intérêt qu'il lui portait, et ils se parlaient souvent. Elle s'efforçait d'apprécier cette relation, même s'ils n'avaient guère d'atomes crochus. En tout cas, ils étaient devenus amis et elle s'apercevait qu'elle arrivait à s'ouvrir à lui.

— J'ai besoin d'une diversion, dit-elle à Brooks quand il décrocha.

— Je peux être très divertissant, répondit-il d'un ton suggestif.

Sa phrase était sans équivoque.

— C'est hors de question. Contente-toi de me... tenir compagnie. Je passe un mauvais quart d'heure. Je ne me plains pas. Je me doutais bien que ce ne serait pas facile tout le temps.

— L'endroit ne te convient peut-être pas, dit-il. Viens vivre à New York. Tu pourrais travailler à l'ONU et goûter aux joies de la civilisation, dans un monde que tu connais. Tu seras encore assez proche de ta famille pour faire partie de leur vie.

— J'ai déjà essayé, Brooks. Ce n'est pas pareil. J'ai fait une promesse et j'ai l'intention de la tenir.

— Entendu, mais tes enfants veulent-ils une martyre ou une mère ?

— Je t'ai appelé dans l'espoir que tu allais me distraire ! lui rappela-t-elle.

— Tu m'as appelé parce que tu te poses des questions sur le choix que tu as fait.

Après avoir raccroché, elle se lança dans le ménage pour tenter de se calmer. En passant l'aspirateur, elle tomba sur le jouet préféré de Charlie. Le clown de couleurs vives avec un poids à sa base qui lui permettait de se redresser chaque fois qu'on le faisait basculer. Ce jouet le faisait toujours rire. Rien que le souvenir du rire de ce bébé emplit son cœur de nostalgie. Elle se demanda comment serait sa vie avec un autre enfant. En serait-elle capable ? De toute façon, elle ne pouvait plus avoir d'enfant, si bien qu'il était inutile de laisser courir son imagination. Frustrée, elle reposa le jouet sans ménagement. Il se redressa aussitôt, la dévisageant avec un sourire moqueur.

Elle s'en empara et le rangea dans un placard, puis elle regarda autour d'elle. Il régnait la même atmosphère impersonnelle que dans son appartement à La Haye. Peut-être…

Le téléphone sonna. Elle décrocha comme si c'était le lien qui la reliait à la vie.

— Maman ! lança Daisy d'une voix chantante.

— Salut ! Comment est-ce à Long Island ? Et comment va mon petit-fils ?

— C'est super. Tout va bien. Sérieusement, maman, les O'Donnell sont vraiment sympas. Ils ont une fabuleuse maison à Montauk. Je suis contente d'être venue.

— Tant mieux.

— Mais tu nous manques, ajouta Daisy avec un empressement qui fit sourire Sophie.

Depuis son arrivée à Avalon, elles étaient très proches. Elles se faisaient même des confidences. Daisy était très mûre pour son âge, et Sophie lui faisait entièrement confiance.

— Vous aussi, vous me manquez. On a l'impression que l'hiver n'en finit pas.

— C'est un peu pour ça que j'appelle. Dans le train en venant ici, j'ai réfléchi… Tu devrais peut-être partir, toi aussi, suggéra Daisy. Je suis sérieuse, maman. Et je sais exactement où tu devrais aller.

33

Umoja, Afrique du Sud

La fine terre rouge des plaines d'Umoja tourbillonnant en petits nuages en forme d'entonnoir tapissait tout. En mettant sa main en visière, Sophie distinguait juste les hauts plateaux trempés de pluie, si riches en faune et d'une nature si virginale qu'elle était désormais protégée par un décret de l'ONU. On ne pillerait plus cette terre, il n'y aurait plus de violence perpétrée au nom de la cupidité. Cet objectif était sans doute idéaliste, mais au cours de sa carrière, Sophie avait appris que les idéaux constituaient un moteur puissant.

Bibi Lateef, la juriste que Sophie avait connue à La Haye, était désormais ministre des Affaires sociales dans la capitale, Nossob. Elle lui avait fait visiter la ville où les gens reconstruisaient leur vie. Sophie avait été touchée par la vision de familles brisées s'efforçant de se remettre sur pied, avec le soutien de membres d'organisations humanitaires pour les questions médicales, les écoles, l'agriculture. L'orphelinat, baptisé le Village des enfants, était rempli de gamins qui avaient tout perdu pendant la guerre. Certains étaient orphelins avant même de parler ; ils étaient incapables d'indiquer leurs noms à leurs sauveteurs. Il y avait tellement d'enfants déplacés que des mesures d'urgence avaient dû être prises pour hâter les adoptions. Pourtant, le personnel comme les petits pensionnaires accomplissaient leur besogne en chantant. Leurs voix claires, haut perchées, rappelèrent à Sophie cette sinistre nuit à La Haye, mais ici, sous le soleil africain, les cauchemars demeuraient à distance. Une cérémonie eut lieu pour les remerciements ; on remit à Sophie un album de photographies, une petite tapisserie et un collier de pierres colorées. Une visite était loin de suffire. Elle avait promis de revenir ce soir-là pour dîner au réfectoire.

A la fin de la journée, un coucher de soleil spectaculaire déploya ses couleurs intenses sur le paysage, prêtant une étrange beauté aux bâtiments et monuments en ruine qui constituaient le centre de la ville. Des taxis vert et blanc à trois roues sillonnaient les rues, soulevant une poussière qui scintillait dans la clarté du soleil comme une tempête d'or. Son chauffeur l'emmena à l'Hôtel Paradeis, tout simple mais propre et sûr. Elle aurait juste le temps de prendre une douche avant le dîner.

Les cheveux encore humides, les bras chargés de provisions provenant de l'intendance de l'aéroport, elle sortit pour attendre le taxi sur le trottoir en brique. Le bus de l'aéroport entra pesamment en ville, comme chaque soir, amenant des membres d'organisations humanitaires et, de temps à autre, un journaliste.

Malgré sa pauvreté, la capitale conservait une majesté intemporelle avec ses édifices en tuf et son réseau complexe de rues et d'allées. Les tours rondes coiffées de chanvre du palais de Narina surplombaient des fossés bordés de cailloux ainsi que les kralls à bestiaux et les prés au-delà de la ville. Sophie rêvait d'amener ses enfants et Charlie ici, un jour, pour leur faire découvrir ce monde si différent du leur.

Elle était là pour encore trois jours. La perspective de retourner à Avalon était douce-amère. Sa famille lui manquait, mais elle éprouvait aussi un sentiment de futilité. Désormais, elle avait deux ex à Avalon. Deux relations ratées. Cependant, la richesse des rapports qu'elle avait établis avec ses enfants compensait largement cela, se rappela-t-elle.

Une bande de chiens miteux se lançant tout à coup dans une bagarre attira son attention. Un gros tourbillon de poussière s'éleva autour d'eux ; ils se disputaient apparemment quelque nourriture ou un territoire. A travers le nuage apparut un homme de grande taille, aux larges épaules, éclairé à contre-jour par le soleil couchant. Encore un membre d'une organisation humanitaire, probablement. Il portait un sac de voyage en bandoulière et avait une allure dégingandée que Sophie trouva… familière.

Elle resta figée là à le regarder traverser la place poussiéreuse dans sa direction. Seigneur, se pouvait-il… ? Elle porta sa main à sa bouche pour retenir un cri de surprise.

— Je t'ai dit un jour que je serais prêt à te suivre à l'autre bout du monde, dit Noah en posant son sac.

Puis il la prit dans ses bras.

— Est-ce que ça compte ici ?

— Tu es complètement dingue, répondit-elle d'une voix brisée.

Il l'embrassa alors, et, sans pouvoir se retenir, elle rejeta la tête en arrière, cramponnée à lui, et rit comme elle n'avait pas ri depuis qu'elle lui avait dit exactement ce qu'elle ressentait au fond de son cœur.

— Je t'adore, alors je présume que ça veut dire que je suis folle, moi aussi.

— C'est ce que j'espérais, Sophie. J'ai vraiment foiré, je ne peux même pas te dire à quel point. Je n'aurais jamais dû te laisser partir.

— On a foiré tous les deux, dans ce cas, parce que j'aurais dû rester et trouver un moyen de…

Elle reprit son sérieux, leva les yeux vers lui.

— … de faire en sorte que ça marche, acheva-t-elle. Oh, Noah, est-ce possible ?

— Maintenant que j'ai fait ce voyage, je dirai que tout est possible.

Il recula d'un pas, se passa la main dans les cheveux tout en jetant des coups d'œil autour de lui.

— Sérieusement, je ne suis jamais allé nulle part, jusqu'à présent.

Elle lui prit la main, la porta à sa joue et déposa un baiser dans le creux de sa paume en tournant légèrement la tête.

— Probablement parce que tu as tout ce dont tu as besoin à Avalon.

— Plus maintenant. Je ne plaisante pas, Sophie. Je t'aime et ce dont j'ai besoin, c'est être auprès de toi, où que ce soit.

Voilà l'homme qu'elle aimait, capable de prononcer des mots qui faisaient vibrer son cœur. Dans le même temps, il fallait qu'elle lui dise…

— Notre différence d'âge ne changera jamais, Noah. Il en sera toujours ainsi.

— Ton âge est l'une des choses que je préfère chez toi, répondit-il en souriant. C'est agréable de sortir avec une femme sans avoir à s'inquiéter d'un piercing sur la langue.

— Une vertu supplémentaire de la maturité.

Elle prit du recul sans lui lâcher les mains.

— Mais je te connais, Noah. Tu es né pour être père de famille. Tu en meurs d'envie, et je ne peux plus avoir d'enfant.

— Ce que je désire plus que tout au monde, c'est toi.

— J'aimerais le croire, mais tu ne peux pas passer comme ça de l'envie de fonder une famille à une telle résignation.

Il effleura ses lèvres du bout des doigts.

A cet instant, deux taxis se croisèrent à toute allure.

— Non, attends une minute ! Laisse-moi finir. J'ai eu un vol extrêmement long pour réfléchir à tout ça. Renoncer à toi, ce serait une résignation, parce que tout a changé quand je t'ai rencontrée. Mes priorités, ma vie. Regarde-moi : je n'avais jamais quitté le pays et je viens de parcourir la moitié du globe. Avec un passeport… Je veux t'épouser.

Il fit alors quelque chose qu'elle n'aurait jamais osé imaginer. Sans lui lâcher les mains, il mit un genou en terre, là, sur le trottoir encombré de l'hôtel.

— Je t'en supplie, Sophie ! Je veux absolument t'épouser.

Epouser Noah ? Passer le restant de ses jours avec lui ? Une partie de son être bondit de joie, prêt à crier « oui »… mais elle garda le silence. Puis la raison étouffa ce rêve jubilatoire. Sans le quitter des yeux, elle l'obligea à se redresser.

— Tu dis ça maintenant, mais qu'en sera-t-il plus tard ? Dans dix ans ? J'aurai presque cinquante ans.

— Et moi quarante. Et quel âge aurons-nous dans dix ans si nous ne nous marions pas ?

Il lui saisit les épaules et maintint son visage à la hauteur du sien.

— Est-ce que tu m'aimes ? demanda-t-il à brûle-pourpoint.

Elle essaya d'échapper à son regard franc. L'aimait-elle ? Seigneur ! pensa-t-elle. Et comment ! Avec une force qu'elle n'avait jamais ressentie et qu'elle ne s'attendait plus jamais à ressentir.

— Oui, mais…

— Un simple oui suffira.

Il prit son visage entre ses mains et l'embrassa de nouveau.

— Regarde-toi. Tu es parfaite. Tu parles je ne sais pas combien de langues. Tu as deux super-enfants, et Charlie. Quant à moi, je suis un vétérinaire de campagne, perdu dans une vieille ferme. Tu m'aimes, c'est un miracle.

Elle était sur le point d'éclater en sanglots, mais ces mots la firent rire.

— Ce n'est pas difficile, crois-moi, répondit-elle. Tu es incroyablement facile à aimer.

Il l'attira contre lui et l'embrassa.

— Je ne peux pas t'assurer que je serai toujours aussi facile, mais je peux te promettre que je t'aimerai toujours — avec ton âge, ta famille et tout ce que tu voudras me donner d'autre. Alors, qu'est-ce que tu en dis ?

Elle hésita. Il la serra encore plus fort contre lui.

— Ne réfléchis pas, lui chuchota-t-il à l'oreille. Tu t'en sors beaucoup mieux quand tu ne penses pas trop. Dis-moi juste du fond du cœur ce que tu veux.

— C'est toi que je veux, Noah Shepherd. Oui, dit-elle, renonçant à contenir ses émotions.

Elle était heureuse de pleurer parce que ses larmes étaient liées aux sentiments qu'elle éprouvait pour lui.

— Oui, dit-elle. Je veux être ta femme.

— *Yes !* fit-il en fermant les yeux un bref instant. Quand ? demanda-t-il en les rouvrant. Le plus tôt sera le mieux, à mon avis. Si on se mariait ici ? Maintenant ? Aujourd'hui ? Est-ce que ce serait légal ?

— C'est possible, mais il n'est pas question que je fasse quelque chose d'aussi important sans mes enfants.

Sa vue se brouilla.

— Je les ai trop souvent exclus de ma vie. Je ne veux plus qu'il en soit ainsi.

Elle leva les yeux vers Noah, étudia son visage souriant que le soleil couchant baignait d'un éclat doré.

— J'espère que tu comprends.

Il hocha la tête.

— Plus que tu ne peux l'imaginer, Sophie.

Elle lui prit la main.

— Où dînes-tu ce soir ?

— Je n'ai rien de prévu. Tu as une idée ?

— Je pensais que ça te ferait plaisir de rencontrer quelques amis à moi.

Épilogue

Comté d'Ulster, New York
L'été

Noah et Sophie descendirent de l'avion sur le tarmac du minuscule aéroport régional au cœur des Catskills sous le soleil d'été. Ils tenaient chacun un petit enfant dans les bras — leurs enfants : un garçon et une fille. Uba et Aissa étaient deux orphelins, frère et sœur. Ils avaient franchi tous les quatre les services d'immigration à l'aéroport de JFK, et leur long voyage touchait à sa fin.

Ils avaient rencontré leurs enfants lors du premier voyage surprise de Noah à Umoja. Ils habitaient au Village des enfants, parmi un océan de bambins abandonnés portant des cartes d'identification autour du cou, attendant désespérément une famille. Mme Lateef avait fait jouer son influence considérable pour accélérer la procédure d'adoption et, en l'espace de quelques mois, le Dr Noah Shepherd et son épouse étaient devenus les heureux parents des deux adorables frère et sœur. Agés de trois et six ans, ils étaient très petits pour leur âge, effacés, mais ils s'agrippaient déjà à Sophie et Noah, reconnaissant en eux un havre sûr dans ce nouveau monde étrange.

Daisy et Max étaient venus les chercher à l'aéroport local. Ils trouvaient cette adoption formidable, ce dont Sophie leur serait éternellement reconnaissante. Ils comprenaient que leur mère n'essayait pas de les remplacer mais d'intensifier encore l'amour dans leurs vies à tous.

Daisy s'accroupit pour étreindre brièvement chaque enfant,

témoignant ainsi d'une grande sensibilité à l'égard de leur fatigue et de leur appréhension. Max l'imita. Daisy leur présenta Charlie qui dormait dans sa poussette. Elle sortit son appareil, prit quelques photos. Elle projetait déjà de faire une sorte de minireportage avec les petits.

— Je suis très fière de vous, dit Sophie à ses nouveaux enfants, dans leur langue. Vous êtes particulièrement courageux.

Elle avait donné à Noah un cours accéléré en umojan, lui apprenant des phrases clés comme « Je t'aime » ou « As-tu besoin d'aller aux toilettes ? » Pendant les visites préliminaires à l'adoption, elle leur avait montré des photos de leur nouvelle maison, de leur future famille — Daisy, Max et Charlie, d'Opal et de Rudy, des chevaux dans la grange, de la grande ferme peinte où ils allaient vivre, à flanc de coteau, surplombant le lac des Saules.

A présent, les enfants voyaient leur nouvelle famille pour la première fois. Uba ne disait rien. Aissa agrippait la jambe de pantalon de Noah, mais les yeux de la petite fille dansaient tandis qu'elle regardait autour d'elle avec curiosité.

— Vous êtes fabuleux, vous deux, dit Daisy. Je n'arrive pas à croire que vous faites ça. Et si vite après votre mariage. Vous êtes les seules personnes que je connaisse à ramener deux enfants de leur voyage de noces.

— Ils ont besoin de nous, maintenant, répondit simplement Noah.

Sophie baissa les yeux sur ses plus jeunes enfants, et son cœur était empli de tant d'amour qu'elle perdit l'usage de la parole pendant quelques instants. Elle s'était déjà tellement attachée à ces deux petits, perdus dans un monde de flammes, puis confiés à elle tel un don du ciel, qu'il lui arrivait parfois de pleurer rien qu'en les regardant.

Max s'assit par terre dans le hall de l'aéroport et sortit de sa poche sa casquette de base-ball des Hornet dont il se coiffa. Après quoi il en tendit une à chacun des enfants.

— Ça se met comme ça, vous voyez ?

Uba prit la sienne, l'inspecta gravement, puis la posa sur sa tête en gratifiant Max d'un sourire édenté. Aissa rendit la sienne à Max, le priant en silence de la lui poser sur la tête, ce que Max fit avec une tendresse qui émut profondément Sophie.

Elle vit Daisy s'essuyer les yeux.

— Exactement comme Brad et Angelina, commenta-t-elle.

— Pas drôle, rétorqua Sophie sans pouvoir s'empêcher de rire.

— Il va falloir que je vous donne le nom d'un couple célèbre, insista Daisy. Soph-Noah ? Snophie ? Sofa ?

— Ha ha ! s'esclaffa Noah en soulevant Aissa pour la poser sur sa hanche. A présent, ramenons vos frère et sœur à la maison.

REMERCIEMENTS

Le travail quotidien d'un écrivain consiste à passer des heures seul dans une pièce remplie de personnages de fiction, et il faut beaucoup d'amour et de compréhension aux êtres véritables de mon entourage pour l'accepter.

Merci aux vraies supermamans, qui n'ont rien à voir avec celles que j'ai inventées dans ce livre.

Les femmes écrivains que je connais sont une véritable bénédiction. Leur soutien et leur richesse intellectuelle nourrisssent en permanence mon expérience de création narrative, et leur talent ne cesse de me fasciner — Anjali Banerjee, Carol Cassella, Sheila Rabe, Suzanne Selfors, Elsa Watson, Kate Breslin, Lois Faye Dyer, Rose Marie Harris, Patty Jough-Haan, Susan Plunkett et Krusteen Seelen.

Merci aussi à Margaret O'Neill Marbury, mon éditrice, et à ses trésors de patience ; merci à Meg Ruley, mon agent, et à sa collaboratrice, Annelise Roobey, pour leurs conseils inestimables et leur assistance. Je suis reconnaissante à mon éditeur et à mes lecteurs pour avoir fait de mes précédents livres de tels succès. Si j'en suis l'auteur, c'est à vous tous que je dois leur réussite.

Toute ma gratitude va enfin à ma famille, y compris à notre nouvel ami Barkis, un chien adorable. Des remerciements tout particuliers à mes merveilleux parents — je donnerais cher pour être aussi douée que vous le pensez !

DANS LA MÊME COLLECTION

Par ordre alphabétique d'auteur

JINA BACARR	*Blonde Geisha*
MARY LYNN BAXTER	*La femme secrète*
MARY LYNN BAXTER	*Un été dans le Mississippi*
JENNIFER BLAKE	*Une liaison scandaleuse*
BARBARA BRETTON	*Le lien brisé*
BENITA BROWN	*Les filles du capitaine*
MEGAN BROWNLEY	*La maison des brumes*
CANDACE CAMP	*Le bal de l'orchidée*
CANDACE CAMP	*Le manoir des secrets*
CANDACE CAMP	*Le château des ombres*
CANDACE CAMP	*La maison des masques*
MARY CANON	*L'honneur des O'Donnell*
LINDA CARDILLO	*Le tourbillon d'une vie*
ELAINE COFFMAN	*Le seigneur des Highlands*
ELAINE COFFMAN	*La dame des Hautes-Terres*
ELAINE COFFMAN	*La comtesse des Highlands*
JACKIE COLLINS	*Le voile des illusions*
JACKIE COLLINS	*Reflets trompeurs*
JACKIE COLLINS	*Le destin des Castelli*
PATRICIA COUGHLIN	*Le secret d'une vie*
MARGOT DALTON	*Une femme sans passé*
EMMA DARCY	*Souviens-toi de cet été*
CHARLES DAVIS	*L'enfant sans mémoire*
SHERRY DEBORDE	*L'héritière de Magnolia*
BARBARA DELINSKY	*La saga de Crosslyn Rise*
BARBARA DELINSKY	*L'enfant du scandale*
WINSLOW ELIOT	*L'innocence du mal*
SALLY FAIRCHILD	*L'héritière sans passé*
MARIE FERRARELLA	*Une promesse sous la neige*****
ELIZABETH FLOCK	*Moi & Emma*
CATHY GILLEN THACKER	*L'héritière secrète*
GINNA GRAY	*Le voile du secret*
GINNA GRAY	*La Fortune des Stanton*

... / ...

DANS LA MÊME COLLECTION

Par ordre alphabétique d'auteur

JILLIAN HART	*L'enfant des moissons*
METSY HINGLE	*Une vie volée*
KATE HOFFMANN	*Destins d'Irlande*
FIONA HOOD-STEWART	*Les années volées*
FIONA HOOD-STEWART	*A l'ombre des magnolias*
FIONA HOOD-STEWART	*Le testament des Carstairs*
FIONA HOOD-STEWART	*L'héritière des Highlands*
LISA JACKSON	*Noël à deux***
RONA JAFFE	*Le destin de Rose Smith Carson*
PENNY JORDAN	*Silver*
PENNY JORDAN	*L'amour blessé*
PENNY JORDAN	*L'honneur des Crighton*
PENNY JORDAN	*L'héritage*
PENNY JORDAN	*Le choix d'une vie*
PENNY JORDAN	*Maintenant ou jamais*
PENNY JORDAN	*Les secrets de Brighton House*
PENNY JORDAN	*La femme bafouée*
PENNY JORDAN	*De mémoire de femme*
BRENDA JOYCE	*L'héritière de Rosewood*
MARGARET KAINE	*Des roses pour Rebecca*
HELEN KIRKMAN	*Esclave et prince*
ELAINE KNIGHTON	*La citadelle des brumes*
ELIZABETH LANE	*Une passion africaine*
ELIZABETH LANE	*La fiancée du Nouveau Monde*
CATHERINE LANIGAN	*Parfum de jasmin*
RACHEL LEE	*Neige de septembre*
RACHEL LEE	*La brûlure du passé*
LYNN LESLIE	*Le choix de vivre*
MERLINE LOVELACE	*La maîtresse du capitaine*
JULIANNE MACLEAN	*La passagère du destin*
DEBBIE MACOMBER	*Rencontre en Alaska*****
DEBBIE MACOMBER	*Un printemps à Blossom Street*
DEBBIE MACOMBER	*Au fil des jours à Blossom Street*
DEBBIE MACOMBER	*Retour à Blossom Street*
DEBBIE MACOMBER	*La baie des promesses*
DEBBIE MACOMBER	*Les secrets de Rosewood Lane*
DEBBIE MACOMBER	*Un Noël sous le givre******

... / ...

DANS LA MÊME COLLECTION

Par ordre alphabétique d'auteur

MARGO MAGUIRE	*Seigneur et maître*
ANN MAJOR	*La brûlure du mensonge*
ANN MAJOR	*Le prix du scandale**
KAT MARTIN	*Lady Mystère*
ANNE MATHER	*L'île aux amants****
CURTISS ANN MATLOCK	*Sur la route de Houston*
CURTISS ANN MATLOCK	*Une nouvelle vie*
CURTISS ANN MATLOCK	*Une femme entre deux rives*
MARY ALICE MONROE	*Le masque des apparences*
CAROLE MORTIMER	*L'ange du réveillon*****
DIANA PALMER	*D'amour et d'orgueil****
DIANA PALMER	*Les chemins du désir*
DIANA PALMER	*Les fiancés de l'hiver*****
DIANA PALMER	*Le seigneur des sables*
DIANA PALMER	*Une liaison interdite*
DIANA PALMER	*Le voile du passé*
PATRICIA POTTER	*Noces pourpres*
MARCIA PRESTON	*Sur les rives du destin*
MARCIA PRESTON	*La maison aux papillons*
EMILIE RICHARDS	*Mémoires de Louisiane*
EMILIE RICHARDS	*Le testament des Gerritsen*
EMILIE RICHARDS	*La promesse de Noël***
EMILIE RICHARDS	*L'écho du passé*
EMILIE RICHARDS	*L'écho de la rivière*
EMILIE RICHARDS	*Le refuge irlandais*
EMILIE RICHARDS	*Promesse d'Irlande*
EMILIE RICHARDS	*La vallée des secrets*
EMILIE RICHARDS	*Du côté de Georgetown*
EMILIE RICHARDS	*Un lien d'amour******
NORA ROBERTS	*Retour au Maryland*
NORA ROBERTS	*La saga des Stanislaski*
NORA ROBERTS	*Le destin des Stanislaski*
NORA ROBERTS	*L'héritage des Cordina*
NORA ROBERTS	*Love*
NORA ROBERTS	*La saga des MacGregor*
NORA ROBERTS	*L'orgueil des MacGregor*
NORA ROBERTS	*L'héritage des MacGregor*
NORA ROBERTS	*La vallée des promesses*
NORA ROBERTS	*Le clan des MacGregor*
NORA ROBERTS	*Le secret des émeraudes*
NORA ROBERTS	*Un homme à aimer**

. . . / . . .

DANS LA MÊME COLLECTION

Par ordre alphabétique d'auteur

NORA ROBERTS	*Sur les rives de la passion*
NORA ROBERTS	*La saga des O'Hurley*
NORA ROBERTS	*Le destin des O'Hurley*
NORA ROBERTS	*Un cadeau très spécial***
NORA ROBERTS	*Le rivage des brumes*
NORA ROBERTS	*Les ombres du lac*
NORA ROBERTS	*Un château en Irlande*
NORA ROBERTS	*Filles d'Irlande*
NORA ROBERTS	*Pages d'amour*
NORA ROBERTS	*Rencontres*
NORA ROBERTS	*Une famille pour Noël*****
NORA ROBERTS	*Passions*
NORA ROBERTS	*La promesse de Noël*
NORA ROBERTS	*Contre vents et marées******
ROSEMARY ROGERS	*Le sabre et la soie*
ROSEMARY ROGERS	*Le masque et l'éventail*
ROSEMARY ROGERS	*La maîtresse du rajah*
JOANN ROSS	*Magnolia*
JOANN ROSS	*Cœur d'Irlande*
MALLORY RUSH	*Ce que durent les roses*
EVA RUTLAND	*Tourments d'ébène*
PATRICIA RYAN	*L'escort-girl****
DALLAS SCHULZE	*Un amour interdit*
DALLAS SCHULZE	*Les vendanges du cœur*
KATHRYN SHAY	*L'enfant de l'hiver*
JUNE FLAUM SINGER	*Une mystérieuse passagère*
ERICA SPINDLER	*L'ombre pourpre*
ERICA SPINDLER	*Le fruit défendu*
ERICA SPINDLER	*Trahison*
ERICA SPINDLER	*Parfum de Louisiane*
ERICA SPINDLER	*Un parfum de magnolia*
ERICA SPINDLER	*Les couleurs de l'aube*
LYN STONE	*La dame de Fernstowe*
CHARLOTTE VALE ALLEN	*Le destin d'une autre*
CHARLOTTE VALE ALLEN	*L'enfance volée*
CHARLOTTE VALE ALLEN	*L'enfant de l'aube*
SOPHIE WESTON	*Romance à l'orientale****
SUSAN WIGGS	*Un printemps en Virginie*
SUSAN WIGGS	*Les amants de l'été*
SUSAN WIGGS	*L'inconnu du réveillon***
SUSAN WIGGS	*La promesse d'un été*
SUSAN WIGGS	*Un été à Willow Lake*
SUSAN WIGGS	*Le pavillon d'hiver*

... / ...

DANS LA MÊME COLLECTION

Par ordre alphabétique d'auteur

SUSAN WIGGS	*Retour au lac des Saules*
SUSAN WIGGS	*La maison du Pacifique*
SUSAN WIGGS	*Neige sur le lac des Saules*
SUSAN WIGGS	*Rendez-vous sous le gui*******
LYNNE WILDING	*L'héritière australienne*
LYNNE WILDING	*Les secrets d'Amaroo*
BRONWYN WILLIAMS	*L'île aux tempêtes*
REBECCA WINTERS	*Magie d'hiver***
REBECCA WINTERS	*Un baiser sous le gui******
JOAN WOLF	*Le blason et le lys*
SHERRYL WOODS	*Refuge à Trinity*
SHERRYL WOODS	*Le testament du cœur*
SHERRYL WOODS	*Le rêve de Noël*******
LAURA VAN WORMER	*Intimes révélations*
KAREN YOUNG	*Un vœu secret***
KAREN YOUNG	*L'innocence bafouée*
KAREN YOUNG	*La mémoire blessée*

* *titres réunis dans un volume double*

** *titres réunis dans le volume intitulé* : Magie d'hiver 2007

*** *titres réunis dans le volume intitulé* : Passions d'été

**** *titres réunis dans le volume intitulé* : Magie d'hiver 2008

***** *titres réunis dans le volume intitulé* : Magie d'hiver 2009

7 TITRES À PARAÎTRE EN FÉVRIER 2010

Composé et édité par les
éditions Harlequin

Achevé d'imprimer en Allemagne
par GGP Media GmbH, Pößneck
en novembre 2009

Dépôt légal en décembre 2009
N° d'éditeur : 14666